汉魏六朝文体理论研究

田小军 著

目　录

引　言／1

第一章　先秦两汉的文体论／6
第一节　经书的分类与文体／6
第二节　汉代的图书分类／11
第三节　蔡邕的"君臣八体"／15
第四节　刘熙的"释典艺"／23
第五节　汉代赋体论的生成与发展／29
第六节　汉代骚体论的生成与发展／38

第二章　魏晋的文体论／50
第一节　曹丕的四科八体／50
第二节　陆机的十体分论／56
第三节　由"诗言志"到"诗缘情"／64
第四节　挚虞、李充的文体论／70
第五节　皇甫谧等人的赋论／80

第三章　南北朝的文体论／87
第一节　颜延之、萧绎的文笔论／87
第二节　任昉文体分类／94
第三节　钟嵘论五言诗／100
第四节　史家的文体论／108

第四章 刘勰的文体论（上）／116
第一节 概述／116
第二节 诗、乐府、赋／121
第三节 颂赞、祝盟／125
第四节 铭箴、诔移／132
第五节 诔碑、哀吊／139

第五章 刘勰的文体论（下）／146
第一节 杂文、谐隐／146
第二节 史传、诸子／154
第三节 论、说／160
第四节 诏策、章表、奏启、议对／169
第五节 封禅／174
第六节 书、记／182

第六章 《文选》的文体分类／190
第一节 赋类／190
第二节 诗类／204
第三节 骚、七、符命／221
第四节 君臣之体类／226
第五节 移、檄、难／232
第六节 辞、序、书、论／236
第七节 "哀祭"类／241

余　论／246

参考文献／254

后　记／259

引　言

中国古代文学批评，非常重视文体研究。这与古代文学批评家首先必须是作家的优良传统密切相关。批评家与作家的合而为一，决定了人们对文体理论的高度重视。吴讷《文章辨体序说》"文辞以体制为先"[①] 强调文章写作、文学创作，应当首先辨别文体。只有知道每一种文体的写作要求和特殊风格，才能更好地进行创作实践。从先秦的文体萌芽历两汉对诸体的探索，到魏晋南北朝对文体的精审辨析，都有力地推动了文章创作的繁荣。而创作的繁荣，文体的多样化，又有力地推动了文体论的发展。

先秦两汉，虽然产生了《诗经》、《楚辞》、汉赋、乐府等传之久远的伟大作品，但是文学观念尚未独立，文学依附于经、史、子等著作之中。儒家的五经，孕育了各种文体的萌芽，为文体理论的发生注入了鲜活的生命。汉代独尊儒术，经学发达，儒生传经解经的过程中形成了较为系统的诗歌理论。而围绕汉赋、屈原人格及《离骚》的论争，又形成了系统的赋论、骚论。汉代的图书分类，《诗赋略》与《诸子略》的划分，辨章学术，考镜源流，为文体论提供了较为科学的方法。蔡邕《独断》释君臣八体，开文体论之先河；刘熙《释名》，涉及儒家典艺多种文体，为文体理论的发展奠定了坚实基础。

魏晋上承两汉，下启南北朝，文体理论空前发展。曹丕《典论·论文》，分文章为四科八体，并以"七子"为例，论证文气与文体关系。陆机《文赋》，以赋论文，分论十体，述本同，辨末异，精巧细致，备受推

---

① 吴讷：《文章辨体序说》，人民文学出版社，1962，第9页。

崇。陆机的"诗缘情",突出了因感物、物感而产生的一己之情,为古代诗歌理论开辟了一条新的途径。挚虞的《文章流别论》、李充的《翰林论》,选文以定篇,释名以章义,原始以表末,丰富了文体理论的内容。皇甫谧、左思等人的赋论,别是一家,各有洞见。

南北朝的文体论,集前代文论之大成。"文笔"说,辨析文笔之差异。颜延之以"竣"、"测"二字粗分,刘勰以有韵、无韵区别,萧绎则以情、采为依据,划分文、笔之界限。任昉的《文章缘起》,探究文章之缘起,分文类八十多种。钟嵘的《诗品》专论五言,致流别、评利病、显优劣,首创以"滋味"论诗,可谓思深而意远。体大虑周,后来居上,当属刘勰的《文心雕龙》,论文叙笔,所涉文体三十四种,大小文类八十多种。萧统的《文选》,登采极严,选录文体三十九种,文体之中又有类分。"熟读文选理"、"文选烂,秀才半",足见其影响之深、之大。此外,文史兼擅的范晔、沈约、萧子显、魏收等人的史著,或多或少地涉及文体分类、文章取舍、作家评价等问题,可视为史家之文体论。

古代文章写作,大都经过识才、辨体、摹拟、创新等几个阶段。辨体是写作的基础条件和必要条件。辨体的目的是为了写作实践。事实上,古代众多的文体经过不断流变,到现在已经发生了很大变化,有的甚至消逝了。文体研究的意义主要有三个方面。

一是有助于我们欣赏古代作家作品。如果说古人辨体是为了写作,那么我们今天的辨体则侧重于欣赏。诚如褚斌杰先生所言:"但古人研究、分析文体,主要目的往往在教人如何写作,而我们今天了解和研究古代众多文体的特点,以及其起源、发展和流变,则主要是为了更好地阅读、分析和评价古代文学作品,特别是为了认识和掌握文学种类和文学体裁的发展规律,以为推陈出新地发展民族的新文学服务。"[①] 以诗歌为例:从《尚书·尧典》的"诗言志",经汉儒说诗的"情志合一",再到陆机的"诗缘情而绮靡",形成了我国诗歌创作、诗歌理论两条大体平行的线索,或重言志,或重缘情。言志一派,关注诗歌的教化功能,直抒胸臆;缘情一

[①] 褚斌杰:《中国古代文体概论》(增订本),北京大学出版社,1990,前言第1页。

派，则讲究韵味，倾心物色，借景抒情。了解诗歌的文体特征、风格特点，就能更好地解读、欣赏古代诗歌。

二是有助于我们公允地评价古代作家作品。文体的多种多样，作家才性气质的差异，形成了作品风格的多样化。即使是相同的文体，由于作家的才性气质不同而呈现出不同的风貌。我们应该看到并重视文体的正与奇，源与流的变化。江淹《杂体诗三十首序》云："夫楚谣汉风，既非一骨；魏制晋造，固亦二体。譬犹蓝朱成彩，杂错之变无穷；宫商为音，靡曼之态不极。故蛾眉讵同貌，而俱动于魄；芳草宁共气，而皆悦于魂，不其然欤？至于世之诸贤，各滞所迷，莫不论甘则忌辛，好丹则非素，岂所谓通方广恕，好远兼爱者哉？"[①] 时代在发展，文体在演变，每个时代都有其主流文体，同时也存在边缘文体。如果单凭自己的嗜好，以一种凝固的眼光一味推崇正体而贬损变体、破体，很难对作家的创作做出公正的评价。

三是有助于形成具有中华民族特色的理论。文学批评、文学理论探讨的对象无疑是具体的创作实践。不可否认理论对实践的指导作用，但离开具体的创作实践，理论批评最容易成为空中楼阁。中国古代的文学创作严格意义上说是文章写作，而文章则包括有韵之文和无韵之笔。曹丕《典论·论文》之"文"，与陆机《文赋》之"文"，同中又异；刘勰《文心雕龙》之"文"，与萧统《文选》之"文"，有交叉重叠，也有质的区别。他们以文体分类为基础，考察各种文体的本同，辨析文体的末异，形成了比较系统的文体理论。我们今天观念中的文学，通常分为诗歌、散文、小说、戏剧四种体裁，在各种体裁中又有多种多样的样式。实际上，四分法远远不能涵盖中国古代文学创作的实际。詹福瑞先生认为：文体研究对中国古代文学意义重大。在文体研究中，应加强其综合性研究，主体文体之外的其他文体研究也有待进一步发掘。同时，更要注意文体与文学的关系，如文体对文风和文学流派的影响、文体的辨析等。中国古代文体研究之所以薄弱，主要是因为受了西方文体"四分法"的限制。西方文体学把"形

---

① 俞绍初、张亚新：《江淹集校注》，中州古籍出版社，1994，第92页。

象"作为特殊规定性，可这并不适用于中国古代文学研究。①魏晋南北朝的文体论，非常重视对各种文体的体类与体派阐释。文辞华美，声韵和谐，情感动人，既是作家才华的体现，又是作家的自觉追求。这种为文的观念，与事君事父、经世致用的政治伦理教化观或相融合，或相游离，构成了我国古代文学理论的大体风貌。考察文体的源流正变，辨析文体的体类、体派，有助于形成我们具有民族特色的理论体系。同时对当代文化建设也有一定的借鉴意义。

文体理论研究成果丰硕，"龙学"、"选学"专著，大都重视刘勰的论文叙笔、萧统的文体分类。如黄侃《文心雕龙札记》、范文澜《文心雕龙注》、詹锳《文心雕龙义证》、周振甫《文心雕龙今译》、牟世金《文心雕龙研究》等，均对刘勰的文体论进行了深入挖掘与阐释，为文体理论研究奠定了坚实基础。骆鸿凯《文选学·体式第四》，依次讨论以下诸体：赋、诗、骚、七、诏、册、令、教、策文、表、上书、启、弹事、笺、奏记、书、檄、移、对问、设论、辞、颂、赞、符命、连珠、箴、铭、诔、哀、碑、墓志、行状、吊文、祭文。于附编一《文选分体研究举例》专门研究了"论"体，又于附编补《附编一　文选分体研究举例》中，深入细致地研究了论、书、笺、史论、对问、设论诸体。②穆克宏《昭明文选研究》中设《〈文选〉的文体分类问题》、《〈文选〉与〈文心雕龙〉的关系问题》两节，研究《文选》的体类以及《文选》体类与《文心雕龙》体类之间的异同。③傅刚《〈昭明文选〉研究》上编第二章《文体辨析与总集的编纂》、下编第二章《〈文选〉的基本面貌》，详细论述了"文体辨析的学术渊源"、"文体辨析的历史要求"、"汉魏六朝文体辨析观念的产生与发展"、"文体辨析与总集的编纂"以及《文选》的分类等问题，其"三十九类"说，以充分的证据，精密的分析，解决了《文选》的分类问题。④

---

① 参见马世年《西北师范大学〈文学遗产〉论坛在兰州召开》、叶文《中国古代文体与文学学术研讨会召开》，《文学遗产》2002年第5期。
② 骆鸿凯：《文选学》，中华书局，2015，第82、249、290、305、316页。
③ 穆克宏：《昭明文选研究》，人民文学出版社，1998，第103、107、111、115页。
④ 傅刚：《〈昭明文选〉研究》，中国社会科学出版社，2000，第52、100、171、92页。

引 言

褚斌杰《中国古代文体概论》，初版于1984年，1985年5月确定为全国高校文科教材。"本书比较系统地介绍了一些文体知识，也对文体史上的一些问题做了探讨，如对赋体的起源，骈体文的起源，以及其他一些文体流变，均提出了某些个人意见。"① 这是一部比较早的文体理论专著。吴承学《中国古代文体形态研究》，实际上是他高质量系列论文的合集。这部著作的显著特点在于选题非常具体，而且都是古代文学研究中不太受重视的文体，如先秦的盟誓、谣谶与诗谶、策问与对策、诗题与诗序、留别诗与赠别诗、题壁诗、唐代判文等，② 在学术界产生很大反响。甚至有人惊呼中国文学史应该重写。李士彪《魏晋南北朝文体学》，是在博士学位论文的基础上修改而成的文体研究专著，由体裁学、篇体学和风格学三部分构成。③ 郭英德《中国古代文体学论稿》，是著者中国古代文体学研究的文稿，包括《中国古代文体形态学论略》、《由行为方式向文体方式的变迁》、《文章的确立与文体的分类》、《〈后汉书〉列传著录文体考述》、《历代〈文选〉类总集的编纂体例与选文范围》、《历代〈文选〉类总集的分体归类》、《〈文选〉类总集体类排序的规则与体例》、《论中国古代文体分类的体式与原则》等八个部分。④ 贾奋然《六朝文体批评研究》，是在博士论文基础上形成的文体批评学专著。本书对六朝文体批评中所表现出来的重要文体问题进行了仔细辨析和深入研究。⑤ 文体理论研究，近些年已经受到学术界的重视。据我所知，中国人民大学、中山大学、湖南大学等高校都召开过以文体研究为中心的学术会议，北京大学还成立了"中国古代文体研究中心"。

---

① 褚斌杰：《中国古代文体概论》（增订本），北京大学出版社，1990，第2页。
② 吴承学：《中国古代文体形态研究》，中山大学出版社，2002。
③ 李士彪：《魏晋南北朝文体学》，上海古籍出版社，2004。
④ 郭英德：《中国古代文体学论稿》，北京大学出版社，2005。
⑤ 贾奋然：《六朝文体批评研究》，北京大学出版社，2005。

第一章
先秦两汉的文体论

文体，指文学的体裁和风貌。"中国所谓文体，有两种不同的意义：一是体派之体，指文学的作风（Style）而言，如元和体、西昆体、李长吉体、李义山体……皆是也。一是体类之体，指文学的类别（Literary kinds）而言，如诗体、赋体、论体、序体……皆是也。"[①] 文体包括了体类、体派二义。

先秦，文学观念模糊不清，还没有确立明确的文学观念。文学依附于经、史、子之中。儒家五经，蕴含着多种文体的萌芽。在对这些文体的应用过程中，出现了朦胧的文体意识。两汉，独尊儒术，五经受到前所未有的重视。汉代政治、思想大一统的实现，为文化的发展提供了良好环境，标志一代文学成就的汉大赋应运而生。这种前所未有的文体形式，引起了人们广泛关注。围绕汉赋及其屈原作品的讨论，促进了文学观念的演进。汉代的图书分类，为后世文体论提供了较为科学的依据。蔡邕的《独断》、刘熙的《释名》解释典章制度、儒家典艺时，涉及当时常见的多种文体，使朦胧的文体意识逐渐明朗。

第一节 经书的分类与文体

文体论的发生，与经书有密不可分的关系。经书的分类及经书中的文

---

① 罗根泽：《中国文学批评史》，上海书店出版社，2003，第147页。

体，促进了文体论的生成。关于经书，《庄子》有零星的材料记载。庄子《天运》引孔子谓老聃曰："丘治《诗》、《书》、《礼》、《乐》、《易》、《春秋》六经，自以为久矣。"① 庄子《天下》又论及"六经"的不同特点，其文曰："《诗》以道志，《书》以道事，《礼》以道行，《乐》以道和，《易》以道阴阳，《春秋》以道名分。"② 庄子谈孔子及儒家事，多荒谬滑稽，得意忘言，其意则颇为精当。荀子《劝学》曰："学恶乎始？恶乎终？曰：其数则始乎诵经，终乎读礼……故《书》者，政事之纪也；《诗》者，中声之所止也；《礼》者，法之大分，类之纲纪也，故学至乎《礼》而止矣。夫是之谓道德之极。《礼》之敬文也，《乐》之中和也，《诗》、《书》之博也，《春秋》之微也，在天地之间者毕矣。"③ 荀子《儒效》又曰："圣人也者，道之管也。天下之道管是矣，百王之道一是矣；故《诗》、《书》、《礼》、《乐》之归是矣。《诗》言是，其志也；《书》言是，其事也；《礼》言是，其行也；《乐》言是，其和也；《春秋》言是，其微也。"④ 荀子对经书性质、功用的认识与庄子基本一致，只是辨析得更为细致。但荀子的诵经读礼，指的是《诗》、《书》、《礼》、《乐》、《春秋》等五种，并不包括《易》。汉代独尊儒术，班固《汉书·六艺略》列《易》、《书》、《诗》、《礼》、《乐》、《春秋》等于诸子之上。在文化的传承中，形成了"六经"或"五经"的说法。"其实传统所谓'六经'，实仅'五经'，因为从先秦以来，并无'乐经'存在。"⑤ "五经"的排序有两种形式，其一为：《诗》、《书》、《礼》、《易》、《春秋》；其二为《汉书·艺文志》的排序：《易》、《书》、《诗》、《礼》、《春秋》。

《易》谈天说地，用来占卜吉凶。我们所见的《易》，是由经、传两部分构成。经包括《卦》、《卦辞》、《爻辞》，分上、下两部分；传是用来解释经的，包括《彖辞》、《象辞》、《系辞》、《文言》、《序卦》、《说卦》、

---

① 曹础基：《庄子浅注》，中华书局，1982，第224页。
② 曹础基：《庄子浅注》，中华书局，1982，第492页。
③ 章诗同注《荀子简注》，上海人民出版社，1974，第5页。
④ 章诗同注《荀子简注》，上海人民出版社，1974，第68、69页。
⑤ 曹道衡、刘跃进：《先秦两汉文学史料学》，中华书局，2005，第47页。

《杂卦》等篇,由于《彖辞》、《象辞》、《系辞》,又各分上、下,总计十篇,又称十翼。《史记·孔子世家》云:"孔子晚而喜《易》,序《彖》、《系》、《象》、《说卦》、《文言》。读《易》,韦编三绝。"① 所以传统的说法,十翼为孔子所作。冯友兰认为十翼,并非孔子一人作的,也不是一个时候的作品,其时代的下限是战国末期,"这些易传在对于《周易》的解释中,表达了自己的哲学观点,并形成了一种世界观体系。这样,易传就成了一套具有哲学体系的著作。"② 这种以立意为宗,不以能文为本的著作,旨在传达作者的哲学思想。从文体的角度看,《易》孕育了"论"、"说"、"辞"、"序"等多种文体,而"论"、"说"二体恰恰是文士提升到贤者,进而达到"圣人"的重要途径;历代文士,特别重视"文以载道",而"论"、"说"二体又是载道的重要工具,所以刘勰《宗经》篇采用了以《易》为首的排列方式。

《书经》,即《尚书》,上古之书,是关于上古历史和部分追述古代事迹著作的汇编,相传由孔子编纂而成。孔安国《尚书序》曰:"先君孔子,生于周末,睹史籍之烦文,惧览之者不一,遂乃定礼乐,明旧章,删《诗》为三百篇,约史记而修《春秋》,赞《易》道以黜《八索》,述职方以除《九丘》,讨论《坟》、《典》,断自唐、虞以下,讫于周,芟夷烦乱,剪截浮辞,举其宏纲,撮其机要,足以垂世立教,典、谟、训、诰、誓、命之文凡百篇,所以恢弘至道,示人主以轨范也。"③这段话说明孔子出于教学及弘扬儒家道统的需要,删正了《尚书》等重要史籍。《尚书》在流传的过程中多有散失,今存今文《尚书》二十八篇,古文《尚书》二十五篇。《尚书》中的文体,除了孔安国序文提到的典、谟、训、诰、誓、命等外,古文《尚书·夏书》中的《五子之歌》、《商书》中的《说命》,保存的"歌"、"说"二体,也具有独立的文体意义。《尚书》记载的君、臣之间的对话,为"诏"、"策"、"章"、"奏"等应用文体之源。

《诗经》是我国最早的一部诗歌总集。汉代随着政治的大一统,形成

---

① 司马迁:《史记》,中华书局,2000,第1559页。
② 冯友兰:《中国哲学史新编》(上卷),人民出版社,1998,第642页。
③ 萧统编,海荣、秦克标校《文选》,上海古籍出版社,1998,第379、380页。

了思想上的大一统。诸子互有短长，司马谈《论六家要指》，分别评价了阴阳、儒、墨、名、法、道德等六家之得失。汉代最终选择了儒家，《诗经》也因此获得了崇高地位。经生在解诗传诗的过程中，形成了比较系统的诗歌理论。汉儒在强调温柔敦厚的诗教时，涉及《诗经》的"六义"，《毛诗序》曰：

> 故《诗》有六义焉：一曰风，二曰赋，三曰比，四曰兴，五曰雅，六曰颂。上以风化下，下以风刺上，主文而谲谏，言之者无罪，闻之者足以戒，故曰风。……是以一国之事，系一人之本，谓之《风》；言天下之事，形四方之风，谓之《雅》。雅者，正也，言王政之所由废兴也。政有小大，故有《小雅》焉，有《大雅》焉。《颂》者，美盛德之形容，以其成功告于神明者也。①

赋、比、兴，《毛诗序》没有解释，朱熹分别作了说明："赋，敷陈其事而直言之也。""比者，以彼物比此物也。""兴者，先言他物以引起所咏之物也。"② 赋、比、兴，指诗的表现手法。《毛诗序》重点解释风、雅、颂三义，而三义之重点在释风。按教化作用、美刺功能、行政区域、政治大小，《毛诗序》把《诗经》分为风、小雅、大雅、颂等四类。《周礼·春官》云："大师：掌六律，六同，以合阴阳之声。……教六诗曰风，曰赋，曰比，曰兴，曰雅，曰颂。以六德为之本，以六律为之音。"③ 此盖为《毛诗序》所本。就文体论而言，《毛诗序》的"六义"说影响更大。刘勰《诠赋》称"《诗》有六义"，《诗品序》说"诗有三义"，皆称"义"而不用"诗"。《毛诗序》，比较早地对《诗经》的内容和表现手法进行了分类，具备了初步的文体意识，对文体论的发生有一定影响。此后诸家论赋、颂、歌、赞等韵文缘起时，多以"六义"相连。钟嵘论及五言诗的起源，也以"风"、"雅"为据。"六义"，是真正带有文体性质的理论认识。

---

① 萧统编，海荣、秦克标注《文选》，上海古籍出版社，1998，第379页。
② 郭绍虞主编《中国历代文论选》（第一册），上海古籍出版社，1979，第68页。
③ 《唐注疏十三经》二，中华书局影印，《四部备要》本。

❖ 汉魏六朝文体理论研究

《礼经》，包括《周礼》、《仪礼》、《礼记》，是用来建立体制或规则的。《周礼·春官·宗伯》云："大祝掌六祝之辞，以事鬼神示，祈福祥，求永贞：一曰顺祝，二曰年祝，三曰吉祝，四曰化祝，五曰瑞祝，六曰策祝。掌六祈以同鬼神示：一曰类，二曰造，三曰禬，四曰禜，五曰攻，六曰说。作六辞，以通上下、亲疏、远近：一曰祠，二曰命，三曰诰，四曰会，五曰祷，六曰诔。"① 《礼记》中还简要阐释了诔、铭等文体的性质、用途、源流，所以褚斌杰先生认为："《礼记》本是一部追述周代伦理、制度的书，其中偶尔涉及到解说文体的言论，虽然还不能说就是文体论，但已是文体论的滥觞。"②

《春秋》，鲁国史书，有《左传》、《公羊》、《穀梁》三传。内容丰富，涉及多种文体。宋陈骙把《左传》之文概括为八体，其《文则》曰：

> 春秋之时，王道虽微，文风未殄，森罗辞翰，备括规摹。考诸《左氏》，摘其英华，别为八体，各系本文：一曰命婉而当，二曰誓谨而严，三曰盟约而信，四曰祷切而悫，五曰谏和而直，六曰让辨而正，七曰书达而法，八曰对美而敏。作者观之，庶知古人之大全也。③

陈骙以为命、誓、盟、祷、谏、让、书、对等八体出于《左传》。其他文体同样出于五经或儒家经典："大抵文士题命篇章，悉有所本。自孔子为《书》作序，文遂有序，自孔子为《易》说卦，文遂有说，自有《曾子问》、《哀公问》之类，文遂有问，自有《考工记》、《学记》之类，文遂有记，自有《经解》、《王言解》之类，文遂有解，自有《辩政》、《辩物》之类，文遂有辩，自有《乐论》、《礼论》之类，文遂有论，自有《大传》、《间传》之类，文遂有传。"④

早在陈骙之前，颜之推继刘勰之后，已把文章各体的起源，归结到经

---

① 《唐注疏十三经》二，中华书局影印，《四部备要》本。
② 褚斌杰：《中国古代文体概论》（增订本），北京大学出版社，1990，第15页。
③ 陈骙著，王利器校点《文则》，人民文学出版社，1960，第37页。
④ 陈骙著，王利器校点《文则》，人民文学出版社，1960，第9页。

书。《颜氏家训·文章》云："夫文章者，原出《五经》：诏命策檄，生于《书》者也；序述论议，生于《易》者也；歌咏赋颂，生于《诗》者也；祭祀哀诔，生于《礼》者也；书奏箴铭，生于《春秋》者也。朝廷宪章，军旅誓诰，敷显仁义，发明功德，牧民建国，施用多途。至于陶冶性灵，从容讽谏，入其滋味，亦乐事也。"① 文体起源，与刘勰《宗经》所论，略有差异。檄文，刘勰认为源于《春秋》，铭箴生于《礼经》，但宗经观与刘勰一致。

第二节　汉代的图书分类

刘歆、班固的图书分类，对文体论的生成起到了积极作用。汉自高祖、武帝两代对藏书做过整理以后，出现了"百年之间，书积如山"的盛况。班固《汉书》卷三十《艺文志序》曰："汉兴，改秦之败，大收篇籍，广开献书之路。迄孝武世，书缺简脱，礼坏乐崩，圣上喟然而称曰：'朕甚闵焉！'于是建藏书之策，置写书之官，下及诸子传说，皆充秘府。至成帝时，以书颇散亡，使谒者陈农求遗书于天下。诏光禄大夫刘向校经传诸子诗赋，步兵校尉任宏校兵书，太史令尹咸校数术，侍医李柱国校方技。每一书已，向辄条其篇目，撮其指意，录而奏之。会向卒，哀帝复使向子侍中奉车都尉歆卒父业。歆于是总群书而奏其《七略》，故有《辑略》，有《六艺略》，有《诸子略》，有《诗赋略》，有《兵书略》，有《术数略》，有《方技略》。今删其要，以备篇籍。"② 刘向对图书分类的方法，反映在《七录》中。《七录》没有流传下来，通过阮孝绪的《七录序》可以窥其一斑："昔到向校书，辄为一录，论其指归，辨其讹谬，随竟奏上，皆载在本书。时又别集众录，谓之《别录》，即今之别录是也。子歆撮其指要，著为《七略》，其一篇即六篇之总最，故以《辑略》为名，次《六艺略》，次《诸子略》，次《诗赋略》，次《兵书略》，次《术数略》，次

---

① 王利器：《颜氏家训集解》，中华书局，1993，第237页。
② 班固：《汉书》，中华书局，2000，第1351页。

《方技略》。"① 刘歆《七略》的分类方法大体有如下几种：（一）依据学术性质；（二）同类书籍约略依时代先后为次；（三）书少不成一类者附入性质相近之类；（四）学术性质相同者，再依思想的派别或体裁的歧异分类；（五）一书可入二类者，互见于二类；（六）一书中有一篇可入他类者得裁编别出；（七）摘抄叙录纲要；（八）但列书目而无篇目，等等。刘歆子承父业，删《别录》二十卷为七卷，班固《汉书·艺文志》又删《七略》为一卷。②

《六艺略》，包括《易》、《书》、《诗》、《礼》、《乐》、《春秋》、《论语》、《孝经》、小学等几类。其中《易》十三家，二百九十四篇；《书》九家，四百一十二篇；《诗》六家，四百一十六卷；《礼》十三家，五百五十五篇；《乐》六家，百六十五篇；《春秋》二十三家，九百四十八篇；《论语》十二家，二百二十九篇；《孝经》十一家，五十九篇；小学十家，四十五篇。

《诗赋略》与《六艺略》、《诸子略》等相并列，说明汉代的史学家已经注意到诗赋这类文体的不同。在《诗赋略》中，又把汉赋分为四类。

（一）屈原赋之属。包括：屈原赋二十五篇、唐勒赋四篇、宋玉赋十六篇、赵幽王赋一篇、庄夫子赋二十四篇、贾谊赋七篇、枚乘赋九篇、司马相如赋二十九篇、淮南王赋八十二篇、淮南王群臣赋四十四篇、太常蓼侯孔臧赋二十篇、阳丘侯刘隁赋十九篇、吾丘寿王赋十五篇、蔡甲赋一篇、上所自造赋二篇、倪宽赋二篇、光禄大夫张子侨赋三篇、阳成侯刘德赋九篇、刘向赋三十三篇、王褒赋十六篇。

（二）陆贾赋之属。包括：陆贾赋三篇、枚皋赋百二十篇、朱建赋二篇、常侍郎庄匆奇赋十一篇、严助赋三十五篇、朱买臣赋三篇、宗正刘辟强赋八篇、司马迁赋八篇、郎中臣婴齐赋十篇、臣说赋九篇、臣吾赋十八篇、辽东太守苏季赋一篇、萧望之赋四篇、河内太守徐明赋三篇、给事黄门侍郎李息赋九篇、淮阳宪王赋二篇、扬雄赋十二篇、待诏冯商赋九篇、

---

① 严可均辑《全梁文》，商务印书馆，1999，第735页。
② 参见陈国庆编《汉书艺文志注释汇编》，中华书局，1983，第2、3页。

博士弟子杜参赋二篇、车郎张丰赋三篇、骠骑将军朱宇赋三篇。

（三）孙卿赋之属。包括：孙卿赋十篇、秦时杂赋九篇、李思《孝景皇帝颂》十五篇、广川惠王越赋五篇、长沙王群臣赋三篇、魏内史赋二篇、东暆令延年赋七篇、卫士令李忠赋二篇、张偃赋二篇、贾充赋四篇、张仁赋六篇、秦充赋二篇、李步昌赋二篇、侍郎谢多赋十篇、平阳公主舍人周长孺赋二篇、洛阳锜华赋九篇、眭弘赋一篇、别栩阳赋五篇、臣昌市赋六篇、臣义赋二篇、黄门书者假史王商赋十三篇、侍中徐博赋四篇、黄门书者王广吕嘉赋五篇、汉中都尉丞华龙赋二篇、左冯翊史路恭赋八篇。

（四）杂赋。包括：《客主赋》十八篇、《杂行出及颂德赋》二十四篇、《杂四夷及兵赋》二十篇、《杂中贤失意赋》十二篇、《杂思慕悲哀死赋》十六篇、《杂鼓琴剑戏赋》十三篇、《杂山陵水泡云气雨旱赋》十六篇、《杂禽兽六畜昆虫赋》十八篇、《杂器械草木赋》三十三篇、《大杂赋》三十四篇、《成相杂辞》十一篇、《隐书》十八篇。

《汉书·艺文志》没有说明分类的理由，因此产生了多种解读。刘师培《南北文学不同论》云：

> 观班固之志艺文也，分析诗赋，屈原赋以下二十五家为一种，陆贾赋以下二十一家为一种，荀卿赋以下二十五家为一种。盖屈原、陆贾，籍隶荆南，所作之赋，一主抒情，一主骋辞，皆为南人之作。荀卿生长赵土，所作之赋偏于析理，则为北方之文。兰台史册固可按也。①

屈原赋以下二十五家，当为二十家。刘师培从地域的角度考察，指出屈原之属，长于抒情；陆贾之属，擅于骋辞；而荀卿之属，偏于析理，具有北方之文的特点。顾实亦云"屈原赋之属，盖主抒情者也。""陆贾赋之属，盖主说辞者也。"论及荀子一派则云："荀卿之属，盖主效物者也。"②

---

① 劳舒编，雪克校《刘师培学术论著》，浙江人民出版社，1998，第163页。
② 陈国庆编《汉书艺文志注释汇编》，中华书局，1983，第170、173、176页。

❖ 汉魏六朝文体理论研究

马积高辨析章学诚、林颐山、章太炎、刘师培、程千帆等诸家说之得失，并提出了自己的看法：

> 由于班固无说明，而《汉志》所录四类赋又多不存，二、三两类尤甚。三类有头无尾，二类领头者陆贾赋亦不存，仅余扬雄之赋和司马迁赋一篇，这给后人探求其义例造成很大的困难。……与其以源流说三家，不如以体制之正变说三家。盖屈原之赋，倘以王逸《章句》之录，实备三体（骚体、文体、四言诗体）。其下所收各家之赋，就其今存者来看，虽兼有三体者少，然大抵骚体自骚体，文体自文体（诗体未见），兼有搀杂（即文体偶有骚句，骚体间杂文句），主次分明。第二类的司马迁、扬雄赋则不同，或为文体与骚体结合（如扬雄《河东》《甘泉》、司马迁《悲士不遇》等），或为文体与诗体融合（扬雄《逐贫》），虽有体式较纯者（如扬雄《反骚》《长杨》《羽猎》之类）而变化之迹较显（如扬雄《羽猎》《蜀都》韵语中多四言，虽司马相如《子虚·上林》已启其端，而不若扬雄赋之著），故另为一类，以示变化。第三类荀卿赋亦变体，前已言之，而其变化不同，故另为一类。这样区分，也未尽合辙（主要是扬雄赋有正有变），扞格似较少，不妨聊备一说。①

以文体源流正变考察《汉书·艺文志》的赋体分类，符合文体本身的发展规律，的确反映出屈原之属与陆贾之属的差异。班固《两都赋序》，则从作家主体及赋体功能两个方面，简要概括了汉赋的创作实绩。班固认为，汉赋的创作群体由"言语侍从之臣"和"公卿大臣御史大夫"构成，前者创作倾向于"抒下情而通讽谕"，后者创作则以"宣上德而尽忠孝"为主旨。"言语侍从之臣"，若司马相如、虞丘寿王、王褒、刘向等，归到第一类；而"公卿大臣御史大夫"，若倪宽、太常孔臧、宗正刘德、太子太傅萧望之等，似可归到第二类的陆贾之属，但《汉书·艺文志》却把倪

---

① 马积高：《历代辞赋研究史料概述》，中华书局，2001，第54、55页。

宽、孔臧、刘德等归到了屈原之属，"言语侍从之臣"的枚皋却归到了陆贾之属。据此可知，班固显然没有按作家的身份分类，应该是按"抒下情"或"宣上德"进行分类的，前者归到第一类，后者归到第二类。

荀子《赋》篇，包括《礼赋》、《知赋》、《云赋》、《蚕赋》、《箴赋》等五篇，又附有《佹诗》一篇。《成相》篇与《佹诗》都属于诗歌，因此也归到了赋体。荀子之赋，借物寓意，重在义理，与屈原之赋旨在抒情迥异。《汉书·艺文志·诸子略》云："孙卿子三十三篇。"从大的归类看，荀子之赋，属于子部"儒家"类。铺陈写物，善于析理，且经世致用，有补于世的赋作，大体可以归之于荀卿之属。

第四类的杂赋，有几个特点。一是内容丰富，既有抒情的《中贤失意赋》、《杂思慕悲哀死赋》，又有写物的《杂山陵水泡云气雨旱赋》、《杂禽兽六畜昆虫赋》；二是以类相从，将属性相近的归为一类，如《杂鼓琴剑戏赋》、《杂禽兽六畜昆虫赋》等；三是作者难详，所列之赋皆无作者；四是注重功用，同为杂赋，秦时杂赋九篇则入荀卿之属。《成相杂辞》、《隐书》入杂赋类，或与荀子《赋》篇有关。《佹诗》附于《赋》篇之末，《成相》又与《佹诗》相近，连带归入赋类。荀子《蚕赋》等，由谜面、谜底构成，孕育了隐体萌芽。汉代《隐书》，可以入荀卿之属，或因谬辞诋戏，无益规补而降格到杂赋类。

把《诗赋略》从《六艺略》、《诸子略》中分离出来，表明刘歆、班固已经非常清楚诗赋与其他样式的不同，确立了文学与经、史、子的不同属性。在著录赋的作者作品时，又有意识地把作家归属于某一类当中，体现出某种师承和联系，为以后的史著和选本提供了很好的示范。其不足之处是，班固直接参与了对屈原及其作品的论争，已经看到了赋属于"古诗之流"，而"骚则非经义所载"的不同之处。惜其在著录时，仍然把骚赋并列一起。

第三节　蔡邕的"君臣八体"

汉魏六朝文体论的发生，与对典章制度的认识有关。在解释典章制度时，涉及与此相关的多种文体形式。蔡邕《独断》杂记国家制度及汉朝故事，其中论及君臣八体，开文体论之先河。

蔡邕（132—192），东汉文学家、书法家。《后汉书·蔡邕列传》载："其撰集汉事，未见录以继后史。适作《灵纪》及十意，又补诸列传四十二篇，因李傕之乱，湮没多不存。所著诗、赋、碑、诔、铭、赞、连珠、箴、吊、论议、《独断》、《劝学》、《释诲》、《叙乐》、《女训》、《篆艺》、祝文、章表、书记，凡百四篇，传于世。"①蔡邕在文体理论发展史上占有比较重要的地位，是由于他在《独断》中讨论了与帝王政治相关联的几种应用文体。

关于《独断》，宋晁公武《郡斋读书志》卷五下著录"蔡邕《独断》二卷。右汉左中郎将陈留蔡邕撰。杂记自古国家制度及汉朝故事。王莽无发，盖见于此。"陈振孙《直斋书录解题》卷六著录："《独断》二卷。汉议郎陈留蔡邕伯喈撰。记汉世制度、礼文、车服及诸帝世次，而兼及前代礼乐。舒、台二郡皆有刻本。向在莆田尝录李氏本，大略与二本同。而上下卷前后错互，因并存之。"王应麟《玉海》卷五十一："《蔡邕传》著《独断》、《劝学》。书目二卷，采前古及汉以来典章制度、品式称谓、考证辨释，凡数百事。"其中卷上涉及与帝王有关的八种文体。蔡邕以前，也谈到诗、赋、骚等有韵之文，但并没有谈到属于笔类的应用文体。蔡邕在《独断》中则作了比较集中的解释：

汉天子正号曰皇帝，自称朕，臣民称之曰陛下。其言曰制诏，史官记事曰上，车马、衣服、器械、百物曰乘舆。所在曰行在所，所居曰禁中。后曰省中。印曰玺。所至曰幸。所进曰御。其命令一曰策书，二曰制书，三曰诏书，四曰戒书。②

帝王的一切活动，均属于头等大事。蔡邕首先解释了汉天子正号、自

---

① 范晔：《后汉书》，中华书局，2000，第1356页。
② 蔡邕：《独断》，上海古籍出版社，1990，第2页。

称以及臣子百姓对天子的称谓,并对帝王的日常用品、生活所居加以详细解释。帝王之文,蔡邕分为策书、制书、诏书、戒书等四种文体。从上、下级的关系看,这四种文体是帝王写给臣子百姓的文体,属于下行文体。蔡邕论"策书"曰:

> 策书,策者,简也。《礼》曰:不满百文,不书于策。其制长二尺,短者半之,其次一长一短,两编下附篆书,起年月日,称"皇帝曰",以命诸侯王三公。其诸侯王三公之薨于位者,亦以策书诔谥其行而赐之,如诸侯之策。三公以罪免,亦赐策文,体如上策而隶书,以一尺木两行,唯此为异者也。①

策书,因功用不同而分为"命策"、"诔谥策"、"罪免策"等三种类型,蔡邕还辨析了"罪免策"与其他两类的差异。"命策"、"诔谥策",其制长二尺,短者一尺。两编皆用篆书;"罪免策"则一尺木两行,用隶书。吴讷《文章辨体序说》把策书归到"册"类,以区别于"对策"之体。"按《汉书》,天子所下之书有四,一曰策书。注曰:'策者,编简也。其制长二尺,短者半之。篆书,起维年月日,以命诸侯王公。若三公以罪免,亦赐策,则用一尺木而隶书之。'"②又引《说文》曰:"盖册、策二字通用。至唐宋后不用竹简,以金玉为册,故专谓之册也。若其文辞体制,则相祖述云。"③结合吴讷的解释,可以看出蔡邕谈到了策书的规格要求、字数限制、应用对象、书写字体等问题,比较细致地描绘了文体的体貌特征,尤其是讨论策书的应用和对象范围时,又对策书进行了详细类分,具备了辨体的性质。其论"制书"曰:

> 制书,帝者,制度之命也。其文曰:制诏三公,赦令、赎令之属是也。刺史太守相劾奏,申下士迁书,文亦如之,其征为九卿,若迁

---

① 蔡邕:《独断》,上海古籍出版社,1990,第3、4页。
② 吴讷:《文章辨体序说》,人民文学出版社,1962,第35页。
③ 吴讷:《文章辨体序说》,人民文学出版社,1962,第36页。

京师近官，则言官具言姓名；其免若得罪无姓。凡制书有印使符，下远近皆玺封，尚书令印重封，唯赦令、赎令，召三公诣朝堂受制书，司徒印封露布下州郡。①

徐师曾引颜师古注云："天子之言，一曰制书，谓为制度之命也。"②唐虞至周皆曰命，到了秦代改命为制。其源出自《周官》太祝六辞，其二曰"命"。制书与策书一样，都属于帝王之言，不同之处在于：策书，用来封拜诸侯王公，而制书用来传载王命制度。蔡邕细致地说明了制书的性质、应用范围和制书的文书格式。其论"诏书"曰：

诏书者，诏，诰也。有三品，其文曰"告某官"，官如故事，是为诏书。群臣有所奏请，尚书令奏之，下有制曰，天子答之曰可，若下某官（云云），亦曰诏书。群臣有所奏请，无尚书令奏制之字，则答曰已奏，如书本官下所当至亦曰诏。③

诏书，亦为帝王之文。三代之时没有这种文体。"三代王言，见于《书》者有三：曰诰、曰誓、曰命。至秦改之曰诏，历代因之。"④徐师曾依刘勰《文心雕龙·诏策》解释为："古者王言，若轩辕、唐、虞同称为命。至三代始兼诏誓而称之，今见于《书》者是也。秦并天下，改命曰制，令曰诏，于是诏兴焉。"⑤所谓诏，就是告的意思，"诏书即诏告百官之书。汉代定制，把皇帝下达给臣属的文告分为四种，其中第三种即'诏书'。"⑥蔡邕从形式的角度，讨论了诏书的体貌以及体类。其论"戒书"曰：

---

① 蔡邕：《独断》，上海古籍出版社，1990，第4页。
② 徐师曾：《文体明辨序说》，人民文学出版社，1962，第114页。
③ 蔡邕：《独断》，上海古籍出版社，1990，第4页。
④ 吴讷：《文章辨体序说》，人民文学出版社，1962，第35页。
⑤ 徐师曾：《文体明辨序说》，人民文学出版社，1962，第112页。
⑥ 褚斌杰：《中国古代文体概论》（增订本），北京大学出版社，1990，第449页。

第一章 先秦两汉的文体论

> 戒书，戒敕刺史太守及三边营官，被敕文曰：有诏敕某官，是为戒敕也。世皆名此为策书，失之远矣。①

敕，本义是告诫、嘱咐。戒书，是帝王用来告诫刺史太守、三边营关的命令。蔡邕指出了当时把戒书当成策书的谬误。蔡邕所说的戒书，是帝王专门用来戒敕刺史、太守及三边营官的文体。刘勰《文心雕龙·诏策》云："戒敕为文，实诏之切者，周穆命郊父受敕宪，此其事也。魏武称作敕戒，当指事而语，勿得依违，晓治要矣。及晋武敕戒，备告百官：敕都督以兵要，戒州牧以董司，警郡守以恤隐，勒牙门以御卫，有训典焉。"②刘勰所说的戒敕范围有所扩大，但依然属于帝王之文。这种文体不同于吴讷、徐师曾的"戒"体。吴讷释"戒"云："按韵书：'诫者，警敕之辞。'《文章缘起》曰：'汉杜笃作《女诫》。'辞已弗传。昭明《文选》亦无其体。今特取先正诫子孙及警世之语可为法戒者，录之于编，庶读者得所警发焉。"③徐师曾亦云："戒者，警敕之辞，字本作诫。文既有箴，而又有戒，则戒者，箴之别名欤？"④他们的"戒"，是"正诫子孙及警世之语可为法戒"的文体，与蔡邕的戒书显然有别。蔡邕界定文体属性，讨论文体的应用对象，辨析文体的异同，对后世的文章辨体起到了重要作用。刘勰《文心雕龙·诏策》云："汉初定仪则，则命有四品：一曰策书，二曰制书，三曰诏书，四曰戒敕。敕戒州部，诏告百官，制施赦命，策封王侯。策者，简也。制者，裁也。诏者，告也。敕者，正也。"⑤这些解释辨析，显然接受了蔡邕辨体理论的影响。

以上为帝王之文。蔡邕《独断》曰："凡群臣上书于天子者有四名，一曰章，二曰奏，三曰表，四曰驳议。"⑥其释"章"曰：

---

① 蔡邕：《独断》，上海古籍出版社，1990，第4页。
② 刘勰著，黄霖整理集评《文心雕龙》，上海古籍出版社，2008，第39页。
③ 吴讷：《文章辨体序说》，人民文学出版社，1962，第45页。
④ 徐师曾：《文体明辨序说》，人民文学出版社，1962，第141页。
⑤ 刘勰著，黄霖整理集评《文心雕龙》，上海古籍出版社，2008，第38页。
⑥ 蔡邕：《独断》，上海古籍出版社，1990，第4页。

❖ 汉魏六朝文体理论研究

>　　章者,需头,称稽首。上书谢恩陈事诣阙通者也。①

蔡邕说明了这种公文的格式,指出了这种文体是臣子用感谢帝王恩德的。任昉《文章缘起》云:"谢恩,汉丞相魏相请公车谢恩。"② 刘勰《文心雕龙·章表》云:"章以谢恩。"由此可知,章体就是"谢恩"体。奏的开头与章相似,但内容功用不同,蔡邕释"奏"曰:

>　　奏者,亦需头,其京师官但言"稽首",下言"稽首以闻"。其中者所请,若罪法劾案,公府送御史台,公卿校尉送谒者台也。③

刘勰《文心雕龙·奏启》释"奏"云:"若乃按劾之奏,所以明宪清国。昔周之太仆,绳愆纠谬;秦有御史,职主文法;汉置中丞,总司按劾。"蔡邕《独断》的奏体,是专门用来检举揭发罪过的文体。实际上就是萧统《文选》的"弹事"。吴讷称之为"弹文":"按《汉书》注云:'群臣上奏,若罪法按劾,公府送御史台,卿校送谒者台。'是则按劾之名,其来久矣。梁昭明辑《文选》,特立其目,名曰弹事。"④ 表与章奏在格式、内容上不同,其《独断》曰:

>　　表者,不需头,上言"臣某言",下言"臣某诚惶诚恐,稽首顿首,死罪死罪",左方下附曰"某官臣某甲上"。文多用编两行,文少以五行。诣尚书通者也。公卿校尉诸将不言姓,大夫以下有同姓官别者言姓。章曰报闻,公卿使谒者,将大夫以下至吏民,尚书左丞奏闻报可,表文报已奏如书。凡章表皆启封,其言密事,得皂囊盛。⑤

---

① 蔡邕:《独断》,上海古籍出版社,1990,第4页。
② 任昉撰,陈懋仁注《文章缘起》,《文渊阁四库全书》本。
③ 蔡邕:《独断》,上海古籍出版社,1990,第4页。
④ 吴讷:《文章辨体序说》,人民文学出版社,1962,第40页。
⑤ 蔡邕:《独断》,上海古籍出版社,1990,第4页。

刘勰《文心雕龙·章表》："表者，标也。《礼》有《表记》，谓德见于仪。其在器式，揆景曰表。"① 徐师曾《文体明辨序说》云："古者献言于君，皆称上书。汉定礼仪，乃有四品，其三曰表，然但用以陈请而已。后世因之，其用浸广。"②这是臣子专门用来陈述品德，表达请示的文体。其基本格式以"臣闻"、"臣言"开头，正文部分叙事表德、用以陈请。结尾部分用"诚惶诚恐，稽首顿首，死罪死罪"。"左方下附曰某官臣某甲上。"《文选》载有孔融《荐祢衡表》、诸葛亮《出师表》等19篇，可见这是一种历代臣子普遍应用的文体。因时代不同，格式小异。蔡邕《独断》曰："汉承秦法，群臣上书'皆言''昧死言'。王莽盗位慕古法，去'昧死'曰'稽首'，光武因而不改。朝臣曰'稽首顿首'，非朝臣曰'稽首再拜'、公卿侍中尚书衣帛而朝曰朝臣，诸营校尉将大夫以下，亦为朝臣。"③ 说明体貌大体相同，但也随时稍有变改。四体当中，尚有"驳议"，蔡邕《独断》释曰：

其有疑事，公卿百官会议。若台阁有所正处，而独执异议者，曰驳议。驳议曰：某官某甲议以为如是。下言臣愚憨议异，其非驳议，不言议异。其合于上意者，文报曰：某官某甲议可。④

刘勰《文心雕龙·议对》云："'周爰咨谋'，是谓为议。议之言宜，审事宜也。《易》之《节卦》：'君子以制度数，议德行。'《周书》曰：'议事以制，政乃弗迷。'议贵节制，经典之体也……迄至有汉，始立驳议。驳者，杂也，杂议不纯，故曰驳也。"⑤ 徐师曾曰："盖古者国有大事，必集群臣而廷议之，交口往复，务尽其情，若罢盐铁，击匈奴之类是也。"⑥ 刘勰、徐师曾把"驳议"解释为杂议，过于宽泛。蔡邕所说的驳

---

① 刘勰著，黄霖整理集评《文心雕龙》，上海古籍出版社，2008，第44页。
② 徐师曾：《文体明辨序说》，人民文学出版社，1962，第122页。
③ 蔡邕：《独断》，上海古籍出版社，1990，第4、5页。
④ 蔡邕：《独断》，上海古籍出版社，1990，第4页。
⑤ 刘勰著，黄霖整理集评《文心雕龙》，上海古籍出版社，2008，第48页。
⑥ 徐师曾：《文体明辨序说》，人民文学出版社，1962，第133页。

议，包含了两个重要因素：其一有疑事，其二独执异议，即持不同意见。这种文体按蔡邕的界定，属于分事析理，驳斥他人意见的文体。刘勰《议对》所举之例，如吾丘之驳挟弓、安国之辨匈奴，属于驳议之体；而贾谊之遍代诸生、刘歆之辨于祖宗，并不属于驳议之体。刘勰显然把驳议这种专门的文体，归到了非常宽泛的议对之中。

蔡邕除《独断》论及八体外，尚有专门讨论"铭"体的《铭论》。此论引经据典，详细辨析"铭"文产生的根源、发展变化以及铭文的一些具体特征：

> 《春秋》之论铭也，曰："天子令德，诸侯言时计功，大夫称伐。"昔肃慎纳贡铭之楛矢，所谓天子令德者也。黄帝有巾几之法，孔甲有《盘杅》之诫，殷汤有《甘誓》之勒，鼋鼎有丕显之铭。武王践阼，咨于太师，而作席机楹杖杂铭十有八章。周庙金人，缄口书背。铭之以慎言，亦所以劝进人主，勖于令德者也。昔召公作诰，先王赐朕鼎出于武当曾水；吕尚作周太师而封于齐，其功铭于昆吾之冶；汉获齐侯宝樽于槐里，获宝鼎于美阳；仲山甫有补衮阙，式百辟之功；《周礼·司勋》，凡有大功者，铭之大常，所谓诸侯言时计功者也。宋大夫正考父，三命兹益恭，而莫侮其国；卫孔悝之父庄叔，随难汉阳，左右献公，卫国赖之，皆铭于鼎，晋魏颗获秦杜回于辅氏，铭功于景钟，所谓大夫称伐者也。钟鼎礼乐之器，昭德纪功，以示子孙。物不朽者莫不朽于金石，故碑在宗庙两阶之间。近世以来，咸铭之于碑。德非此族不在铭典。①

蔡邕首先引《春秋》之语，把铭文分为"令德"、"记功"、"称伐"等三类，并以具体作品为例，阐释了铭文的特点；又根据铭文的载体不同，揭示古今文体之流变。这种思维方式，对后世的文体理论研究具有很大的启发意义。

---

① 严可均辑《全后汉文》卷七十四，商务印书馆，1999，第751页。

对蔡邕《独断》中的八体以及他的《铭论》，张少康、卢永璘先生给予了极高的评价："东汉末年的蔡邕不仅有《铭论》专论铭这种文体的特点，而且在《独断》中详细地剖析了策、制、诏、戒、章、奏、表、驳议八类文体的特征。后来曹丕把文体分为四类八种，陆机《文赋》分为十类，而挚虞《文章流别志》、刘勰《文心雕龙》、萧统《文选》分得更细，都是在汉代基础上的进一步发展。由此也可以充分说明汉代才真正是文学独立和自觉的时代，而魏晋只是它的继续和发展。"[1] 蔡邕《独断》并非专门论文的著作，虽然涉及君臣八体，但与魏晋南北朝的文体论也有不小的差别。从现存的资料看，关于文体研究的论著，当以蔡邕的《独断》为最早，"从蔡邕《独断》，到萧统《文选》，前后绵延三百多年，中国文体学得以最终确立"[2]。

第四节　刘熙的"释典艺"

刘熙《释名》，以通俗的语言解释典艺名物，涉及与经书有关的各种文体。刘熙，字成国，北海人。有《谥法注》三卷、《释名》八卷。《隋书·经籍志》著录："《释名》八卷，刘熙撰。"《释名》问世以来，一直受到人们的关注。《三国志·吴志·韦曜传》评曰："见刘熙所作《释名》，信多佳者，然物类众多，难得详究，故时有得失，而爵位之事，又有非是。愚以官爵，今之所急，不宜乖误。因自忘至微，又作《官职训》及《辩释名》各一卷，欲表上之。"《颜氏家训》卷七《音辞篇》称："自《春秋》标齐言之传，《离骚》目《楚词》之经，此盖其较明之初也。后有扬雄著《方言》，其言大备。然皆考名物之同异，不显声读之是非也。逮郑玄注六经，高诱解《吕览》、《淮南》，许慎造《说文》，刘熹（熙）制《释名》，始有譬况假借以证音字耳。"关于《释名》一书的性质，古今颇有争论，有的认为是"推源之书"，有的认为是"释义之书"。现代学

---

[1] 张少康、卢永璘：《先秦两汉文论选·前言》，人民文学出版社，1996，第32页。
[2] 曹道衡、刘跃进：《先秦两汉文学史料学》，中华书局，2005，第372页。

者对《释名》性质仍然众说纷纭。①《四库全书总目》卷四十评《释名》云："其书二十篇。以同声相谐，推论称名辨物之意，中间颇伤于穿凿，然可因以考见古音。又去古未远，所释器物，亦可因以推求古人制度之遗。"《四库全书》收其入"经部"之"小学"类，归之为训诂之属。刘熙在序文中简要说明了著述的缘起，其《释名序》云：

> 熙以为自古造化，制器立象，有物以来，迄于近代，或典礼所制，或出自民庶，名号雅俗，各方名殊。圣人于时，就而弗改，以成其器，著于既往。哲夫巧士，以为之名，故兴于其用，而不易其旧，所以崇易简、省事功也。夫名之于实，各有义类，百姓日用，而不知其所以之意，故撰天地、阴阳、四时、邦国、都鄙、车服、丧纪，下及民庶应用之器，论叙指归，谓之《释名》，凡二十七篇。至于事类，未能究备。凡所不载，亦欲智者以类求之。博物君子，其于答难解惑，王父幼孙，朝夕侍问，以塞可谓之士，聊可省诸。②

刘熙《释名》，以"同声相谐"，解释所论事物的名称和意义。内容包括：释天第一，释地第二，释山第三，释水第四，释丘第五，释道第六，释州国第七，释形体第八，释姿容第九，释长幼第十，释亲属第十一，释言语第十二，释饮食第十三，释采帛第十四，释首饰第十五，释衣服第十六，释宫室第十七，释床帐第十八，释书契第十九，释典艺第二十，释用器第二十一，释乐器第二十二，释兵第二十三，释车第二十四，释船第二十五，释疾病第二十六，释丧制第二十七，共27篇。其中释言语部分，有几条涉及与文体有关的内容；释书契、释典艺，比较集中地对当时常用文体进行了简要阐释。辑录《释言语》如下：

> 言，宣也，宣彼此之意也。

---

① 王闰吉：《〈释名〉研究历程及争鸣》，《遵义师范学院学报》2006年第3期。
② 严可均辑《全后汉文》，商务印书馆，1999，第870页。

第一章　先秦两汉的文体论 ❖

　　语，叙也，叙己所欲说也。
　　说，述也，宣述人意也。
　　序，抒也，抴抒其实也。
　　抴，泄也，发泄出之也。

　　颂，容也，叙说其成功之形容也。
　　赞，录也，省录之也。

　　铭，名也，记名其功也。
　　勒，刻也，刻识之也。
　　纪，记也，记识之也。

　　刘熙将"言"、"语"、"说"、"序"放到一组进行解释，揭示了"说"、"序"与言语的密切关系。刘熙释"文"曰："文者，会集众采以成锦绣，会集众字以成词谊，如文绣然也。"言语，显然与"会集众字"的文章有别，"说"、"序"的述意泄实，当为口语表达。"颂"，又见于《释典艺》："称颂成功，谓之颂。""赞"，毕沅注曰："此《说文》所无。古者赞美之赞不从言。《汉书》纪传之赞可证。诸本加言旁者，盖读字之误。此实当作'读'，读与录声相近也。"①叶德炯曰："毕说非是。……赞、录双声，故取以为训。"②刘熙《释典艺》曰："称人之美曰赞。"推刘熙之意，《释言语》之"赞"，侧重于口语；《释典艺》之"赞"，则侧重于书面语的表达。颂、赞具有相近的属性，所以连在一起解释。铭，叶德炯注曰："此钟鼎铭之'铭'。《左（传）·襄公十九年传》'作林钟而铭鲁功焉'，是也。与《典艺篇》之'铭'别。"③《释书契》解释了笔、墨、纸、砚等书写工具及属于笔类的一些应用文体，辑录如下：

---

① 刘熙撰，毕沅疏证，王先谦补《释名疏证补》，中华书局，2008，第114页。
② 刘熙撰，毕沅疏证，王先谦补《释名疏证补》，中华书局，2008，第114页。
③ 刘熙撰，毕沅疏证，王先谦补《释名疏证补》，中华书局，2008，第114页。

❖ 汉魏六朝文体理论研究

奏，邹也；邹，狭小之言也。

檄，激也，下官所以激迎其上之书文也。

谒，诣也，诣，告也，书其姓名于上，以告所至诣者也。

符，付也，书所敕命于上，付使传行之也。

传，转也，转移所在，执以为信也。亦曰过所，过所至关津以示之也。

券，绻也，相约束缱绻以为限也。

契，刻也，刻识其数也。

策，书教令于上，所以驱策诸下也。汉制：约敕封侯曰册。

册，赜也，敕使整赜不犯之也。

启，诣也，以启语官司所至诣也。

书，庶也，纪庶物也；亦言著也，著之简纸，永不灭也。

上敕下曰告。告，觉也，使觉悟知己意也。

下言于上曰表，思之于内，表施于外也。又曰上，示之于上也。

又曰言，言其意也。

刘熙解释文体，由声训和义训两部分构成。和蔡邕《独断》注重文体的格式、内容相比较，刘熙更侧重文体的意义。如帝王之"策"，刘熙释为"书教令于上，所以驱策诸下也"。臣子之"奏"，释为"狭小之言也"。刘熙释"檄"为"激迎其上之书文也"，颇启后人之疑惑。毕沅注曰："按战国以来，始有檄名，或以谕下，或以辟吏，或以征召，或以威敌，未有如此所云者。《文心雕龙》云：'檄者，皦也。'亦似得之。"[1]《汉书·高帝纪下》："吾以羽檄征天下兵。"颜师古注"檄者，以木简为书，长尺二寸，用征召也。其有急事，则加鸟羽插之，示速疾也。"[2] 此为征召之例。毕沅所举谕下、辟吏、威敌之檄文，刘勰《文心雕龙·檄移》篇皆有其类，而无刘熙所释"激迎"之说。王启原曰："按毕所举数义，证

---

[1] 刘熙撰，毕沅疏证，王先谦补《释名疏证补》，中华书局，2008，第203页。
[2] 刘勰著，詹锳义证《文心雕龙义证》，上海古籍出版社，1989，第760页。

之史传皆合，然致疑于此，谓为未有，则过。《后汉书·陈寔传》：'怀檄请见。'《范丹传》：'少为县小吏，奉檄迎督邮。'《吴祐传注》引谢承《书》：'上司无笺檄之敬。'《三国志·吕蒙传》：'孙权与陆逊论周瑜、鲁肃及蒙曰：孟德因获刘琮之势，张言方率数十万众，水步俱下，孤普请咨问所宜，无适先对，至子布、文表，俱言宜遣使修檄迎之。'此皆下官迎上书文之明证，激迎之说，未可非也。"①"怀檄"、"奉檄"、"笺檄"、"修檄"之"檄"，属于下对上的文体，是下级为迎合上级旨意而作的文体。面对曹操的强势，孙权没有采纳"遣使修檄迎之"的求和方式，而是用吕蒙计策，"急呼公瑾，付任以众，逆而击之"，从而奠定了三国鼎立的基础。《文选》卷四十四载有《为袁绍檄豫州》，是陈琳为袁绍所作讨伐曹操的檄文，似兼有"激迎"、"威敌"之二义。

《释典艺》，包含释典籍、释艺文两方面内容。刘熙介绍了"三坟"、"五典"、"八索"、"九丘"等已经亡佚的典籍。从"《易》，易也。"一直到"与诸弟子所语之言也。"刘熙解释了当时尚存的典籍，辑录如下：

《易》，易也，言变易也。
《礼》，体也，得其事体也。
《仪》，宜也，得事宜也。
《传》，传也，以传示后人也。
《记》，纪也，纪识之也。
《诗》，之也，志之所之也。兴物而作，谓之兴。敷布其义，谓之赋。事类相似，谓之比。言王政事，谓之雅。称颂成功，谓之颂。随作者之志而别名之也。
《尚书》，尚，上也，以尧为上，始而书其时事也。
《春秋》，春秋冬夏终而成岁，举春秋，则冬夏可知也。《春秋》书人事，卒岁而究备，春秋温凉中，象政和也，故举以为名也。
《国语》，记诸国君臣相与言语谋议之得失也。又曰《外传》，

---

① 刘熙撰，毕沅疏证，王先谦补《释名疏证补》，中华书局，2008，第203页。

《春秋》以鲁为内，以诸国为外，外国所传之事也。

《尔雅》，尔，昵也。昵，近也，雅，义也。义，正也。五方之言不同，皆以近正为主也。

《论语》，记孔子与诸弟子所语之言也。

刘熙讨论的典籍，主要为儒家的经典，反映出汉代浓郁的宗经思想。在解释儒家经典的基础上，刘熙进一步讨论了与儒家经典密切相关的各种文体：

令，领也，理领之，使不得相犯也。

诏书，诏，照也，人暗不见事宜，则有所犯，以此照示之，使昭然知所由也。

论，伦也，有伦理也。

赞，称人之美曰赞。赞，纂也，纂集其美而叙之也。

叙，杼也，杼泄其实宣见之也。

铭，名也，述其功美，使可称名也。

诔，累也，累列其事而称之也。

谥，曳也。物在后为曳，言名之于人亦然也。

谱，布也，布列见其事也。亦曰绪也，主绪人世，类相继如统绪也。

刘熙释"赞"、"叙"、"铭"与《释言语》重见，而义各别，"《言语篇》释其名，此篇则释其实，如前'礼'、'仪'、'传'、'记'四字例此。"叶德炯曰："'论'如桓宽《盐铁论》、王符《潜夫论》、桓谭《新论》之论。"[①] 刘熙兼释文体音、义。其释义部分，大体相当于刘勰文体论"释名以章义"部分，三言两语，概括出文体的基本特征。刘熙《释典艺》，把儒家经典与文体联系在一起，对后代的文体理论无疑具有启发意

---

① 刘熙撰，毕沅疏证，王先谦补《释名疏证补》，中华书局，2008，第217页。

义。刘勰的《宗经》篇，颜之推论文体之源，都把各种文体的起源，归结于儒家的五经，显然接受了刘熙的观点。除上列文体外，刘熙还论及"碑"、"词"两种文体：

> 碑，被也，此本葬时所设也。于鹿卢，以绳被其上，引以下棺也。臣子追述君父之功美，以书其上，后人因焉，无故建于道陌之头，显见之处，名其文就，谓之碑也。
>
> 词，嗣也，令撰善言相续嗣也。

石碑、辘轳、绳索，本是下棺的工具，臣子为了缅怀追述君父的功德业绩，在石碑上刻上悼念的文字，于是出现了碑文。后人因袭这种形式，扩大了使用范围，由专门的悼念君父，进而悼念亲朋好友。《文选》卷五十八所选蔡邕《郭有道碑文》、《陈太丘碑文》属于此类。碑文大体由三部分构成，首先写碑主生前的品德风范，其次写碑主死后受到的称誉，结尾为铭文。刘熙特别强调铭文之辞，需要"撰善言相续嗣也"，讲究辞采之美，刘熙对碑文的解释，带有推原的性质。刘勰文体论"原始以表末"，与此相类。

蔡邕、刘熙的文体论，是在对典章制度考释的基础上形成的。蔡邕讨论的八体，都属于笔类的应用文体。刘熙《释名》，涉及文体很多，但其重点在于音、义的解释，而不在于探讨文体本身的源流，在古代图书归类中，属于经部之小学类。其对文体的解释，失之笼统。如"谥，曳也，物在后为曳，言名之于人亦然也"，只注意到谥与"曳"的某些相似点，而不及谥以定谥的文体本质。蔡邕《独断》、刘熙《释名》以后，曹丕把文体分为四类八种，陆机《文赋》分为十类，而挚虞《文章流别志》、刘勰《文心雕龙》、萧统《文选》分得更为细致。

第五节 汉代赋体论的生成与发展

汉代在政治、思想两个大一统的背景下，出现了标志一代文学成就的

❖ 汉魏六朝文体理论研究

文体——汉大赋。汉赋的作者往往在赋序中阐释自己创作的目的和动机，有时也评价批评别人的创作。"丽"而"讽"，是汉代评赋的主要标准。魏晋南北朝时期，由曹丕的"诗赋欲丽"、再到陆机的"赋体物而浏亮"，逐渐淡化了赋的讽谏功能，突出了赋的铺陈写物的文体特征，而汉代极其重视的讽谏功能，则被其他的应用文体所取代。

汉代对文化的认识和建设有个发展过程。汉高祖刘邦，不喜欢读书，甚至讨厌文士。《汉书·郦食其传》载骑士曰："沛公不喜儒，诸客冠儒冠来者，沛公辄解其冠溺其中。与人言，常大骂。未可以儒生说也。"① 《汉书·陆贾传》载："贾时时前说称《诗》、《书》。高帝骂之曰：'乃公居马上得之，安事《诗》、《书》！'贾曰：'马上得之，宁可以马上治乎？且汤、武逆取而以顺守之，文武并用，长久之术也。昔者吴王夫差、智伯极武而亡；秦任刑法不变，卒灭赵氏。乡使秦以并天下，行仁义，法先圣，陛下安得而有之？'高帝不怿，有惭色，谓贾曰：'试为我著秦所以失天下，吾所以得之者，及古成败之国。'贾凡著十二篇。每奏一篇，高帝未尝不称善，左右呼万岁，称其书曰《新语》。"② 刘邦想知道得天下、失天下的原因，在陆贾《新语》中找到了答案，于是对自己的粗鲁行为进行反思。其《手敕太子》云："吾遭乱世，当秦禁学，自喜，谓读书无益。洎践祚以来，时方省书，乃使人知作者之意，追思昔所行，多不是。"又云："吾生不学书，但读书问字而遂知耳。以此故不大工，然亦足自辞解。今视汝书，犹不如吾。汝可勤学习，每上疏，宜自书，勿使人也。"③ 刘邦曾以不学无术为喜，当了帝王以后，反省己过，并督促文化水平不高的太子读书学习，动笔写作。这种由轻视儒生到重视文化的思想转变，直接影响皇室文化乃至整个士风。此后，汉代采取了大收篇籍、广开献书之路、建藏书之策、置写书之官、求遗书于天下等一系列措施，终于出现了"百年之间，书积如山"的良好势头。班固《两都赋序》云：

---

① 班固：《汉书》，中华书局，2000，第1625页。
② 班固：《汉书》，中华书局，2000，第1630、1631页。
③ 严可均辑《全汉文》，商务印书馆，1999，第5页。

第一章　先秦两汉的文体论

> 大汉初定，日不暇给。至于武宣之世，乃崇礼官，考文章。内设金马石渠之署，外兴乐府协律之事，以兴废继绝，润色鸿业。是以众庶悦豫，福应尤盛，《白麟》、《赤雁》、《芝房》、《宝鼎》之歌，荐于郊庙。神雀、五凤、甘露、黄龙之瑞，以为年纪。故言语侍从之臣，若司马相如、虞丘寿王、东方朔、枚皋、王褒、刘向之属，朝夕论思，日月献纳；而公卿大臣御史大夫倪宽、太常孔臧、太中大夫董仲舒、宗正刘德、太子太傅萧望之等，时时间作。或以抒下情而通讽谕，或以宣上德而尽忠孝，雍容揄扬，著于后嗣，抑亦《雅》、《颂》之亚也。故孝成之世，论而录之。盖奏御者千有余篇，而后大汉之文章，炳焉与三代同风。①

国力强盛，帝王嗜好，使这些聚集在帝王周围的文章之士有了稳定的写作环境，于是他们"朝夕论思，日月献纳"，把全部身心投入赋体写作当中，就连公卿大臣、当朝大儒也经常写赋，献给帝王。"奏御者千有余篇"，反映了汉赋创作的盛况。

文学批评、文学理论所讨论的对象，是具体的文学创作。最早对汉赋这种文体提出看法并进行评价的就是赋家本身。两汉文章家，司马相如、司马迁、扬雄、班固等都对赋体提出过极有影响的看法。围绕汉赋展开的长久论争，构成了汉代文学批评的重要内容。

司马相如以赋家的身份，提出了"赋心"说。张溥《汉魏六朝百三家集题辞》云："梁昭明太子《文选》，登采绝严，独于司马长卿取其三赋四文，其生平壮篇略具，殆心笃好之，沉湎终日而不能舍也。太史公曰：'长卿赋多虚辞滥说，要归节俭，与《诗》讽谏何异？'余读之良然。《子虚》、《上林》，非徒极博，实发于天材。扬子云锐精揣炼，仅能合辙，然疏密大致犹《汉书》与《史记》也。《美人赋》风诗之尤，上掩宋玉，盖长卿风流诞放，深于论色，即其所自叙传，琴心善感，好女夜亡，史迁形

---

① 萧统编，李善注《文选》，上海古籍出版社，1986，第2~3页。

状，安能及此。他人之赋，赋才也，长卿，赋心也，得之于内，不可以传。"①张溥认为，赋家多以才骋辞，追求靡丽，而司马相如则能以才赋心。无论是铺陈写物的《子虚》、《上林》，还是深于论色的《美人赋》，都是心有所感，发而为文。鲁迅先生在《汉文学史纲要》中称赞司马相如作赋"不师故辙，自抒妙才，广博宏丽，卓越汉代"②。赋心，正是司马相如高出同时代赋家的根本原因。

"赋心说"，见于《西京杂记》。司马相如友人盛览，字长通，牂牁名士，尝问司马相如作赋问题。司马相如回答说："合綦组以成文，列锦绣而为质，一经一纬，一宫一商，此作赋之迹也。赋家之心，包括宇宙，总览人物，斯乃得之于内，不可得其传也。"③司马相如论赋，以"綦组"、"锦绣"，强调作赋要讲究辞采华美，以一宫、一商，说明作赋有韵律。而赋家本身应该做到"包括宇宙，总览人物"。赋家的胸襟怀抱要与宇宙相通，古今相连，就像陆机《文赋》所说"伫中区以玄览"、"观古今于须臾"。依詹师解释："所谓'赋家之心'，似指赋的艺术构思。司马相如认为：赋的构思应该视野宏阔，想象超远，举凡自然景物，社会人物，都应纳入视野。所以《上林赋》中，'左苍梧，右西极，丹水更其南，紫渊径其北'，凡想象所及之物，无不写进赋中。而所谓'赋家之迹'，则指赋的形式。司马相如认为：赋的形式要华美。讲辞藻，讲文采，如同编织锦绣；讲声韵，讲音乐美，如同宫商协奏。"④"正是在这种理论指导下，他自觉地对客观事物进行形象的艺术描绘，摛藻铺陈。因而他创作的《子虚》、《上林》赋，体制宏伟，辞藻瑰丽，想象丰富，描写细致，气韵排宕，纵横自如，反映了汉帝国物产丰饶、园林广大、文化昌盛、国力强盛的气象和面貌，歌颂了大一统中央王朝的气魄和声威，具有时代意义，而且开一代赋风，奠定了典型的汉大赋体制，确立了'劝百讽一'的赋颂传

---

① 张溥：《汉魏六朝百三家集》，上海古籍出版社，1994，第23页。
② 鲁迅：《汉文学史纲要》，人民文学出版社，1973，第57页。
③ 严可均辑《全汉文》，商务印书馆，1999，第221、222页。
④ 詹福瑞：《中古文学理论范畴》，河北大学出版社，1997，第88页。

统。"① 赋家之心,既有心与物色的契合,也有心与人物的交融,因此司马相如笔下的子虚、乌有、无是公、大人、美人等,显得异常鲜活。

司马迁对赋的评价,与他的发愤著书说一致。司马迁虽然生逢盛世,却因李陵之祸而失去了做人的尊严,给他身心造成了极大伤害。《史记·太史公自序》以悲愤的心情,倾诉了自己的伤感愤懑:"七年而太史公遭李陵之祸,幽于缧绁,乃喟然而叹曰:'是余之罪也夫?是余之罪也夫!身毁不用矣。'"②《报任少卿书》同样表达了司马迁的悲愤之情:"故祸莫憯于欲利,悲莫痛于伤心,行莫丑于辱先,诟莫大于宫刑。……是以肠一日而九回,居则忽忽若有所亡,出则不知其所往。每念斯耻,汗未尝不发背沾衣也。"(《文选》卷四十一)正是有了这样的人生经历,所以司马迁无论评价屈原、贾谊,还是评价司马相如,都始终贯穿着"发愤著书"的核心精神。在他看来,那些伟大的传世之作,都是君子道穷,心中有所郁结发而为文的产物。因此,他特别强调赋的讽谏意义。司马迁对赋的认识,集中体现在对司马相如作品的评价上,其《史记·司马相如列传》云:

《春秋》推见至隐,《易》本隐之以显,《大雅》言王公大人而德逮黎庶,《小雅》讥小己之得失,其流及上。所以言虽外殊,其合德一也。相如虽多虚辞滥说,然其要归引之节俭,此与《诗》之风谏何异。扬雄以为靡丽之赋,劝百风一,犹驰骋郑卫之声,曲终而奏雅,不已亏乎?③

其《史记·太史公自序》云:

《子虚》之事,《大人》赋说,靡丽多夸,然其指风谏,归于无为。作《司马相如列传》第五十七。④

---

① 朱一清、孙以昭校注《司马相如集校注》,人民文学出版社,1996,第2页。
② 司马迁:《史记》,中华书局,2000,第2493页。
③ 司马迁:《史记》,中华书局,2000,第2339页。
④ 司马迁:《史记》,中华书局,2000,第2506页。

司马迁批评了赋家的"虚辞滥说"、"靡丽多夸"。他不满于司马相如赋的过分夸饰，过分追求辞采；充分肯定了司马相如赋的讽谏意义，指出赋家的创作动机在于引导、劝谏、讽谕帝王归于节俭，归于无为，从而阻止帝王追求赋家描绘的虚构世界。赋家之"微言大义"，与《春秋》相通；"见微知著"与《易》相合；讥刺得失，关注黎庶，深得《雅》之精髓。从讽谏、教化的意义来看，司马相如之赋完全可以和《诗经》相提并论。

司马迁评价《子虚赋》、《大人赋》，在强调赋的讽谏作用时，也注意到了作家主观意图与实际功用之间的矛盾。帝王这个特殊的读者，不仅没有接受赋家的讽谏，相反却受到了鼓励。最主要的原因在于赋的虚构性而产生的巨大诱惑力、感染力。《史记·司马相如列传》载："相如以'子虚'，虚言也，为楚称；'乌有先生'者，乌有此事也，为齐难；'无是公'者，无是人也，明天子之义。故空藉此三人为辞，以推天子诸侯之苑囿。其卒章归之于节俭，因以风谏。奏之天子，天子大说。"①司马迁肯定赋之卒章显志的讽谏意义，但对丽靡之辞提出了尖锐批评："赋奏，天子以为郎。无是公言天子上林广大，山谷水泉万物，及子虚言楚云梦所有甚众，侈靡过其实，且非义理所尚，故删取其要，归正道而论之。"②夸奢靡丽之论，言过其实，不合义理，唯取终篇归于正道之义。《大人赋》也存在同样的问题。"相如拜为孝文园令。天子既美子虚之事，相如见上好仙道，因曰：'上林之事未足美也，尚有靡者。臣尝为《大人赋》，未就，请具而奏之。'相如以为列仙之传居山泽间，形容甚臞，此非帝王之仙意也，乃遂就《大人赋》。……相如既奏《大人之颂》，天子大说，飘飘有凌云之气，似游天地之间意。"③司马迁以"微而讽"的笔调，委婉点出帝王不仅没有接受赋家的讽谏，反而受到鼓励，"飘飘有凌云之气，似游天地之间意。"想象虚构，辞采夸饰，远远超过了现实的讽谏力量。对赋家来说，这无疑是个沉重打击。但作为创作来说，却是非常成功的作品。因为读者在阅读作品时，受到了感染，情感受到了打动。赋家主观讽谏的失落，被

---

① 司马迁：《史记》，中华书局，2000，第2289页。
② 司马迁：《史记》，中华书局，2000，第2318页。
③ 司马迁：《史记》，中华书局，2000，第2327、2332页。

扬雄概括为"欲讽反劝"。这一点构成了扬雄对赋体写作的反戈一击。对汉赋前后态度形成巨大反差的正是扬雄。

扬雄对赋的认识与司马迁有相通之处，强调赋的讽谏。但对赋的态度，前后有很大变化。由早期的呕心沥血，到晚期的反戈一击，其间必定经历了痛苦的反思。《汉书·扬雄传》曰："顾尝好辞赋。先是时，蜀有司马相如，作赋甚弘丽温雅，雄心壮之，每作赋，常拟之以为式。又怪屈原文过相如，至不容，作《离骚》，自投江而死，悲其文，读之未尝不流涕也。"①

扬雄少而好赋，自觉为之，意在讽谏。《汉书·扬雄传》所载四赋，皆为讽劝之作。其《甘泉赋序》曰："孝成帝时，客有荐雄文似相如者，上方郊祠甘泉泰畤、汾阴后土，以求继嗣，召雄待诏承明之庭。正月，从上甘泉，还奏《甘泉赋》以风。"②《河东赋序》曰："其三月，将祭后土，上乃帅群臣横大河，凑汾阴。既祭，行游介山，回安邑，顾龙门，览盐池，登历观，陟西岳以望八荒，迹殷周之虚，眇然以思唐虞之风。雄以为临川羡鱼不如归而结网，还，上《河东赋》以劝。"③《羽猎赋序》曰："其十二月羽猎，雄从。……游观侈靡，穷妙极丽。虽颇割其三垂以赡齐民，然至羽猎田车戎马器械储偫禁御所营，尚泰奢丽夸诩，非尧、舜、成汤、文王三驱之意也。又恐后世复修前好，不折中以泉台，故聊因《校猎赋》以风。"④《长杨赋序》曰："明年，上将大夸胡人以多禽兽，秋，命右扶风发民入南山，西自褒斜，东至弘农，南驱汉中，张罗网罝罘，捕熊罴豪猪虎豹狖玃狐菟麋鹿，载以槛车，输长杨射熊馆。以网为周阹，纵禽兽其中，令胡人手搏之，自取其获，上亲临观焉。是时，农民不得收敛。雄从至射熊馆，还，上《长杨赋》，聊因笔墨之成文章，故藉翰林以为主人，子墨为客卿以风。"⑤创作缘起因事而异，创作目的则非常纯粹。

---

① 班固:《汉书》，中华书局，2000，第 2608 页。
② 班固:《汉书》，中华书局，2000，第 2614 页。
③ 班固:《汉书》，中华书局，2000，第 2624 页。
④ 班固:《汉书》，中华书局，2000，第 2628 页。
⑤ 班固:《汉书》，中华书局，2000，第 2641 页。

❖ 汉魏六朝文体理论研究

扬雄直接用赋这样的文体形式参与时政，规劝帝王。问题是赋家的讽谏之意，往往被赋体的铺陈辞藻所淹没，而帝王恰恰被赋家虚构的壮美和宏大所感染。不仅没能接受讽谏，反而容易受到鼓励，在情感和物质上有意追求赋家提供的虚幻世界。赋家的主观期望和帝王读赋时产生的客观效果出现了巨大的反差。扬雄对赋的反思正是从这里感悟、切入的。《汉书》本传记载了他对赋作的看法：

> 雄以为赋者，将以风也，必推类而言，极丽靡之辞，闳侈钜衍，竞于使人不能加也，既乃归之于正，然览者已过矣。往时武帝好神仙，相如上《大人赋》，欲以风，帝反缥缥有陵云之志。繇是言之，赋劝而不止，明矣。又颇似俳优淳于髡、优孟之徒，非法度所存，贤人君子诗赋之正也，于是辍不复为。①

扬雄以司马相如《大人赋》为例，说明赋家欲讽反劝的尴尬。赋家以"闳侈钜衍"的超常想象和优美的语言形式创造的赋体，具有文学的特征。而文学作品的魅力在于感染性情，打动人心。单从文学欣赏的角度看，帝王读赋产生的"缥缥有陵云之志"属于正常的心理活动。问题是用赋这样的文学形式直接参与政治活动，以情感的形式制约理智的政治，其实并不合适。所以扬雄对赋体的态度发生了急剧转折，其《法言·吾子》曰：

> 或问："吾子少而好赋。"曰："然。童子雕虫篆刻。"俄而，曰："壮夫不为也。"
> 或曰："赋可以讽乎？"曰："讽乎！讽则已，不已，吾恐不免于劝也。"或曰："雾縠之组丽。"曰："女工之蠹矣。"②

赋体写作，即使大才，也难一蹴而就，需苦心经营，耗费心血。扬雄

---

① 班固：《汉书》，中华书局，2000，第2653页。
② 汪荣宝撰，陈仲夫点校《法言义疏》，中华书局，1987，第45页。

急于赋成，险些丢掉性命。桓谭也因写赋，大病一场。其《新论·祛蔽》云："余少时见扬子云之丽文高论，不自量年少新进，而猥欲逮及。尝激一事，而作小赋，用精思太剧，而立感动发病，弥日瘳。子云亦言，成帝时，赵昭仪方大幸，每上甘泉，诏使作赋，为之卒暴，思精苦，始成，遂困倦小卧，梦其五藏出在地，以手收而内之。及觉，病喘悸，大少气。病一岁。"[1] 扬雄从早期的呕心沥血，到后期的全面否定，其根本原因在于赋是否能起到讽谏作用。在他看来，赋是具有讽谏作用的，但能够起到这样的作用，赋家就应该停止铺陈夸饰。一味追求辞采，大肆渲染气氛，无限拉长赋的长度，"竞于使人不能加也，既乃归之于正，然览者已过矣"。这样的大赋，在扬雄看来，不仅起不到讽谏的作用，反而起到鼓励的作用。雾縠虽丽，蠹害女工；辞赋虽巧，惑乱圣典。为此，扬雄把赋分为诗人之赋和辞人之赋两种类型，其说见于《法言·吾子》：

或问："景差、唐勒、宋玉、枚乘之赋也，益乎？"曰："必也淫。""淫，则奈何？"曰："诗人之赋丽以则，辞人之赋丽以淫。如孔氏之门用赋也，则贾谊升堂，相如入室矣。如其不用何？"[2]

扬雄并不反对"丽"，不管是诗人之赋，还是辞人之赋，都具有共同的特征。判断诗人之赋和辞人之赋的标志为"则"与"淫"。"则"，法度，赋家要以起到讽谏作用为限度，讽则已，不已，就是"淫"，就是过分。论者以为屈原以后的赋皆为辞人之赋。其实扬雄本人并没有明确指出具体的赋家。按他"雕虫小技"的说法，汉代的作家只有"贾谊升堂，相如入室"。而司马相如的赋，在他看来并没有起到真正意义上的讽谏作用。就连他自己的赋恐怕也属于辞人之赋。王充《论衡·遣告篇》记载了帝王读赋的反应："孝武皇帝好仙，司马长卿献《大人赋》，上乃仙仙有凌云之气。孝成皇帝好广宫室，扬子云上《甘泉颂》，妙称神怪，若曰非人力所

---

[1] 桓谭：《新论》，上海人民出版社，1977，第30页。
[2] 汪荣宝撰，陈仲夫点校《法言义疏》，中华书局，1987，第49、50页。

能为，鬼神力乃可成。皇帝不觉，为之不止。长卿之赋，如言仙无实效；子云之颂，言奢有害。孝武岂有仙仙之气者，孝成岂有不觉之惑哉？然即天之不为他气以谴告人君，反顺人心以非应之，犹二子为赋颂，令两帝惑而不悟也。"[①] 扬雄结合赋体的特征、帝王的欣赏以及司马相如和自己的创作实践，揭示了"丽"与"讽"之间的矛盾，对赋体创作进行了深刻反思，有其积极意义。尤其是对"丽"的认识，体现了鲜明的时代特征和创作的自觉，直接影响到对文学内部规律的探讨。曹丕《典论·论文》的"诗赋欲丽"，以及刘勰《文心雕龙·诠赋》的"风归丽则"，均与扬雄的赋体观念有关。但以是否具有讽谏作用的政治标准评价赋体，从而导致对赋体的全面否定，显然是他的局限性。

汉代论赋的焦点集中在赋是否具有讽谏意义。至于赋体"丽"的风格特征，论者基本上采取了认同态度。只是对过分追求辞采而忽视讽谏提出了批评。班固是自觉为政治服务的文人，所以他的赋论强调了赋的颂扬功能。

汉代论赋，在思想内容上，无论是司马迁、扬雄，还是班固，都非常重视赋的讽谏意义。所以他们在论赋时，往往把汉赋与《诗经》紧密地联系在一起。但汉赋之"赋"，从根本上说，显然不同于"赋诗言志"之"赋"，前者是创作，而后者是引用。所谓"与《诗》之讽谏何异"、"赋者，古诗之流"，强调的是赋对《诗经》讽谏传统的借鉴。

汉代论赋，在艺术手法上，肯定了"丽"的特征。而这种艺术特征的获得，显然来自对屈原《离骚》等作品的摹拟与创新，"是以枚贾追风以入丽，马扬沿波而得奇，其衣被词人，非一代也"[②]。"靡丽多夸"、"丽靡之辞"，恰恰是汉赋与《诗经》，乃至《离骚》不同的文体特征，确立了汉赋的独立性。

第六节　汉代骚体论的生成与发展

汉赋的产生和发展，与屈原《离骚》有很深的渊源关系。汉代对赋的

---

① 黄晖撰《论衡集释》，中华书局，1990，第641、642页。
② 刘勰著，黄霖整理集评《文心雕龙》，上海古籍出版社，2008，第10页。

第一章　先秦两汉的文体论

论争，自然要涉及对屈原作品的评价，并由此而扩大对屈原人格的评价。汉代赋家，祖述屈原，或追风入丽，或沿波得奇。他们以儒家思想为基础，对屈原的人格和作品，展开了长久的论争，甚至出现反差极大的评价。司马迁、班固、王逸的批评，代表了汉代不同历史时期对屈原及其作品的看法。

最早对屈原人格进行评价的是汉初的贾谊。其《吊屈原文序》曰："谊为长沙王太傅，既以谪去，意不自得，及渡湘水，为赋以吊屈原。屈原，楚贤臣也，被谗放逐，作《离骚赋》，其终篇曰：'已矣哉！国无人兮，莫我知也。'遂自投汨罗而死。谊追伤之，因以自喻。"①贾谊称赞屈原的品德，同情屈原的遭遇。但对屈原的选择提出了多种可能："凤漂漂其高逝兮，固自引而远去。袭九渊之神龙兮，沕深潜以自珍。偭蟂獭以隐处兮，夫岂从虾与蛭螾？所贵圣人之神德兮，远浊世而自藏。使骐骥可得系而羁兮，岂云异夫犬羊？般纷纷其离此尤兮，亦夫子之故也！历九州而相其君兮，何必怀此都也？凤凰翔于千仞兮，览德辉而下之。"②贾谊以道家思想评价屈原，认为屈原可以像凤凰一样，高高飞翔，远离尘世；也可以像神龙一样，潜入深深的水底。而且可以选择自己的君王，施展自己的抱负。

贾谊的《吊屈原文》，称《离骚》为《离骚赋》，表明汉初"骚"与"赋"并没有区别，屈原的《离骚》就是"赋"，可以混称为《离骚赋》。贾谊明确指出屈原《离骚》，是被谗放逐的产物，吊文全篇充满了感伤色彩。

淮南王刘安作《离骚传》，原文亡轶，所评数语见于司马迁《史记·屈原贾生列传》和班固的《离骚序》。班固《离骚序》曰："昔在孝武，博览古文，淮南王安《叙离骚传》，以'《国风》好色而不淫，《小雅》怨诽而不乱，若《离骚》者，可谓兼之。蝉蜕浊秽之中，浮游尘埃之外，皭然泥而不滓，推此志，与日月争光可也'。"③刘安认为《国风》写男女之情而有寄托，《小雅》抒发怨愤不满而有节制，屈原的《离骚》则兼有《国风》、《小雅》之长。从文体的角度看，刘安把《离骚》与《诗经》并

---

① 萧统编，海荣、秦克标校《文选》，上海古籍出版社，1998，第 501 页。
② 萧统编，海荣、秦克标校《文选》，上海古籍出版社，1998，第 501 页。
③ 严可均辑《全后汉文》，商务印书馆，1999，第 250 页。

列，指出了《离骚》对《诗经》的继承和发展。就《离骚》的文体特征而言，刘安和贾谊一样，注意到了《离骚》抒发幽怨之情的特点。

司马迁的《史记·屈原贾生列传》，同意刘安观点，并进一步揭示了屈原创作《离骚》的心理动机："屈平疾王听之不聪也，谗谄之蔽明也，邪曲之害公也，方正之不容也，故忧愁幽思而作《离骚》。离骚者，犹离忧也。夫天者，人之始也；父母者，人之本也。人穷则反本，故劳苦倦极，未尝不呼天也；疾痛惨怛，未尝不呼父母也。屈平正道直行，竭忠尽智以事其君，谗人间之，可谓穷矣。信而见疑，忠而被谤，能无怨乎？屈平之作《离骚》，盖自怨生也。《国风》好色而不淫，《小雅》怨悱而不乱。若《离骚》者，可谓兼之矣。上称帝喾，下道齐桓，中述汤武，以刺世事。明道德之广崇，治乱之条贯，靡不毕见。其文约，其辞微，其志洁，其行廉，其称文小而其指极大，举类迩而见义远。其志洁，故其称物芳。其行廉，故死而不容。"[①] "君子道穷"，发愤著书，述往事，思来者，强调作品的讽谏争义作用，是司马迁文论的核心。在他看来屈原的《离骚》，正是"信而见疑，忠而被谤"的产物，所以充满了忧伤幽怨的情感。《离骚》，借鉴了《诗经》的赋、比、兴的手法，寄托理想，倾诉爱憎。值得注意的是，司马迁不仅论述了《离骚》对《诗经》表现手法的继承与创新，而且还揭示了屈原《离骚》对赋体的影响。"屈原既死之后，楚有宋玉、唐勒、景差之徒者，皆好辞而以赋见称；然皆祖屈原之从容辞令，终莫敢直谏。其后楚日以削，数十年竟为秦所灭。"[②] 宋玉、唐勒、景差之徒，上承骚体下启汉赋，功不可没。遗憾的是，他们只是撷取了屈原的辞采之美，而失去了屈原敢于直谏的精神气质。司马迁认为，骚体精神的缺失，会导致国力的削弱，乃至国家的灭亡，从另一个角度凸显了屈原《离骚》的重大意义。

班固论骚，既有作为史家客观的一面，也有作为文士主观的一面。《离骚赞序》，恪守史家以事实为立论依据的准则，叙述了屈原创作《离

---

① 司马迁：《史记》，中华书局，2000，第1933、1934页。
② 司马迁：《史记》，中华书局，2000，第1940页。

第一章 先秦两汉的文体论

骚》的缘起,并释名以章义,解释了"离"、"骚"的辞义:

> 《离骚》者,屈原之所作也。屈原初事怀王,甚见信任。同列上官大夫妒害其宠,谗之王,王怒而疏屈原。屈原以忠信见疑,忧愁幽思而作《离骚》。离,犹遭也;骚,忧也。明己遭忧作辞也。是时周室已灭,七国并争,屈原痛君不明,信用群小,国将危亡,忠诚之情,怀不能已,故作《离骚》。上陈尧、舜、禹、汤、文王之法,下言羿、浇、桀、纣之失以风。怀王终不觉寤,信反间之说,西朝于秦。秦人拘之,客死不还。至于襄王,复用谗言,逐屈原。在野又作"九章",赋以风谏,卒不见纳。不忍浊世,自投汨罗。原死之后,秦果灭楚。其辞为众贤所悼悲,故传于后。①

班固认为《离骚》是屈原"忠信见疑"、"忧愁幽思"、"遭忧作辞"的产物,因此具有深刻的讽谏意义。怀王不纳忠言,客死他乡;襄王复用谗言,卒不见纳,是屈原沉江而死的根本原因。忠信的缺失,导致楚国灭亡,班固的这种认识与司马迁的观点大体一致。但在《离骚序》中,班固非常清楚地传达了对屈原人格和作品的不满。他认为刘安对屈原的评价太高了,"斯论似过其真","犹未得其正也"。其《离骚序》云:

> 淮南王安《叙离骚传》,……斯论似过其真。又说五子以失家巷,谓五子胥也。及至羿、浇、少康、贰姚、有娀佚女,皆各以所识有所增损,然犹未得其正也。故博采经书传记本文以为之解。且君子道穷命矣,故潜龙不见,是而无闷。《关雎》哀周道而不伤,蘧瑗持可怀之智,宁武保如愚之性,咸以全命避害,不受世患,故《大雅》曰:"既明且哲,以保其身。"斯为贵矣。今若屈原,露才扬己,竞乎危国群小之间,以离谗贼。然责数怀王,怨恶椒兰,愁神苦思,非其人忿怼不容,沉江而死,亦贬絜狂狷景行之士。多称昆仑、冥婚、宓妃虚

---

① 严可均辑《全后汉文》,商务印书馆,1999,第250、251页。

无之语，皆非法度之政，经义所载。谓之兼《诗·风》《雅》，而与日月争光，过矣！然其文弘博丽雅，为辞赋宗，后世莫不斟酌其英华，则象其从容。自宋玉、唐勒、景差之徒，汉兴枚乘、司马相如、刘向、扬雄，骋极文辞，好而悲之，自谓不能及也。虽非明智之器，可谓妙才者也。①

班固以"明哲保身"立论，认为屈原的悲剧在于"露才扬己"的个性。屈原对待君王的态度、沉江而死的选择，"皆非法度之政"；《离骚》"多称昆仑、冥婚、宓妃虚无之语"，皆非经义所载。汉代独尊儒术，所谓"法度"，指的是儒家的伦理道德，行为规范；所谓"经义"，指的是儒家经典所包含的思想、内容。班固的批评，属于文士之论，虽然精微朗畅、卓尔不群，但与史家之论的全面客观相比，不免失之片面武断。综合来看，班固对屈原人格的评价，《离骚赞序》比《离骚序》更为公允。班固《离骚序》的精微之处，一是指出了《离骚》对神话、传说的运用与《诗经》等儒家经典的不同；二是从艺术的角度，概括出《离骚》"弘博丽雅"的文体特征；三是揭示了《离骚》对汉代赋家的影响。班固"弘博丽雅，为辞赋宗"的观点，为后代批评家所接受。

王逸虽然在《楚辞章句》中收入了班固二序，但并不意味着他认同班固的观点。王逸（生卒年不详），子叔师，东汉南郡宜城（今属湖北）人。安帝时为校书郎，顺帝时官侍中。张溥《汉魏六朝百三家集》有《王逸集》。其《楚辞章句》，是今存最早的《楚辞》注本，《四库全书总目》评之曰：

《楚辞章句》十七卷。汉王逸撰。……初，刘向裒集屈原《离骚》《九歌》《天问》《九章》《远游》《卜居》《渔父》，宋玉《九辨》《招魂》，景差《大招》，而以贾谊《惜誓》，淮南小山《招隐士》，东方朔《七谏》，严忌《哀时命》，王褒《九怀》及向所作《九叹》，共为《楚辞》十六篇。是为总集之祖。逸又益以己作《九思》与班固二叙

---

① 严可均辑《全后汉文》，商务印书馆，1999，第250页。

为十七卷，而各为之注。①

刘向编辑《楚辞》为十六卷，所录皆为《汉书·艺文志·诗赋略》"屈原之属"。王逸附加自作《九思》一篇，其序曰："读《楚辞》而伤愍屈原，故为之作解。又以自屈原终没之后，忠臣介士，游览学者，读《离骚》《九章》之文，莫不怆然，心为悲感，高其节行，妙其丽雅。至刘向、王褒之徒，咸嘉其义，作赋骋辞，以赞其志，则皆列于谱录，世世相传。逸与屈原，同土共国，悼伤之情，与凡有异。窃慕向、褒之风，作颂一篇，号曰《九思》，以裨其辞，未有解说，故聊叙训谊焉。"② 王逸读《楚辞》，因为伤愍屈原而为之作注；屈原《离骚》、《九章》的思想艺术，对读者产生了深刻影响；屈原的忠义之情，辞采之美，对创作产生了深远影响；王逸与屈原"同土共国"的独特情怀。这些，不仅是王逸创作《九思》的缘起，也是撰写《楚辞章句》的重要原因。

王逸对屈原及其作品的评价，集中体现在《楚辞章句叙》及诸篇小叙之中。《楚辞章句叙》批评了班固明哲保身的处世哲学，斥之为："颠则不能扶，危则不能安，婉娩以顺上，逡巡以避患，虽保黄耇，终寿百年，盖志士之所耻，愚夫之所贱也。"班固《离骚序》对屈原的评价是："亏其高明，而损其清洁者也。"仗义执言，溢于言表。值得注意的是，王逸把《离骚》与战国时代诸子进行对比，辨析了二者的差异，《楚辞章句叙》曰：

> 昔者孔子，睿圣明哲。天生不群，定经术，删《诗》《书》，正礼乐，制作《春秋》，以为后王法。门人三千，周不昭达。临终之日，则大义乖而微言绝。其后周室衰微，战国并争，道德陵迟，谲诈萌生。于是杨、墨、邹、孟、孙、韩之徒，各以所知，著造传记，或以述古，或以明世。而屈原履忠被谮，忧悲愁思，独依诗人之义而作《离骚》，上以讽谏，下以自慰。遭时暗乱，不见省纳，不胜愤懑，遂复

---

① 永瑢等撰《四库全书总目》，中华书局，1965，第1267页。
② 严可均辑《全后汉文》，商务印书馆，1999，第580页。

作《九歌》以下凡二十五篇。楚人高其行义，玮其文采，以相教传。①

诸子著述或用来叙述往古，或用来说明当代，以意为主，经世致用。而屈原的作品则缘于履忠被谮，忧悲愁思，具有浓郁的抒情色彩，且能"独依诗人之义"，对上提出讽谏，对下消解苦闷。把屈原的发愤之作与诸子进行比较，从而揭示两者的不同之处，说明在王逸的观念中，已经认识到《离骚》、《九歌》等作品与诸子的区别，"初步意识到文学作品有其相对独立的艺术价值。……初步意识到好的文学作品必须是进步的思想内容和优美的艺术形式的完美统一。"② 正因为屈原继承了《诗经》以来形成的怨刺上政的诗歌传统，又不同于诸子的理性著述，所以后人不仅"高行其义"，而且"玮其文采"。

王逸全面否定了班固"非经义所载"的观点，用摘句类比的方式，证明屈原《离骚》的立义完全符合儒家经典的要求，《叙》曰：

夫《离骚》之文，依托《五经》以立义焉。"帝高阳之苗裔"，则厥初生民，时惟姜嫄也。"纫秋兰以为佩"，则将翱将翔，佩玉琼琚也。"夕揽洲之宿莽"，则《易》潜龙勿用也。"驷玉虬而乘鹥"，则时乘六龙以御天也。"就重华而陈词"，则《尚书》咎繇之谋谟也。"登昆仑而涉流沙"，则《禹贡》之敷土也。故智弥盛者其言博，才益多者其识远。屈原之词，诚博远矣。自终没以来，名儒博达之士，著造词赋，莫不拟则其仪表，祖式其模范，取其要妙，窃其华藻，所谓金相玉质，百世无匹，名垂罔极，永不刊灭者矣。③

"赋诗言志"，由来已久。王逸引《离骚》之句，以申己意，比附《诗经》、《尚书》、《易经》；并结合屈原生平事迹及《离骚》"美刺比兴"的"微言大义"，比附《礼经》、《春秋》，从而得出《离骚》之文，依经

---

① 严可均辑《全后汉文》，商务印书馆，1999，第583、584页。
② 霍松林主编《古代文论名篇详注》，上海古籍出版社，1986，第84页。
③ 严可均辑《全后汉文》，商务印书馆，1999，第584、585页。

第一章　先秦两汉的文体论 ❖

立义的结论。有其合理的一面，但也有牵强附会的一面，与独尊儒术的时代有关。王逸以"言博"、"识远"，阐释《离骚》对创作的"仪表"、"模范"作用，可谓切当精核之论。王逸《离骚经章句》又云：

> 《离骚经》者，屈原之所作也。……屈原执履忠贞而被谗邪，忧心烦乱，不知所诉，乃作《离骚经》。离，别也；骚，愁也；经，径也。言己放逐离别，忠心愁思，独依道径，以风谏君也。故上述唐、虞、三后之制，下序桀、纣、羿、浇之败，冀君觉悟，反于正道而还己也。……《离骚》之文，依《诗》取兴，引类譬谕，故善鸟香草，以配忠贞；恶禽臭物，以比谗佞；灵修美人，以媲于君；宓妃佚女，以譬贤臣；虬龙鸾凤，以托君子；飘风云霓，以为小人。其词温而雅，其义皎而朗。凡百君子，莫不慕其清高，嘉其文采，哀其不遇，而愍其志焉。①

王逸称《离骚》为《离骚经》，与司马迁、班固对《离骚》的解释有异。《史记·屈原贾生列传》云："故忧愁幽思而作《离骚》。离骚者，犹离忧也。"②《史记·太史公自序》云："屈原放逐，著《离骚》。"③《自序》又云："作辞以讽谏，连类以争义，《离骚》有之。作《屈原贾生列传》第二十四。"④《报任少卿书》云："屈原放逐，乃赋《离骚》。"⑤班固《汉书·淮南衡山济北王传》曰："淮南王安为人好书，……初，安入朝，献所作《内篇》，新出，上爱秘之。使为《离骚传》，旦受诏，日食时上。"⑥《离骚序》、《离骚赞序》亦不见"经"。王逸这段文字本身也不统一，前曰："《离骚经》者，屈原之所作也。"复曰："《离骚》之文，依《诗》取兴，引类譬谕。"洪兴祖《楚辞补注》云："古人引《离骚》未有

---

① 严可均辑《全后汉文》，商务印书馆，1999，第585页。
② 司马迁：《史记》，中华书局，2000，第1933页。
③ 司马迁：《史记》，中华书局，2000，第2494页。
④ 司马迁：《史记》，中华书局，2000，第2503页。
⑤ 萧统编，海荣、秦克标校《文选》，上海古籍出版社，1998，第336页。
⑥ 班固：《汉书》，中华书局，2000，第1652页。

❖ 汉魏六朝文体理论研究

言'经'者,盖后世之士祖述其词,尊之为经耳,非屈原意也。逸说非是。"①《四库全书总目》辨之曰:"洪兴祖《考异》,于《离骚经》下注曰:'释文第一,无经字。'而逸注明云:'离,别也。骚,愁也。经,径也。'则逸所注本确有'经'字,与释文本不同。必谓释文为旧本,亦未可信,姑存其说可也。逸注虽不甚详赅,而去古未远,多传先儒之训诂。故李善注《文选》,全用其文。"②王逸对"经"的解释,并非《五经》之"经",而是"道径"之"径"。比照王逸对《楚辞》其他篇目的解释,可以看出王逸只是把《离骚经》当成篇名,而不具有宗经意义,兹举三例:

《九歌》者,屈原之所作也。昔楚国南郢之邑,沅湘之间,其俗信鬼而好祠。其祠必作歌乐鼓舞,以乐诸神。屈原放逐,窜伏其域,怀忧苦毒,愁思沸郁。出见俗人祭祀之礼,歌舞之乐,其词鄙陋,因为作《九歌》之曲,上陈事神之敬,下见己之冤结,托之以风谏。故以其文意不同,章句杂错,而广异义焉。③

《九章》者,屈原之所作也。屈原放于江南之野,思君念国,忧心罔极。故复作《九章》。章者,著也,明也。言己所陈忠信之道,甚著明也。卒不见纳,委命自沉。楚人惜而哀之。世论其词,以相传焉。④

《远游》者,屈原之所作也。屈原履方直之行,不容于世,上为谗佞所谮毁,下为俗人所困极。章皇山泽,无所告诉。乃深惟元一,修执恬漠,思欲济世,则意中愤然,文采铺发,遂叙妙思,托配仙人,与俱游戏,周历天地,无所不到。然犹怀念楚国,思慕旧故。忠

---

① 洪兴祖撰,白化文等点校《楚辞补注》,中华书局,1983,第2页。
② 永瑢等撰《四库全书总目》,中华书局,1965,第1267页。
③ 严可均辑《全后汉文》,商务印书馆,1999,第585页。
④ 严可均辑《全后汉文》,商务印书馆,1999,第586页。

第一章　先秦两汉的文体论 ❖

信之笃，仁义之厚也。是以君子珍重其志，而玮其辞焉。①

王逸的解释大体包括四个方面的内容：其一，指出作者，解释篇名；其二，介绍作品产生的背景以及作家创作的心态；其三，分析作品的意义；其四，指出作品的影响。就解释篇名而言，王逸并未把《离骚》尊为"经"，也未视骚为独立的文体，只是把《离骚》作为《楚辞》中的名篇。王逸结合作品产生的具体背景，揭示出作家创作的内在冲动，显然与司马迁的"发愤著书"一脉相承。君子道穷，忧伤愤懑，文采铺发，故其笔下善鸟香草、恶禽臭物、飘风云霓、虬龙鸾凤等自然物色以及灵修美人、宓妃佚女等人文传说，无不蕴含丰富、深刻的寓意。王逸用依经立义，托之以讽，阐释屈原作品的思想内容，对后代的文学创作，文学批评都有极大启发。总体来看，王逸论屈原作品的影响，可分思想和艺术两个方面。"咸嘉其义"，"高行其义"，侧重思想人格的魅力；"玮其文采"，"而玮其辞"，侧重艺术上的接受。王逸在解释《楚辞》其他作家篇目时，都是从这两个方面切入的：

《九辩》者，楚大夫宋玉之所作也。辩者，变也，谓陈道德以变说君也。九者，阳之数，道之纲纪也。……屈原怀忠贞之性，而被谗邪，伤君暗蔽，国将危亡，乃援天地之数，列人形之要，而作《九歌》《九章》之颂，以讽谏怀王，明己所言，与天地合度，可履而行也。宋玉者，屈原弟子也。闵惜其师忠而放逐，故作《九辩》以述其志。至于汉兴，刘向、王褒之徒，咸悲其文，依而作词，故号为《楚词》，亦采其九，以立义焉。②

《七谏》者，东方朔之所作也。谏者，正也，谓陈法度以谏正君也。古者人臣三谏不从，退而待放。屈原与楚同姓，无相去之义，故

---

① 严可均辑《全后汉文》，商务印书馆，1999，第586页。
② 严可均辑《全后汉文》，商务印书馆，1999，第587页。

加为七谏,殷勤之意,忠厚之节也。或曰七谏者,法天子有争臣七人也。东方朔追悯屈原。故作此辞,以述其志,所以昭忠信、矫曲朝也。①

宋玉、景差、刘向、王褒、东方朔等人,追慕屈原,祖述《离骚》,在创作上甚至达到酷肖屈原的境界。即使王逸也遇到了"疑而不能明"的疑惑:"《大招》者,屈原之所作也。或曰景差,疑不能明也。屈原放流九年,忧思烦乱,精神越散,与形离别,恐命将终,所行不遂,故愤然大招其魂。盛称楚国之乐,崇怀、襄之德,以比三王,能任用贤,公卿明察,能荐举人,宜辅佐之,以兴至治,因以讽谏,达己之志。"②此篇作者存疑,王逸知人论世,归之屈原。"《惜誓》者,不知谁所作也。或曰贾谊,疑不能明也。惜者,哀也。誓者,信也,约也。言哀惜怀王,与己信约,而复背之也。古者君臣将共为治,必以信誓相约,然后言乃从而身以亲也。盖刺怀王有始而无终也。"③此篇王逸并未归之贾谊,而是以作品题目、内容为依据,稽之旧章,合之经传,发明旨趣。"疑不能明",凭借作品风格的高度相似,推断与屈原君臣大义有关,从而揭示作品的主题思想。王逸借风格而索引的决疑方式,确实有"章决句断,事事可晓"之效。

汉代论骚的焦点主要集中在屈原的人生选择及《离骚》等作品是否符合儒家的经义要求这一问题之上。班固、王逸各依所据,结论相反。刘勰《辨骚》,"依经立义"、"非经义所载",各举四例。同于《风》、《雅》者,为取镕经旨、参古定法;异乎经典者,为自铸伟辞、望今制奇。文章写作,应以《离骚》为榜样,在"通"的基础上追求"变"。从文体的角度来看,刘向、班固、王逸无意在赋体之外,另立"骚"体。刘向编辑《楚辞》、王逸为之章句,虽有致流别、流派之意,但关注的重点是屈原的人格魅力及作品的影响。《汉书·艺文志·诗赋略》列"屈原之属",为赋家之一。萧统《文选》卷三十二,独立"骚"体,位于赋、诗和诏、策之间。

---

① 严可均辑《全后汉文》,商务印书馆,1999,第588页。
② 严可均辑《全后汉文》,商务印书馆,1999,第587页。
③ 严可均辑《全后汉文》,商务印书馆,1999,第587页。

《隋书·经籍志》,以《楚辞》别为一门,历代因之。"盖汉、魏以下,赋体既变,无全集皆作此体者。他集不与《楚辞》类,《楚辞》亦不与他集类,体例既异,理不得不分著也。"①

---

① 永瑢等撰《四库全书总目》,中华书局,1965,第1267页。

第二章
魏晋的文体论

汉末，社会动荡不安，儒家大一统思想受到冲击，玄学应运而生。魏晋文体论逐渐摆脱了经学束缚，开始转向对文学内部规律的探讨。曹丕《典论·论文》，论述了文气与四科八体的密切关系；"诗赋欲丽"，只是强调文辞之美，没有附加的讽劝意义。陆机《文赋》探索文章写作奥妙，辨体分论，目的是把文章写得更好。陆机"诗缘情"与"诗言志"不同，有特殊的文体意义。挚虞《文章流别论》，考察文体源流，分析文体特征，文体分类更加细致。李充《翰林论》仅存数条，简要分析文体特征，并以具体作品为例。皇甫谧、左思的赋论，继承中有新变，体现了鲜明的时代特色。

第一节 曹丕的四科八体

汉代刘歆、班固把诗赋从其他著述中分离出来，单独立类。蔡邕、刘熙对应用文体、经书之体的讨论，为魏晋文体理论的发展奠定了坚实基础。从曹丕开始，在文体理论中，既重视诗赋这类的文学作品，也没有忽视属于经国之类的应用文体。曹丕的"四科八体"，陆机的十体分述，挚虞、李充的选本及评论，反映了文体理论逐渐朝着精细化发展的趋势。魏晋文体理论的繁盛，为文章写作提供了具体的、可操作的样本和模式，进一步推动了创作繁荣。

第二章　魏晋的文体论

建安时期，诸侯割据，混战不休。曹操"挟天子以令诸侯"，在政治上、军事上取得了强有力的地位。曹氏父子又雅好文学，在其周围聚集了一批文章之士。他们才华卓越，个性鲜明，难免出现"文人相轻"的问题。为克服这种由来已久的坏毛病，并对逝去的七子做出公允的评价，曹丕写了《典论·论文》，其文曰：

> 文人相轻，自古而然。傅毅之于班固，伯仲之间耳，而固小之。与弟超书曰："武仲以能属文为兰台令史，下笔不能自休。"夫人善于自见，而文非一体，鲜能备善。是以各以所长，相轻所短。里语曰："家有敝帚，享之千金。"斯不自见之患也。①

曹丕以班固看不起傅毅为例，说明文人相轻的坏毛病由来已久。主观原因是张扬自己的长处，轻视别人的短处，谓己为贤，缺乏自知；客观原因是文体多样，很少有人兼擅众体。曹丕以古视今，论及七子：

> 今之文人，鲁国孔融文举，广陵陈琳孔璋，山阳王粲仲宣，北海徐幹伟长，陈留阮瑀元瑜，汝南应玚德琏，东平刘桢公干：斯七子者，于学无所遗，于辞无所假，咸以自骋骥騄于千里，仰齐足而并驰。以此相服，亦良难矣。盖君子审己以度人，故能免于斯累，而作论文。②

七子"于学无所遗，于辞无所假"，学识渊博，自铸伟辞，要求他们彼此佩服，确实非常困难。只有"审己度人"，知彼知己，才能对七子做出公允评价。曹丕从"文体"的多样性和"文气"的独特性两个方面，评价了七子创作的优劣得失。其论曰：

> 王粲长于辞赋，徐幹时有齐气，然粲之匹也。如粲之《初征》、

---

① 萧统编，海荣、秦克标校《文选》，上海古籍出版社，1998，第435页。
② 萧统编，海荣、秦克标校《文选》，上海古籍出版社，1998，第435页。

❖ 汉魏六朝文体理论研究

《登楼》、《槐赋》、《征思》,幹之《玄猿》、《漏卮》、《圆扇》、《橘赋》,虽张、蔡不过也。然于他文,未能称是。琳、瑀之章表书记,今之隽也。应玚和而不壮。刘桢壮而不密。孔融体气高妙,有过人者,然不能持论,理不胜辞,以至乎杂以嘲戏,及其所善,扬、班俦也。①

"齐气",李善注:"言齐俗文体舒缓,而徐幹亦有斯累。《汉书·地理志》曰:'子之还兮,遭我乎峱之间兮。'此亦舒缓之体也。"② 齐诗常用"兮"字舒缓语气,使诗歌的节奏显得缓慢。徐幹的赋,受地域文化的影响,有舒缓之气,但比王粲也不逊色。仅就赋体而言,王粲、徐幹的优秀之作,完全可以和张衡、蔡邕相媲美,至于赋之外的其他文体,就不能相提并论了,如蔡邕的碑文,很少有人能够超越。陈琳、阮瑀虽有诗、赋一类的创作,但章、表、书、记等应用文体,写得更为出色。文体多样,作家生命有限,才力有限,很少有人能兼擅各种文体。即使作家自己擅长的文体,也会出现作品风格上的缺憾。如应玚、刘桢长于诗歌,但也存在"和而不壮"、"壮而不密"的不足。大才孔融的"论",短于说理,甚至夹杂着嘲讽戏谑。曹丕依"七子"的创作实际及作品呈现的不同风格,概括为"四科八体"和"文气"说,其论曰:

　　夫文本同而末异。盖奏议宜雅,书论宜理,铭诔尚实,诗赋欲丽:此四科不同,故能之者偏也;唯通才能备其体。
　　文以气为主,气之清浊有体,不可力强而致。譬诸音乐,曲度虽均,节奏同检;至于引气不齐,巧拙有素,虽在父兄,不能以移子弟。③

曹丕沿用汉代文章概念,认为文章从根本上说有相同的文体特征,又

---

① 萧统编,海荣、秦克标校《文选》,上海古籍出版社,1998,第 435 页。
② 萧统编,李善注《文选》,上海古籍出版社,1986,第 2270、2271 页。
③ 萧统编,海荣、秦克标校《文选》,上海古籍出版社,1998,第 435 页。

有细微的体貌差异，为此特举文章中具有代表性的八种文体，分析它们之间的本同与末异。从本同的角度立论，将八体中具有相同属性的文体分在一组，指出它们的共性。奏议，属于臣子写给帝王的上行文体，要庄肃雅丽；书论，应该讲究条理，以理服人；铭诔，要崇尚真实；诗赋，应该驰骋才华，追求辞采华美。曹丕的分组形式，为文论诸家所采用，而"铭诔"一组则一分为二，重组为"铭箴"和"诔碑"。查《曹丕集》，有《五熟釜铭》、《剑铭》、《露陌刀铭》三篇，铭文的内容与所刻器物皆相符合；诔文，用以定谥，一定要符合生者的功德业绩，所以曹丕分铭诔为一组，强调文章的真实性。曹丕认为，文体多种多样，而每种文体又有不同的风格要求，就作家的才能而言大都只是擅长众多文体当中的某些体类。七子虽然"骋骥骎于千里，仰齐足而并驰"，但并不能写好每一种文体。

值得重视的是曹丕《典论·论文》，还从文气的角度讨论了作家主观才性气质与文体之间的密切关系。作家的主体之气，与生俱来，带有先天的素质，不是后天的努力得到的。文体相同，时代相同，由于作家"文气"不同，其作品会体现出不同的风格。应玚、刘桢，文气不同，产生了"和而不壮""壮而不密"的差异；孔融"体气高妙"，形成了文章卓尔不群的独特风格。曹丕强调先天才性气质与文体风格之间的密切关系，同时也注意到了七子"于学无所遗"及"徐幹时有齐气"等后天因素对文章风格的影响。由于战乱不断，瘟疫肆虐，生命短暂，七子凋零等诸多原因，曹丕弱化了后天的学习浸染。

曹丕的文体论，比较集中地反映在"四科八体"之中。其实他对文体的分类，不仅仅限于这八种文体。《文选》所录《典论·论文》，删落者尚多，严可均《全三国文》卷八辑录数条。论及文体、文气者如下：

或问屈原、相如之赋孰愈。曰："优游案衍，屈原之尚也；穷侈极妙，相如之长也。然原据托譬喻，其意周旋，绰有余度矣。长卿、子云，意未能及已。"（《北堂书钞》一百）

余观贾谊《过秦论》，发周秦之得失，通古今之制义。洽以三代

之风,润以圣人之化,斯可谓作者矣。(《御览》五百九十五)

李尤字伯宗,年少有文章。贾逵荐尤有相如、扬雄之风,拜兰台令史,与刘珍等共撰《汉记》。(《北堂书钞》六十二)

议郎马融,以永兴中帝猎广成,融从。是时北州遭水潦、蝗虫,融撰《上林颂》以讽。(《艺文类聚》一百)①

曹丕《典论·论文》,以"骚"为"赋",论屈原、司马相如、扬雄创作之优劣。贾谊《过秦论》,析理入微,知识渊博,张扬儒道,经世致用,深得论体之精妙。李尤,擅长文章,有司马相如、扬雄之风,又能与刘珍等撰《汉记》,文、史兼擅,可谓通才。马融《上林颂》,名为"颂"体,实寓讽谏,与"赋"相类。曹丕在《答卞兰教》中论及赋、颂二体:"赋者,言事类之所附也;颂者,美盛德之形容也;故作者不虚其辞,受者必当其实。兰此赋岂吾实哉?昔吾丘寿王一陈宝鼎,何武等徒以歌颂,犹受金帛之赐。兰事虽不谅,义足嘉也。今赐牛一头。"②赋,用来铺陈描摹事物,蕴含讽谏之意,继承了《风》、《小雅》传统;颂,用来歌功颂德,继承的是《大雅》精神。赋、颂有体貌差异,但也有相通之处,赋之"言事类",颂之"美盛德",都应该真实可信,名副其实。就现有材料看,曹丕《典论·论文》涉及的文体有:奏、议、书、论、铭、诔、诗、赋、章、表、记、颂等多种。

曹丕的文体分类,是建立在创作实践基础上的,包括自己对各种文体的创作体验及对七子作品的鉴赏与编纂。《典论·自叙》曰:"上雅好诗书文籍,虽在军旅,手不释卷。每定省从容,常言:'人少好学则思专,长则善忘。长大而能勤学者,唯吾与袁伯业耳。'余是以少诵诗、论,及长而备历《五经》《四部》,《史》《汉》诸子百家之言,靡不毕览。所著书、

---

① 严可均辑《全三国文》,商务印书馆,1999,第83、84页。
② 严可均辑《全三国文》,商务印书馆,1999,第61页。

论、诗、赋，凡六十篇。"① 诗以修身养性，论以辨事明理，曹丕少诵诗、论，及长又遍览群书，涉及经、史、子、集四部，为著书立说及诗文评论奠定了坚实基础。《与王朗书》又曰："生有七尺之形，死为一棺之土，惟立德扬名，可以不朽。其次莫如著篇籍。疫疠数起，士人雕落，余独何人，能全其寿？故论撰所著《典论》、诗、赋，盖百余篇。集诸儒于肃成门内，讲论大义，侃侃无倦。"② 《典论》五卷二十篇，《隋书·经籍志》入子部儒家类，仅存《自叙》、《论文》二篇及部分残文。曹丕《自叙》称"少诵诗、论"，《论文》又曰："融等已逝，唯幹著《论》，成一家言。"足见其对论、诸子二体的推重。

编纂文集、鉴赏七子，是曹丕文体论及文气说之缘起。《又与吴质书》曰："昔年疾疫，亲故多离其灾，徐、陈、应、刘，一时俱逝，痛可言邪！昔日游处，行则连舆，止则接席，何曾须臾相失！每至觞酌流行，丝竹并奏，酒酣耳热，仰而赋诗。当此之时，忽然不自知乐也。谓百年己分，可长共相保。何图数年之间，零落略尽，言之伤心。顷撰其遗文。都为一集。观其姓名，已为鬼录，追思昔游，犹在心目，而此诸子化为粪壤，可复道哉！"③ 编纂文集，是追念旧友的最佳形式。如何确定体例，是编辑文集遇到的首要问题。孔融的情况，尤为复杂。政治上，他与曹操由相知到反目，终以"不孝"罪致死，加之战乱不断，文章多有散失。曹丕并未因人废言，而是重金收集孔融遗文。《后汉书·孔融传》载："魏文帝深好融文辞，每叹曰：'杨、班俦也。'募天下有上融文章者，辄赏以金帛。所著诗、颂、碑文、论议、六言、策文、表、檄、教令、书记凡二十五篇。"④ 这些史料说明，曹丕编纂过七子文集。由于年代久远，文集散失，无法得知曹丕的编纂体例。《典论·论文》、《与吴质书》等，可窥一斑。"四科八体"，以文体的属性分类，事涉经国之大业者居于前，如奏议、书论等文体。使人不朽之盛事者列于后，如铭诔、诗赋等文体。

---

① 严可均辑《全三国文》，商务印书馆，1999，第 83、84 页。
② 严可均辑《全三国文》，商务印书馆，1999，第 67 页。
③ 严可均辑《全三国文》，商务印书馆，1999，第 66 页。
④ 范晔：《后汉书》，中华书局，2000，第 1540 页。

曹丕在文体类分的基础上，深入探讨作家才性气质与作品风格的密切关系，以期对七子创作之得失做出准确评价。《又与吴质书》曰："观古今文人，类不护细行，鲜能以名节自立。而伟长独怀文抱质，恬淡寡欲，有箕山之志，可谓彬彬君子者矣。著《中论》二十余篇，成一家之言，辞义典雅，足传于后，此子为不朽矣。德琏常斐然有述作之意，其才学足以著书，美志不遂，良可痛惜。间者历览诸子之文，对之抆泪，既痛逝者，行自念也。孔璋章表殊健，微为繁富。公幹有逸气，但未遒耳，其五言诗之善者，妙绝时人。元瑜书记翩翩，致足乐也。仲宣续自善于辞赋，惜其体弱，不足起其文，至于所善，古人无以远过。"[①] 此篇与《典论·论文》观点一致，从文体与文气两个方面，鉴赏评价七子作品的优点及缺憾。徐幹文质彬彬，清心寡欲，志向高远，品德出众，有成一家之言的能力，完成了具有子书特点的《中论》；应场辞采华美，博学多才，有著书立说的能力，可惜英年早逝，未能如愿入贤者之列。陈琳章、表，风格雄壮有力，略伤于繁琐。陈琳的檄文，也非常著名，或事涉曹公，曹丕有意略之，为尊者讳。阮瑀的书、记，从容不迫，令人喜爱。刘桢阳刚豪迈，擅长五言，但有些诗稍欠风力。王粲才思敏捷，长于诗、赋，成就过人，但身体病弱，创作有时力不从心。

曹丕以"四科八体"概括文体的本同，又以"文气"辨析文体的末异，说明各种文体既有共同的原则、相近的属性，又因作家主观才气的不同而呈现出不同的风格。后代的文体研究如陆机《文赋》、挚虞《文章流别论》、李充《翰林论》、刘勰《文心雕龙》等，或论文体的分类，或重文体的风格，都不同程度地受到曹丕的影响。

第二节　陆机的十体分论

陆机《文赋》的文体论，继承了曹丕文体论的精华，又呈现出新的特征。如果说曹丕的文体论，侧重的是文学批评、文学鉴赏，那么陆机的文

[①] 严可均辑《全三国文》，商务印书馆，1999，第66页。

体论则侧重探索文章的写作奥妙。《文赋序》以"意不称物，文不逮意"把文章写作分为构思、动笔两个阶段。"意不称物"，是构思阶段；"文不逮意"，是写作阶段。《文赋序》曰：

> 余每观才士之所作，窃有以得其用心。夫放言遣辞，良多变矣，妍蚩好恶，可得而言。每自属文，尤见其情。恒患意不称物，文不逮意。盖非知之难，能之难也。故作《文赋》，以述先士之盛藻，因论作文之利害所由，他日殆可谓曲尽其妙。至于操斧伐柯，虽取则不远，若夫随手之变，良难以辞逮，盖所能言者，具于此云。①

陆机博览前人的作品，深入推研他们为文之用心，根据他们的遣词用句，可以总结出各种文体的特征，判断作品的好坏。鉴赏评价作品并不难，难在自己动笔写作时，常常言不尽意。"意不称物，文不逮意"，是文章写作经常困扰陆机的两个主要问题。"'意不称物'，指构思内容不能正确反映思维活动对象，'文不逮意'，指文章不能充分表现思维过程中所构成的具体内容。它们分别指创作过程中的两个重要问题。"② 如何构思？怎样表达？这是陆机《文赋》所要解决的中心问题。为解决构思之意与客观物象不能紧密结合的问题，陆机提出了著名的想象论：

> 其始也，皆收视反听，耽思傍讯，精骛八极，心游万仞。其致也，情曈昽而弥鲜，物昭晰而互进。倾群言之沥液、漱六艺之芳润。浮天渊以安流，濯下泉而潜浸。于是沉辞怫悦，若游鱼衔钩，而出重渊之深；浮藻联翩，若翰鸟缨缴，而坠曾云之峻。收百世之阙文，采千载之遗韵。谢朝华于已披，启夕秀于未振。观古今于须臾，抚四海于一瞬。③

---

① 萧统编，海荣、秦克标校《文选》，上海古籍出版社，1998，第117页。
② 张少康：《中国文学理论批评史教程》，北京大学出版社，1999，第71页。
③ 萧统编，海荣、秦克标校《文选》，上海古籍出版社，1998，第117、118页。

❖ 汉魏六朝文体理论研究

构思开始的时候，要不视不听，专心致志，排除一切杂念，充分利用思维不受时空限制的自由性以及高度的概括性，使主观的思维与客观的物象紧密结合在一起，达到文情越来越清晰，物象越来越鲜明的构思佳境。虽然想象过程中，有时思维顺畅，有时思维滞涩，但都应当在继承的基础上有所创新，避免构思之意落入前人窠臼。陆机还从文意与文辞两个方面论述了构思的甘苦。

构思成熟，胸有成竹，进入第二阶段，动笔写作。"文不逮意"，是写作阶段，为解决写成文章又不能完全达意的问题，陆机根据自己创作心得及文士为文之用心，提出了识才、辨体两个问题。陆机论"识才"曰：

> 体有万殊，物无一量。纷纭挥霍，形难为状。辞程才以效伎，意司契而为匠。在有无而僶俛，当浅深而不让。虽离方而遁员，期穷形而尽相。故夫夸目者尚奢，惬心者贵当。言穷者无隘，论达者唯旷。①

体，指文体。李善注曰："文章之体，有万变之殊，中众物之形，无一定之量也。《淮南子》曰：'斟酌万殊。'"② 文章的体貌风格多种多样，客观事物的形态也千差万别，要用文章描绘风云变幻的世界，确实非常困难。作者要依据本身"程才"、"司契"的能力，选择适合自己的文体，驾驭辞采，执掌文意。文辞或写实或追虚，文意或深刻或浅显，都应该努力把文章写好。才华出众的人，有时突破文体的规范，也是为了指事造形更为切当。每个人因才性气质的不同，呈现出的文体风格也会有很大差别：欲夸目者为文崇尚奢靡，欲快心者为文贵当于理。讲究穷形尽相者为文不受阻隘，追求通达的人为文放旷无束。文章风格的多样化，取决于作家的兴趣爱好、脾气秉性，但不同的文体，也有不同的风格要求，陆机"辨体"曰：

---

① 萧统编，李善注《文选》，上海古籍出版社，1986，第765、766页。
② 萧统编，李善注《文选》，上海古籍出版社，1986，第765页。

第二章　魏晋的文体论

诗缘情而绮靡，赋体物而浏亮。碑披文以相质，诔缠绵而凄怆。铭博约而温润，箴顿挫而清壮。颂优游以彬蔚，论精微而朗畅。奏平彻以闲雅，说炜晔而谲诳。虽区分之在兹，亦禁邪而制放。要辞达而理举，故无取乎冗长。①

辨体，是文章写作不可缺少的一个环节。熟悉文章的体类，认识文体的属性及本质特征，掌握文体的写作理论、创作技巧，在一定程度上可以解决"文不逮意"的困惑。陆机从众多文体当中，选取常用的十体展开讨论，分为五组，诗、赋为第一组。

"诗缘情而绮靡。"李善注曰："诗以言志，故曰缘情。绮靡，精妙之言。"② 李善对"诗缘情"的解释，依据的是《毛诗序》的"情志合一"，忽视了陆机"缘情"与"言志"的区别。由《尚书·尧典》的"诗言志"，经《毛诗序》的"情志合一"，再到《文赋》的"诗缘情"，我国古代诗歌创作及诗歌理论发生了很大变化。陆机"诗缘情"在《文赋》中特指因物而感的一己之情。诗，缘于物感之情，是用来抒发主观情感的文体，所以要美丽细腻。陆机"诗缘情"强调的是自然物色引发的主观情感。刘勰《物色》篇云："春秋代序，阴阳惨舒；物色之动，心亦摇焉。"钟嵘《诗品序》云："气之动物，物之感人，故摇荡性情，形诸舞咏。"气候的变化产生四季，四季的变化又引起物色的变化，这种变化触动诗人的心灵，于是用诗歌的形式把悲喜之情表现出来。刘勰、钟嵘，同陆机一样，重视因物而感对诗歌创作的重要作用；与陆机不同的是，他们也指出了"文变染乎世情，兴废系乎时序"、"楚臣去境，汉妾辞宫"等社会政治及个人遭遇对诗歌创作的重大影响。关于陆机的物感之情，詹师有精到论述："《文赋》'诗缘情'的情，则主要是'喜柔条于芳春，悲落叶于劲秋'的物感之情。物感之情，更带有个人感受的性质。检读陆机的诗赋之作，他的作品大都与物感相关，大部分作品抒写的是个人的一己之情。……

---

① 萧统编，海荣、秦克标校《文选》，上海古籍出版社，1998，第118页。
② 萧统编，李善注《文选》，上海古籍出版社，1986，第766页。

❖ 汉魏六朝文体理论研究

如再加仔细分析，物感之情又可分为两类：一为因物兴感，外在的景物变化感发了作者的诗情文思。……物感的第二种类型是因情感物。因情感物，是先有了某种情感的基础，情与物接，倍加情感强度的心理感受。陆机的诗文，有许多是属于这种心理现象。如《感时赋》：'矧余情之含瘁，恒睹物而增酸'，就是有'含瘁之情'先于物存，睹物又增其酸楚的。"①陆机的感物伤情，是一种十分柔细的心理感受，也是士人生命意识觉醒之后才有的一种心理状态。

"赋体物而浏亮。"李善注曰："赋以陈事，故曰体物。浏亮，清明之称。"② 赋是铺陈事物的文体，所以要清楚明朗。赋体体类繁多，班固《汉书·艺文志》著录为四大类；刘勰《诠赋》篇分为京、殿、苑、猎、述行、序志、草区、禽族等八类；萧统《文选》分为京都、郊祀、耕藉、畋猎、纪行、宫殿、物色、鸟兽、志、哀、论文、情等十五类，论文类仅选陆机《文赋》一篇。严可均《全晋文》辑录陆机赋三十篇。《鳖赋序》曰："皇太子幸于钓台，鱼人献鳖，命侍臣作赋。"《桑赋》有"皇太子便坐，盖本将军直庐也"之句，可知二赋为命题之作。《果赋》仅存"中山之缥李"一句。陆机单纯陈事之赋，只有《浮云赋》、《白云赋》、《鼓吹赋》、《漏刻赋》、《羽扇赋》、《陵霄赋》、《瓜赋》等为数不多的七篇。其余几篇，或述行序志，感时叹逝；或颂扬祖德，思亲怀土；或列仙织女，幽人豪士；或以赋论文，探究文心，皆非铺陈写物，却有明道述志，感时伤怀的明显特征。这就涉及对"体物"的理解问题。《感时赋》曰："悲夫冬之为气，亦何憯凛以萧索！"《述先赋》曰："婴国命以逝止，亮身没而吴亡。"《思亲赋》曰："悲桑梓之悠旷，愧蒸尝之弗营。"《述思赋》曰："嗟余情之屡伤，负大悲之无力。……观尺景以伤悲，抚寸心而凄恻。"《怀土赋序》曰："余去家渐久，怀土弥笃。方思之殷，何物不感？曲街委巷，罔不兴咏。水泉草木，咸足悲焉。故述斯赋。"《行思赋》曰："行弥久而情劳，途愈近而思深。羡品物以独感，悲绸缪而在心。"陆机之

---

① 詹福瑞：《中古文学理论范畴》，河北大学出版社，1997，第65、66、68页。
② 萧统编，李善注《文选》，上海古籍出版社，1986，第766页。

赋，因物而感，曲街委巷，罔不兴咏；因情感物，水泉草木，咸足悲焉。正是这种文情与物色的互动融合，使创作达到了"情曈昽而弥鲜，物昭晰而互进"的最佳境界。《思归赋序》曰："余牵役京室，去家四载，以元康六年冬取急归。而羌虏作乱，王师外征，职典中兵，与闻军政。惧兵革未息，宿愿有违，怀归之思，愤而成篇。"① 其辞曰："节运代序，四气相推。寒气肃杀，白露沾衣。嗟行迈之弥留，感时逝而怀悲。绝音尘于江介，托影响于洛湄。彼离思之在人，恒戚戚而无欢。悲缘情以自诱，忧触物而生端。……岁靡靡而薄暮，心悠悠而增楚。风霏霏而入室，响泠泠而愁予。……伊我思之沉郁，怆感物而增深。叹随风而上逝，涕承缨而下寻。"② 陆机因事生情，因情而打开想象翅膀，于是"笼天地于形内，挫万物于笔端"，先写节气代序、白露沾衣之感时怀悲；次抒离思别绪、戚戚无欢之情；再以悲伤忧患之情触碰物色，沉郁之意、凄怆之情又因感物而增深。结合《文赋》及陆机创作实践，可以看出"体物"的方式具有多样性："伫中区以玄览"、"瞻万物而思纷"，是创作的准备阶段；"精骛八极，心游万仞"，是创作的构思阶段；"观古今于须臾，抚四海于一瞬"，是构思的成熟阶段；"若夫应感之会，通塞之纪。来不可遏，去不可止"，是长期积累，笔耕不辍，写作过程中出现的物我合一的特殊状态，常被人们称为"灵感"。"浏亮"指赋体的风格特征。推摹才士为文之用心，也有助于作家独特风格的形成。陆机《遂志赋序》曰："昔崔篆作诗以明道述志，而冯衍又作《显志赋》，班固作《幽通赋》，皆相仿焉。张衡《思玄》，蔡邕《玄表》，张叔《哀系》，此前世之可得言者也。崔氏简而有情，《显志》壮而泛滥，《哀系》俗而时靡，《玄表》雅而微素，《思玄》精练而和惠。欲丽前人，而优游清典，漏幽通矣。班生彬彬，切而不绞，哀而不怨矣。崔、蔡冲虚温敏，雅人之属也。衍抑扬顿挫，怨之徒也。岂亦穷达异事，而声为情变乎！余备托作者之末，聊复用心焉。"③ 博采众长，取法乎上，自成一家，是同体同题作家创作的共同追求。

---

① 严可均辑《全晋文》，商务印书馆，1999，第1020页。
② 严可均辑《全晋文》，商务印书馆，1999，第1021页。
③ 严可均辑《全晋文》，商务印书馆，1999，第1019页。

"碑披文以相质，诔缠绵而凄怆。"李善注曰："碑以叙德，故文质相半；诔以陈哀，故缠绵凄惨。"① 刻在石碑上的文字，都可以成为碑文，叙述功德业绩的碑文，现在称为功德碑。碑、诔放在一起讨论，说明陆机所说的碑特指墓碑。碑文的叙事部分，一定要符合墓主的真实身份，不能任意粉饰夸张，颇似史家之传；"铭曰"之后的文字，是对墓主功德业绩的主观评价，颇似史家之评，讲究沉思翰藻。碑体要求是文质相符。曹丕曰"铭诔尚实"，铭，虽然包括了墓碑之文，但是过于宽泛，不如陆机将碑、诔放在一起讨论，因为碑、诔，都是生者悼念逝者的文体。曹丕重"实"而不及"文"，陆机则文质兼顾，对体的论述更为全面。刘勰文体论，列《诔碑》篇，取法陆机，而论述更为透彻。诔以定谥陈哀，一定要缠绵悱恻，凄怆动人。"临丧能诔"，根据生者的表现，确立死后的谥号，诔文时效性强，文无定法，陆机侧重的是诔文的风格特征。

"铭博约而温润，箴顿挫而清壮。"铭、箴，都有警戒之意。李善注曰："博约，谓事博文约也。铭以题勒示后，故博约温润；箴以讥刺得失，故顿挫清壮。"② 徐复观《陆机文赋疏释》云："按铭勒于器物之上，字数受限制，故须义博而文约，语多含蓄，故体貌温润。"③ 铭文，要求内容丰富，文字简约，温和柔润。箴，方廷珪曰："箴以自砭得失，故须顿挫清壮。顿挫，谓不直致其词，详尽事理也。"④ 箴文，是用来讥刺弊端，引起警醒的文体，所以要抑扬顿挫，文清理壮。铭、箴，列为一组，亦为刘勰所取，于文体论中列《铭箴》篇。

"颂优游以彬蔚，论精微而朗畅。"李善注曰："颂以褒述功美，以辞为主，故优游彬蔚。论以评议臧否，以当为宗，故精微朗畅。"⑤ 徐复观释"颂"曰："《诗·大雅·卷阿》：'优游尔休矣'，朱熹《集传》：'闲暇之意'。此处，乃从容自然，歌功颂德而不着痕迹。彬是文质相称。《仓颉

---

① 萧统编，李善注《文选》，上海古籍出版社，1986，第766页。
② 萧统编，李善注《文选》，上海古籍出版社，1986，第766页。
③ 陆机著，张少康集释《文赋集释》，人民文学出版社，2002，第115页。
④ 陆机著，张少康集释《文赋集释》，人民文学出版社，2002，第115页。
⑤ 萧统编，李善注《文选》，上海古籍出版社，1986，第766页。

篇》：'蔚，草木盛貌也'。'彬蔚'乃文质均衡而气象茂盛。"颂体，起源于《诗经》之"颂"，用来歌功颂德，要求从容自然，文辞华茂。陆机《文赋》论创作的准备阶段，需要具备"感于物"和"本于学"两个基本条件。"颐情志于典坟"，"咏世德之骏烈，诵先人之清芬"，可以提高作者的主体修养。陆机《祖德赋》、《述先赋》，就是咏颂先代功德业绩的。萧统《文选》特立"祖德"一类，选谢灵运《述祖德诗》二首。论，是用来评议是非的文体，所以要精深入微，明朗通畅。论道经邦，经世致用，意义重大，受到历代文士的重视。颂先人之功德，激励自己建功立业，也许是陆机把颂、论并列一起的主要原因。

"奏平彻以闲雅，说炜晔而谲诳。"李善注："奏以陈情叙事，故平彻闲雅；说以感动为先，故炜晔谲诳。"[1] 奏，是臣子向君王陈述事情的文体，内容要平正透彻，文辞要从容得体。说，用来辩论说理，内容要清楚明白，文辞要奇诡有诱惑力。[2] 曹丕把"奏议"并为一组，较为合理，因为奏、议都是臣属写给君王的文体。刘勰《序志》说："陆赋巧而碎乱。"奏说、颂论的组合，与诗赋、碑诔、铭箴相比，确实显得碎乱。刘勰对陆机文体论的不足进行了补充完善，重新整合为《颂赞》、《奏启》、《论说》三篇。

陆机的文体论，选择当时常用的十种文体进行概括总结，指出了每一种文体的内容、文辞、文义及风格特征。继曹丕"四科八体"之后，陆机重申辨体对文章写作的重要作用，同时对文体的规范化、标准化也起到了积极推动作用。尤其是"诗缘情"说，具有特殊意义。在志与情的关系上，我国古代文论偏重于言志，而对缘情之作，尤其是抒发男女之情、一己之情的作品往往不太重视。"在我国文学发展过程中，由于'志'长期被解释成合乎礼教规范的思想，'情'被视为与政教对立的'私情'，因而在诗论中常常出现'言志'和'缘情'的对立。有时甚至产生激烈的争辩。"[3] 由《尚书·尧典》的"诗言志"经《诗大序》的"情志合一"，再到陆机的"诗缘情"，逐渐形成了诗歌理论的两大平行线索。

---

[1] 萧统编，李善注《文选》，上海古籍出版社，1986，第766页。
[2] 参见霍松林主编《古代文论名篇祥注》，上海古籍出版社，1986，第101页。
[3] 郭少虞主编《中国历代文论选》第一册，上海古籍出版社，1979，第3页。

第三节 由"诗言志"到"诗缘情"

先秦时期,《尚书·尧典》提出了"诗言志"。这是现有文献中最早的诗论。《尚书·尧典》所说的"诗言志",到底是写诗言志,还是赋诗言志,并没有作出清晰的表述。结合舜帝与乐官夔之间的对话语境来看,是舜帝在向夔布置任务,让他用诗乐舞"教胄子",使他们健康成长,达到"直而温,宽而栗,刚而无虐,简而无傲"的中和品德。这样的志,是与军国大事密切相关的、带有群体意识的志向或怀抱。诗就是用来表达这种志意的。《左传》记载的"诗以言志",反映了春秋士大夫的赋诗言志,他们"断章取义,余取所求"。《左传·襄公二十七年》记载了"七子"的赋诗言志:

> 郑伯享赵孟于垂陇;子展、伯有、子西、子产、子大叔、二子石从。赵孟曰:"七子从君,以宠武也,请皆赋以卒君贶;武亦以观七子之志。"子展赋《草虫》,赵孟曰:"善哉!民之主也。抑武也不足以当之。"伯有赋《鹑之贲贲》,赵孟曰:"床笫之言不逾阈,况在野乎?非使臣之所得闻也。"子西赋《黍苗》之四章,赵孟曰:"寡君在,武何能焉?"子产赋《隰桑》,赵孟曰:"武请受其卒章。"子大叔赋《野有蔓草》,赵孟曰:"吾子之惠也。"印段赋《蟋蟀》,赵孟曰:"善哉!保家之主也。吾有望矣。"公孙段赋《桑扈》,赵孟曰:"'匪交匪敖',福将焉往?若保是言也,欲辞福禄,得乎?"卒享。文子告叔向曰:"伯有将为戮矣!诗以言志,志诬其上,而公怨之,以为宾荣,其能久乎?幸而后亡。"叔向曰:"然。已侈!所谓不及五稔者,夫子之谓矣。"文子曰:"其余皆数世之主也。子展其后亡者也,在上不忘降。印氏其次也,乐而不荒。乐以安民,不淫以使之,后亡,不亦可乎?"①

---

① 杜预等注《春秋三传》,上海古籍出版社,1987,第394页。

第二章　魏晋的文体论　◆

出于功利的目的赋诗言志，虽然与原诗有某种联系，但主要还是表达自己的心意。"诸人所赋之诗，固有的借作诗者之情意以暗示自己之情意，如《黍苗》的作者是在赞美召伯之功，子西赋此，亦借以赞美赵孟之功，意谓赵孟可比召伯。但大半是'断章取义'，亦不顾及作者的情意，只是借以表达自己的情意。如《野有蔓草》是一首私情诗，所以诗词云：'有美一人，清扬婉兮。邂逅相遇，适我愿兮。'子大叔赋此，是表示得遇赵孟为荣（邂逅相遇），或赞美赵孟是'一表非凡'（清扬婉兮）的人物，虽不可知，但决不是适用原来的诗意。"① 如《鹑之贲贲》，本是一首刺诗，在公宴的场合，伯有赋这样的诗歌表达对自己国君的不满，意在诬蔑君王，并且公开怨恨君王，所以必将招来杀身之祸。赋诗言志，赋诗观志，在《论语》、《孟子》中都有记载，孟子的"断章取义"，甚至完全抛弃了诗作者的本意，只是撷取文字表层的含义。

荀子《儒效》篇亦称："诗言是，其志也。"② 诗与志密切相连，构成了先秦诗论的鲜明特征。在先秦的观念中，诗是用来抒发怀抱志向的一种文体形式。先秦诸子所云，皆不离赋诗言志，即赋《诗经》中的现成句子，表达自己的志向怀抱。孔子说诗，孟子诵诗，也是以《诗经》作为讨论的话题，侧重的是诗歌的政治、伦理、教化等功用。

《诗经》中少数篇目的作者，阐释说明了自己写诗的目的动机。郭绍虞主编的《中国历代文论选》辑录出十一例，八例为讽，三例为颂。③ 不论是讽，还是颂，都体现了诗人的情志以及写诗的心理动机。罗根泽先生进一步分析了《诗经》中"南"与"风"作者写诗的意义和暗示。他说："到《诗经》时代的'南'与'风'的作者，便逐渐的透露了作歌的意义。《魏风·葛屦》云：'维是褊心，是以为刺。'《园有桃》云：'心之忧矣，我歌且谣。'这虽然没有明说歌谣的目的是表达忧乐美刺，但亦暗示'心之忧'或有所刺，是可以借歌谣表现的。"④ 对"雅"、"颂"诗人作诗

---

① 罗根泽：《中国文学批评史》，上海书店出版社，2003，第35页。
② 王先谦：《荀子集解》，中华书局，1954，第84页。
③ 郭绍虞主编《中国历代文论选》第一册，上海古籍出版社，1979，第12页。
④ 罗根泽：《中国文学批评史》，上海书店出版社，2003，第32页。

❖ 汉魏六朝文体理论研究

的意义，罗根泽先生分为五类：

  （一）想借诗歌以吐露胸中的愁闷。如《小雅·何人斯》云："作此好歌，以极反侧。"《四月》云："君子作歌，维以告哀。"（二）想借诗歌把自己的意志诉诸公众。如《小雅·巷伯》云："寺人孟子，作为此诗；凡百君子，敬而听之。"《大雅·桑柔》云："虽曰匪予，既作尔歌。"（三）想借诗歌以赞颂别人的美德而即赠诸其人。如《小雅·崧高》云："吉甫作诵，其诗孔硕，其风肆好，以赠申伯。"《烝民》云："吉甫作诵，穆如清风。仲山甫永怀，以慰其心。"（四）想借诗歌以谏讽君王。如《小雅·节南山》云："家父作诵，以究王讻；式讹尔心，以畜万邦。"（五）想借诗歌以勖勉万民。如《鲁颂·閟宫》云："奚斯所作，孔曼且硕，万民是若。"

  由（一）（二）两类意义的演进，便是所谓"诗言志"。由（三）（四）（五）三类意义的演进，便是所谓"美刺"及染有功用主义的诗说。[①]

《诗经》中的作者，通过写诗，传达出丰富的情感。而赋诗言志，侧重的则是诗歌的功用，诗歌变成了表达自己志向的一种手段。子曰："诵《诗》三百，授之政，不达；使于四方，不能专对，虽多亦奚以为？"（《论语·子路》）诵诗的目的，不在于诗歌写作，而在于更好地处理国内的政事和国外的外交，从而达到"事君"、"事父"的目的。汉代对诗歌的认识，正是沿"诗言志"和"美刺说"这两条线索发展的。先秦百家争鸣。成为显学的有儒家、道家、墨家、法家、阴阳家、名家等。各家互有长短。汉武帝罢黜百家，独尊儒术，最终选择了儒家思想。儒家的著作成为经典，《诗经》也获得了崇高地位。"诗言志"、"美刺说"，大体上也反映了汉代的诗歌观念。

《毛诗序》在"诗言志"的基础上，提出了情感对诗歌的作用，丰富

[①] 罗根泽：《中国文学批评史》，上海书店出版社，2003，第33页。

了"诗言志"的内涵。《诗大序》曰:"诗者,志之所之也,在心为志,发言为诗。情动于中而形于言,言之不足故嗟叹之,嗟叹之不足故永歌之,永歌之不足,不知手之舞之,足之蹈之。"① 蕴藏于心的志,通过情感的作用,使诗人内心激动不已,于是用诗的语言把它表现出来,揭示出情感对诗歌形成的促进作用,肯定了情与志的内在联系。而情又是怎样产生的呢?这又涉及感物问题。从理论渊源上看,《诗大序》显然接受了《乐记》的观点。《乐记》曰:"人心之动,物使之然也,感于物而动,故形于声。声相应,故生变。变成方,谓之音。"② 人的心灵感动缘于外界事物的影响,是感物而动的结果。感物,既包含了自然之物,又包含了社会时代的内容。《毛诗序》淡化了诗歌与自然物色的关系,突出了时代政治对诗歌的作用。所谓"治世之音安与乐,其政和;乱世之音怨以怒,其政乖;亡国之音哀与思,其民困",通过"治世"、"乱世"、"亡国"三个层面,揭示了不同时代使诗人产生不同的情志。《诗大序》指出情志对诗歌创作的作用,比《尚书·尧典》的"诗言志",更为丰富具体。但其局限性也显而易见。《毛诗序》的情,是有条件限制的,它所强调的是受理智限定的情。"故变风发乎情,止乎礼义。发乎情,民之性也;止乎礼义,先王之泽也。"面对"乱世"、"亡国"的现实,诗人有权吟咏情性,抒发不满,这是人的天性,但用"变风变雅"的诗作反映动荡不安的现实或者衰世时,一定要顾及先王的恩泽,用理智来限制情感,做到哀而不伤,怨而不怒,不能一味放纵自己的情感。

由"言志"到"缘情",《毛诗序》起到了承前启后的关键作用。其"发乎情,止乎礼义"的诗歌标准,尽管在一定程度上限制了诗人情感的自由抒发,但依然得到了中国古代许多作家、理论家的认可,构成了温柔敦厚诗教的主要内容。纪昀的评价具有代表性,他在《云林诗钞序》中说:"'发乎情,止乎礼义'二语,实探《风》、《雅》之大原。后人各明一义,渐失其宗。一则知'止乎礼义',而不必其'发乎情',流而为金仁

---

① 萧统编,海荣、秦克标校《文选》上海古籍出版社,1998,第378页。
② 吕骥:《乐记理论探新》,新华出版社,1993,第87页。

❖ 汉魏六朝文体理论研究

山'濂洛风雅'一派，使严沧浪辈激而为'不涉理路，不落言诠'之论；一则知'发乎情'而不必其'止乎礼义'，自陆平原'缘情'一语引入歧途，其究乃至于绘画横陈，不诚已甚与！"①纪晓岚比较准确地把握了诗歌理论的两条线索，并分别指出了"言志"、"缘情"的优缺点，提倡诗歌创作要兼收两家之长，避免两家之短。

明确主张"诗缘情"的是晋代陆机，他在《文赋》中首次提出"诗缘情而绮靡"。如果说"诗言志"，强调的是诗歌与时政的关系，那么"诗缘情"则侧重了诗歌与自然的关系。两者的相同之处，在于每个人都生活在具体的时代背景中，不能脱离社会政治的影响。两者又有明显的不同：诗言志，往往直接反映现实，颂扬或针砭时代，知人论世，诗意昭然；诗缘情则倾心自然，把自己的悲喜之情融入物色，运用物我合一的意象，构建诗句。由于意象的介入，使诗歌具有多重含义。

就陆机《文赋》本身而言，其目的并不在于辨别"言志"、"缘情"的异同。他只是站在诗歌发展的历史过程当中，总结概括了诗歌这种文体的体貌和风格特征，区分诗歌这种文体，同其他文体的不同特点，确立诗歌的写作原则，最终目的仍是创作本身。"诗缘情而绮靡，赋体物而浏亮"，写作时一定要注意诗体与赋体的根本区别。这比曹丕的"诗赋欲丽"，表述得更为清楚明白。

如何寻找诗意，进行构思呢？陆机提出了"伫中区以玄览"的感物方式："遵四时以叹逝，瞻万物而思纷。悲落叶于劲秋，喜柔条于芳春。心懔懔以怀霜，志眇眇而临云。"广泛、深刻地观察万事万物，随四时的变化而触动自己的情思诗意，这就是因物而感的一己之情。至于怎样表达，陆机又提出了"颐情志于典坟"的学习问题："咏世德之骏烈，咏先人之清芬。游文章之林府，嘉丽藻之彬彬。"学习前贤的美好品德和优美的语言形式，这就是本于学。有了"感于物"和"本于学"的准备过程，于是就可以"慨投篇而援笔，聊宣之乎斯文"了。

---

① 纪晓岚著，孙致中、吴恩扬等校点《纪晓岚文集》第一册，河北教育出版社，1991，第199页。

第二章 魏晋的文体论

　　陆机"诗缘情"强调物感对诗歌创作的重要作用。但这种观念的形成也有深刻的社会根源。汉末社会动荡不安，儒家大一统思想瓦解。被视为儒家思想精华，曾起到事君事父重要作用的礼教伦常，逐渐被混乱无序的战争所代替。社会动荡，国家分裂，使人们失去了赖以生存的稳定环境，士人的心态发生了巨大变化。《古诗十九首》有很多诗句流露出士人的苦闷彷徨。生命苦短，感时伤怀，感物伤情，构成了这组诗歌的重要主题。"人生天地间，忽如远行客"，"人生寄一世，奄忽若飙尘"，"人生非金石，岂能长寿考"，"浩浩阴阳移，年寿如朝露"，"白杨多悲风，萧萧愁杀人"，"白露沾野草，时节忽复易"，这样的诗句俯拾皆是。"古诗眇邈，人世难详，推其文体，固是炎汉之制，非衰周之倡也。"（《诗品·序》）建安时期，军阀混战，群雄逐鹿，可供士人选择的途径大抵只有两条："一是各为其主，一是隐居以避世。此时的著名士人，大多选择的是第一条路。这也是前此对大一统政权、对儒家正统思想疏离之后顺理成章的发展。主各有所好，士之投奔也大抵各规其类。"① 围绕曹氏父子形成的文人集团，以诗文反映了那个动荡悲惨的时代，并抒发了个人的感受和情怀。"自献帝播迁，文学蓬转，建安之末，区宇方辑。魏武以相王之尊，雅爱诗章；文帝以副君之重，妙善辞赋；陈思以公子之豪，下笔琳琅；并体貌英逸，故俊才云蒸。……观其时文，雅好慷慨，良由世积乱离，风衰俗怨，并志深而笔长，故梗概而多气也。"② 文学的抒情性，成为了建安文学引人注目的显著特征。魏晋之际，朝代交替，玄学兴盛，成为士人避祸全身的文化策略。他们在有无之争、言意之辨中，开启心智，消解现实带来的苦闷和发自内心的恐惧。"从士人方面来看，玄学的产生，主要是适应了魏晋易代之际政治斗争日益尖锐、士人朝不保夕情势下，士人重新认识社会和理想人生、处理个人与社会关系的需要。"③ 诗歌创作出现了"阮旨遥深"、"嵇志清峻"。阮籍的《咏怀》，常常把自然的物象、时节的推移与内心的感受，交织一起，抒发对人生世事的慨叹，形成了他"厥旨渊放，

---

① 罗宗强：《魏晋南北朝文学思想史》，中华书局，1996，第8、9页。
② 刘勰著，黄霖整理集评《文心雕龙》，上海古籍出版社，2008，第92页。
③ 詹福瑞：《中古文学理论范畴》，河北大学出版社，1997，第71页。

归趣难求"、"百代之后难以情测"的独特诗风。

儒家大一统的思想被颠覆后,人们暂时失去了精神家园,但很快在放浪形骸中找到了心灵的支撑点。纵浪性情,成为一种普遍风气。阮籍葬母,饮酒二斗,一号吐血;王衍的"情之所种,正在我辈",反映了魏晋士人重情的实际。[①] 这些都为陆机"诗缘情"理论的提出奠定了基础。陆机虽然谈的是诗歌这种文体的基本特征和写作要求,却及时地总结了诗歌朝抒情化发展的特征,并为以后诗歌创作、诗歌理论指明了方向。

第四节 挚虞、李充的文体论

自曹丕、陆机以后,文体的分类更加细密。尤其是文学总集的出现,把文体分类推向了繁富甚至琐碎。《隋书·经籍志》云:"总集者,以建安之后,辞赋转繁,众家之集,日以滋广,晋代挚虞,苦览者之劳倦,于是采摘孔翠,芟剪繁芜,自诗赋下,各为条贯,合而编之,谓为《流别》。是后文集总钞,作者继轨,属辞之士,以为覃奥,而取则焉。今次其前后,并解释评论,总于此篇。"[②] 汉末以后,作家作品不断增多,挚虞为了方便读者,于是选择优秀作品,编为《文章流别集》。此后,出现了大量的文章总集。《隋书·经籍志》著录的总集,有一百七部,二千二百一十三卷。通计亡书,合二百四十九部,五千二百二十四卷。

《隋书·经籍志》云:"《文章流别集》四十一卷。梁六十卷,志二卷,论二卷,挚虞撰。"又云:"《文章流别志》、《论》二卷,挚虞撰。"《晋书》本传载:"虞撰《文章志》四卷,注解《三辅决录》,又撰古文章,类聚区分为三十卷,名曰《流别集》,各为之论,辞理惬当,为世所重。"[③] 刘师培《汇集文章志材料方法》说:"文学史者,所以考历代文学之变迁也。古代之书,莫备于晋之挚虞,虞之所作,一曰《文章志》;一

[①] 参见詹福瑞《中古文学理论范畴》,河北大学出版社,1997,第72、73页。
[②] 魏征撰《隋书》,中华书局,2000,第726页。
[③] 房玄龄等:《晋书》,中华书局,2000,第945页。

第二章　魏晋的文体论　❖

曰《文章流别》。志者，以人为纲者也。流别者，以文体为纲者也。"①《文章志》，借鉴《汉书·艺文志·诗赋略》分"屈原之属"、"陆贾之属"、"荀卿之属"的方法，以人为纲，谱系作家。《文章流别集》则以文体为纲，选录作品。"各为之论"，是对所选作家、作品的评论。《文章志》、《文章流别集》，都已亡佚。严可均从《艺文类聚》、《太平御览》、《北堂书钞》中辑得十一条，名之为《文章流别论》。推测挚虞之论，大体包括总论、文体论、作家论等三个方面的内容。其"总论"曰：

> 文章者，所以宣上下之象，明人伦之叙，穷理尽性，以究万物之宜者也。王泽流而《诗》作，成功臻而《颂》兴，德勋立而铭著，嘉美终而诔集。祝史陈辞，官箴王阙。《周礼》太师掌教六诗：曰风，曰赋，曰比，曰兴，曰雅，曰颂。言一国之事，系一人之本，谓之风；言天下之事，形四方之风，谓之雅；颂者，美盛德之形容；赋者，敷陈之称也；比者，喻类之言也；兴者，有感之辞也。②

挚虞引经据典，杂糅了《易经》、《毛诗序》以及班固的观点，阐释了文章"宣上下之象"、"明人伦之叙"的巨大修饰功能及独特的伦理教化功能；圣人写文章穷理尽性，用来探究天地万物之所宜。诗的产生缘于帝王之恩泽，"颂"用来褒赞成功，"铭"用来刻写德勋，"诔"用来嘉美逝者。祝史陈辞，官箴王阙，于是出现了"辞"、"箴"二体。挚虞认为，颂、铭、诔、辞、箴等文体，都起源于《诗经》，体现了浓郁的宗经观念。挚虞又用《诗大序》的"六义"，解释了《周礼》的"六诗"：诗人以一己之心言诸侯之政，行风化于一国，故谓之风；言天子之政，施齐正于天下，故谓之雅。颂，美盛德之形容，以其成功告于神明者也。值得注意的是，《诗大序》只解释了风、雅、颂等三义，而对赋、比、兴未置一词，且在释三义时又用大量篇幅释"风"，释"雅"一带而过，释"颂"仅

---

① 郭绍虞主编《中国历代文论选》第一册，上海古籍出版社，1979，第193页。
② 严可均辑《全晋文》，商务印书馆，1999，第819页。

71

用两句话。挚虞不仅补释赋、比、兴,而且重点辨析了"颂"体对其他文体的多重影响。汉儒说诗,美刺两端,《诗大序》重视诗的讽喻教化功能,挚虞重点在于美而不在于刺。赋的铺陈、比的喻类、兴的感发,作为创作方法,对诗歌创作有很大影响,挚虞虽然没有像钟嵘那样有精密论述,但重视赋、比、兴等创作技巧对诗、赋等文体的直接作用,比《诗大序》已经前进了一大步。挚虞认为,《诗经》的风、雅、颂,蕴蓄了多种文体,而赋、比、兴的不同使用又促成了文体的源流正变。其论体之起源曰:

> 后世之为诗者多矣,其功德者谓之颂,其余则总谓之诗。颂,诗之美者也。古者圣帝明王,功成治定,而颂声兴,于是史录其篇,工歌其章,以奏于宗庙,告于鬼神。故颂之所美者,圣王之德也,则以为律吕。或以颂形,或以颂声,其细已甚,非古颂之意。①

《诗经》之后,写诗的人众多,褒赞功德的诗谓之"颂",其余则总称为"诗",颂诗,是诗类之最美的。"颂"与"诗"骨肉之亲,实际上挚虞还是以"功德"之刃,将其从诗中剥离出来。君王功成治定,史录其篇,产生了"史"体;颂声兴起,工歌其章,形成了"歌"体。赞美君王功德的歌辞,配上音乐,用来奏于庙堂,禀报鬼神。颂形、颂声,形式多样。这种文人创作的颂德乐府诗,虽然以诗、乐、舞三位一体的方式用于庙堂,但已不是《诗经》之颂的意义了。其论体之流变曰:

> 昔班固为《安丰戴侯颂》,史岑为《出师颂》《和熹邓后颂》,与鲁颂体意相类,而文辞之异,古今之变也。扬雄《赵充国颂》,颂而似雅,傅毅《显宗颂》,文与周颂相似,而杂以风雅之意。若马融《广成》《上林》之属,纯为今赋之体,而谓之颂,失之远矣。②

---

① 严可均辑《全晋文》,商务印书馆,1999,第819页。
② 严可均辑《全晋文》,商务印书馆,1999,第819页。

第二章 魏晋的文体论

"颂"是颂扬赞美圣王功德的文体,班固、史岑的"颂"与《鲁颂》体意相近,语言风格却因时代原因而发生了变化。扬雄《赵充国颂》,虽取"颂"名,实似《雅》体。傅毅《显宗颂》,源于《周颂》,却夹杂了《风》、《雅》之意,不是纯粹的颂体了。马融《广成颂》、《上林颂》,虽取颂名,实为赋体,已经发生了脱胎换骨的变化。挚虞以《诗经》之颂为标准,以《风》、《雅》为参照,选文定篇,辨析了汉代文人之颂的源流正变。曹丕四科八体,仅论本同而忽略末异;陆机《文赋》十体,兼论本末却无作品实证。挚虞论颂,举例实证,本末源流,宗经变体,简明扼要,清清楚楚。可谓取两家之长,补两家之短。

挚虞论赋,同意班固《两都赋序》"赋者,古诗之流"的观点,并以《毛诗序》"发乎情,止乎礼义"为思想标准,将赋体分为"古诗之赋"和"今之赋"两种类型。荀子、屈原、贾谊的赋,能够"以情义为主,以事类为佐",属于古诗之赋;宋玉之后的赋家,"多淫浮之病",创作上"以事形为本,以义正为助",所作皆为"今之赋"。这种划分显然又借鉴了扬雄"诗人之赋丽以则"、"辞人之赋丽以淫"的观点。在分类的基础上,挚虞进一步分析了古、今之赋创作上的利弊得失:

> 楚辞之赋,赋之善者也。故扬子称赋莫深于《离骚》。贾谊之作,则屈原俦也。古诗之赋,以情义为主,以事类为佐。今之赋,以事形为本,以义正为助。情义为主,则则言省而文有例矣;事形为本,则言当而辞无常矣。文之烦省,辞之险易,盖由于此。夫假象过大则与类相远;逸辞过壮则与事相违;辩言过理则与义相失;丽靡过美则与情相悖。此四过者,所以背大体而害政教。是以司马迁割相如之浮说,扬雄疾辞人之赋丽以淫。①

古诗之赋,语言简约,行文繁略、隐显,无不征圣得体;今之赋,巧构形似之言,铺陈写物虽酷肖逼真,然文辞蔓芜,准的无一,变化无常,

---

① 严可均辑《全晋文》,商务印书馆,1999,第819页。

于是出现四种弊端：铺陈物色，寓目辄书，远离诗类；凭空想象，虚辞滥说，违背真实；理过其辞，欲讽反劝，事与愿违；靡丽多夸，褒奖过分，虚情假意。这样的赋作，违背了《诗经》精神，损害了国家的社会政治、伦理教化。挚虞以后，刘勰取其论赋精华，与诗画境，专列《诠赋》一篇；裴子野《雕虫论》，则固守儒教，与挚虞异代想通，遥相呼应。

挚虞论乐府诗，以《尚书·尧典》"诗言志，歌永言"为理论基础，强调"言其志谓之诗"，与陆机"诗缘情"不同。又按字数多少，分为三言、四言、五言、六言、七言、九言等六类。每一类各尽其用：三言"振振鹭、鹭于飞"之属，汉郊庙歌多用之。五言"谁谓雀无角，何以穿我屋"之属，俳谐倡乐多用之。六言"我姑酌彼金罍"之属，乐府亦用之。七言"交交黄鸟止于桑"之属，俳谐倡乐世用之。九言"泂酌彼行潦挹彼注兹"之属，不入歌谣之章，故世希为之。推其大意，以《诗经》四言为正体："夫诗虽以情志为本，而以成声为节。然则雅音之韵，四言为正，其余虽备曲折之体，而非音之正也。"① 钟嵘《诗品》以发展的眼光考察诗歌的发展历程，提出了"五言居文词之要，是众作最有滋味者。"挚虞则以"雅音之韵，四言为正"，其余众类皆非音之正也。尤其视五、七言为俳谐倡乐，颇启后人之疑惑。刘勰《明诗》老调重弹："四言正体，则雅润为本；五言流调，则清丽居宗。"三家论诗，角度不同。挚虞诗分七类，每类配乐，或用于郊庙，或用于乐府，或用于俳谐倡乐。四言，最后单论，未言何用。《毛诗序》言："《关雎》用之乡人，用之邦国。"《诗经》四言为主，配乐后应用于社会生活的各个方面。挚虞从音乐的角度，肯定四言诗的正统地位。钟嵘从创作论的角度立论，认为五言能创造出诗的滋味。刘勰从宗经及情变两个方面立论，指出四言诗的正规体制，以雅正温润为本；五言诗作为流行的格调，则以清新艳丽为宗。三家实无厚此薄彼之意。

七体，挚虞单独立体，详加讨论。挚虞认为这种文体枚乘首创："《七发》造于枚乘，借吴楚以为客主。先言'出舆入辇，蹙痿之损；深宫洞

---

① 严可均辑《全晋文》，商务印书馆，1999，第820页。

第二章　魏晋的文体论

房，寒暑之疾；靡曼美色，晏安之毒；厚味暖服，淫曜之害。宜听世之君子，要言妙道，以疏神导引，蠲淹滞之累。'既设此辞，以显明去就之路，而后说以色声逸游之乐，其说不入，乃陈圣人辨士讲论之娱，而霍然疾瘳。此因膏粱之常疾，以为匡劝，虽有甚泰之辞而不没其讽谕之义也。"[①] 挚虞分析了枚乘《七发》的结构特征，指出了这种文体的讽喻功能。枚乘以后，多有仿作，于是"其流遂广，其义遂变，率有辞人淫丽之尤矣"[②]。傅玄《七谟序》对这种文体的作者、作品也作过详细描述："昔枚乘作《七发》，而属文之士若傅毅、刘广世、崔骃、李尤、桓麟、崔琦、刘梁、桓彬之徒，承其流而作之者纷焉，《七激》《七兴》《七依》《七款》《七说》《七蠲》《七举》《七设》之篇，于是通儒大才马季长、张平子亦引其源而广之，马作《七厉》，张造《七辨》，或以恢大道而导幽滞，或以黜瑰奓而托讽咏，扬辉播烈，垂于后世者，凡十有余篇。自大魏英贤迭作，有陈王《七启》，王氏《七释》，杨氏《七训》，刘氏《七华》，从父侍中《七诲》，并陵前而逸后，扬清风于儒林，亦数篇焉。世之贤明，多称《七激》工，余以为未尽善也，《七辨》似也。非张氏至思，比之《七激》，未为劣也。《七释》佥曰'妙哉'，吾无间矣。若《七依》之卓轹一致，《七辨》之缠绵精巧，《七启》之奔逸壮丽，《七释》之精密闲理，亦近代之所希也。"[③] 七体，由枚乘首创，经汉、魏、晋文士的摹拟创新，成为一种与赋相近而又具自身结构特点的文体。挚虞、傅玄都注意到了这种文体的产生发展以及流变过程。傅玄叙述源流，线索清晰；概括风格，明朗透彻；指摘利病，观点鲜明。挚虞所论，较为疏略，作品例证，只有枚乘《七发》、崔骃《七发》。七体，刘勰《文心雕龙》视为"杂文"。萧统《文选》卷三十四有"七"体，选枚乘《七发》、曹植《七启》、张载《七命》，共三篇。

箴体，挚虞认为起源于《左传·襄公四年》的《虞人之箴》。扬雄依此箴而作《十二州箴》、《十二官箴》。崔骃父子、胡广等皆有继作，箴体

[①] 严可均辑《全晋文》，商务印书馆，1999，第820页。
[②] 严可均辑《全晋文》，商务印书馆，1999，第820页。
[③] 严可均辑《全晋文》，商务印书馆，1999，第437页。

遂行于世。铭体，挚虞从风格着眼，分为"古之铭"、"今之铭"两种。前者"至约"，而后者"至繁"。对于铭文由简约到繁富的转化，挚虞认为"质文时异"，时代使然。又以刻写铭文的用料不同而分为：碑铭、器铭两大类。器铭又根据刻写器物的差别分为鼎铭、机铭、砚铭等。碑铭，挚虞以蔡邕为杨公写的碑铭为例，要求碑铭典丽雅正。器铭可以分成若干小类，但有共同的文体风格："咸以表显功德"，"所言虽殊，而令德一也"。碑铭，挚虞又称之为"铭辞"："古有宗庙之碑。后世立碑于墓，显之衢路，其所载者铭辞也。"① 挚虞把蔡邕的碑文，归到铭类，与曹丕"铭诔尚实"的归类一样，只注意到了碑和铭的相近之处。碑文，经蔡邕后，定型为一种专门用来颂扬死者功德的文体。刘勰把碑、诔二体放到一起讨论，《文选》置碑文于诔、哀、墓志、行状、吊文、祭文之间，比挚虞的分类准确清晰。李尤之铭，"自山河都邑，至于刀笔平契，无不有铭"，造成了"文多秽病"，挚虞明显不满。

诔文是挚虞《文章流别论》中唯一没有定制的文体。所以每个人所作的诔文产生很大差异。挚虞特举《左传》鲁哀公为孔子写的诔文为样本。由诔文派生的文体有哀辞、哀策。哀辞是用来哀悼夭折、短命者的文体。"哀辞者，诔之流也。崔瑗、苏顺、马融等为之，率以施于童殇夭折、不以寿终者。建安中，文帝与临淄侯各失稚子，命徐幹、刘桢等为之哀辞。"② 其文体要求是：以哀痛为主，缘以叹息之辞。哀策，挚虞所存之论仅有片言，尚有缺字："今所□哀策者，古诔之义。"据此可知挚虞将哀策归之诔类。

对于文体近似，风格独特的文体，挚虞把它们放到一起讨论，并辨析文体之间的风格差异，这是挚虞对文体理论发展的重要贡献。挚虞虽然没有给这类文体命名，但对后来的文体分类有一定的启发作用。"若《解嘲》之弘缓优大，《应宾》之渊懿温雅，《达旨》之壮厉忼慷，《应间》之绸缪契阔，郁郁彬彬，靡有不长焉矣。"③

---

① 严可均辑《全晋文》，商务印书馆，1999，第 821 页。
② 严可均辑《全晋文》，商务印书馆，1999，第 821 页。
③ 严可均辑《全晋文》，商务印书馆，1999，第 821 页。

挚虞所论四篇，刘勰《文心雕龙》归于"杂文"之"对问"类。挚虞的评论，也多被刘勰采纳："自《对问》以后，东方朔效而广之，名为《客难》，托古慰志，疏而有辨。扬雄《解嘲》，杂以谐谑，回环自释，颇亦为工。班固《宾戏》，含懿采之华；崔骃《达旨》，吐典言之裁；张衡《应间》，密而兼雅。"① 扬雄的《解嘲》、班固的《答宾戏》入《文选》卷四十五"设论"类。

图谶，本是秦汉时期神权迷信的产物。图谶，单称为谶。《后汉书·光武纪上》："宛人李通等以图谶说光武。"李贤注："谶，符命之书。谶，验也。言王者受命之征验也。"② 挚虞认为："图谶之属，虽非正文之制。然以取其纵横有义，反覆成章。"③ 受挚虞影响，刘勰对纬书的评价，也肯定其有助文章的一面。

挚虞《文章流别论》以选本分题的形式，讨论各种文体的起源流变。无论对文体的内容风格，还是对文体的分类，都远远超过了以短篇论文讨论文体的曹丕和陆机。其精到之处在于既有对文体名称的界定，又有对文体、文类之间关系的阐释。在文类当中，又时有对具体作家、作品的评论。其辨体分类的目的同陆机"文体论"一样，非常明确："诗、颂、箴、铭之篇，皆有往古成文，可仿依而作。"致流别，细分类、显优劣，为的是给文体写作提供可以借鉴的模式或范本。刘勰评挚虞《文章流别论》曰："精而少功。"挚虞讲各体文章的起源，相当精要，但由于没有讲清各体文章的写作要求，所以不切实用。刘勰对文体论提出了更高要求。倘若把挚虞的文体论放到文体理论的演进过程当中去考察，不难看出挚虞朝实用方面做出的努力。挚虞《文章流别集》和《文章流别论》的出现，对文学发展起到了积极作用。以后陆续出现了《集林》、《集抄》一类的选本，使文章的搜辑、编纂日趋完善，最终促成了《文选》之类的选本产生。"更重要的是为写作者提供了典范，促进了文学创作的发展。"④

---

① 刘勰著，黄霖整理集评《文心雕龙》，上海古籍出版社，2008，第27页。
② 范晔：《后汉书》，中华书局，2000，第2页。
③ 严可均辑《全晋文》，商务印书馆，1999，第821页。
④ 屈守元：《文选导读》，巴蜀书社，1996，第6页。

❖ 汉魏六朝文体理论研究

李充的文体分类以及文体观念，主要反映在《翰林论》中。《隋书·经籍志》载："《翰林论》三卷，李充撰。梁五十四卷。"其书至隋仅存三卷，今已全亡。"其题为论者，谓于纂集之外，复有评骘之言，以明去取别裁之意也。"①《翰林论》当是对选本《翰林》中作家、作品的评价，严可均《全晋文》卷五十三辑录八条。

> 或问曰，何如斯可谓之文？答曰：孔文举之书，陆士衡之议，斯可谓成文矣。

> 潘安仁之为文也，犹翔禽之羽毛，衣被之绡縠。

李充以设问的形式，提出了"文"的问题，但没有直接回答，而是指出了"文"的例证：孔融的"书"、陆机的"议"，才是真正的文。潘岳为文，犹如飞禽之羽毛鲜活艳丽，又如衣服被子之轻纱美丽动人。李充所推重的是色彩鲜艳，生动感人的文章。

> 容象图而赞立，宜使辞简而义正。孔融之赞杨公，亦其义也。

图像的出现，产生了赞体。吕延济曰："若有德者，后世图画其形，为文以赞美也。"②孔融之赞杨公，见于《后汉书·杨震列传·曾孙彪传》：

> 袁术僭乱，操托彪与术婚姻，诬以欲图废置，奏收下狱，劾以大逆。将作大匠孔融闻之，不及朝服，往见操曰："杨公四世清德，海内所瞻。《周书》父子兄弟罪不相及，况以袁氏归罪杨公。……操不得已，遂理出彪。"③

---

① 骆鸿凯：《文选学》，中华书局，2015，第1页。
② 萧统编，李善等注《六臣注文选》，上海古籍出版社，1993，第4页。
③ 范晔：《后汉书》，中华书局，2000，第1207页。

赞，用来赞美品德高尚的人，要求文辞简约且充满正义。孔融称赞杨公"四世清德，海内所瞻"，义正词严，深得赞体之精义。刘勰有《颂赞》篇；萧统《文选》立"赞"、"史述赞"二体，前者为画赞，后者为史家之赞。

> 研核名理，而论难生焉，论贵于允理，不求支离，若嵇康之论，成文美矣。

这条讨论论、难二体的起源、文体风格，并以嵇康之论为代表。研核万事万物的道理，产生了论、难。论体的可贵之处在于公允合理，要立言有序，讲究条理。嵇康之论，文清理畅，富有文采，堪称美文。难，李充独立一体，《文选》卷四十四，选入司马相如的《难蜀父老》。

> 盟檄发于师旅，相如喻蜀父老，可谓德音矣。

盟、檄二体，起源于兴兵作战。司马相如《喻巴蜀檄》、《难蜀父老》，入《文选》四十四卷"檄"类。李充所云"喻蜀父老"，指的是《喻巴蜀檄》，而《难蜀父老》则属于"难"体。檄，难的目的，是让对方明晓事理，分清利害，从而改变风俗。故李充称之为"德音"。用"德音"评价师旅檄文并不合适，没有抓到文体的主要特征。

> 表宜以远大为本，不以华藻为先。若曹子建之表，可谓成文矣；诸葛亮之表刘主，裴公之辞侍中，羊公之让开府，可谓德音矣。

表以陈请，是臣子向君王陈请叙事的应用文体，经常与章一起讨论。应当以志向高远、胸怀博大为根本，首先考虑的不是辞采华美。曹植才华出众，所作之表既能以"远大为本"，又具优美的语言形式，是众作之杰出者。诸葛亮的《出师表》，裴颜的《辞侍中表》，羊祜的《让开府表》，可谓德者之音。《文选》选录了诸葛亮、羊祜的表文。

❖ 汉魏六朝文体理论研究

> 驳不以华藻为先，世以傅长虞每奏驳事，为邦之司直矣。

> 在朝辨政而议奏出，宜以远大为本，陆机议晋断，亦名其美矣。

驳，蔡邕《独断》曰："独执异议者，曰驳议。"议，臣子用来辨事议政的文体。驳文同表文一样，首先考虑的不是辞藻是否华美的问题。傅咸的"驳议"，能够拨乱反正，主持正义。陆机的《晋书限断议》，以远大为本，兼擅辞采，亦堪称美文。

骆鸿凯根据《文选注》又补录三条："木氏《海赋》壮则壮矣，然首尾负揭，状若文章，亦由未成而然也；应休琏五言诗百数十篇，以风规治道，盖有诗人之旨焉；扬子论秦之剧，称新之美，此乃计其胜负，比其优劣之义。"[1] 木华《海赋》，写出了海的雄壮气势，赋之开头结尾负揭，像是散体文章，未能成为纯正的赋体。应璩《百一诗》，讥刺时事，针砭时弊，继承了风诗的讽喻教化传统。扬雄《剧秦美新》，饱受诟病，颜之推斥之为"德败美新"。李充认为，《剧秦美新》论秦之过，称新之美，旨在说明莽新比暴秦略好而已，没有赞美之意。李充所论三篇，皆入《文选》。

综上可知，李充《翰林论》是分体讨论的。对每一种文体的缘起，体貌、风格进行简要的概括，与陆机《文赋》的文体论相似。不同之处在于增加了作品例证，对有代表性的作家、作品进行评价。李充只举作家、作品，而不对文体流别进行考察，又显然与挚虞《文章流别论》不同。李充衡文，思想上强调"德音"，如诸葛亮的"表"、司马相如的"檄"；在表现手法上重视辞采华美，如陆机、潘岳的文。李充《翰林论》涉及的文类、代表作家作品，大多被萧统《文选》采录。

第五节 皇甫谧等人的赋论

魏晋南北朝时期，对赋的认识朝着两个方向发展。一是对赋体功用的

---

[1] 骆鸿凯：《文选学》，中华书局，2015，第1页。

第二章　魏晋的文体论

认识，二是对赋体与其他文体异同的辨析。

曹丕在《典论·论文》中，对包括诗赋在内的文章给予很高的评价，认为"文章经国之大业，不朽之盛事。年寿有时而尽，乐荣止乎其身，二者必至之常期，未若文章之无穷。是以古之作者，寄身于翰墨，见意于篇籍，不假良史之辞，不托飞驰之势，而声名自传于后。"充分肯定了文章既可以"经国"，又能使作者"不朽"的巨大价值。杨修把赋颂同《诗经》并列，认为："今之赋颂，古诗之流，不更周孔，《风》、《雅》无别耳。"乃"经国之大美，流千载之英声。"① 陆机对文章"十体"进行了全面概括，其《文赋》曰："伊兹事之可乐，固圣贤之所钦，课虚无以责有，叩寂寞而求音。函绵邈于尺素，吐滂沛乎寸心。言恢之而弥广，思按之而逾深，播芳蕤之馥馥，发青条之森森，粲风飞而飙竖，郁云起乎翰林。"② 写文章是件苦尽甘来的事情，作者可以驰骋想象，施展才华，运用五色之笔创造出一个有声有色的世界，为文章宝库增添绚烂风景。鼓励作者，努力从事文章写作。尽管魏晋失去了汉赋的创作基础及写作对象，但仍然出现了传之久远的名篇，对赋体的关注亦构成魏晋文体理论的主要内容。皇甫谧、左思的赋论，具有代表性。

皇甫谧《三都赋序》曰："古人称不歌而颂谓之赋。然则赋也者，所以因物造端，敷弘体理，欲人不能加也。引而申之，故文必极美；触类而长之，故辞必尽丽。然则美丽之文，赋之作也。昔之为文者，非苟尚辞而已，将以纽之王教，本乎劝戒也。自夏殷以前，其文隐没，靡得而详焉。周监二代，文质之体，百世可知。故孔子采万国之风，正雅颂之名，集而谓之《诗》。诗人之作，杂有赋体。子夏序《诗》曰：'一曰风，二曰赋。'故知赋，古诗之流也。"③ 此说源于班固，又吸取了扬雄"丽"而"讽"的观点，肯定了赋"纽之王教，本乎劝戒"讽喻教化伦理功用。值得注意的是皇甫谧论赋与班固的阐释稍有不同，在对赋体的论述上更为清晰。班固所说的"登高而赋"，与"赋诗言志"密切相关，而皇甫谧所说

---

① 萧统编，海荣、秦克标校《文选》，上海古籍出版社，1998，第 325 页。
② 萧统编，海荣、秦克标校《文选》，上海古籍出版社，1998，第 118 页。
③ 萧统编，海荣、秦克标校《文选》，上海古籍出版社，1998，第 383 页。

的赋,正是"因物造端,敷弘体理,欲人不能加也"的文人之赋。这种文人之赋,具有"文必极美"、"辞必尽丽"的风格特征。

在讨论赋体与《诗经》的关系问题时,皇甫谧虽然也强调赋的"王教"、"劝戒"功能,但并没有忽视《诗经》之"赋"对赋体创作的影响。《诗经》之诗,杂有赋体,其"二曰赋,故知赋,古诗之流",说明皇甫谧注意到了赋体在表现手法上对《诗经》的借鉴。

皇甫谧对赋体的产生、发展、流变,亦有触及,其《三都赋序》云:

> 至于战国,王道凌迟,风雅寝顿,于是贤人失志,辞赋作焉。是以孙卿、屈原之属,遗文炳然,辞义可观。存其所感,咸有古诗之意,皆因文以寄其心,托理以全其制,赋之首也。及宋玉之徒,淫文放发,言过于实,夸竞之兴,体失之渐,风雅之则,于是乎乖。①

皇甫谧认为,战国时期,王道衰微,"赋诗言志"的传统遭到破坏。一些不得志的文士,开始用辞赋感物造端,抒发情志。荀子、屈原之属,既有"遗文炳然"的辞采之美,又有"因文以寄其心"的深刻思想,所以能够成为赋家之首。而宋玉等人的辞赋,追求辞藻,过分夸饰,逐渐远离了《诗经》的现实主义传统。又论汉赋曰:

> 逮汉贾谊,颇节之以礼。自时厥后,缀文之士,不率典言,并务恢张,其文博诞空类。大者罩天地之表,细者入毫纤之内,虽充车联驷,不足以载;广厦接榱,不容以居也。其中高者,至如相如《上林》,扬雄《甘泉》,班固《两都》,张衡《二京》,马融《广成》,王生《灵光》,初极宏侈之辞,终以约简之制,焕乎有文,蔚尔鳞集,皆近代辞赋之伟也。若夫土有常产,俗有旧风,方以类聚,物以群分;而长卿之俦,过以非方之物,寄以中域,虚张异类,托有于无。

---

① 萧统编,海荣、秦克标校《文选》,上海古籍出版社,1998,第383页。

祖构之士，雷同影附，流宕忘反，非一时也。①

汉代的赋家，除贾谊能节之以礼外，大部分作家"不率典言"，肆意夸张，虽有大笼天地之气势、细入毫纤之精巧，文辞繁富而内容空疏。有的赋家，写地方特产、风土人情，仅凭空想象任意虚构，违背了真实可信之原则。皇甫谧以司马相如《上林赋》、扬雄《甘泉赋》、班固《两都赋》、张衡《二京赋》、马融《广成赋》、王延寿《鲁灵光殿赋》等为近代辞赋之伟。他们的创作，结构宏大，辞采华美，代表了汉代体物大赋的最高成就。尽管时有靡丽多夸、虚词滥说、无中生有之弊，但赋家的终极目的在于讽谏。

从文体的角度看，皇甫谧已经看到了荀子、屈原的文人辞赋与"赋诗言志"不同，前者在于"因物造端"，属于创作，而后者在于引《诗》言志。皇甫谧也较为清楚地辨析了荀子、屈原辞赋与汉赋的不同：前者属于"贤人失志"、"因文以寄其心"的创作，带有一定的抒情色彩；而汉赋的主要作者，如司马相如、扬雄、班固等，多以铺陈写物，"极宏侈之辞"，"虚张异类，托有于无"为其主要特征。皇甫谧认为，左思的《三都赋》因事而发，本乎劝戒，避免了汉赋虚张异类、托有于无的弊端：

> 曩者汉室内溃，四海圮裂。孙、刘二氏，割有交、益；魏武拨乱，拥据函夏。故作者先为吴蜀二客，盛称其本土险阻瑰琦，可以偏王，而却为魏主述其都畿，弘敞丰丽，奄有诸华之意。言吴、蜀以擒灭比亡国，而魏以交禅比唐、虞，既已著逆顺，且以为鉴戒。盖蜀包梁岷之资，吴割荆南之富，魏跨中区之衍，考分次之多少，计殖物之众寡，比风俗之清浊，课士人之优劣，亦不可同年而语矣。二国之士，各沐浴所闻，家自以为我土乐，人自以为我民良，皆非通方之论也。作者又因客主之辞，正之以魏都，折之以王道，其物土所出，可

---

① 萧统编，海荣、秦克标校《文选》，上海古籍出版社，1998，第383、384页。

得披图而校。体国经制，可得案记而验，岂诬也哉！①

皇甫谧论述了《三都赋》创作的社会背景，旨在说明左思之作，缘事造端，绝非凭空虚构。《蜀都赋》借西蜀公子之口，盛称蜀都之大，山川之险，物产之饶；《吴都赋》设东吴王孙，褒赞大吴之巨丽，帝王建业，宫殿规模，鸟兽草木，无不显示文明之迹。二国之士，或夸大自然天险，或粉饰政治教化，自乐自足，各照隅隙，皆非通方之论。而魏国先生所称道的地大物博，风俗淳厚，以德治国，才是治理国家、统一天下的重要原因。"正之以魏都，折之以王道"，正是《三都赋》思想认识价值之所在。皇甫谧也肯定了《三都赋》铺陈写物，体国经制的真实性、可信性。

左思论赋，综合了扬雄、班固之说，认为"诗人之赋丽以则"，"赋者，古诗之流也"，但左思特别重视《诗经》以来形成的写实传统。其《三都赋序》曰："先王采焉，以观土风。见'绿竹猗猗'，则知卫地淇澳之产；见'在其版屋'，则知秦野西戎之宅。故能居然而辨八方。然相如赋《上林》而引'卢橘夏熟'，扬雄赋《甘泉》而陈'玉树青葱'，班固赋《西都》而叹以出比目，张衡赋《西京》而述以游海若。假称珍怪，以为润色，若斯之类，匪啻于兹。考之果木，则生非其壤；校之神物，则出非其所。于辞则易为藻饰，于义则虚而无征。"②对汉赋取材无据，言过其实，左思感到失望，所以他的《三都赋》要做到："其山川城邑，则稽之地图；其鸟兽草木，则验之方志。风谣歌舞，各附其俗；魁梧长者，莫非其旧。"③处处征实，班班可考。

曹植视赋为小道，似乎不甚重视。《与杨德祖书》曰："今往仆少小所著辞赋一通相与。夫街谈巷说，必有可采，击辕之歌，有应风雅，匹夫之思，未易轻弃也。辞赋小道，固未足以揄扬大义，彰示来世也。昔扬子云先朝执戟之臣耳，犹称壮夫不为也。吾虽德薄，位为藩侯，犹庶几戮力上国，流惠下民，建永世之业，流金石之功，岂徒以翰墨为勋绩，辞赋为君

---

① 萧统编，海荣、秦克标校《文选》，上海古籍出版社，1998，第384页。
② 萧统编，海荣、秦克标校《文选》，上海古籍出版社，1998，第27页。
③ 萧统编，海荣、秦克标校《文选》，上海古籍出版社，1998，第27页。

子哉！若吾志未果，吾道不行，则将采庶官之实录，辩时俗之得失，定仁义之衷，成一家之言。虽未能藏之于名山，将以传之于同好。"① 曹丕自谦所作辞赋皆为小道，不能揄扬大义，但同街谈巷说、击辕之歌那样，亦有可取之处；自己的志向是"戮力上国，流惠下民"，相比之下，辞赋不过是雕虫小技。如果志向不能实现，则效仿司马迁著书立说，成一家言。与立功、著史相比，辞赋确实处于次要地位。

吴质通过"文"与"武"的对比，说明文章参与经国之大业的作用非常有限，其《答魏太子笺》曰："陈、徐、刘、应，才学所著，诚如来命，惜其不遂，可为痛切。凡此数子，于雍容侍从，实其人也。若乃边境有虞，群下鼎沸，军书辐至，羽檄交驰，于彼诸贤，非其任也。往者孝武之世，文章为盛，若东方朔、枚皋之徒，不能持论，即阮、陈之俦也。其唯严助、寿王，与闻政事，然皆不慎其身，善谋于国，卒以败亡，臣窃耻之，至于司马长卿称疾避事，以著书为务，则徐生庶几焉。"② 文章之士，在太平盛世以诗赋作为宫廷的言语侍从，能够雍容得体，但他们不能持论，当国家面临危难之时，拿不出解决的办法。吴质认为诗赋适用于点缀升平，委婉讽谏，唯有"论"体，能治国兴邦。

陆机《文赋》，以"缘情"、"体物"，区分了诗与赋的不同体貌；又以"绮靡"、"浏亮"，辨析了诗与赋的风格差异。继陆机之后，挚虞以具体作家为例，辨析出古、今之赋的同源异体。其《文章流别论》曰："赋者，敷陈之称，古诗之流也。古之作诗者，发乎情，止乎礼义。情之发，因辞以形之；礼义之旨，须事以明之：故有赋焉，所以假象尽辞，敷陈其志。"③ 诗人为了阐明"礼义"之旨，所以采用了铺陈写物的表现形式。赋是手段，"礼义"是目的。挚虞认为：赋家之中的孙卿、屈原，有古诗之义。而宋玉则多淫浮之病。他肯定了屈原、贾谊"以情义为主，以事类为佐"的"古诗之赋"，而对"以事形为本，以义正为助"、"假象过大"、"逸辞过壮"、"丽靡过美"的"今体赋"提出了批评。

---

① 萧统编，海荣、秦克标校《文选》，上海古籍出版社，1998，第346页。
② 萧统编，海荣、秦克标校《文选》，上海古籍出版社，1998，第326页。
③ 严可均辑《全晋文》，商务印书馆，1999，第819页。

❖ 汉魏六朝文体理论研究

魏晋的赋论，为刘勰《文心雕龙》的文体论奠定了基础。《诠赋》篇专门论述赋体，涉及赋之源流正变、文体分类、名称意义、写作要求等一系列问题。萧统《文选》赋列各体之首。《文选序》曰："至于今之作者，异乎古昔，古诗之体，今则全取赋名。"在文体的编排上，不仅区分了诗与赋，而且辨析了赋与骚的不同。就赋体本身，又细分为京都、郊祀、畋猎等若干小类。

第三章
南北朝的文体论

南北朝时期，文体论获得空前发展。颜延之、刘勰从形式上区分文笔之不同，萧绎则从本质特征上辨析文笔之差异。任昉《文章缘起》，因题立名，分文体为八十四类。钟嵘《诗品》专论五言诗，确立了以"滋味"论诗的评价标准。范晔、沈约、萧子显的史传、史述赞，涉及作品的取舍、文体的叙录、作品的评价等问题。刘勰《文心雕龙》论文叙笔，单篇讨论，涉及三十四种文体。萧统《文选》分文体为三十九类，文体辨析颇为细致。至此，文体理论走向成熟。

第一节　颜延之、萧绎的文笔论

汉代"文章"概念的出现，标志着对文学本质属性有了初步的了解。汉代的"文章"有时也包括文献著作，但主要指以辞赋为主、作家独立从事的富有文采的著述。《汉书·公孙弘传赞》："儒雅则公孙弘、董仲舒……文章则司马迁、相如。"[1] 王充《论衡·书解篇》："汉世文章之徒，陆贾、司马迁、刘子政、扬子云，其材能若奇，其称不由人。"[2] 所谓文章之徒，就是专门从事著作的人。"这些人的著作，又与经书不同，它不一定寓教化。故于世无补。这些人的著作多讲究文辞华丽，书文奇伟。由此可见，所谓

---

[1] 班固：《汉书》，中华书局，2000，第1999页。
[2] 王充：《论衡·书解篇》，上海古籍出版社，1990。

'文章'，就是指可以独立成篇（书）、文辞华美的作品。"①文章概念的出现，使文学与经书、子书区别开来。文章之士的创作，推动了文体朝多样化方向发展。

如何对众多的文体进行分类，是件复杂而繁琐的事情。西汉刘歆《七略》，将《诗赋略》与《六艺略》、《诸子略》并列，把属于文章之体的诗赋，从其他学术著作中分离出来。班固的《汉书·艺文志》，沿用了这种划分形式。汉代蔡邕《独断》、刘熙《释名》，涉及当时常用的几种文体，并进行了简要阐述。魏晋时期，曹丕《典论·论文》、陆机《文赋》开始从创作论的角度辨析文体特征，阐释文体风格；挚虞《文章流别论》、李充《翰林论》则从鉴赏论的角度编纂总集，评价作品之优劣、总结创作之得失。诚如刘师培所言："文章各体，至东汉而大备。汉魏之际，文家承其体式，故辨别文体，其说不淆。"② 随着文体理论研究的深入发展，南朝出现了"文笔"说。文、笔之分，标志文体论已经走向成熟，在文体理论发展史上具有重要意义。

最早把"文""笔"对举的是颜延之。《南史·颜延之传》载："文帝尝召延之，传诏频不见，常日但酒店裸袒挽歌，了不应对，他日醉醒乃见。帝尝问以诸子才能，延之曰：'竣得臣笔，测得臣文，㚟得臣义，跃得臣酒。'何尚之嘲曰：'谁得卿狂？'答曰：'其狂不可及。'"③《文选》收录颜延之赋、诗、歌、序、诔、哀策、祭文诸多文体，可谓文笔兼擅。颜竣得其"笔"，颜测得其"文"；颜㚟、颜跃，不擅文章，只是行为、性格方面受到了影响。颜竣的笔才，《南史·颜延之传》有记载：

> 元凶弑立，以为光禄大夫。长子竣为孝武南中郎谘议参军。及义师入讨，竣定密谋，兼造书檄。劭召延之示以檄文，问曰："此笔谁造？"延之曰："竣之笔也。"又问："何以知之？"曰："竣笔体，臣不容不识。"劭又曰："言辞何至乃尔？"延之曰："竣尚不顾老臣，何

---

① 詹福瑞：《中古文学理论范畴》，河北大学出版社，1997，第87页。
② 劳舒编，雪克校《刘师培学术论著》，浙江人民出版社，1998，第247页。
③ 李延寿：《南史》，中华书局，2000，第584页。

能为陛下。"劭意乃释，由是得免。①

"兼造书檄"，是说颜竣起草文书、檄文；"竣之笔也"，是说颜竣写的檄文；"竣笔体"可以理解为笔迹，也可以理解为风格。颜延之既熟悉儿子的字迹，又熟知其文章的风格，二者择其一，即可判断为"竣之笔也"。《宋书·颜竣传》云："颜竣字士逊，琅邪临沂人，光禄大夫延之子也。太祖问延之：'卿诸子谁有卿风？'对曰：'竣得臣笔，测得臣文。䢶得臣义，跃得臣酒。'"又云："太祖崩问至，世祖举兵入讨。转谘议参军，领录事，任总外内，并造檄书。"②所述与《南史》无异，只是"卿风"与"才能"稍有区别。"卿风"之于文笔，含有风格的意味。刘师培曰："据上一证，知文与笔，弗必两工，犹今工文者，弗必工诗也。"③颜竣长于笔，颜测工于文。钟嵘《诗品·下》评"齐黄门谢朝宗，齐浔阳太守丘灵鞠，齐给事中郎刘祥，齐司徒长史檀超，齐正员郎钟宪，齐诸暨令颜测，齐秀才顾则心"云："檀、谢七君，并祖袭颜延，欣欣不倦，得士大夫之雅致乎！余从祖正员常云：'大明、泰始中，鲍、休美文，殊已动俗。唯此诸人，传颜、陆体，用固执不移。颜诸暨最荷家声。'"④谢朝宗、丘灵鞠、颜测等七人，一直学习模仿颜延之的诗歌，用典绵密，诗风雅致，颜测耳濡目染，深得颜体之精粹，所以说最荷家声。颜延之"测得臣文"，指的是诗赋之类的韵文。

刘勰《文心雕龙·总术》曰："今之常言，有'文'有'笔'，以为无韵者'笔'也，有韵者'文'也。夫文以足言，理兼《诗》《书》，别目两名，自近代耳。颜延年以为：'笔'之为体，'言'之文也；经典则'言'而非'笔'，传记则'笔'而非'言'。"⑤据此可知，"颜延之有文、笔、言三分法，认为有韵文是文，无韵文是笔，这两类都是文，因为

---

① 李延寿：《南史》，中华书局，2000，第585页。
② 沈约：《宋书》，中华书局，2000，第1294、1295页。
③ 劳舒编，雪克校《刘师培学术论著》，浙江人民出版社，1998，第233页。
④ 钟嵘著，曹旭集注《诗品集注》，上海古籍出版社，1994，第432页。
⑤ 周振甫：《文心雕龙今译》，中华书局，1986，第378页。

都讲究文采；还有一类不讲究文采的叫言。因此认为经书除了《诗经》是有韵文外，其余都是言。"① 按颜延之的文笔观念，儒家的五经，只有《诗经》属于文，而其他四经，都不在文笔之列，属于缺乏文采的言。

刘勰认为颜延之的划分并不可取，他反驳道："《易》之《文言》，岂非'言'文；若'笔'为'言'文，不得云经典非'笔'矣。将以立论，未见其论立也。予以为：发口为'言'，属翰曰'笔'，常道曰经，述经曰传。经传之体，出'言'入'笔'，'笔'为'言'使，可强可弱。《六经》以典奥为不刊，非以'言''笔'为优劣也。昔陆氏《文赋》，号为曲尽，然泛论纤悉，而实体未该。故知九变之贯匪穷，知言之选难备矣。"② 刘勰认为《易》中的《文言》是有文采的"言"，用口说出来的是"言"，用笔写出来的文章是"笔"。经书和传记，都脱离了"言"而入"笔"，"笔"受"言"的影响，文采可多可少。刘勰所说的"笔"，不是以文采多少作为衡量标准的，形成文字的篇翰都可称"笔"，这就包括了经书、诸子，乃至谐隐、杂文。

刘勰与颜延之的分歧，表面上看似乎是对"言"的认识问题。颜延之把经书说成是口头语，刘勰认为是书面语。问题的实质并不在这里。颜延之的"言"，指的也是不甚讲究文采的书面语。因为经书以立意为宗，不以追求辞采为务，所以就像平时说话一样，辞达而已，不加修饰。是否具有文采，是刘勰，颜延之文笔论的根本区别。

颜延之认为：无论有韵之文，还是无韵之笔，都具有文采，属于文学作品。经书、子书不讲究文采，所以不属于文的范围。刘勰则认为：不能以文采的多少作为衡量笔的标准，凡用笔写成的文章都可称为笔，都属于文章的范围。

萧统《文选》虽然没有明确说出文笔的概念，但在选文时严格遵守了"沉思"、"翰藻"的选文标准。排除了不以能文为本，而以立意为宗的经书、子书。这方面与颜延之的文笔说颇相近。刘勰所云："经传之体，出

---

① 周振甫：《文心雕龙今译》，中华书局，1986，第383页。
② 刘勰著，黄霖整理集评《文心雕龙》，上海古籍出版社，2008，第89页。

言入笔，笔为言使，可强可弱。"对萧统《文选》亦有启发。《文选》卷四十九、卷五十，选录了"史论"和"史述赞"两类。

古代文论谈文笔的材料较多，但几乎都是三言两语。《文笔式》云："制作之道，唯笔与文：文者，诗、赋、铭、颂、箴、赞、吊、诔等是也；笔者，诏、策、移、檄、章、奏、书、启等也。即而言之，韵者为文，非韵者为笔。"① 王利器注曰："其言明且清，足以解自清人阮元、阮福父子以来，言文笔者之惑。"②

按有韵、无韵、文采来划分文体，的确能解决文体分类的很大一部分问题。但仅仅靠形式上区分，无法解决根本问题。文学与非文学的界限，总是模糊不清。萧绎《金楼子·立言》，试图从本质特征上区分文与非文的不同：

> 古人之学者有二，今人之学者有四。夫子门徒，转相师受，通圣人之经者谓之儒。屈原、宋玉、枚乘、长卿之徒，止于辞赋则谓之文。今之儒，博穷子史，但能识其事，不能通其理者，谓之学。至如不便为诗如阎纂，善为章奏如柏松，若此之流，泛谓之笔；吟咏风谣，流连哀思者，谓之文。而学者率多不便属辞，守其章句，迟于通变，质于心用。学者不能定礼乐之是非，辨经教之宗旨，徒能扬榷前言，抵掌多识，然而挹源知流，亦足可贵。笔退则非谓成篇，进则不云取义，神其巧惠，笔端而已。至如文者，惟须绮縠纷披，宫徵靡曼，唇吻遒会，情灵摇荡。而古之文笔，今之文笔，其源又异。③

萧绎将屈原、宋玉、枚乘、司马相如的辞赋称为"文"，不擅长写诗的阎纂和以章、奏见长的柏松等，他们的文章称为"笔"。而文必须具备"绮縠纷披，宫徵靡曼，唇吻遒会，情灵摇荡"等几个特征。"萧绎在这里既强调了文学与学术的不同，又提出以感情充沛、音韵流畅、辞采华美作

---

① 王利器：《文镜秘府论校注》，中国社会科学出版社，1983，第474页。
② 王利器：《文镜秘府论校注》，中国社会科学出版社，1983，第475页。
③ 《金楼子》卷四，《丛书集成初编》，中华书局，1985。

为文的标志，这比萧统又进一步。这个标准的提出，是和诗赋是当时主要文学体裁的实际情况分不开的。"[①] 魏晋南北朝时期，作家驰骋才华，追求辞采，讲究音韵，尤其是齐梁时期，"彩丽竞繁"，不仅属于文的诗赋之类，繁华蕴藻，就连属于笔的奏启之类，也有意追求辞采。萧绎对文学作品的概括，体现了鲜明的时代特点。

"文笔"的出现，使文学特色比较明显的有韵之文与重在应用的"无韵之笔"，有了大体的界线。但文学创作、文学现象颇为复杂。文章有别于经、史、子，韵文又不同于应用文，这种细致的辨析，反映了汉魏六朝对文学本质特征认识的深入。但要从体貌和风格上，划分文学与非文学的界线，并非易事。中国古代的作家，往往一人多能。扬雄，汉代赋家，但他也拟经，并撰有子书《法言》；司马迁、班固、范晔、沈约，既擅长创作，又精于撰史。所以，刘勰《文心雕龙》，虽重在探讨为文之用心，但在文中并没有排除史书、诸子。萧统《文选》，于"诗"类，特立"咏史"，于文类立"史论"、"史述赞"；与子书关系密切的文体，《文选》立了"论"体，其中曹丕的《典论·论文》即是《典论》著作的一篇。再说"笔"，本是应用性很强的文体，"辞达而已"。随着"丽"的深入人心，古代作家驰骋才性，踵事增华，自觉追求文章辞采华美，使生活中常用的文体，也染上了浓郁的文学色彩。"采丽竞繁"，波及各种文体。用现在的文学观念，观照古代的文体，并试图区分文学和非文学的界线，无疑是非常困难的事情。

古代论文体诸家，有着共同的宗经观念。荀子倡"明道"、"征圣"、"宗经"三位一体的文学观，奠定了儒家经典在文化上的重要地位。太上立德，其次立功，其次立言，为古人追求的三种境界。圣人立言明道为经，武将杀敌保国立功，文士著书立说追求不朽。春秋战国时代，辩士游说，凭自己的口才夺城拔寨，屡建奇功。刘勰《檄移》云："使声如冲风所击，气似欂枪所扫，奋其武怒，总其罪人；征其恶稔之时，显其贯盈之数；摇奸宄之胆，订信慎之心；使百尺之冲，摧折于咫书；万雉之城，颠

---

① 张少康：《中国文学理论批评史教程》，北京大学出版社，1999，第80页。

坠于一檄者也。"① 苏秦、张仪一类的辩士，的确把握住了历史提供的契机，创造了神话般的奇迹。但更多的例子表明，檄文的战斗力非常有限。那些传世的檄文名篇，并未给战争带来胜利。战争胜负，大都取决于武力的强弱。

　　文士建功立业的机会越来越小。所以刘勰《诸子》径言："太上立德，其次立言。"② 圣人立经，贤人述作，一般的文士百姓只能以圣贤为楷模，追求建言树德，达到不朽。刘勰对经、言、文三者的关系阐释得非常清楚，其《序志》篇云："敷赞圣旨，莫若注经，而马、郑诸儒，弘之已精；就有深解，未足立家。唯文章之用，实经典枝条：'五礼'资之以成，'六典'因之致用，君臣所以炳焕，军国所以昭明，详其本源，莫非经典。"③ 经最重要，其次是述经，再次是文章。文章的重要性，在于它是经典的枝条。《史传》因"史肇轩黄，体备周孔"，所以排在无韵之首；诸子"入道见志"次之，居于《史传》之后，而列于其他"笔"类之前。刘勰的观念，带有普遍性。曹丕抬高文章的地位，但与军国大事关系密切的，也只是奏议书论一类的无韵之笔，而铭诔诗赋一类的韵文，更多的意义是使作者能够不朽。在古人的深层意识中，经、史、子的地位要高于诗赋一类的文学创作。经世致用的功利性与"多识鸟兽草木虫鱼"的娱情性，始终处于矛盾之中。反映到文体论中，就是经、史、子、集纠缠不清，难以界定。这种困惑，实际上一直延续至今。一方面，我们承认魏晋南北朝在文学中排除了经、史、子，使文学获得了独立，是文学创作、文学理论自觉的标志；另一方面，在我们的文学史中，又用大量的篇幅讨论《左传》、《史记》、《庄子》等属于史书、子书的著作。按现在的学科划分，这应该属于历史、哲学的范围。经、史、子，固然与文学密切相关，或者说文章各体源于五经，但文、史、哲毕竟为不同的学科。

　　古代文论中的"文气"说，严羽的"别材别趣"说，探讨了文学主体的性质，每个人除后天的努力刻苦外，还有先天的因素，这为考察文学的

---

① 刘勰著，黄霖整理集评《文心雕龙》，上海古籍出版社，2008，第40页。
② 刘勰著，黄霖整理集评《文心雕龙》，上海古籍出版社，2008，第34页。
③ 刘勰著，黄霖整理集评《文心雕龙》，上海古籍出版社，2008，第103页。

主体提供了可供参考的理论。

文章之士的创作、丽的提出、文笔概念的出现、萧绎从辞采、声韵、诵读、性灵等方面论文笔之不同，又给我们提供了文体认识上的依据。对前人的文体论，去粗取精，排除成见，有可能形成我们具有民族特色的文学观念。

第二节　任昉文体分类

汉魏六朝的文体论，是建立在类分基础之上的。对各种文体进行细致的分类、归纳、整合，构成了我国古代文体论的鲜明特征。从五经的分类、汉儒的六义、蔡邕的应用八体，到曹丕的诗文八体、陆机的十体分论，促进了文体文类研究的细化。任昉的《文章缘起》分文体为八十五类。刘勰论文叙笔，分文体三十四种。萧统选文定篇，立文体三十九种。南朝时期文体的划分更加精密。分体、分类、类分之后再析出若干小类，几乎辨析到文体之最细小的文类。

任昉，字彦升，乐安博昌（今山东寿光市）人。《梁书》本传载："昉雅善属文，尤长载笔，才思无穷，当世王公表奏，莫不请焉。昉起草即成，不加点窜。沈约一代词宗，深所推挹。……昉坟籍无所不见，家虽贫，聚书至万余卷，率多异本。昉卒后，高祖使学士贺纵共沈约勘其书目，官所无者，就昉家取之。昉所著文章数十万言，盛行于世。……昉撰《杂传》二百四十七卷，《地记》二百五十二卷，文章三十三卷。"[①]《隋书·经籍志》卷四："梁太常卿《任昉集》三十四卷。"又载：任昉撰"《文章始》一卷"。《四库全书总目》云：

《文章缘起》一卷。旧本题梁任昉撰。考《隋书·经籍志》载任昉《文章始》一卷，称有录无书。是其书在隋已亡。《唐书·艺文志》载任昉《文章始》一卷，注曰张绩补。绩不知何许人。然在唐已补其

---

① 姚思廉：《梁书》，中华书局，2000，第171、174页。

亡，则唐无是书可知矣。宋人修《太平御览》，所引书一千六百九十种，挚虞《文章流别》、李充《翰林论》之类，无不备收，亦无此名。……然王得臣为嘉祐中人，而所作《麈史》有曰："梁任昉集秦、汉以来文章名之始目，曰《文章缘起》。"自诗、赋、《离骚》至于势、约，凡八十五题，可谓博矣。①

《任昉集》，《隋书·经籍志》所载三十四卷，比《梁书》本传所载三十三卷，多出一卷。宋章如愚《群书考索》卷二十一"文章门"，辑录了"文章缘起类"，而他所依据的正是"梁太常卿《任彦升集》"。多出的这一卷，当为《文章始》一卷。王得臣《麈史》称："梁任昉集秦、汉以来文章名之始目，曰《文章缘起》。"表明《文章始》和《文章缘起》的一致性。四库本《文章缘起》，明陈懋仁为之注，清方熊补注。凡编中题"注"字者，皆陈懋仁语；题"补注"字者，皆方熊所加。其注每条之下，多取挚虞、李充、刘勰之言，而益以王世贞《艺苑卮言》。任昉在《文章缘起序》中，说明了编纂此书的目的：

> 六经素有歌、诗、书、诔、箴、铭之类，《尚书》帝庸作《歌》，《毛诗》三百篇，《左传》叔向贻子产《书》，鲁哀孔子《诔》，孔悝鼎《铭》，虞人《箴》，此等自秦汉以来，圣君贤士，沿著为文章名之始，故因暇录之，凡八十四题，以新好事者之目云尔。②

任昉认为儒家的六经，是各种文体的起源，秦汉以来圣君贤士摹拟经书，写作文章，在经书的基础上，产生了各种各样的文体，于是他寻根溯源，找出每一种文体的第一个作者，以供时人及后人观摩赏析。任昉、刘勰、萧统，都注重经书与各种文体的关系，固然有宗经的一面，但他们的关注点是为了论文。汉代儒生，皓首穷经，章句经文，传达经旨，根本目

---

① 永瑢等撰《四库全书总目》，中华书局，1965，第1780页。
② 严可均辑《全梁文》，商务印书馆，1999，第464页。

的在于"用之乡人、用之邦国";魏晋南北朝时期,虽然重视文以载道的社会政治及伦理教化功能,但人们更为关注的是如何把文章写好。任昉《文章缘起》,表面上看,只是简单罗列出文章缘起的作家作品,实际上却包括了"原始以表末"、"选文以定篇"的文体论内容。《文章缘起序》列出了几种重要文体与经书的关系:

《书经》—歌

《诗经》—诗

《左传》—书、诔、箴

《礼经》—铭

《书经》孕育了诏、策、章、奏等文体,这类文体事涉军国,颇为重要,任昉只选了帝作歌。《诗经》派生了赋、颂、歌、赞等文学色彩极强的文体,任昉注重的仅是对诗类的影响。书、诔、箴、铭,也是当时常见的、应用性比较广泛的文体。《易经》产生的论、说二体,与诸子密切相关,任昉缺而不论。《春秋》一族的纪、传、盟、檄,未置一词。《文章缘起》之"文",显然排除了《经书》之中的"史"类,也不包括诸子。论、策二体,是历代科举考试不可或缺的重要文体,任昉尤其擅长策文,其《天监三年策秀才文三首》收入《文选》第三十六卷"文"类,《文章缘起序》也未提及。方熊补注曰:"马端临《经籍志》:《文章缘起》一卷。陈氏曰:'梁太常卿乐安任昉彦升撰,但取秦汉以来不及六经。'圣人之经,不当与后世同录。"① 不及六经之文,方熊所云有一定道理,任昉不及经,也不及史、诸子的真正原因,实在是与他对文章的认识有关,在他看来经、史、诸子等并不属于文章之"文"。《文章缘起序》所列文体,参照曹丕、陆机的文体论,大体有三个特点:其一,有较强的主观抒情色彩,如歌、诗、诔;其二,有警醒、告诫自己之意,如铭、箴;其三,使用频率极高的文体,如书。圣君贤士,书信往来,皆称为书,打破了因伦理次序而立文体之名的规矩。"因暇录之",空闲无事,政务之余,编纂成书;"以新好事者之目",用来使爱好文章的人耳目一新。《四库全书》本

---

① 任昉撰,陈懋仁注《文章缘起》,《文渊阁四库全书》本。

作"聊以新好事者之目",多一"聊"字,更显示了文章给人带来的娱悦。

严可均辑任昉《文章缘起序》,陈懋仁注本《文章缘起序》皆曰"凡八十四题"。宋章如愚《群书考索》谓《文章缘起》"凡八十五题"。原因是"诏起秦时玺文秦始皇传国玺"一句,章如愚分为"诏,起秦时;玺文,秦始皇传国玺"。一分为二,多出了"玺文"一题,成为八十五题了。次序如下:三言诗、四言诗、五言诗、六言诗、七言诗、九言诗、赋、歌、离骚、诏、玺文、策文、表、让表、上书、书、对策、上疏、启、奏记、笺、谢恩、令、奏、驳、论、议、反骚、弹文、荐、教、封事、白事、移书、铭、箴、封禅书、赞、颂、序、引、志录、记、碑、碣、诰、誓、露布、檄、明文、乐府、对问、传、上章、解嘲、训、辞、旨、劝进、喻难、诫、吊文、告、传赞、谒文、祈文、祝文、行状、哀策、哀颂、墓志、谏、悲文、祭文、哀词、挽词、七发、离合诗、连珠、篇、歌诗、遗命、图、势、约,共八十五种文体。任昉的立体依据,基本上是以正史为主。排列顺序,以文体的属性为参考,大体相近的排列在一起。如:诗、赋、歌、骚;诏、玺文、策文;表、让表、上书、书、对策;谏、悲文、祭文、哀词、挽词;赞、颂、序、引;七发、离合诗、连珠;等等。

《四库全书总目》评之曰:"今检其所列,引据颇疏。如以'表'与'让表'分为二类,'骚'与'反骚'别立两体;《挽歌》云起缪袭,不知《薤露》之在前。《玉篇》云起凡将,不知苍颉之更古。崔骃《达旨》,即扬雄《解嘲》之类,而别立'旨'之一名;崔瑗《草书势》,乃论草书之笔势,而强标'势'之一目。皆不足据为典要。至于'谢恩'曰'章',《文心雕龙》载有明释,乃直以'谢恩'两字为文章之名,尤属未协。"[①]《四库全书总目》指出了《文章缘起》存在的几个问题。其一,考据不精。以《挽歌》、《玉篇》为例,指出了任昉考据缘起有误。陈懋仁的注释,也时有辩证。《文章缘起》云:"三言诗,晋散骑常侍夏侯湛所作。"陈注曰:"《国风·江有汜》三言之属也。汉元鼎四年,马生渥洼水中,作《天马

[①] 永瑢等撰《四库全书总目》,中华书局,1965,第1780页。

歌》，乃三言起。"① 其二，立类失据。"表"与"让表"、"骚"与"反骚"强行分为二类。其三，分类不当。因篇名立文体，这是争议最大的问题。如以文题《达旨》而立"旨"类；以《草书势》而立"势"类。

"表"与"让表"，差异不大，可以并为一类；崔骃《达旨》与扬雄《解嘲》，刘勰并入杂文之"对问"，萧统《文选》并入"设论"。"骚"与"反骚"，情趣相对，可以分为两类，也可以合为一类。但有些文体分类值得重视。如，分赋、离骚为两体，显然是任昉对文体认识深刻的体现。"赋，楚大夫宋玉所作。""《离骚》，楚屈原所作。"任昉把赋、骚，分成两体，开始将"骚"从辞赋中分离出来。任昉之前，刘歆、班固《诗赋略》，视屈原的作品为赋。曹丕《典论·论文》："或问屈原、相如之赋孰愈。"表明汉末赋、骚依然被当成同一文体。挚虞、李充传下来的残文，均未论及骚体。任昉赋、骚分体以后，刘勰《文心雕龙》也把骚与赋分开讨论。《辨骚》、《诠赋》，既辨析了两种文体的密切关系，也考察了二者的差异。但刘勰并没有将"骚"独立一体，而是视"骚"为诗。此后，《文选》立赋、骚两体，当与任昉的分类有关。

生者悼念逝者的文体，曹丕、陆机、挚虞只是论及碑、诔、哀等几种有代表性的文体。任昉《文章缘起》几乎囊括了与逝者有关的各种文类。

    行状，汉丞相仓曹傅胡幹作《杨元伯行状》。
    哀策，汉乐安相李尤作《和帝哀策》。
    哀颂，汉会稽东部尉张纮作《陶侯哀颂》。
    墓志，晋东阳太守殷仲文作《从弟墓志》。
    诔，汉武帝《公孙弘诔》。
    悲文，蔡邕作《悲温舒文》。
    祭文，后汉车骑郎杜笃作《祭延锺文》。
    哀辞，汉班固《梁氏哀辞》。
    挽词，魏光禄勋缪袭作。

---

① 任昉撰，陈懋仁注《文章缘起》，《文渊阁四库全书》本。

死生之事大矣。儒家经典《礼经》，不仅重视生者与生者的关系，同样也非常重视生者与死者的关系。任昉辑录的这些文体，体现出生者对死者的真挚而细腻的情感。这些作家的文章，在任昉看来，都是文人的首创，因此具有示范及引领作用。

汉代强调诗、赋的讽喻教化功能，但智术之子，博雅之人，政事之余，创造了不少纯属娱乐的作品。枚乘的《七发》、扬雄的《连珠》、孔融的《离合诗》、王褒的《僮约》等，都属于这类作品。枚乘首创《七发》，傅毅、张衡、崔骃、崔瑗、马融、曹植、王粲、张协、陆机、桓麟、左思等相继有作，于是形成了"七"体；陆机仿扬雄《连珠》，创造《演连珠》五十首，萧统选入《文选》，"连珠体"为世人所重；孔融的《离合诗》，亦开"游戏诗"之先河；王褒的《僮约》，欣赏者众摹拟者少，所以"约"有文类而未能形成有影响的文体。汉王褒《僮约》这种不受重视的滑稽之文，任昉单立"约"体。刘勰《书记》归到"券"类："券者，束也。明白约束，以备情伪。字形半分，故周称'判书'。古有铁券，以坚信誓；王褒《髯奴》，则券之谐也。"约，属于"券"，却以游戏之笔出之，又具有了"谐"体的特征。刘勰《文心雕龙》有《谐隐》篇，专门讨论了"谐"体。类似"约"这样的滑稽幽默之文，大都是某种正体的变种。李兆洛《骈体文钞》归入"杂文"类。

任昉《文章缘起》，以经书为各体之源，但对文体之变也给予了足够重视，揭示了文体在发展过程中发生的流变：

颂，汉王褒作《圣主得贤臣颂》。
赞，司马相如《荆轲赞》。
论，汉王褒《四子讲德论》。
碑，汉惠帝《四皓碑》。
碣，晋潘尼作《潘黄门碣》。
传，汉东方朔作《非有先生传》。

颂、赞，起源于《诗经》之"颂"，韵文，用以告神，而王褒之颂并非韵文。司马相如用来赞荆轲。王褒之作，名为论作实为赋体；惠帝《四皓碑》为与臣下立碑之始；潘尼《潘黄门碣》碣文，因所立石碑形状不同而得名，方曰碑，圆曰碣；东方朔之传，不同于史家之传。

任昉《文章缘起》八十四题，几乎囊括了先秦至任昉时代所有署名文体。《文章缘起》著录的文体名称同于《文选序》的多达五十七种。从选文定篇看，《文章缘起》所列八十多篇诗文，《文选》收录了二十一篇，约占四分之一。对有争议的"苏李诗"，《文选》和《文章缘起》都认为是苏武、李陵的作品。[①]《文章缘起》中生者悼念死者的诸多文体，在《文选》中大都单独立体，分为：诔、哀、碑文、墓志、行状、吊文、祭文等。萧统《文选》分三十九类。于总类当中又分很多小类。任昉因篇分类，虽有繁琐之嫌，但对辨析文体之属性，确实有很大的启发意义。注重体类之划分、文体之流变，为文论家寻根以讨源、原始以表末，提供了重要参考。而重视抒情，不废娱乐的兼收并蓄，为文章鉴赏乃至写作，提供了极大乐趣。刘勰的论文叙笔，萧统的选文定篇，都不同程度受到任昉的影响。严羽《沧浪诗话》辨诗体之源流，亦时常采纳任昉之"缘起"。

第三节　钟嵘论五言诗

钟嵘，字仲伟，颍川长社人。《梁书·钟嵘传》："嵘与兄岏、弟屿并好学，有思理。……衡阳王元简出守会稽，引为宁朔记室，专掌文翰。……元简命嵘作《瑞室颂》以旌表之，辞甚典丽，选西中郎晋安王记室。嵘尝品古今五言诗，论其优劣，名为《诗评》。"[②]《南史·钟嵘传》所叙生平事迹与《梁书》本传同，删掉了《诗品序》，多出一段文字叙述钟嵘与沈约的关系：

> 嵘尝求誉于沈约，约拒之。及约卒，嵘品古今诗为评，言其优

[①] 傅刚：《〈昭明文选〉研究》，中国社会科学出版社，2000，第218、219页。
[②] 姚思廉：《梁书》，中华书局，2000，第480、481页。

劣，云"观休文众制，五言最优。齐永明中，相王爱文，王元长等皆宗附约。于时谢朓未遒，江淹才尽，范云名级又微，故称独步。故当辞密于范，意浅于江"。盖追宿憾，以此报约也。①

《南史》本传所引有删节。钟嵘认为，沈约的五言诗最好。分析他的诗歌，考察他的理论，可以看出他对鲍照诗歌的效法。所以短于经纶而长于清怨。江淹才尽，谢朓创作尚未成熟，而范云地位名声不高，所以沈约独步文坛。其诗工整巧丽，诵咏成音，受到民间广泛关注。删去繁芜，取其精华，置于中品。文辞比范云绵密，诗义比江淹浅显。这种评价，符合沈约诗歌的创作实绩。《梁书·沈约传》曰："及居端揆，稍弘止足。每进一官，辄殷勤请退，而终不能去，论者方之山涛。用事十余年，未尝有所荐达，政之得失，唯唯而已……又撰《四声谱》，以为在昔词人，累千载而不寤，而独得胸衿，穷其妙旨，自谓入神之作，高祖雅不好焉。"② 沈约位居高位，十多年无所荐达，拒绝钟嵘也是很正常的事情；沈约讲究声律，倡"四声八病"之说，钟嵘则以"自然之英旨"为趣，提倡直寻，反对声病，二者诗歌观念不同而已。如果以此为据，推测钟嵘追念宿憾，报复沈约，显得非常牵强。钟嵘撰写《诗品》的目的非常明确，就是为了建立正确的评价诗歌的标准：

今之士俗，斯风炽矣。才能胜衣，甫就小学，必甘心而驰骛焉。于是庸音杂体，人各为容。至使膏腴子弟，耻文不逮，终朝点缀，分夜呻吟。独观谓为警策，众睹终沦平钝。次有轻薄之徒，笑曹、刘为古拙，谓鲍照羲皇上人，谢朓今古独步。而师鲍照，终不及"日中市朝满"；学谢朓，劣得"黄鸟度青枝"。徒自弃于高明，无涉于文流矣。③

---

① 李延寿：《南史》，中华书局，2000，第1189页。
② 姚思廉：《梁书》，中华书局，2000，第164、165页。
③ 钟嵘著，周振甫译注《诗品译注》，中华书局，1998，第21页。

❖ 汉魏六朝文体理论研究

五言诗的魅力受到世人的认可，于是出现了不分老幼，人人写诗的局面。创作的繁荣固然可喜，但也出现了平庸的音节，芜杂的诗体。富家子弟，甚至以写诗不如别人为耻。早晨装点诗句，晚上呻吟不绝。自以为句句警策，众人则评之为平庸迟钝。有的甚至讥笑曹植、刘桢古旧拙劣，极力推尊鲍照、谢朓，并亦步亦趋模仿他们的诗歌创作。创作如此，诗歌欣赏也出现了问题：

> 观王公缙绅之士，每博论之余，何尝不以诗为口实。随其嗜欲，商榷不同。淄渑并泛，朱紫相夺，喧议竞起，准的无依。近彭城刘士章，俊赏之士，疾其淆乱，欲为当世诗品，口陈标榜，其文未遂，感而作焉。①

王公、士大夫，谈论诗歌，随其所好，争论不休，妍蚩好恶，准的无依。诚如江淹所言："世之诸贤，各滞所迷，莫不论甘而忌辛，好丹而非素，岂所谓通方广恕，好远兼爱者哉！"缺乏统一的评价标准，导致了诗歌鉴赏的混乱。为了纠正诗歌创作的偏颇及诗歌欣赏的弊端，钟嵘撰写了《诗品》一书。

钟嵘《诗品》专论五言诗，包括诗歌理论、诗歌批评两部分内容。《诗品序》为诗歌理论；《诗品》对由汉至梁的一百二十二位五言诗人进行评价，根据他们创作的成就，分置于上、中、下三品之中。

《诗品序》论五言诗的发生。"序曰：气之动物，物之感人，故摇荡性情，行诸舞咏。欲以照烛三才，晖丽万有。灵祇待之以致飨，幽微藉之以昭告。动天地，感鬼神，莫近于诗。"② 又云："若乃春风春鸟，秋月秋蝉，夏云暑雨，冬月祁寒，斯四候之感诸诗者也。"③ 气候的变化引起物色之变，而物色的变化又引发人的情感变化，所以人们把物感之情通过诗乐舞的形式表现出来。诗歌照耀天地人，万物也因之而显得艳丽生辉。感动天

---

① 钟嵘著，周振甫译注《诗品译注》，中华书局，1998，第22页。
② 钟嵘著，曹旭集注《诗品集注》，上海古籍出版社，1994，第1页。
③ 钟嵘著，曹旭集注《诗品集注》，上海古籍出版社，1994，第47页。

地鬼神，没有比诗更好的形式了。刘勰《文心雕龙·明诗》云："人禀七情，应物斯感，感物吟志，莫非自然。"① 《物色》云："春秋代序，阴阳惨舒，物色之动，心亦摇焉。……是以诗人感物，联类不穷。流连万象之际，沉吟视听之区。写气图貌，既随物以宛转；属采附声，亦与心而徘徊。"② 都强调了物感之情对诗歌创作的重要作用。钟嵘也注意到社会生活及个人境遇对诗歌创作的影响。《诗品序》云：

> 嘉会寄诗以亲，离群托诗以怨。至于楚臣去境，汉妾辞宫，或骨横朔野，或魂逐飞蓬；或负戈外戍，或杀气雄边；塞客衣单，孀闺泪尽；又士有解佩出朝，一去忘返；女有扬蛾入宠，再盼倾国：凡斯种种，感荡心灵，非陈诗何以展其义，非长歌何以骋其情？故曰："《诗》可以群，可以怨。"使穷贱易安，幽居靡闷，莫尚于诗矣。③

因物而感，触景生情，固然是五言诗发生的重要原因，但社会政治的变迁，人生经历的各种遭遇，往往引发诗人的情感变化，从而构成五言诗丰富的情感内涵。"嘉会寄诗以亲"，脱胎于孔子的"诗可以群"，突出了诗歌的群居切磋、互相砥砺的亲和作用。君臣政事之余，赋诗言志，密切彼此之间的情感；兰亭雅集，曲水流觞，一觞一咏，亦足以畅叙幽情，《文选》第二十卷的"公宴"、"祖饯"诗即为此类。"离群托诗以怨"，是钟嵘关注的重点。所举屈原放逐、昭君出塞诸例，皆为心灵激荡，不平则鸣，发而为诗的怨者之流。钟嵘《诗品·上》评"汉都尉李陵诗"曰："其源出于《楚辞》，文多凄怆，怨者之流。陵，名家子，有殊才，生命不谐，声颓身丧。使陵不遭辛苦，其文又何能至此！"④ 李陵诗歌，受《楚辞》影响，诗风凄凉悲怆，充满忧怨。李陵为名门之后，有过人的写诗才能，又遭遇了声颓身丧的人生坎坷，所以创作出了优秀的诗歌作品。"才

---

① 刘勰著，黄霖整理集评《文心雕龙》，上海古籍出版社，2008，第11页。
② 刘勰著，黄霖整理集评《文心雕龙》，上海古籍出版社，2008，第94页。
③ 钟嵘著，曹旭集注《诗品集注》，上海古籍出版社，1994，第47页。
④ 钟嵘著，曹旭集注《诗品集注》，上海古籍出版社，1994，第88页。

❖ 汉魏六朝文体理论研究

能胜衣,甫就小学",是写不出好诗的。"膏腴子弟"虽然有才,但不遭辛苦,即使"终朝点缀,分夜呻吟",依然于诗无补,沦为平钝。班姬诗"其源出于李陵。《团扇》短章,辞旨清捷,怨深文绮,得匹妇之致"①。王粲诗"其源出于李陵。发愀怆之词,文秀而质羸"②。钟嵘皆置之于上品。

《诗品序》论五言诗发展历程。钟嵘从《南风》之词,《卿云》之颂说起,举《夏歌》"郁陶乎予心",《离骚》"名余曰正则"之句,探寻五言诗之滥觞。汉代李陵《与苏武诗》是五言诗之缘起。《古诗十九首》,因为时代久远,作者及写作年代都难以详细考察,推究其文体,确实是汉代的创作。汉代辞赋兴盛而诗歌创作非常沉寂。李陵之后,百年之间,只有班婕妤一位女性诗人。东汉二百年中,只有班固质朴乏采的《咏史》诗。建安时期,曹氏父子慷慨悲歌,刘桢、王粲等为其助兴,于是五言腾跃,文质彬彬,大备于时矣。钟嵘推举"陈思为建安之杰",公幹、仲宣为辅。晋世不文,人才实盛,太康时期,出现了三张、二陆、两潘、一左等著名诗人。钟嵘以"陆机为太康之英",安仁、景阳为辅。永嘉时,崇尚黄、老,清谈之风盛行,诗歌理过其辞,讲道理发议论,缺少诗的韵味。东晋时期,出现了以孙绰、许询、桓温、庾亮等为代表的玄言诗人,他们的五言诗平正典实,像是用论体写成的《道德论》,失去了建安诗歌的风骨。郭璞的《游仙诗》创变其体,刘琨的《扶风歌》清新刚健,对玄言诗有所矫正。谢混的山水诗有文采,③ 承上启下,革除玄言诗弊端。宋代谢灵运的山水诗,取代了玄言诗,故称"谢客为元嘉之雄",而颜延年为辅。

《诗品序》论五言诗之"滋味"。钟嵘认为,诗体中五言最具滋味。四言诗,文辞简约含义深广。效法《风》诗,摹拟骚体,可以写出很多。问题是四言体诗歌,文辞繁多而诗义单薄,齐梁时期已经很少有人学四言体了。五言体指陈事物,创造形象,尽情抒怀,描写事情,最为详尽切当,所以是诗类中最具滋味的,如何创造出诗的滋味呢?钟嵘提出了具体创作方法:

---

① 钟嵘著,曹旭集注《诗品集注》,上海古籍出版社,1994,第94页。
② 钟嵘著,曹旭集注《诗品集注》,上海古籍出版社,1994,第117页。
③ 钟嵘著,周振甫译注《诗品译注》,中华书局,1998,第19页。

故诗有三义焉：一曰兴，二曰比，三曰赋。文已尽而意有余，兴也；因物喻志，比也；直书其事，寓言写物，赋也。宏斯三义，酌而用之，干之以风力，润之以丹采，使味之者无极，闻之者动心，是诗之至也。若专用比兴，患在意深，意深则词踬。若但用赋体，患在意浮，意浮则文散，嬉成流移，文无止泊，有芜漫之累矣。①

　　《毛诗序》说"诗有六义"，只解释了属于内容的风、雅、颂，而对诗歌的表现方法赋、比、兴未置一词。钟嵘释其三义，并且强调斟酌使用兴、比、赋对诗歌创作的重要性。"文已尽而意有余"，是"兴"取得的艺术效果；"因物喻志"，引譬连类，生动形象，是"比"的长处。但如果专用比兴，往往导致诗义深隐，文辞滞涩不畅。"直书其事，寓言写物，赋也。"感物、物感，都离不开铺陈写物，但一味铺陈，会出现诗义浮浅的毛病，文辞因此而显得松散芜杂。阮籍的《咏怀诗》，多用比兴，刘勰评之为"阮旨遥深"；颜延之评之为"文多隐避，百代之下难以情测"。《文选》有"咏怀"类。谢灵运"寓目辄书"，"颇以繁富为累"，钟嵘慨叹曰："嵘谓若人兴多才高，寓目辄书。内无乏思，外无遗物，其繁富，宜哉！"《文选》的"行旅"、"游览"类，都选入了谢灵运的山水诗。钟嵘肯定大才的独特气质，但就诗歌的创作规律而言，广泛而合理地使用赋比兴三种手法，是创造诗歌滋味的重要途径。钟嵘吸取建安诗歌的成功经验，借鉴玄言诗淡乎寡味的失败教训，提出了"滋味"的获得还需要两个条件："干之以风力，润之以丹采。"所谓"风力"，即诗歌具备的充沛的情感及充实的社会内容。丹采，指的是诗歌的辞采之美。钟嵘的"滋味说"，由"三义"、"风力"、"丹采"构成，三者缺一不可。细分，"滋味说"又有"诗味"和"味诗"两个层面。诗人创造出甘美的滋味，"味之者"、"闻之者"亦应动心，品味出诗的甘美滋味。

　　钟嵘的诗歌批评，包括致流别、掎摭利病、显优劣。钟嵘认为，五言诗有三个源头：《国风》、《小雅》、《楚辞》，他用"其源出于某某"、"祖

---

① 钟嵘著，周振甫译注《诗品译注》，中华书局，1998，第19页。

袭某某"、"颇似某某",把诗人归到其中一个谱系之中。然后,简要评价诗人创作之得失,并根据诗人的创作实绩,分置于上、中、下三品。

其体源于《国风》的有《古诗》、曹植的诗。《古诗》,陆机所拟十二首"文温以丽,意悲而远。惊心动魄,可谓几乎一字千金"。其余四十五"虽多哀怨,颇为总杂"。① 曹植的诗,钟嵘评价最高:"其源出于《国风》。骨气奇高,词采华茂,情兼雅怨,体被文质,粲溢今古,卓尔不群。"② 二家皆为上品,并影响到其他诗人。刘桢,"其源出于《古诗》。仗气爱奇,动多振艳,贞骨凌霜,高风跨俗。但气过其文,雕润恨少。"③ 左思:"其源出于公幹。文典以怨,颇为精切,得讽喻之致。"④ 受曹植影响的有陆机、谢灵运,而陆机又影响到颜延之;谢朝宗、丘灵鞠、刘祥、檀超、钟宪、颜测、顾则心等七君,"并祖袭颜延,欣欣不倦,得士大夫之雅致乎!"⑤

其体源于《楚辞》的有李陵。李陵又为班姬、王粲、曹丕等三家之源。其源出于王粲的有潘岳、张协、张华、刘琨、卢谌等。潘岳诗,"其源出于仲宣。《翰林》叹其翩翩然如翔禽之有羽毛,衣服之有绡縠,犹浅于陆机。谢混云:'潘诗烂若舒锦,无处不佳;陆文如披沙简金,往往见宝。'嵘谓益寿轻华,故以潘为胜;《翰林》笃论,故叹陆为深。余常言:'陆才如海,潘才如江。'"⑥ 这段评价,主要围绕才华与辞采展开。李充所谓"犹浅于陆机",当指潘岳辞采浅于陆机,按钟嵘的江海之喻,陆机才高,所以驾驭辞采的能力强于潘岳。张协"巧构形似之言",也是善用辞采的表现。钟嵘《诗品序》"润之以丹采",以辞采为构成滋味之要件。相比之下,受曹丕影响的应璩、嵇康、陶渊明等人,在辞采的驾驭上稍显逊色了。曹丕诗"率皆鄙直如俚语",嵇康诗"颇似魏文。过为峻切,讦直

---

① 刘勰著,黄霖整理集评《文心雕龙》,上海古籍出版社,2008,第32页。
② 刘勰著,黄霖整理集评《文心雕龙》,上海古籍出版社,2008,第37页。
③ 刘勰著,黄霖整理集评《文心雕龙》,上海古籍出版社,2008,第38页。
④ 刘勰著,黄霖整理集评《文心雕龙》,上海古籍出版社,2008,第48页。
⑤ 刘勰著,黄霖整理集评《文心雕龙》,上海古籍出版社,2008,第94页。
⑥ 刘勰著,黄霖整理集评《文心雕龙》,上海古籍出版社,2008,第44页。

露才，伤渊雅之致"①。应璩诗"祖袭魏文，善为古语，指事殷勤，雅意深笃，得诗人激刺之旨"②。陶渊明诗"其源出于应璩"，"世叹其质直"。纪晓岚评刘勰《辨骚》篇曰："《离骚》乃《楚辞》之一篇，统名《楚辞》为《骚》，相沿之误也。词赋之源出于《骚》，浮艳之根亦滥觞于《骚》，辨字极为分明。"③同样祖袭《离骚》，其源出于李陵，王粲一派以辞采见长，而曹丕一派则以率直古朴争胜。

其体源于《小雅》的只有阮籍一家。钟嵘评之曰："其源出于《小雅》。无雕虫之巧。而《咏怀》之作，可以陶性灵，发幽思。言在耳目之内，情寄八荒之表。洋洋乎会于《风》、《雅》，使人忘其鄙近，自致远大。颇多感慨之词。厥旨渊放，归趣难求。颜延注解，怯言其志。"④《文选》卷二十三有"咏怀"类，收录阮籍《咏怀诗》十七首。颜延之注曰："说者阮籍在晋文代常虑祸患，故发此咏耳。"⑤李善注曰："嗣宗身仕乱朝，常恐罹谤遇祸，因兹发咏，故每有忧生之嗟。虽志在刺讥，而文多隐避。百代之下，难以情测，故粗明大意，略其幽旨也。"⑥阮籍《咏怀诗》八十二首，以常见的"孤鸿"、"翔鸟"、"凝霜"、"清露"、"松柏"、"野草""丘墓"等为意象，抒写对人生世事的慨叹。比在耳目之内，兴寄八荒之表，颜延之、沈约、李善、五臣，各以己之意逆诗人之志。黄节《阮步兵咏怀诗注》，集众家之说，明诗人之旨趣。

钟嵘《诗品》，有感于"庸音杂体"、"准的无依"的诗坛现状而作，试图以"滋味说"、"直寻"说为基础，建立一套评价诗歌的标准体系，并旗帜鲜明地反对使事用典和四声八病。钟嵘开以味论诗之先河。司空图的"韵味说"，严羽的"别材别趣"、"兴趣"说，王士禛的"神韵说"，都不同程度受到钟嵘的影响。齐梁崇尚辞采，加之钟嵘自身偏好，致流别、显优劣、置品第，亦启后人之疑。如，陶渊明其诗出于应璩，定为中品是否

---

① 刘勰著，黄霖整理集评《文心雕龙》，上海古籍出版社，2008，第55页。
② 刘勰著，黄霖整理集评《文心雕龙》，上海古籍出版社，2008，第59、60页。
③ 刘勰著，黄霖整理集评《文心雕龙》，上海古籍出版社，2008，第9页。
④ 钟嵘著，曹旭集注《诗品集注》，上海古籍出版社，1994，第123页。
⑤ 萧统编，李善注《文选》，上海古籍出版社，1986，第1067页。
⑥ 萧统编，李善注《文选》，上海古籍出版社，1986，第1067页。

公允。钟嵘对沈约的声病说多有贬损,史家甚至说钟嵘公报私仇,囿于所好,遮掩了沈约诗论的价值。

第四节 史家的文体论

汉初,高祖及文、景二帝皆不喜文人,然而在诸侯王中却承续了战国以来的养士之风。吴王、梁孝王、淮南王皆如是,这些人以文章见长。如邹阳、枚乘、严忌等。他们擅长辞赋,能为辩丽之辞。汉武帝时,国势强盛,社会稳定,为文章之士的写作提供了必要的物质基础。汉武帝又爱好辞赋,优待文章之士,于是"言语侍从之臣,若司马相如、虞丘寿王、东方朔、枚皋、王褒、刘向之属,朝夕论思,日月献纳"[1]。这些文学侍从之臣,"实际上是一批专职从事文章(主要是辞赋)写作的文人。这些人在汉代的兴起,给文学观念带来很大变化。最大的变化,就是诗赋的独立,文章观念的自觉"[2]。司马迁《史记》开始为文章家立传,班固《汉书》列《诗赋略》,范晔《后汉书》别立《文苑传》。刘知几《史通·载言》云:

> 至于《史》、《汉》则不然,凡所包举,务存恢博,文辞入记,繁富为多。是以《贾谊》、《晁错》、《董仲舒》、《东方朔》等传,唯上录言,罕逢载事。夫方述一事,得其纪纲,而隔以大篇,分其次序。遂令披阅之者,有所懵然。后史相承,不改其辙,交错分扰,古今是同。
>
> 愚谓凡为史者,宜于表志之外,更立一书。若人主之制册、诰令、群臣之章表、移檄,收之纪传,悉入书部,题为"制册"、"章表书",以类区别。他皆仿此。亦犹志之有"礼乐志"、"刑法志"者也。
>
> 又诗人之什,自成一家。故风、雅、比、兴,非《三传》所取。

---

[1] 班固:《两都赋序》,《文选》卷一,上海古籍出版社,1998。
[2] 詹福瑞:《中古文学理论范畴》,河北大学出版社,1997,第86页。

自六义不作，文章生焉。若韦孟讽谏之诗，扬雄出师之颂，马卿之书封禅，贾谊之论过秦，诸如此文，皆施纪传。窃谓宜从古诗例，断入书中。亦犹《舜典》列《元首之歌》，《夏书》包《五子之咏》者也。夫能使史体如是，庶几《春秋》、《尚书》之道备矣。①

史传于叙事之中忽夹长篇，未免文气隔越，有感于此，刘知几提出为史者，应于表志之外，另立一书。题为"制册"，专门收录君王诏、策一类的文章；题为"章表书"，则收录臣属章、表、檄、移一类的文章。文士之诗、颂、封禅书、论等文体，亦当别仿《舜典》、《夏书》存古诗例，断入书中。吕思勉先生评之曰："尝窃计之，就如贾生、董傅、方朔、马卿未作要官，无他政迹，其生平不朽，正在陈书、对策、诗颂、论著等文，设检去之，以何担重？且使此册果立，几与挚虞《流别》同科。即刘于《载文》篇，亦言非复史书，更成文集，不且自矛乎？况乎后世，著述如林，弥滋镠辖矣。此论不可行。"②纪晓岚《史通削繁》，删掉《载言》，只保留了《载文》，是有一定道理的。《载文》云："若马卿之《子虚》、《上林》，扬雄之《甘泉》、《羽猎》，班固《两都》，马融《广成》，喻过其体，词没其义，繁华而失实，流宕而忘返，无裨劝奖，有长奸诈。而前后《史》、《汉》皆书诸列传，不其谬乎！"③尽管如此，后世著史，大都采用《史记》、《汉书》体例，于传记中收入文章。

范晔《后汉书》卷八十，专设《文苑列传》，所列杜笃、王隆、夏恭、傅毅、黄香、刘毅、李尤、苏顺、刘珍、葛龚、王逸、崔琦、边韶、张升、赵壹、刘梁、边让、郦炎、侯瑾、高彪、张超、祢衡等二十二人。除诗、赋类属于韵文的文体外，还载有奏、书类属于无韵之笔的文体。《杜笃传》载："笃以关中表里山河，先帝旧京，不宜改营洛邑，乃上奏《论

---

① 刘知几撰，浦起龙通释，吕思勉评，李永圻、张耕华导读整理《史通》，上海古籍出版社，2008，第26页。
② 刘知几撰，浦起龙通释，吕思勉评，李永圻、张耕华导读整理《史通》，上海古籍出版社，2008，第27页。
③ 刘知几撰，浦起龙通释，吕思勉评，李永圻、张耕华导读整理《史通》，上海古籍出版社，2008，第90页。

都赋》……所著赋、诔、吊、书、赞、《七言》、《女诫》及杂文，凡十八篇。又著《明世论》十五篇。"①《论都赋》，以赋体的形式论迁都之政事，经世致用，且具辞采之美，故于传中全文录入。题为"论"名，范晔归之为赋体。传记最后，范晔以文体分类形式，叙录作家著述情况。《傅毅传》载："少博学。永平中，于平陵习章句，因作《迪志诗》……毅以显宗求贤不笃，士多隐处，故作《七激》以为讽。……毅追美孝明皇帝功德最盛，而庙颂未立，乃依《清庙》作《显宗颂》十篇奏之，由是文雅显于朝廷。……毅早卒，著诗、赋、诔、颂、祝文、《七激》、连珠凡二十八篇。"②《迪志诗》四言体，属于《文选》"劝励"之类，本传全篇录入。"七"体讽显宗求贤不笃，"颂"体美显宗功德之盛，史家叙述文章之缘起。最后，概述傅毅所作文体及总篇数。《刘珍传》载："刘珍字秋孙，一名宝，南阳蔡阳人也。少好学。永初中，为谒者仆射。邓太后诏使与校书刘騊駼、马融及《五经》博士，校定东观《五经》、诸子传记、百家艺术，整齐脱误，是正文字。永宁元年，太后又诏珍与騊駼作建武已来名臣传，迁侍中、越骑校尉。延光四年，拜宗正。明年，转卫尉，卒官。著诔、颂、连珠凡七篇。又撰《释名》三十篇，以辩万物之称号云。"③《五经》为各体之源，故列于前，诸子、传记、艺文依次列于后。文章之体排列顺序，有韵之文排在前面，无韵之笔列于后。专著则单列于文、笔之后。《王逸传》载："其赋、诔、书、论及杂文凡二十一篇，又作《汉诗》百二十三篇。"《赵壹传》载："著赋、颂、箴、诔、书、论及杂文十六篇。"范晔将难以归类的文体，以"杂文"称之，立为"杂文"类。《郦炎传》载："郦炎字文胜，范阳人，郦食其之后也。炎有文才，解音律，言论给捷，多服其能理。灵帝时，州郡辟命，皆不就，有志气，作诗二篇。"④ 两首诗皆为五言，全入本传，反映出范晔对汉代五言体的重视。《张超传》载："著赋、颂、碑文、荐、檄、笺、书、谒文、嘲，凡十九篇。"范晔提

---

① 范晔：《后汉书》，中华书局，2000，第1751、1761页。
② 范晔：《后汉书》，中华书局，2000，第1761、1763页。
③ 范晔：《后汉书》，中华书局，2000，第1766页。
④ 范晔：《后汉书》，中华书局，2000，第1787页。

第三章　南北朝的文体论

供了"荐"、"嘲"、"谒文"等不常见的文类形式。《崔琦传》载："河南尹梁冀闻其才，请与交。冀行多不轨，琦数引古今成败以戒之，冀不能受。乃作《外戚箴》。"① 箴，是用于讥刺得失引起警戒的文体。崔琦《外戚箴》，文清理壮，有的放矢，故范晔全文入传。"琦以言不从，失意，复作《白鹄赋》以为风。梁冀见之，呼琦问曰：'百官外内，各有司存，天下云云，岂独吾人之尤，君何激刺之过乎？'琦对曰：'昔管仲相齐，乐闻机谏之言；萧何佐汉，乃设书过之吏。今将军累世台辅，任齐伊、公，而德政未闻，黎元涂炭，不能结纳贞良，以救祸败，反复欲钳塞士口，杜蔽主听，将使玄黄改色，马鹿易形乎？'冀无以对，因遣琦归。后除为临济长，不敢之职，解印绶去。冀遂令刺客阴求杀之。客见琦耕于陌上，怀书一卷，息辄偃而咏之。客哀其志，以实告琦，曰：'将军令吾要子，今见君贤者，情怀忍忍，可亟自逃，吾亦于此亡矣。'琦得脱走，冀后竟捕杀之。"②《白鹄赋》，范晔未录，严可均《全后汉文》存目无文。梁冀与崔琦的对话，围绕赋的讽刺功能展开。梁冀的"激刺"，崔琦的"机谏"，只是讽刺程度的深浅而已。崔琦的忠言逆耳，反遭杀身之祸，范晔只能借刺客之口称赞崔琦之贤而谴责梁冀的昏聩了。

　　范晔论史传体。《春秋》为编年体，《史记》、《汉书》为纪传体。范晔撰《后汉书》时曾对史家二体做过比较，得出结论："《春秋》者，文既总略，好失事形，今之拟作，所以为短。纪传者，史、班之所变也，网罗一代，事义周悉，适之后学，此焉为优，故继而述之。"③ 因此，他采用了纪传体。《后汉书·班固传论》曰："司马迁、班固父子，其言史官载籍之作，大义粲然著矣。议者咸称二子有良史之才。迁文直而事核，固文赡而事详。若固之序事，不激诡，不抑抗，赡而不秽，详而有体，使读之者亹亹而不猒，信哉其能成名也。彪、固讥迁，以为是非颇谬于圣人。然其论议常排死节，否正直，而不叙杀身成仁之为美，则轻仁义，贱守节愈矣。固伤迁博物洽闻，不能以智免极刑；然亦身陷大戮，智及之而不能守

---

① 范晔：《后汉书》，中华书局，2000，第1767页。
② 范晔：《后汉书》，中华书局，2000，第1769、1770页。
③ 束世澂注《后汉书选》，中华书局，1966，第1页。

之。呜呼，古人所以致论于目睫也！"① 范晔肯定司马迁、班固具备良史之才，司马迁语言直捷，叙事准确；班固语言丰赡而叙事周详。叙事不任意抬高或压低，语丰富而不芜杂，详细又能得体。班固的史论，有时存在问题，如讥讽司马迁"是非颇谬于圣人"；排死节、否正直、轻仁义、贱守节等，则揭示了班固在史识上的缺陷。班固感伤司马迁博物洽闻却不能明哲保身，没想到自己也身陷大戮。"呜呼，古人所以致论于目睫也。"范晔感叹班固的遭遇，但自己的命运亦同样不幸。

范晔论诸子，见于王充、王符、仲长统等传。《后汉书·王充传》云："充好论说，始若诡异，终有理实。以为俗儒守文，多失其真，乃闭门潜思，绝庆吊之礼，户牖墙壁各置刀笔。著《论衡》八十五篇，二十余万言，释物类同异，正时俗嫌疑。"②《仲长统传》云："每论说古今及时俗行事，恒发愤叹息。因著论名曰《昌言》，凡三十四篇，十余万言。"③"充好论说"，"论说古今"、"著论"，说明范晔已经注意到"论"、"说"二体与子书的密切关系。王充长于论、说二体，由于所学驳杂，常有诡异之弊，故范晔于本传中一篇未录。仲长统《昌言》，则"撮其书有益政者"，录入《理乱》、《损益》、《法诫》三篇。王充《论衡》、仲长统《昌言》，《隋书·经籍志》皆入子部杂家类。《王符传》云："自和、安之后，世务游宦，当涂者更相荐引，而符独耿介不同于俗，以此遂不得升进。志意蕴愤，乃隐居著书三十余篇，以讥当时失得，不欲章显其名，故号曰《潜夫论》。其指讦时短，讨谪物情，足以观见当时风政，著其五篇云尔。"④ 范晔于本传中录入《贵忠篇》、《浮侈篇》、《实贡篇》、《爱日篇》、《述赦篇》等五篇。《潜夫论》，《隋书·经籍志》入子部儒家类。值得注意的是，王充"闭门潜思，绝庆吊之礼"，著《论衡》八十五篇；王符"隐居著书三十余篇"，范晔强调了《论衡》、《潜夫论》是成书以后公布于世的，而不是以单篇论文形式传播的。刘勰《诸子》篇云："博明万事

---

① 范晔：《后汉书》，中华书局，2000，第935页。
② 范晔：《后汉书》，中华书局，2000，第1099页。
③ 范晔：《后汉书》，中华书局，2000，第1110页。
④ 范晔：《后汉书》，中华书局，2000，第1100页。

为子，适辨一理为论，彼皆蔓延杂说，故入诸子之流。"单篇发表为论，书成而后公开传播为子，范晔的叙述说明他已经意识到论体与诸子的区别。

范晔文笔之辨，见于《狱中与诸甥侄书》，自序曰："年少中，谢庄最有其分，手笔差易，文不拘韵故也。"① 陈钟凡先生认为："有韵为文，无韵为笔，说亦本此。"② 范晔又自评其史传之文曰："吾杂传论，皆有精意深旨，既有裁味，故约其词句。至于《循吏》以下及《六夷》诸序论，笔势纵放，实天下之奇作。其中合者，往往不减《过秦》篇。尝共比方班氏所作，非但不愧之而已。……赞自是吾文之杰思，殆无一字空设，奇变不穷，同合异体，乃自不知所以称之。此书行，故应有赏音者。纪、传例为举其大略耳，诸细意甚多。自古体大而思精，未有此也。"③ 观其《文苑传》所叙文体及论、赞之文，确实符合实际。刘知几《史通·论赞》称班固论赞"辞惟温雅，理多惬当"，此后"必择善者，则干宝、范晔、裴子野是其最也"④。萧统《文选》"史论"体，选范晔四篇；"史述赞"体，选其一篇。

萧子显《南齐书》立"文学传"，所列丘灵鞠、檀超、卞彬、丘巨源、王智深、陆厥、崔慰祖、王逡之、祖冲之、贾渊等十家。《陆厥传》云："永明末，盛为文章。吴兴沈约、陈郡谢朓、琅邪王融以气类相推毂。汝南周颙善识声韵。约等文皆用宫商，以平上去入为四声，以此制韵，不可增减，世呼为'永明体'。沈约《宋书·谢灵运传》后又论宫商。"⑤《陆厥传》收录了陆厥与沈约探讨声律问题的往来书信。《南齐书·文学传论》则集中体现了萧子显的文体观念：

属文之道，事出神思，感召无象，变化不穷。俱五声之音响，而

---

① 沈约：《宋书》，中华书局，2000，第1209页。
② 陈钟凡：《中国文学批评史》，江苏文艺出版社，2008，第31页。
③ 沈约：《宋书》，中华书局，2000，第1209页。
④ 刘知几撰，浦起龙通释，吕思勉评，李永圻、张耕华导读整理《史通》，上海古籍出版社，2008，第59、60页。
⑤ 萧子显：《南齐书》，中华书局，2000，第610页。

出言异句；等万物之情状，而下笔殊形。吟咏规范，本之雅什，流分条散，各以言区。若陈思《代马》群章，王粲《飞鸾》诸制，四言之美，前超后绝。少卿离辞，五言才骨，难与争骛。桂林湘水，平子之华篇，飞馆玉池，魏文之丽篆，七言之作，非此谁先。卿、云巨丽，升堂冠冕，张、左恢廓，登高不继，赋贵披陈，未或加矣。显宗之述傅毅，简文之摛彦伯，分言制句，多得颂体。裴颁内侍，元规凤池，子章以来，章表之选。孙绰之碑，嗣伯喈之后，谢庄之诔，起安仁之尘。颜延《杨瓒》，自比《马督》，以多称贵，归庄为允。王褒《僮约》、束晳《发蒙》，滑稽之流，亦可奇玮。五言之制，独秀众品。习玩为理，事久则渎，在乎文章，弥患凡旧。若无新变，不能代雄。建安一体，《典论》短长互出；潘、陆齐名，机、岳之文永异。江左风味，盛道家之言，郭璞举其灵变，许询极其名理，仲文玄气，犹不尽除，谢混情新，得名未盛。颜、谢并起，乃各擅奇，休、鲍后出，咸亦标世。朱蓝共妍，不相祖述。①

萧子显借鉴曹丕、陆机、挚虞、李充、张眎等人文体论成果，从用品藻人才，区判文体，摘句褒贬等多个角度，评价由汉至齐优秀作家及所涉文体。曹植、王粲，四言体；李陵，五言体；张衡、曹丕，七言体；司马相如、扬雄、张衡、左思，赋体；傅毅、袁宏，颂体；裴颁、庾亮，章表；蔡邕、孙绰，碑体；潘岳、谢庄、颜延之，诔体。萧子显认为，王褒《僮约》、束晳《发蒙》等虽属滑稽之流，但也构思新奇，文辞美好。五言诗，在众多体类中最为优秀，亦应追求新变，呈现出独特风貌。为此，萧子显又专论五言诗三体之得失：

今之文章，作者虽众，总而为论，略有三体。一则启心闲绎，托辞华旷，虽存巧绮，终致迂回。宜登公宴，本非准的。而疏慢阐缓，膏肓之病，典正可采，酷不入情。此体之源，出灵运而成也。次则缉

---

① 萧子显：《南齐书》，中华书局，2000，第617页。

事比类，非对不发，博物可嘉，职成拘制。或全借古语，用申今情，崎岖牵引，直为偶说。唯睹事例，顿失清采。此则傅咸五经，应璩指事，虽不全似，可以类从。次则发唱惊挺，操调险急，雕藻淫艳，倾炫心魂。亦犹五色之有红紫，八音之有郑、卫。斯鲍照之遗烈也。①

源于谢灵运山水诗的一体，构思精巧，文辞华美，但由于过分铺写物色而显得迂回寡味，最大的问题是"典正可采，酷不入情"；模仿傅咸、应璩的一体，则善于使事用典，讲究偶丽，优点是内容丰富，缺点是"唯睹事例，顿失清采"；而追随鲍照的一体，诗风惊挺险急，由于过分雕琢藻饰，而使人心魄颠倒迷惑。萧子显提倡"新变"，故其肯定三体之优点；由于他重视性灵和文学特征，又不满于三体所出现的各种弊端。"三体之外，请试妄谈。若夫委自天机，参之史传，应思悱来，忽先构聚。言尚易了，文憎过意，吐石含金，滋润婉切。杂以风谣，轻唇利吻，不雅不俗，独中胸怀。"② 他主张诗歌创作应"婉切流畅，不雅不俗，抒达胸怀就可以了。这样的审美标准不同于钟、刘重典雅与萧纲、萧绎讲放荡"③。此外，他还辨析了"文人"与"谈士"思维方式的不同，具有相当的理论深度。

沈约论文体，见于《宋书·谢灵运传论》。他认为自汉至魏四百余年，辞人才子，文体三变："相如巧为形似之言，班固长于情理之说，子建、仲宣以气质为体，并标能擅美，独映当时。是以一世之士，各相慕习，原其飙流所始，莫不同祖《风》、《骚》。"④ 沈约指出，汉魏文体风格有三次变化，司马相如之赋铺陈写物形象逼真，代表了西汉的文风。班固的文章擅长抒情言志与说理相结合，代表了东汉文风。曹植、王粲的文章，以表现个人气质为风格，并影响一代文风。

---

① 萧子显：《南齐书》，中华书局，2000，第617、618页。
② 萧子显：《南齐书》，中华书局，2000，第618页。
③ 陈洪、张峰屹、卢盛江：《中国古代文学理论读本》，南开大学出版社，2004，第146页。
④ 沈约：《宋书》，中华书局，2000，第1176页。

第四章

刘勰的文体论（上）

刘勰的文学观念，属于宽泛的文学观。《文心雕龙》之"文"，既包括有韵之文，也包含了无韵之笔。实际上，刘勰的文体论，包含了经史子集四部。从"明诗"到《书记》，一共二十篇，专门讨论文体。有的一篇只论一体，如《明诗》、《乐府》、《诠赋》、《诸子》、《封禅》；有的一篇讨论二体，如《颂赞》、《祝盟》、《铭箴》、《诏策》、《章表》；有的一篇多体，如《杂文》、《书记》。每篇论述，大体分为四个步骤。单篇来看，构成文体史，综合来看，又是文学史。论文叙笔的文体论，是剖情析采创作论的基础。因所涉文体三十四种，故分上、下两章讨论。

第一节 概述

刘勰《总术》曰："今之常言，有'文'有'笔'，以为无韵者'笔'也，有韵者'文'也。"黄侃《文心雕龙札记》评之曰：

"今之常言"八句：此一节为一意，论文笔之分。案彦和云：文笔别目两名自近代；而其区叙众体，亦从俗而分文笔，故自《明诗》以至《谐隐》，皆文之属；自《史传》以至《书记》，皆笔之属；《杂文》篇末曰：汉来杂文，名号多品；《书记》篇末曰：笔札杂名，古今多品。详杂文名目猥繁，而彦和分属两篇，且一曰杂文，一曰笔札，是其论文叙笔，圃别区分，疆畛昭然，非率为判析也。……然彦和虽分文笔，而二者并重，未尝以笔非文而遂摒弃之，故其书广收众体，而讥陆氏之未该。且其驳颜延之曰：不以言笔为优劣。亦可知不以文笔为优劣也。①

刘勰按当时已经流行的看法，把文体分为有韵之文和无韵之笔两大类，而介于两者之间的文体则划归第三类。第一类：有韵之文。从《明诗》到《哀吊》共八篇，分为诗、乐府、赋、颂、赞、祝、盟、铭、箴、诔、碑、哀、吊13种文体。第二类：无韵之笔。从《史传》到《书记》共十篇，分为史、传、诸子、论、说、诏、策、檄、移、封禅、章、表、奏、启、议、对、书、记18种文体。第三类：在文和笔之间的文体。刘勰用《谐隐》、《杂文》两篇进行讨论。包括谐、隐、杂文三种文体。三类总计为34种文体。刘勰在讨论这些文体时，又分为若干小的文类，如《杂文》篇分为七、对问、连珠等三类，又有典、诰、誓、问，览、略、篇、章、曲、操、弄、引、吟、讽、谣、咏等16种更小的文类。《书记》篇，书、记二体，包含了更多的小类。罗宗强先生做过详细统计："刘勰把文体分为三十四种，……其中杂文又分为十九种，诏策分为七种，而笺记则包括二十五种，实共八十一种。这八十一种涉及到综合目录中的经、史、子、集各部。"② 从文类数量上看，与任昉的八十四体相近。刘勰《文心雕龙》文体论，用二十篇论述了三十四种文体的源流正变。即使对一些派生出来的细小文类，刘勰也给予一定程度的重视。所以《文心雕龙》涉及的文体远不止三十四种，兹列于下：③

---

① 黄侃著，吴方点校《文心雕龙札记》，中国人民大学出版社，2004，第204页。
② 罗宗强：《读文心雕龙手记》，生活·读书·新知三联书店，2007，第143页。
③ 罗根泽：《中国文学批评史》，上海书店出版社，2003，第223页。

❖ 汉魏六朝文体理论研究

文 {
— 诗（四言、五言、三六杂言、离合、回文、联句）
— 乐府（三调、鼓吹、铙歌、挽歌）
— 赋
— 颂、赞（风、雅、诵、序、引、纪、传）
— 祝、盟（祝邪、骂鬼、谴、咒、诰咎、祭文、哀策、诅、誓、契）
— 铭、箴
— 诔、碑（碣）
— 哀、吊
— 杂文（对问、七发、连珠、典、诰、誓、问、览、略、篇、章、曲、操、弄、引、吟、讽、谣、咏）
— 谐、隐（谜语）
}

笔 {
— 史传（尚书、春秋、策、纪、传、书、表、志、略、录）
— 诸子
— 论、说（议、传、注、赞、评、序、引）
— 诏、策（命、诰、誓、令、制、策书、制书、诏书、戒敕、戒、教）
— 檄、移（戒誓、令、辞、露布、文移、武移）
— 封禅
— 章、表（上书、章、奏、表、议）
— 奏、启（上疏、弹事、表奏、封事）
— 议、对（驳议、对策、射策）
— 书、记（表奏、奏书、奏记、奏笺、谱、籍、簿、录、方、术、占式、律、令、法、制、符、契、券、疏、关、刺、解、牒、签、状、列、辞、谚）
}

　　刘勰在文体分类的基础上，对每一种文体，都用四个步骤展开讨论。《文心雕龙·序志》云："若乃论文叙笔，则囿别区分，原始以表末，释名以章义，选文以定篇，敷理以举统。"①"原始以表末"，讨论文体的起源、发展、流变。"释名以章义"，刘勰用三言两语概括文体的名称，显示文体的意义。"选文以定篇"，选历代优秀作家作品进行评价，旨在确立文章写作的典范。刘勰叙述文体源流正变，总是以作家、作品为支撑，所以这两

---

① 刘勰著，范文澜注《文心雕龙注》，人民文学出版社，1958，第727页。

118

项内容占"论文叙笔"的绝大部分。"敷理以举统",用四言诗概括文体的写作原则,并用"赞曰"的形式加以标识。

《文心雕龙》的文体论部分,从单篇看可以清楚地见到每一体文章的发展演变过程,各篇合起来看,无疑是一部分体文学史。其内容不但论述详明,而且有许多精辟见解,可以看到《文心雕龙》全书的若干重要文学观点,如何贯彻在具体的评论中间。过去《典论·论文》、《文赋》论文体,都是标举各体文章的风格特色,相当于《文心雕龙》的"敷理以举统"一项。挚虞《文章流别论》论述各体比较详细,其少数片段内容已兼及释名、源流、选文、作法各项,可以说是刘勰文体论的前驱。刘勰在前人的基础上又大大向前发展了一步,他标举四项内容来结构全篇,内容更为丰富,论述更为完备,形成了比较严密的体系。① 按这样的四个步骤进行文体分类,避免了理论上的空洞,使刘勰的文体论,具有生动鲜明的可感性和可供操作的实践性。

刘勰认为各种文体源于五经。其《宗经》篇云:"故论、说、辞、序,则《易》统其首;诏、策、章、奏,则《书》发其源;赋、颂、歌、赞,则《诗》立其本;铭、诔、箴、祝,则《礼》总其端;纪、传、移、檄,则《春秋》为根:并穷高以树表,极远以启疆,所以百家腾跃,终如环内者也。"② 《易传》是用来论述或说明经文的,所以刘勰认为论、说、辞、序,是从《易》里演变来的。黄侃注曰:"谓《系辞》《说卦》《序卦》诸篇为此数体之源也。"《书经》是诏、策、章、奏的源头。《书经》中诏、策是帝王对臣子的文体,章、奏是臣子对帝王的文体。黄侃注曰:"谓《书》之记言,非上告下,则下告上也。寻其实质,此类皆论事之文。"《诗经》产生了赋、颂、歌、赞。黄侃注曰:"谓《诗》为韵文之总汇。寻其实质,此类皆敷情之文。"《礼经》是铭、诔、箴、祝的开端。黄侃注曰:"此亦韵文,但以行礼所用,故属《礼》。"《春秋》是纪、传、移、檄的根源。黄侃注曰:"纪、传乃纪事之文,移檄亦论事之文耳。"③ 用现

---

① 参见詹福瑞《中国文学批评史讲稿》。
② 刘勰著,詹锳义证《文心雕龙义证》,上海古籍出版社,1989,第78、79页。
③ 黄侃著,吴方点校《文心雕龙札记》,中国人民大学出版社,2004,第14、15页。

在的眼光来看，《易经》谈天说地，属于子部，由此派生的论、说、辞、序等文体，可划入哲学的范围。《书经》记录君臣之言，《春秋》记录君臣之事，属于史部，由此派生的诏、策、章、奏、纪、传、移、檄等文体，具有言之有物，论事写实的史传特点。

　　刘勰文体论涉及三十四种文体，除杂文、谐隐、诸子、哀吊、议对、封禅、书记之外，其他各体都包含在经书衍化的文体之内了。而在没有包括进去的几种文体中，杂文和谐隐，属于文笔兼有的文体，既不同于诗赋一类的有韵之文，也不同于属于笔类的史传、书记，是文人"暇豫之末造也"，带有明显的游戏、娱情色彩，不属于文章的正体。"封禅"，任昉《文章缘起》认为起源于司马相如的《封禅书》，"诸子"属于"入道见志之书"，这两种算不上文章的正体。只有书记，似可归于《书经》的流脉，哀吊归属于《礼经》，议对归属于《书经》。这样看来，《宗经》篇提出的经书衍派出的文体，基本上与"论文叙笔"的文体相符。由《易经》派生的文体有论、说、辞、序；《礼经》派生的文体有铭箴、诔碑、祝盟、哀吊；《书经》派生的文体有诏策、章表、书记、议对；《春秋》派生的文体有檄移、史传；由《诗经》派生的文体有赋、颂、赞、歌（包括诗、乐府）。与经书关系不甚密切而又难以归到某类的文体，刘勰用《杂文》、《谐隐》、《诸子》、《封禅》等篇，单独讨论。"刘勰把众体归之于经书一体，虽不尽符合文体生成的实际情况，但就《文心雕龙》的理论体系来说，是不可或缺的环节。通过这种文体的渊源演变模式，刘勰完成了他的道具化为经、经衍变为时文（各种文体）的理论体系。"[1] 为了更好地宗经，还必须纠正纬书当中的错误。在《正纬》中，刘勰批评了纬书的无益经典，但同时也肯定了纬书有助于文章的一面。文源于五经，但随时代的发展而变化。"文变染乎世情，兴废系乎时序，原始以要终，虽百世可知也。"[2] 文体的创新，要在继承经书传统的基础上，根据时代、现实的需要而变化。

---

[1] 詹福瑞：《中古文学理论范畴》，河北大学出版社，1997，第246、247页。
[2] 刘勰著，詹锳义证《文心雕龙义证》，上海古籍出版社，1989，第1713页。

第二节 诗、乐府、赋

范文澜认为骚体"轩翥诗人之后,奋飞辞家之前,故为文类之首"。"诗原上古,体被两汉,故次于骚。"① 周振甫则认为:"有韵文以诗为最早,又《诗经》是经,故居首。"② 刘勰《序志》篇云:"盖《文心》之作也,本乎道,师乎圣,体乎经,酌乎纬,变乎《骚》,文之枢纽,亦云极矣。若乃论文叙笔,则囿别区分。"③ 按刘勰的阐释,《离骚》属于"文之枢纽",而不在"论文叙笔"的文体论范围。就《辨骚》篇的内容来看,刘勰辨析的《离骚》哪些继承了经书的传统,哪些不符合儒家的经义。刘勰《明诗》云:"逮楚国讽怨,则离骚为刺。秦皇灭典,亦造仙诗。"④《乐府》云:"延年以曼声协律,朱马以骚体制歌。"⑤《诠赋》云:"及灵均唱骚,始广声貌,然则赋也者,受命于诗人,而拓宇于《楚辞》也。"⑥ 刘勰显然是把《离骚》作为诗歌看待的,并指出了它对乐府、赋体的重要影响。以"有韵之文"来看,《诗经》要早于《离骚》,确为韵文之首。

儒家五经中,《诗经》的文学性最强,早在春秋战国时期,就被广泛地应用到社会生活的各个方面,起到过"事君""事父"的重要作用。汉儒说诗,《诗经》被进一步政治化、伦理化。魏晋南北朝时期,儒家大一统思想、政治遭到了颠覆,但诗歌的发展并没有受到阻止。动荡不安的现实,思想的多元,促进了诗歌由"赋诗言志"到写诗抒情的发展。在这转型时期,复古、趋新的主张此起彼伏。挚虞的"雅音之韵,四言为正",陆机的"诗缘情而绮靡",钟嵘的"诗可以群"、"诗可以怨"及"五言居文词之要,是众作最有滋味者",反映了对诗歌看法的多姿多彩。

《明诗》篇是刘勰文体论的第一篇。刘勰论诗,直接移植《尚书·尧

---

① 刘勰著,范文澜注《文心雕龙注》,人民文学出版社,1958,第4页。
② 周振甫:《周振甫讲文心雕龙》,江西教育出版社,2005,第24页。
③ 刘勰著,詹锳义证《文心雕龙义证》,上海古籍出版社,1989,第1924页。
④ 刘勰著,周振甫注《文心雕龙注释》,人民文学出版社,1981,第48页。
⑤ 刘勰著,周振甫注《文心雕龙注释》,人民文学出版社,1981,第64页。
⑥ 刘勰著,周振甫注《文心雕龙注释》,人民文学出版社,1981,第80页。

典》的"诗言志"和《毛诗序》的"在心为志,发言为诗",认为"诗者,持也,持人情性;三百之蔽,义归无邪,持之为训,有符焉尔"①。这是对儒家注重诗歌思想内容的继承。诗的产生,则缘于"人禀七情,应物斯感,感物吟志,莫非自然"②。按时间线索,刘勰把诗体分为几类,包括原始歌谣、汉四言诗、七言诗、苏李五言诗、古诗、建安体、正始诗、晋太康诗、东晋玄言诗、刘宋山水诗等。刘勰认为:汉代古诗为"五言之冠冕";推崇"慷慨以任气,磊落以使才"的建安诗歌;肯定了"阮旨遥深,嵇志清峻"的正始诗歌;批评了何晏等人"诗杂仙心"、"率多浅浮"的诗风。尤其对玄言诗,刘勰提出了尖锐批评,其《明诗》云:"江左篇制,溺乎玄风,嗤笑徇务之志,崇盛忘机之谈。"③《时序》云:"自中朝贵玄,江左称盛,因谈余气,流成文体。是以世极迍邅,而辞意夷泰,诗必柱下之旨归,赋乃漆园之义疏。"④ 以许询、孙绰为代表的玄言诗,畅谈玄理,脱离时代,缺乏对社会人生的关注,即使现实充满艰险危难,而玄言诗人依然不闻不问,文辞平和,诗风舒缓,缺乏建安诗人的慷慨悲歌。

诗歌众体当中,刘勰以"四言为正","五言流调",是其宗经思想的体现。《明诗》云:"故铺观列代,而情变之数可监;撮举同异,而纲领之要可明矣。若夫四言正体,则雅润为本;五言流调,则清丽居宗;华实异用,惟才所安。故平子得其雅,叔夜含其润,茂先凝其清,景阳振其丽;兼善则子建仲宣,偏美则太冲公幹。然诗有恒裁,思无定位,随性适分,鲜能通圆。"⑤《诗经》四言居多,雅润为本,故刘勰以四言为正体;五言是建安以后开始流行的诗体,则清丽居宗,刘勰以为流调。雅润,典雅温润;清丽,清畅美丽。张衡四言诗典雅,嵇康四言诗温润;张华五言清畅,张协五言华美。由于才性气质不同,四言之雅润,五言之清丽,诗人往往偏美其一,如左思、刘桢的诗;才华出众的曹植、王粲则能兼擅多种

---

① 刘勰著,周振甫注《文心雕龙注释》,人民文学出版社,1981,第48页。
② 刘勰著,周振甫注《文心雕龙注释》,人民文学出版社,1981,第48页。
③ 刘勰著,周振甫注《文心雕龙注释》,人民文学出版社,1981,第49页。
④ 刘勰著,周振甫注《文心雕龙注释》,人民文学出版社,1981,第479页。
⑤ 刘勰著,周振甫注《文心雕龙注释》,人民文学出版社,1981,第50页。

第四章　刘勰的文体论（上）

风格。

除了四言、五言这些比较常见的诗体外，刘勰还谈到了三言、六言、杂言、离合诗、回文诗、联句诗等小的诗类："至于三六杂言，则出自篇什；离合之发，则萌于图谶；回文所兴，则道原为始；联句共韵，则柏梁余制；巨细或殊，情理同致，总归诗囿，故不繁云。"① 任昉《文章缘起》："三言诗，晋散骑常侍夏侯湛所作。六言诗，汉大司农谷永作。离合诗，孔融作四言离合诗。七言诗，汉武帝柏梁殿联句。"

《乐府》是刘勰文体论的第二篇。刘勰释名为："乐府者，'声依永，律和声'也。钧天九奏，既其上帝；葛天八阕，爰及皇时。自《咸》、《英》以降，亦无得而论矣。"② 所谓乐府，就是以五音配合歌咏的声调，用乐律配合五音。乐府由诗歌和音乐两部分构成，不同于一般文人创作的诗歌，刘勰单列《乐府》篇，重点讨论配乐部分。

刘勰从传说的钧天九曲、葛天八歌说起，感叹《咸池》、《五英》以来的音乐实在难以推论了。南方涂山歌与北方有娀谣，各不相同；夏后孔甲的东阳之叹，亦有别于殷王整甲的西河之思。因此，各地音乐的兴起演变，也不一致。普通男女，吟咏风谣，官府采诗配乐，可以用来观风俗之盛衰、国家之兴废。

刘勰把音乐分为"雅声"和"溺音"两种。秦始皇焚书，烧掉了《乐经》，导致了雅音的衰微，溺音的腾起。汉初的《武德》、《四时》，虽然模仿《韶》、《夏》，但沿用了秦时的音乐，缺少中正和平之音。汉武帝崇尚礼乐教化，开始设立乐府机关。在歌词和音乐上下了大量功夫："总赵、代之音，撮秦、楚之气。延年以曼声协律，朱、马以骚体制歌。"③ 但依然存在"桂华"杂曲，丽而不经，"赤雁"群篇，靡而非典的问题。东汉祭祀祖庙的乐歌，还杂用雅乐。歌辞雅正，而音乐已非古乐。

刘勰对魏之三祖的乐府，多有否定。曹操《苦寒行》众曲，曹丕《燕歌行》列篇，或述酣宴，或伤羁戍，情志放荡，文辞哀怨；音乐上分割辞

---

① 刘勰著，周振甫注《文心雕龙注释》，人民文学出版社，1981，第50页。
② 王运熙、周峰撰《文心雕龙译注》，上海古籍出版社，1998，第51页。
③ 王运熙、周峰撰《文心雕龙译注》，上海古籍出版社，1998，第52页。

❖ 汉魏六朝文体理论研究

调，音靡节平，"虽三调之正声，实《韶》、《夏》之郑曲也"①。晋代傅玄创作的颂咏祖宗的雅歌、张华创作的乐府，文辞和音乐俱佳，值得称道。

魏晋以后，乐府诗出现了"诗声俱郑"的弊端："若夫艳歌婉娈，怨诗诀绝，淫辞在曲，正响焉生？然俗听飞驰，职竞新异，雅咏温恭，必欠伸鱼睨；奇辞切至，则拊髀雀跃；诗声俱郑，自此阶矣！"② 因此，刘勰明确指出："夫乐本心术，故响浃肌髓，先王慎焉，务塞淫滥。"纪晓岚眉批曰："'务塞淫滥'四字为一篇之纲领。"③ 但把"艳歌"、"怨诗"，一概视为淫辞邪曲，未免矫枉过正。

"凡乐辞曰诗，诗声曰歌"，刘勰辨析了乐府中的诗与歌的区别。但二者又有紧密联系："故知诗为乐心，声为乐体；乐体在声，瞽师务调其器；乐心在诗，君子宜正其文。"④ 诗句是乐府的心灵，音声是乐府的形体。乐府的形体在于音声，所以乐师一定要调谐好乐器；乐府的心灵在于诗句，所以诗人要创作出雅正的歌辞。"辞繁难节"，欲使乐府表里相资，需要适当减少繁辞。乐府歌辞，贵在简约。汉高祖的《大风歌》，汉武帝的《李夫人歌》，辞句简约，唱起来容易和乐。曹植、陆机都有乐府佳篇，只是没有配乐，属于不入乐的文人乐府。轩辕岐伯的鼓吹乐，汉代铙歌、挽歌，虽有用于军事、丧事的不同，戎丧殊事，一并归入乐府。

刘勰《乐府》篇涉及的文体，有歌（配乐诗）、诗（不配乐）、鼓吹乐、汉代铙歌、挽歌等五类。郭茂倩《乐府诗集》把乐府诗分为十二类，包括郊庙歌辞、燕射歌辞、鼓吹曲辞、横吹曲辞、相和歌辞、清商曲辞、舞曲歌辞、琴曲歌辞、杂曲歌辞、近代曲辞、杂歌谣辞、新乐府辞。分类兼顾了乐府诗的来源、用途和音乐系统，大体合乎乐府库的实际，这无疑是郭茂倩的一个创造性成果。⑤

刘勰认为赋这种文体，源于《诗经》"六义"之"赋"。赋，是《诗

---

① 王运熙、周峰撰《文心雕龙译注》，上海古籍出版社，1998，第52页。
② 刘勰著，黄霖整理集评《文心雕龙》，上海古籍出版社，2008，第15页。
③ 刘勰著，黄霖整理集评《文心雕龙》，上海古籍出版社，2008，第13页。
④ 王运熙、周峰撰《文心雕龙译注》，上海古籍出版社，1998，第52页。
⑤ 郭茂倩编撰，聂世美、仓阳卿校点《乐府诗集》，上海古籍出版社，1998，第2页。

124

经》的表现手法之一。"赋者,铺也,铺采摛文,体物写志也。"① 班固《两都赋序》称为"古诗之流"。赋体起源于《诗经》,但在表现手法上,主要受《楚辞》的影响。刘勰《诠赋》云:"及灵均唱《骚》,始广声貌。然则赋也者,受命于诗人,而拓宇于《楚辞》也。于是荀况《礼》、《智》,宋玉《风》、《钓》,爰锡名号,与诗画境。六义附庸,蔚成大国。遂述客主以首引,极声貌以穷文,斯盖别诗之原始,命赋之厥初也。"② 按赋体产生发展的过程,刘勰谈到了先秦时期荀况之赋、宋玉之赋、秦代杂赋。而赋体的成熟,当在汉代,刘勰概括为"兴楚而盛汉"。

赋体的分类,包括"鸿裁"和"小制",即大赋、小赋两大类。属于大赋的有:"京殿苑猎,述行序志。"包括京都、宫殿、畋猎、述行、序志。这类大赋有相当完整的结构:"既履端于倡序,亦归余于总乱。序以建言,首引情本,乱以理篇,写送文势。"③ 小赋类的有:"草区禽族,庶品杂类。"即:草木、鸟兽、杂赋。这些小赋的特点是:"触兴致情,因变取会,拟诸形容,则言务纤密;象其物宜,则理贵侧附。"④

在选文定篇上,刘勰认为,荀子《赋篇》、宋玉《风赋》、枚乘《菟园赋》、司马相如《上林赋》、贾谊《鵩鸟赋》、王褒《洞箫赋》、班固《两都赋》、张衡《二京赋》、扬雄《甘泉赋》、王延寿《鲁灵光殿赋》,是先秦两汉优秀作品,并推尊凡此十家为辞赋之英杰;王粲、徐幹、左思、潘岳、陆机、成公绥、郭璞、袁宏为魏晋之赋首。

第三节　颂赞、祝盟

颂体源于《诗经》四始之"颂"。《诗经》按其内容,分为风、小雅、大雅、颂。《毛诗序》曰:"颂者,美圣德之形容,以其功成告于神明者也。"刘勰《颂赞》云:

---

① 王运熙、周峰撰《文心雕龙译注》,上海古籍出版社,1998,第59页。
② 王运熙、周峰撰《文心雕龙译注》,上海古籍出版社,1998,第60页。
③ 王运熙、周峰撰《文心雕龙译注》,上海古籍出版社,1998,第60页。
④ 王运熙、周峰撰《文心雕龙译注》,上海古籍出版社,1998,第60页。

❖ 汉魏六朝文体理论研究

> 四始之至，颂居其极。颂者，容也，所以美盛德而述形容也。昔帝喾之世，咸墨为颂，以歌《九韶》。自商以下，文理允备。夫化偃一国谓之风，风正四方谓之雅，容告神明谓之颂。风雅序人，事兼变正；颂主告神，义必纯美。鲁国以公旦次编，商人以前王追录，斯乃宗庙之正歌，非宴飨之常咏也。《时迈》一篇，周公所制，哲人之颂，规式存焉。夫民各有心，勿壅惟口。晋舆之称原田，鲁民之刺裘鞸，直言不咏，短辞以讽，丘明子顺，并谓为诵，斯则野诵之变体，浸被乎人事矣。及三闾《橘颂》，情采芬芳，比类寓意，乃覃及细物矣。①

"颂"是用来赞美盛大的德行，并借助音乐舞蹈的形式，禀报给神明的颂辞。刘勰认为帝喾时代，咸墨作《九韶》来歌颂帝王的功德。《诗经》中风、雅叙述人事，所以诗歌有"变风变雅"，既可以反映盛事，表达颂扬，也可以反映衰世，抒发怨愤，用以讽谏。而颂辞用来告神，所以内容一定要纯正美好。"鲁颂"、"商颂"、"周颂"符合"义必纯美"的标准。其中《周颂》的《时迈》为周公所作，刘勰视之为颂辞的规范。

跟这些雅正的颂辞相比，还有百姓表达喜怒哀乐的歌谣，属于民间的野诵。诵，在《诗经》当中，既有讽刺之诵，又有颂扬之诵。如《小雅·节南山》云："家父作诵，以究王讻，式讹尔心，以蓄万邦。"诗人写诗的目的，在于讽刺。《大雅·崧高》云："吉甫作诵，其诗孔硕，其风肆好，以赠申伯。"诗人写诗的目的，在于颂扬。刘勰把晋国、鲁国百姓的讽诵，称为"野诵"。"诵"，唐写本作"颂"。刘勰认为，民间用于讽刺的"野诵"与颂德之"颂"不同，是颂辞之变体。屈原的《橘颂》，用来咏物，实际也是颂的变体。

秦汉以后，文士之颂逐渐增多。扬雄的《赵充国颂》、班固的《安丰戴侯颂》、傅毅的《显宗颂》、史岑的《和熹邓后颂》，摹拟"周颂"、"鲁颂"、"商颂"进行写作；旨在褒德显荣，不失为颂之正宗。而班固的《北征颂》、傅毅的《西征颂》，因为过于铺叙、夸饰而成为颂之"谬体"。马

---

① 刘勰著，黄霖整理集评《文心雕龙》，上海古籍出版社，2008，第17页。

融的《广成颂》、《上林颂》,虽名为"颂",但辞藻华丽,更像赋体,是颂的变体。魏晋时期的颂体,由于不是宗庙中的舞歌,刘勰把这类颂归到杂颂。陆机《汉高祖功臣颂》,颂扬了汉高祖刘邦的 31 名功臣。颂之序文,列出诸人名单,正文为四言韵文,全篇以颂扬圣主贤臣为主调,但又根据史实,写出了某些功臣存在的不足。如:"矫矫三雄,至于垓下。元凶既夷,宠禄来假。保大全祚,非德孰可?谋之不臧,舍福取祸。"① 所谓三雄,即韩信、彭越、英布。他们为刘邦立下赫赫战功,但都由于"谋之不臧,舍福取祸"而被杀身亡。刘勰认为,陆机之颂褒贬混杂,体例不纯。其《颂赞》篇云:"陆机积篇,惟《功臣》最显,其褒贬杂居,固末代之讹体也。"②

颂类,《文选》首选王褒的《圣主得贤臣颂》。李善注引《汉书》曰:"王褒既为益州刺史王襄作中和、乐职、宣布诗、王襄因奏言褒有轶才。上乃征褒,既至,诏为《圣主得贤臣颂》。"③ 王褒《圣主得贤臣颂》云:"今臣僻在西蜀,生于穷巷之中,长于蓬茨之下,无有游观广览之知,顾有至愚极陋之累,不足以塞厚望,应明旨。虽然,敢不略陈愚心,而杼情素!"④ 王褒才华出众,经人引荐受到帝王召见,并让他写文章,以检验其是否具有真才实学。而王褒谦称自己孤陋寡闻,担心辜负帝王的厚望。正文部分,王褒用大量篇幅议论君臣之间应有的正确关系。颂扬功德,褒赞成功的意味相当淡薄。所以黄侃认为:"此非颂也,览褒传但云'颂其意',并不题为颂。"⑤ 王褒此颂,可视为颂之变体。

扬雄《赵充国颂》,四言韵文,颂而似《雅》,看得出作者对《诗经》的刻意摹拟。史岑《出师颂》亦为四言韵文,与《诗经》中的《鲁颂》相类。刘勰《颂赞》篇评扬雄、史岑之颂为"或拟《清庙》、或范《駉》《那》,虽浅深不同,详略各异,其褒德显容,典章一也"⑥。这是颂之正体。

---

① 萧统编,李善注《文选》,上海古籍出版社,1986,第 2106 页。
② 刘勰著,黄霖整理集评《文心雕龙》,上海古籍出版社,2008,第 17 页。
③ 萧统编,李善注《文选》,上海古籍出版社,1986,第 2089 页。
④ 萧统编,李善注《文选》,上海古籍出版社,1986,第 2089 页。
⑤ 黄侃:《文选平点》,中华书局,2006,第 535 页。
⑥ 刘勰著,黄霖整理集评《文心雕龙》,上海古籍出版社,2008,第 17 页。

刘伶《酒德颂》，与屈原《橘颂》相类，都是颂扬事物的。李善注引臧荣绪《晋书》曰："刘伶，字伯伦，沛国人也。志气旷放，以宇宙为狭。著《酒德颂》。"① 刘伶颂酒德，也是在张扬自己旷放不羁、率意而行的卓越品德。这是颂体题材不断拓展的反映。

和颂体相近的是赞辞。"赞者，明也，助也。昔虞舜之祀，乐正重赞，盖唱发之辞也。"② 赞辞用来帮助说明颂辞，是唱颂歌之前的说明辞。赞，"扬言以明事，嗟叹以助辞。"③ 汉代设置鸿胪官主持祭祀仪式，高声传呼的话语，乃是赞的遗响。

司马相如作《荆轲赞》，于是出现了文章之"赞"。司马迁的《史记》、班固的《汉书》，依托赞辞，总括全篇，进行褒贬；又在本纪、列传之后，加上评语，属于史家之赞。郭璞注《尔雅》，作《尔雅图赞》，对动物、植物都写了赞辞，内容上有赞美，也有批评，是赞的变体。

徐师曾《文体明辨序说》云："（赞）其体有三：一曰杂赞，意专褒美，若诸集所载人物、文章、书画诸赞是也。二曰哀赞，哀人之没而述德以赞之者是也。三曰史赞，词兼褒贬，若《史记索隐》、《东汉》、《晋书》诸赞是也。"④ 《文选》选录夏侯湛《东方朔画赞》、袁宏《三国名臣序赞》。萧统《文选序》云："图像则赞兴。"《文选》所录两篇，均为画赞。按徐师曾的分类，这两篇应归到杂赞类。《文选》卷五十，有"史述赞"一类，即徐师曾所说的"史赞"。"哀赞"，《文选》未录。

祝、盟两种文体，都是向神祈祷、宣誓的文体，刘勰以《祝盟》篇将二者放到一起讨论。祝是祭祀时向神祈祷；盟是结盟时向神宣誓。

祝文，起源于上古时期。"昔伊耆始蜡，以祭八神。其辞云：'土反其宅，水归其壑，昆虫毋作，草木归其泽。'则上皇祝文，爰在兹矣。"⑤ 这是最早的祝文。舜祭田的祝文："荷此长耜，耕彼南亩，四海俱有。"同样

---

① 萧统编，李善注《文选》，上海古籍出版社，1986，第2098页。
② 刘勰著，黄霖整理集评《文心雕龙》，上海古籍出版社，2008，第17页。
③ 刘勰著，黄霖整理集评《文心雕龙》，上海古籍出版社，2008，第17页。
④ 徐师曾：《文体明辨序说》，人民文学出版社，1962，第143页。
⑤ 刘勰著，黄霖整理集评《文心雕龙》，上海古籍出版社，2008，第19页。

表达了美好愿望。商汤祭天、求雨,在祝文中把所有的罪过归于自己,谴责自己的过失。周代出现了祝史,专门掌管祭祀。周之大祝,掌六祝之辞,以事鬼神祇,祈福祥,求永贞,根据不同的场合,不同的对象,使用不同形式的祝文。这样看来,上古、三代的祝文包括了两类,其一是帝王的祝文,其二是祝史的祝文。

春秋战国时期,众神泛起,祝史之文,靡神不至。流风所及,促使祝文繁盛。人们常常用祝辞祈祷、祝贺。"至于张老贺室,致祷于歌哭之美。蒯瞆临战,获佑于筋骨之请;虽造次颠沛,必于祝矣。"①泛神化,导致人们不论遇到好事、坏事,都要向神祈祷。

《楚辞·招魂》,王逸注曰:"《招魂》者,宋玉之所作也。招者,召也,以手曰招,以言曰召。魂者,神之精也。宋玉怜哀屈原,忠而斥弃,愁满山泽,魂魄放佚,厥命将落,故作《招魂》,欲以复其精神,延其年寿;外陈四方之恶,内崇楚国之美,以讽谏怀王,冀其觉悟而还之也。"②刘勰把《招魂》,归到了祝文,称赞它是祝辞中华美的作品。

汉代的祭祀,既综合了大儒的建议,又参照了方士的方术,产生了移过他人的"秘祝"。这种秘祝,与商汤归罪自己的祝文有一定联系。但又有本质不同。商汤祭天、求雨,祈求神明,归罪于自己,而秘祝则是"移过他人",希望让别人代替罪恶,受神明的惩罚。《史记·封禅书》载:"诸此祠皆太祝常主,以岁时奉祠之……祝官有秘祝,既有灾祥,辄祝祠移过于下……孝文帝即位。即位十三年,下诏曰:'今秘祝移过于天下,朕甚不取。自今除之。'"③这种嫁祸于众官和百姓的文体形式,有悖于德政和礼教,所以被孝文帝下令禁止。

祝文当中,还有一种咒祝。这种文体与敬神的祝文不同,是对邪恶鬼神的诅咒。较早出现的是黄帝的祝邪之文。张君房《云笈七签·轩辕本纪》记载:"帝巡狩东至海,登恒山,于海滨得白泽神兽,能言,达于万物之情。因问天下鬼神之事,自古精气为物,游魂为变者,凡万一千五百

---

① 刘勰著,黄霖整理集评《文心雕龙》,上海古籍出版社,2008,第19页。
② 严可均辑《全后汉文》,商务印书馆,1999,第587页。
③ 司马迁:《史记》,中华书局,2000,第1178页。

二十种。白泽能言之，帝令以图写之，以示天下。帝乃作《祝邪》之文以祝之。"① 对这类文体，古人不甚重视。刘勰提到的皇帝《祝邪》之文，东方朔的《骂鬼》之书，务于善骂，属于咒祝，都没有流传下来。检索严可均辑录之文，未见一篇以"骂"字为题目之文。在这类文体中，刘勰对曹植的《诰咎》评价颇高："唯陈思《诰咎》，裁以正义矣。"② 曹植《诰咎文》见于《艺文类聚》卷一百"灾异"部之"旱"类。严可均辑入《全三国文》卷十九。曹植《诰咎文》曰：

> 五行致灾，先史咸以为应政而作。天地之气，自有变动，未必政治之所兴致也。于时大风，发屋拔木，意有感焉。聊假天帝之命，以诰咎祈福。其辞曰：
>
> 上帝有命，风伯雨师。夫风以动气，雨以润时。阴阳协和，庶物以滋。亢阳害苗，暴风伤条。伊周是过，在汤斯遭。桑林既祷，庆云克举。偃禾之复，姬公走楚。况我皇德，承天统民。礼敬川岳，祇肃百神。享兹元吉，蕃福日新。至若灾旱赫羲，飙风扇发。嘉卉以萎，良木以拔。何谷宜填？何山应伐？何灵宜论？何神宜谒？于是五灵振竦，皇祇赫怒，招摇警怵，欃抢奋斧。河伯典泽，屏翳司风。右呵飞厉，顾叱丰隆，息飙遏暴，元救华嵩。庆云是兴，效厥年丰。遂乃沈阴块北，甘泽微微，雨我公田，爰既予私。黍稷盈畴，芳草依依。灵禾重穗，生彼邦畿。年登岁丰，民无馁饥。③

曹植假托天帝口吻，诰咎风伯、雨师由于失职给人类带来的灾异，祈福"风以动气，雨以润时"，"年登岁丰，民无馁饥"。曹植诰咎的目的，在于祈福，而不在于善骂，刘勰允之为"裁以正义"。

祭文、哀策，是生者悼念、哀伤死者的文体。刘勰认为"文实告神"，所以归之于祝类。

---

① 刘勰著，詹锳义证《文心雕龙义证》（上），上海古籍出版社，1989，第371页。
② 刘勰著，黄霖整理集评《文心雕龙》，上海古籍出版社，2008，第19页。
③ 严可均辑《全三国文》，商务印书馆，1999，第193、194页。

第四章 刘勰的文体论（上）

祭文产生于古代祭祀之礼。《仪礼·少牢馈食礼》规定："主人西面，祝在左。主人再拜稽首。祝祝曰：'孝孙某，敢用柔毛、刚鬣、嘉荐、普淖，用荐岁事于皇祖伯某，以某妃配某氏。尚飨。'"① 这种用酒食祭祀鬼神、缅怀祖先的格式化祭文，到了汉魏时期出现了新的变化，在简朴的祭辞中又加入了对祖先美好功德的赞美。刘勰认为：这种"兼赞言行，祭而兼赞"的祭文，是从单一的尚飨祭文引申发展而来的文体。

哀策文，其源出于周穆王。《穆天子传》卷六记载："天子西至于重璧之台，盛姬告病，……天子哀之。是曰哀次，天子乃殡盛姬于毂丘之庙。……于是殇祀而哭，内史执策。"詹锳先生引郭璞注曰："策，所以书赠赗之事。内史，主策命者。"② 内史将收到的送葬礼物，记录在策。汉代祭祀帝王陵墓，也用哀策。哀策本是用来记录冥物的册子，因为睹物思人，触目生情，很容易引发人们悲伤的情感，于是哀策逐渐形成一种文体。这种文体，在表达情感上与诔文相近，但又有细微差异，诔文追记人的品行，以缠绵悱恻见长，而哀策用以告神，讲究庄肃务诚，所以刘勰把诔另立一体，以《诔碑》篇进行讨论。哀策文"诔首而哀末，颂体而祝仪"③，虽然开头像诔文一样缠绵，结尾像哀文一样悲伤，文章的体貌又与颂体相似，但其内容却是用以告神的祝辞，所以刘勰把它归到了祝文。

在选文定篇上，刘勰以"群言发华，而降神务实，修辞立成，在于无愧。祈祷之式，必诚以敬；祭奠之楷，宜恭且哀"④ 为标准，于历代祝文中只选两篇。其一为班固《祈涿山文》；其二为潘岳《祭庾妇文》。

综上可知，刘勰把祝文分成了：帝王之祝、祝史之祝、祷祝、秘祝、咒祝以及祭文、哀策等几类。萧统《文选》，未立"祝"类，而是把"哀"、"祭文"单独分类，淡化了告神的文体功能，突出了悼念逝者的主题。

盟文，盟誓之文。"盟者，明也。骍毛白马，珠盘玉敦，陈辞乎方明

---

① 郑玄注，贾公彦疏《仪礼注疏》，北京大学出版社，2000，第1058页。
② 詹锳：《文心雕龙义证》（上），上海古籍出版社，1989，第374页。
③ 刘勰著，黄霖整理集评《文心雕龙》，上海古籍出版社，2008，第19页。
④ 刘勰著，黄霖整理集评《文心雕龙》，上海古籍出版社，2008，第19页。

❖ 汉魏六朝文体理论研究

之下，祝告于神明者也。"① 在隆重的仪式下，对神明祷告，请求神明作证。这种文体是从原始的诅誓咒语中逐渐演变出来的。

夏、商、周三代，人们重承诺、守信用，所以不用咒盟，只有彼此之间的约誓。"三代盛时，初无诅盟，虽有要誓，结言则退而已。周衰，人鲜忠信，于是刑牲歃血，要质鬼神，而盟繁兴，然俄而渝败者多矣。"② 由于王道衰、礼义废、正教失，口头的约定，已经无法制约人与人之间的行为，于是盟这种文体在乱世中得以兴盛。

春秋战国时期，结盟频繁，盟体兴盛。汉至魏晋，人们还经常使用这种文体。刘勰特举春秋胁迫之盟、秦昭黄龙之诅、汉高祖山河之誓、臧洪歃辞、刘琨铁誓，说明"信不由衷，盟无益也"，"忠信可矣，无恃神焉"③，强调诚信乃立盟之根本。

盟文的写作特点和文体风格，刘勰概括为："盟之大体，必序危机，奖忠孝，共存亡，戮力心，祈幽灵以取鉴，指九天以为正，感激以立诚，切至以敷辞，此其所同也。"④ 萧统《文选》无《祝》、《盟》二体。

第四节　铭箴、檄移

铭、箴两种文体，都有规谏、警戒之意。铭，是刻在器物或石头上的文体。箴是用来纠错御过的文体。"箴诵于官，铭题于器，名目虽异，而警戒实同。"⑤ 刘勰用《铭箴》篇论述这两种文体的异同。

铭文，产生较早。刘勰从上古三代说起。黄帝、夏禹、商汤、周武王、周公，都刻器铭文，以示警戒。"故铭者，名也，观器必也正名，审用贵乎盛德。"⑥ 按铭文的功用，可分为两种：一是警戒之铭，二是功德之铭。刘勰依臧武仲之言，又把记述功德的铭文分为"令德"、"计功"、

---

① 刘勰著，黄霖整理集评《文心雕龙》，上海古籍出版社，2008，第20页。
② 刘勰著，黄霖整理集评《文心雕龙》，上海古籍出版社，2008，第19页。
③ 刘勰著，黄霖整理集评《文心雕龙》，上海古籍出版社，2008，第19页。
④ 刘勰著，黄霖整理集评《文心雕龙》，上海古籍出版社，2008，第20页。
⑤ 刘勰著，黄霖整理集评《文心雕龙》，上海古籍出版社，2008，第22页。
⑥ 刘勰著，黄霖整理集评《文心雕龙》，上海古籍出版社，2008，第21页。

"称伐"三类。《左传·襄公十九年》载，臧武仲谓季孙曰："非礼也。夫铭，天子令德，诸侯言时计功，大夫称伐。今称伐，则下等也；计功，则借人也；言时，则妨民多矣，何以为铭？且夫大伐小，取其所得，以作彝器，铭其功烈，以示子孙，昭明德而惩无礼也。"① 这里说天子铭德不铭功，诸侯举动得时而有功可以铭，大夫讨伐别人有功，也可以铭。总之，这种铭都是当时贵族纪念所谓功德的。② "夏铸九牧之金鼎，周勒肃慎之楛矢"，是写天子美德的铭文；"吕望铭功于昆吾，仲山镂绩于庸器"，是诸侯总计功劳的铭文；"魏颗纪勋于景钟，孔悝表勤于卫鼎"，是大夫称颂讨伐功绩的铭文。此外，刘勰还提到了两种铭文：一种是掘地得到的石椁怪异铭文，如"飞廉有石椁之锡，灵公有夺里之谥"。这种掘地而得的怪异铭文，很有可能是事先在石椁上刻好文字，埋入地下，然后又被挖出。另一种是夸诞示众的铭文，如赵武灵王在山石刻上"主父尝游于此"。秦昭王在华山刻"昭王尝与天神赌于此矣"。这两种铭文，刘勰斥之为怪诡妄作，非义之正也。

秦代铭文，因帝王重视，得以发展。《史记·秦始皇本纪》记载："二十八年，始皇东行郡县，上邹峄山。立石，与鲁诸儒生议，刻石颂秦德，议封禅望祭山川之事……于是乃并勃海以东，过黄、腄，穷成山，登之罘，立石颂秦德焉而去。南登琅邪，大乐之，留三月。乃徙黔首三万户琅邪台下，复十二岁。作琅邪台，立刻石，颂秦德，明得意。"③ 秦始皇刻石的目的，非常明确，就是为了颂扬德政。李斯《议刻金石》曰："古之帝者，地不过千里，诸侯各守其封域，或朝或否，相侵暴乱，残伐不止，犹刻金石，以自为纪。古之五帝三王，知教不同，法度不明，假威鬼神，以欺远方，实不称名，故不久长。其身未殁，诸侯倍叛，法令不行。今皇帝并一海内，以为郡县，天下和平。昭明宗庙，体道行德，尊号大成。群臣相与诵皇帝功德，刻于金石，以为表经。"④ 这种大规模的刻石行为，一直

---

① 杨伯峻编著《春秋左传注》，中华书局，1990，第1047页。
② 刘勰著，詹锳义证《文心雕龙义证》（上），上海古籍出版社，1989，第387页。
③ 司马迁：《史记》，中华书局，2000，第172、173、174页。
④ 严可均辑《全秦文》，商务印书馆，1999，第227页。

延续到秦二世:"二世东行郡县,李斯从。到碣石,并海,南至会稽,而尽刻始皇所立刻石,石旁著大臣从者名,以章先帝成功盛德焉。"① 这种铭文,不具警戒之意,属于功德之铭。刘勰认为:秦代的政治虽然残暴,而颂德铭文却颇具辞采。

汉代铭文,刘勰在选文定篇上,集中讨论了东汉班固、张昶、蔡邕、冯衍、崔骃、李尤诸家。班固的《封燕然山铭》,颂扬了车骑将军窦宪击败匈奴的战功。张昶的《西岳华山堂阙碑铭》为四言韵文,旨在赞美段熲恩威并重、修庙造祠的功绩。刘勰对班固、张昶的铭文本身没作具体的评价,只是肯定了序文内容的丰富。在后汉诸家中,刘勰推蔡邕铭文为"独冠古今",并以"桥公之钺"、"朱穆之鼎"为例,分析了蔡邕铭文写作的得失。蔡邕的《黄钺铭》,"吐纳典谟",有序有铭,体例纯正,而《鼎铭》则文体驳杂,虽曰铭文,实则碑体。刘勰对冯衍、崔骃、李尤的铭文,亦多有指责:冯衍铭文,"事非其物",文不对题;崔骃铭文,"赞多戒少";李尤铭文,"义俭辞碎",排列不当。魏晋两代,刘勰仅论及曹丕、张载两家:批评"魏文九宝,器利辞钝",肯定张载《剑阁铭》"其才清采"、"后发前至"。班固的《封燕然山铭》、张载的《剑阁铭》入《文选》卷五十六"铭"类。

箴,"箴者,针也,所以攻疾防患,喻针石也。斯文之兴,盛于三代"②。春秋时期,箴文衰落。战国时代,弃德务功,铭文兴盛,取代箴文。汉代自扬雄始,箴体渐出。徐师曾《文体明辨序说》:"按《说文》云:'箴者,戒也。'盖医者以箴石刺病,故有所讽刺而救其失者谓之箴,喻箴石也。古有夏商二箴,见于《尚书大传解》及《吕氏春秋》;然余句虽存,而全文已缺。独周太史辛甲命百官箴王阙。而《虞人》一篇,备载于《左传》,于是扬雄仿而为之。其后作者相继,而亦用于自箴。故其品有二:一曰官箴,二曰私箴。大抵皆用韵语,而反复古今兴衰理乱之变,以垂警戒,使读者惕然有不自宁之心,乃称作者。此刘勰所以有'确切'

---

① 司马迁:《史记》,中华书局,2000,第189页。
② 刘勰著,黄霖整理集评《文心雕龙》,上海古籍出版社,2008,第21页。

之云也。"①

刘勰对箴体虽然没有明确分类，但讨论的恰是官箴和私箴两类。辛甲的《虞箴》、扬雄等人的《百官箴》、潘勖的《符节箴》、晋代温峤的《侍臣箴》、王济的《国子箴》、潘尼的《乘舆箴》，皆为官箴。而魏王朗之箴"乃置巾履，得其戒慎，而失其所施"，刘勰称之为"杂箴"。王朗的《巾箴》、《履箴》已亡佚。严可均《全三国文》卷二十二仅得《杂箴》残文几句："家人有严君焉，井灶之谓也。俾冬作夏，非灶孰能？俾夏作冬，非井孰闲。"意思是："冬天靠灶火取暖，夏天靠井水取凉，好比一定要靠家长。"② 刘勰认为王朗的"杂箴"模仿的是周武王的铭文，却题为箴名，写出了"水火井灶"一类的箴文，搞错了"箴诵于官"的文体意义。王朗的杂箴，当属于私箴，用于警戒自身。《文选》于历代箴文中，仅选张华《女史箴》一篇，属于官箴。

檄、移二体，"事兼文武"，"意用小异而体义大同"，所以刘勰把这两种文体放到一起讨论。相同的地方在于明确表明自己的态度，劝说对方接受自己的主张，属于应用性比较强的文体。在古代的军事活动、政治生活中，发挥过重要作用。就其应有对象而言，两种文体又有一些区别。檄文，应用在战争之中，主要用来鼓舞自己士气，震慑敌人，起到不战而屈人之兵的军事效果；移的对象是自己国家的内部成员。作者用移文劝说，意在改变人们的观念和风俗。刘勰"赞"曰："三驱弛网，九伐先话。鞶鉴吉凶，蓍龟成败。摧压鲸鲵，抵落蜂虿。移风易俗，草偃风迈。"③ 攻打敌人，先要历数敌人的种种罪行，使敌人像镜子一样看见自己的吉凶，像算命一样预见敌人的成败，从精神士气上摧毁敌人，这是檄文的作用；"逆党用檄，顺命资移"，对待顺民百姓，则用移来洗濯民心，移风易俗。

檄，刘勰释之云："檄者，皦也。宣露于外，皦然明白也。"吴讷云："按《释文》：'檄，军书也。'春秋时，祭公谋父称文告之辞，即檄之本

---

① 徐师曾：《文体明辨序说》，人民文学出版社，1962，第140、141页。
② 周振甫：《文心雕龙今译》，中华书局，1986，第106页。
③ 刘勰著，黄霖整理集评《文心雕龙》，上海古籍出版社，2008，第41页。

始。至战国张仪为檄告楚项,其名始著。"① 刘勰寻根讨源,直推上古三代,与吴讷略有不同。刘勰论檄文的体貌风格,非常详尽,其《檄移》云:"凡檄之大体,或述此休明,或叙彼苛虐。指天时,审人事,算强弱,角权势,标蓍龟于前验,悬鞶鉴于已然,虽本国信,实参兵诈。谲诡以驰旨,炜晔以腾说。凡此众条,莫之或违者也。故其植义扬辞,务在刚健。插羽以示迅,不可使辞缓;露板以宣众,不可使义隐。必事昭而理辨,气盛而辞断,此其要也。"按照这样的要求,刘勰把檄文分成了两类。其一征伐之檄文;其二为州郡征吏之檄文。刘勰主要论述了前一类。

第一类檄文,产生于上古三代时期,成熟于汉魏。"震雷始于曜电,出师先乎声威"。上古三代,每有大的战事,出师前帝王要举行誓师仪式,训戒、警戒自己的战士。《史记·周本纪》记载了周武王伐纣的誓词:

> 武王乃作《太誓》,告于众庶:"今殷王纣乃用其妇人之言,自绝于天,毁坏其三正,离逖其王父母弟,乃断弃其先祖之乐,乃为淫声,用变乱正声,怡说妇人。故今予发维共行天罚,勉哉夫子,不可再,不可三!"②

誓词中痛陈纣之罪行,表明自己的军队要替天行道。这种讨伐的声音,是对众庶讲的。纣王畏罪潜逃,无法听到讨伐之声。所以刘勰说:"三王誓师,宣训我众,未及敌人也。"③ 但这种誓词,已经具备了檄文的雏形。周穆王出师西征,命祭公谋父为威让之令,文告之辞,用来斥责敌人,告诫敌人。刘勰认为这是檄文的本源。

春秋时期,出于军事需要,檄文逐渐兴盛。诸侯之间的战争,往往先"告之以文辞",后"董之以武师"。战国时期,张仪开始以"檄"为文。《史记·张仪传》云:

---

① 吴讷:《文章辨体序说》,人民文学出版社,1962,第40页。
② 司马迁:《史记》,中华书局,2000,第89页。
③ 刘勰著,黄霖整理集评《文心雕龙》,上海古籍出版社,2008,第40页。

第四章　刘勰的文体论（上）

张仪已学而游说诸侯。尝从楚相饮，已而楚相亡璧，门下意张仪，曰："仪贫无行，必此盗相君之璧。"共执张仪，掠笞数百，不服，醳之。其妻曰："嘻！子毋读书游说，安得此辱乎？"张仪谓其妻曰："视吾舌尚在不？"其妻笑曰："舌在也。"仪曰："足矣。"……张仪既相秦，为文檄告楚相曰："始吾从若饮，我不盗而璧，若笞我。若善守汝国，我顾且盗而城。"①

张仪之文，以个人恩怨声讨楚相，又以强国的口吻震慑对方。辞义明确，简直有力，颇具气势。檄文书写方式也很特别："张仪檄楚，书以尺二。明白之文，或称露布。露布者，盖露板不封，播诸视听也。"② 在尺二木板上写文字，又要让人看清楚，听明白，所以文章不能太长。张仪的檄文，字数不多，虽为檄命之始，但与魏晋檄文差别较大。任昉《文章缘起》把露布、檄文分为二体：露布，汉贾弘为马超伐曹操作；檄文，汉丞相祭酒陈琳作《檄曹操文》。詹锳先生《檄移》篇注："《隋志》有《杂露布》十二卷，《杂檄文》十七卷，魏武帝《露布文》九卷。"③ 吴讷、徐师曾也把露布、檄文分成了两类。刘勰则以源流发展的眼光，把这两种文体视为一类。徐师曾云："刘勰《檄移》篇云：'檄，或称露布。'岂露布之出初，告伐告捷，与檄通用，而后始专以奏捷欤？然二文世既不传，而后人所作，皆用俪语，与表文无异，不知其体本然乎？抑源流之不同也？今不可考。"④

东汉时期，出现了一位擅长写檄文的名家隗嚣。《东观汉记》记载："嚣故宰相府掾吏，善为文章，每上书移檄，士大夫莫不讽诵之也。"⑤ 隗嚣檄王莽文，载于《后汉书》本传。檄文声讨王莽逆天、逆地、逆人三大罪过，质实有力，广为传诵，可谓影响士风，促进了檄文的定型与成熟。

---

① 司马迁：《史记》，中华书局，2000，第1797、1798页。
② 刘勰著，黄霖整理集评《文心雕龙》，上海古籍出版社，2008，第40页。
③ 刘勰著，詹锳义证《文心雕龙义证》（中），上海古籍出版社，1989，第767页。
④ 徐师曾：《文体明辨序说》，人民文学出版社，1962，第126页。
⑤ 《东观汉记》卷二十三，《文渊阁四库全书》本。

❖ 汉魏六朝文体理论研究

所以刘勰评隗嚣之檄："文不雕饰，而意切事明，陇右文士，得檄之体矣！"①陈琳的《为袁绍檄豫州》，刘勰肯定了"壮有骨鲠"、"敢撄曹公之锋"的一面，却批评了"奸阉携养，章实太甚，发丘摸金，诬过其虐"的不足。主张声讨敌人，应该以事实为依据，不要进行人身攻击和随意歪曲诬陷。这样的檄文，才会真实有力，令人信服。刘勰评钟会《檄蜀文》"征验甚明"，评桓温《檄胡文》："观衅尤切，并壮笔也。"刘勰所论汉魏四家，《文选》选录二家，其中陈琳两篇，钟会一篇。

第二类檄文，用来招选官吏。刘勰仅用一句概括："又州郡征吏，亦称为檄，故明举之义也。"②《文体明辨序说》云："其他，报答谕告，亦并称檄，故取以附焉。又州邦征吏，亦称为檄，盖取明举之义，而其词不存。"③明举，公开荐举。刘勰所说的"州郡征吏"的檄文，并没有流传下来。这种檄文，篇幅短小，实效性强，估计没有太大的保存价值。

移文，刘勰释之为："移者，易也，移风易俗，令往而民随者也。"④因这种文体与檄文"意用小异，而体义大同，与檄参伍"⑤，所以刘勰没有重复论述，只是简单评价了司马相如的《难蜀父老》、刘歆的《移书让太常博士》、陆机的《移百官》。按移的对象不同，刘勰把移文分为两小类，一为"文移"，二为"武移"。刘歆的《移书让太常博士》，"辞刚而义辨"，刘勰推为"文移之首也"。陆机的《移百官》，"言约而事显"，刘勰称之为"武移之要者也"。这种类分旨在说明"檄移为用，事兼文武"，要根据对象选择适当的文辞、文意。

司马相如与蜀有关的文章有两篇：《喻巴蜀檄》和《难蜀父老》。《喻巴蜀檄》首句为"告巴蜀太守"，意在通过太守传达文告，改变看法，顺从王命。《难蜀父老》，是反驳蜀地父老的意见，从而改变态度，接受自己的看法。两篇与威慑敌人的檄文有本质区别。值得注意的是刘勰虽然把

---

① 刘勰著，黄霖整理集评《文心雕龙》，上海古籍出版社，2008，第40页。
② 刘勰著，黄霖整理集评《文心雕龙》，上海古籍出版社，2008，第41页。
③ 徐师曾：《文体明辨序说》，人民文学出版社，1962，第126页。
④ 刘勰著，黄霖整理集评《文心雕龙》，上海古籍出版社，2008，第41页。
⑤ 刘勰著，黄霖整理集评《文心雕龙》，上海古籍出版社，2008，第41页。

《难蜀父老》归到了移类,但又说"文晓而喻博,有檄移之骨焉"①。所谓移檄之骨,指的是司马相如《难蜀父老》兼有"文晓"、"喻博"的风格特征,并不是《难蜀父老》既可以是檄文,也可以是移文。

第五节 诔碑、哀吊

诔文和碑文,都是生者悼念逝者的文体。诔文,刘勰解释为:"诔者,累也,累其德行,旌之不朽也。"② 这种文体产生于周代。徐师曾《文体明辨序说》:"《周礼》太祝作六辞,其六曰'诔',即此文也。"③ 诔文开始有严格的等级次序,如地位低的人,不能给地位高的人作诔,晚辈不能给长辈作诔。天子死后,由主持仪式的太祝宣读诔文,以此来确定谥号,这种诔为"谥诔"。鲁庄公开始给士人作诔。被刘勰称为"古式"的鲁哀公《孔子诔》,见于《左传·哀公十六年》和《史记·孔子世家》,其文曰:"旻天不吊,不慭遗一老。俾屏余一人以在位,茕茕余在疚。呜呼哀哉!尼父,无自律。"④可见"谥诔"并不一定都是韵文。

跟"谥诔"相对应的是写给亲人朋友的诔文,带有私人的性质,可以称为"私诔"。"至柳妻之诔惠子,则辞哀而韵长矣。"⑤ 柳下惠妻子的诔文,存于《烈女传》二:"柳下既死,门人将诔之。妻曰:'将诔夫子之德耶?则二三子不如妾之知也。'乃诔云云,门人从之以为诔,莫能窜一字。"其文曰:

夫子之不伐兮,夫子之不竭兮。夫子之信诚,而与人无害兮。屈柔从俗,不强察兮。蒙耻救民,德弥大兮。虽遇三黜,终不蔽兮。恺悌君子,永能厉兮。嗟乎惜哉,乃下世兮。庶几遐年,今遂逝兮。呜

---

① 刘勰著,黄霖整理集评《文心雕龙》,上海古籍出版社,2008,第41页。
② 刘勰著,黄霖整理集评《文心雕龙》,上海古籍出版社,2008,第23页。
③ 徐师曾:《文体明辨序说》,人民文学出版社,1962,第154页。
④ 严可均辑《全上古三代文》,商务印书馆,1999,第34页。
⑤ 刘勰著,黄霖整理集评《文心雕龙》,上海古籍出版社,2008,第23页。

❖ 汉魏六朝文体理论研究

呼哀哉！魂神泄兮，夫子之谥，宜为惠兮。①

《柳下惠诔》，叙述了惠子的事迹和品德，"辞哀而韵长"。汉魏六朝沿用了韵语形式。汉代扬雄、杜笃、傅毅、苏顺、崔瑗的诔文，虽然各有千秋，良莠互现，但已经确立了诔文"序事如传，辞靡律调"的文体风格，是非常成熟的文体。潘岳的诔文，"巧于序悲，易入新切"，受到刘勰称誉。萧统《文选》，选潘岳诔文四篇，亦见齐梁时期对潘文的普遍推崇。而曹植的《文帝诔》，刘勰认为繁缓自陈，不符合诔文辨洁简要的文体要求。

碑文，刘勰释为："碑者，埤也。上古帝王，纪号封禅，树石埤岳，故曰碑也。周穆纪迹于弇山之石，亦古碑之意也。又宗庙有碑，树之两楹，事止丽牲，未勒勋绩。而庸器渐缺，故后代用碑，以石代金，同乎不朽，自庙徂坟，犹封墓也。"② 埤，是增加的意思。徐师曾《文体明辨序说》："按刘勰云：'上古帝王，纪号封禅，树石埤岳，故曰碑。周穆纪迹于弇山之石，秦始刻铭于峄山之巅，此碑之所从始也。'"③ 上古帝王登位、封禅等重大活动时，都要在山岳立碑。周穆王在弇山刻上"西王母之山"，秦始皇在山岳刻石颂德，属于山岳碑文，是碑文的初始，是为第一类。这种碑文，具有铭文的特征。所以萧统《文选》卷五十六，把张载的《剑阁铭》归到了"铭"类；李兆洛《骈体文钞》卷一，把李斯的《峄山刻石》、《泰山刻石》等，归到了"铭刻类"。第二类，是宗庙之碑。徐师曾引《祭义》云："古宗庙立碑系牲。"宗庙前的石碑，仅仅是用来拴祭祀用的牲口，并不在上面刻文颂德。由于金属器物的缺乏，人们开始用石碑代替钟鼎一类的铭器，改用石碑记述功德。这类碑文，以记述功德为主要内容，具有"颂"体的某些特征。第三类，是墓碑。古有宗庙之碑。后世立碑于墓，显之衢路。刘勰以《诔碑》名篇，显然以讨论墓碑之文为重点。

墓碑之文，盛行东汉。蔡邕为一代大家。刘勰称蔡邕《太尉杨赐碑》

---

① 严可均辑《全上古三代文》，商务印书馆，1999，第157、158页。
② 刘勰著，黄霖整理集评《文心雕龙》，上海古籍出版社，2008，第24页。
③ 徐师曾：《文体明辨序说》，人民文学出版社，1962，第144页。

"骨鲠训典",《陈寔碑》、《郭泰碑》"词无择言",《汝南周勰碑》、《太傅胡广碑》"莫非清允"。蔡邕碑文的总体特征是:"其叙事也该而要,其缀采也雅而泽;清词转而不穷,巧义出而卓立。"① 刘勰把墓碑之文,分成两个部分。一是序文,叙事碑主的生平事迹、品德功业;二是刻到石碑上的铭文。蔡邕的碑文,叙事全面简明,辞采雅正润泽,是碑文的典范。刘勰在评价孔融的碑文时,注意到了和蔡邕碑文之间的内在联系,肯定了孔融碑文"辨给足采"的风格。碑文的序传,需要作者具有史家的才华。碑文叙事部分,应该如史传那样真实感人。铭文部分,要高度凝练,富有文采。刘勰在文章的最后,辨析了诔、碑两种文体的不同:"写实追虚,碑诔以立。"② 碑文近于史传,重在真实具体,诔以陈悲,缠绵凄怆,主观抒情色彩浓郁,颂德时较为抽象概括而显得追虚。"虚"的尺度很难把握,所以挚虞《文章流别论》说:"诗颂箴铭之篇,皆有往古成文,可放依而作,惟诔无定制,故作者多异焉。"③ 但两种文体都要感情充沛,讲究文采,起到"观风似面,听辞如泣"的感染效果。

哀辞、吊文,都是哀悼死者的文体。这两种文体,都具有浓郁的主观抒情色彩。写作时,作者的主观情感很难控制。文体的内容和表达方式,因人因事而异,并没有固定的模式可寻。所以刘勰说:"虽有通才,迷方失控。千载可伤,寓言以送。"④

哀辞,挚虞《文章流别论》归到诔文,但这种文体又专门"施于童殇夭折、不以寿终者"。吊文,则是哀悼成年人的文体。这是两者的不同。

哀辞的分类,刘勰大体上采纳了挚虞的意见,但另立"哀"类,则反映出刘勰对文体辨析更为精细。刘勰认为,"哀辞"是哀伤夭折的文体。其《哀吊》篇云:"赋宪之谥,短折曰哀。哀者,依也。悲实依心,故曰哀也。以辞遣哀,盖下流之悼,故不在黄发,必施夭昏。昔三良殉秦,百

---

① 刘勰著,黄霖整理集评《文心雕龙》,上海古籍出版社,2008,第23页。
② 刘勰著,黄霖整理集评《文心雕龙》,上海古籍出版社,2008,第24页。
③ 严可均辑《全晋文》,商务印书馆,1999,第821页。
④ 刘勰著,黄霖整理集评《文心雕龙》,上海古籍出版社,2008,第26页。

夫莫赎，事均夭枉，《黄鸟》赋哀，抑亦诗人之哀辞乎？"①《诗经·黄鸟》哀悼的三良，不属于"童殇"的孩子，但属于"短折"的不以寿终者。这样看来，刘勰把"哀辞"这种文体分成了两类。其一，用于短折；其二，用于童夭。

刘勰先论第一类哀辞。《诗经》的《黄鸟》诗、汉武帝为暴亡的臣子霍嬗所作的诗歌，表达了作者哀伤的情怀，这些都属于哀辞之类。后汉崔瑗作哀辞，"仙而不哀"，名为哀辞，却虚幻死者升而为仙，淡化了悲哀的主题。苏顺、张升的"哀文"，同样没有传达出哀伤的情怀。崔瑗、苏顺、张升的哀文，都没有流传下来。挚虞《文章流别论》论及哀辞，但云崔瑗、苏顺、马融等为之，率以施于童殇夭折、不以寿终者。刘勰认为，哀体本来是"以辞遣哀"，而崔瑗哀辞"仙而不哀"，改变了哀辞应有的体式。苏顺、张升的哀文，虽"发其情华"，具备一定的情感和文采，但"未及心实"，缺少发自内心的真情实感。

第二类，哀悼童殇的哀辞。徐幹、潘岳的哀辞，都属于这一类。刘勰认为"建安哀辞，惟伟长差善，《行女》一篇，时有恻怛"②。詹锳先生引《训故》曰："《曹子建集·行女哀辞》云：'三年之中，二子频丧。'是子建之幼子也。"又引《黄注》曰："《文章流别论》：'建安中，文帝与临淄侯各失稚子，命徐幹、刘桢等为哀辞。'是伟长亦有《行女篇》也。"③ 徐幹的《行女篇》已失传。潘岳善于述悲，对他的哀辞刘勰评价最高："及潘岳继作，实钟其美。观其虑赡辞变，情洞悲苦，叙事如传，结言摹诗，促节四言，鲜有缓句。故能义直而文婉，体旧而趣新，《金鹿》、《泽兰》，莫之或继也。"④ 潘岳的《金鹿哀辞》、《泽兰哀辞》，见于《全晋文》卷九十三。前篇是潘岳哀悼自己女儿的，后者序曰："泽兰者，任子咸之女也。涉三龄，未没衰而殒，余闻而悲之，遂为其母辞。"这两篇和徐幹的哀辞一样，都是哀悼孩子的。"叙事如传"，"促节四言"，是这两篇哀辞的体貌

---

① 刘勰著，黄霖整理集评《文心雕龙》，上海古籍出版社，2008，第25页。
② 刘勰著，黄霖整理集评《文心雕龙》，上海古籍出版社，2008，第25页。
③ 刘勰著，詹锳义证《文心雕龙义证》（上），上海古籍出版社，1989，第470、471页。
④ 刘勰著，黄霖整理集评《文心雕龙》，上海古籍出版社，2008，第25页。

第四章　刘勰的文体论（上）

特征，"义直文婉"，"体旧趣新"，概括了潘岳这两篇哀辞的风格特征。

刘勰论哀辞的总体特征，实际上也是在潘岳哀辞创作的基础上形成的，结合潘岳的两篇哀辞，可以清楚地看出这一点。潘岳《金鹿哀辞》曰：

嗟我金鹿，天资特挺。鬈发凝肤，蛾眉蝽领。柔情和泰，朗心聪警。呜呼上天，胡忍我门？良嫔短世，令子夭昏。既披我干，又剪我根。槐如瘣木，枯荄独存。捐子中野，遵我归路。将反如疑，回首长顾。①

潘岳《泽兰哀辞序》曰："泽兰者，任子咸之女也。涉三龄，未没衰而殒，余闻而悲之，遂为其母辞。"其《辞》曰：

茫茫造化，爰启英淑。猗猗泽兰，应灵诞育。鬈发蛾眉，巧笑美目。颜耀荣苕，华茂时菊。如金之精，如兰之馥。淑质弥畅，聪惠日新。朝夕顾复，夙夜尽勤。彼苍者天，哀此矜人！胡宁不惠，忍予眇身？俾尔婴孺，微命弗振。俯览衾襚，仰诉穹旻。弱子在怀，既生不遂。存靡托躬，没无遗类。耳存遗响，目想余颜。寝席伏枕，摧心剖肝。相彼鸟矣，和鸣嘤嘤。矧伊兰子，音影冥冥。彷徨丘垄，徙倚坟茔。②

未成年的孩子，还没有养成美好的品德，就不幸夭折了。但孩子的音容笑貌，却永远刻在了父母的记忆中。哀辞写女儿的聪慧、鬈发、肤色、蛾眉，历历在目，但转眼都无法挽回地失去了。潘岳作为父亲，伤心欲绝，魂飞魄散。《泽兰哀辞》，在写法上与《金鹿哀辞》大体相同，因为是替朋友妻子作的哀辞，以女性的口吻立言，多了些铺叙。以潘岳之文为重要依据，刘勰指出了哀辞的内容和风格："原夫哀辞大体，情主于痛伤，

---

① 严可均辑《全晋文》，商务印书馆，1999，第994、995页。
② 严可均辑《全晋文》，商务印书馆，1999，第995、996页。

143

而辞穷乎爱惜。幼未成德，故誉止于察惠；弱不胜务，故悼加乎肤色。隐心而结文则事惬，观文而属心则体奢。奢体为辞，则虽丽不哀；必使情往会悲，文来引泣，乃其贵耳。"①

《文选》在"哀"类中，选录了潘岳的《哀永逝文》。这篇哀策是潘岳悼念亡妻杨氏的。从文体上看，采用的是骚体形式。此外，还有颜延之的《宋文皇帝元皇后哀策文》以及谢朓的《齐敬皇后哀策文》，对颜延之、谢朓的哀策文，刘勰没有评论。就刘勰的"选文定篇"和"敷理举统"来看，他重视的是童殇哀辞。由《文选》的选文定篇来看，萧统显然更重视对成人的哀辞，尤其是有关皇后的哀策。这和萧统的太子身份及宫廷生活有关。

吊文，刘勰解释为："吊者，至也。诗云'神之吊矣。'言神至也。君子令终定谥，事极理哀，故宾之慰主，以至到为言也。"② 德高望重，寿终正寝的人，总是能得到人们的凭吊，生者用这样的形式送走死者，并安慰家人。而"压、溺、乖道"等非正常死亡的不用凭吊。随着时间的发展和观念的变化，被哀吊者的范围有所扩大，连"娇贵以殒身，或狷忿以乖道，或有志而无时，或美才而兼累"等，都可以受到生者的哀吊。这是用来哀吊逝者的。还有一种类型是哀吊灾难的。遇到水灾、火灾、战灾，各诸侯国派外交官前去慰问哀悼。刘勰还提到了第三种类型的凭吊，即翻贺为吊。诸侯混战，取胜固然值得庆贺，但又因战争而结怨并给自己的国家百姓带来深重灾难，确实让人哀伤。由此可见，吊人、吊事，翻贺为吊，是哀吊最初的三种形式。这种哀吊多是口头的，尚未形成文章。

贾谊的《吊屈原文》，"体周而事核，辞清而理哀，盖首出之作也"③。《史记》卷八十四《屈原贾生列传》载："自屈原沉汨罗后百有余年，汉有贾生，为长沙王太傅，过湘水，投书以吊屈原。"《汉书》卷四十八："谊既以谪去，意不自得，及渡湘水，为赋以吊屈原。屈原，楚贤臣也，被谗放逐，作《离骚赋》，其终篇曰：'已矣！国亡人，莫我知也。'遂自

---

① 刘勰著，黄霖整理集评《文心雕龙》，上海古籍出版社，2008，第25页。
② 刘勰著，黄霖整理集评《文心雕龙》，上海古籍出版社，2008，第25页。
③ 刘勰著，黄霖整理集评《文心雕龙》，上海古籍出版社，2008，第25页。

投江而死。谊追伤之，因以自谕。"《汉书》在文体的划分上，比《史记》明确，显然是把贾谊的吊文作为《离骚》一样的骚体看待的。王逸收入《楚辞》时称《吊屈原赋》，视之为赋体。刘勰则认为贾谊发愤吊屈，"辞清而理哀"，文体风格与哀吊的形式相类，并许之为吊文之首。萧统《文选》采纳了刘勰的意见，称之为《吊屈原文》。屈原"沉江而死"，当为溺死之属，按哀吊最初的礼节，"压溺乖道，所以不吊矣"①。对屈原及其作品，汉代进行过激烈论争。刘安、司马迁、王逸等持肯定意见，班固则认为屈原的悲剧是他自己性格造成的，属于狷者行为。刘勰在《辨骚》篇中，更多的是从文体的角度肯定了《离骚》的成就。贾谊以后，扬雄作《反离骚》来哀吊屈原，承续了贾谊《吊屈原文》中体现出的政乱而隐的道家思想，认为屈原不得志则可以隐居，何必采取自沉的行为。刘勰评之曰："扬雄吊屈，思积功寡，意深《反骚》，故辞韵沉膇。"② 班彪《悼离骚》，名为哀悼，却多议论，其文曰："夫华植之有零茂，故阴阳之度也。圣哲之有穷达，亦命之故也。惟达人进止得时，行以遂伸，否则诎而坼蠖，体龙蛇以幽潜。"③ 蔡邕《吊屈原文》仅存数句："鹔鹴轩鬐，鸾凤挫翮。啄碎琬琰，宝其瓴甋。皇车奔而失辖，执辔忽而不顾。卒坏覆而不振，顾抱石其何补。"（《全后汉文》卷八十）刘勰认为："班彪、蔡邕，并敏于致诘，然影附贾氏，难为并驱耳。"④ 吊文议论太多，赶不上贾谊。

司马相如《哀秦二世赋》，已是铺陈写物的赋体了。哀悼的情感与对景物的铺写紧密融为一体，呈现出吊文新变的趋势。凭吊古人，抒发情怀，陆续出现了胡广、阮瑀、王粲等哀吊伯夷、叔齐的文章。对祢衡的《吊张衡文》、陆机的《吊魏武帝文》，刘勰肯定了辞采华美，语言工巧，批评了不够简练，情感不足的弊端。晋代以后，宋、齐的吊文，刘勰认为"未有可称者矣"。

---

① 刘勰著，黄霖整理集评《文心雕龙》，上海古籍出版社，2008，第25页。
② 刘勰著，黄霖整理集评《文心雕龙》，上海古籍出版社，2008，第26页。
③ 严可均辑《全后汉文》，商务印书馆，1999，第229页。
④ 刘勰著，黄霖整理集评《文心雕龙》，上海古籍出版社，2008，第26页。

第五章
刘勰的文体论（下）

第一节 杂文、谐隐

介于文笔之间的文体，刘勰一并归到杂文类。杂文的产生有多种原因。刘勰《杂文》篇云："智术之子，博雅之人，藻溢于辞，辩盈乎气。苑囿文情，故日新殊致。"① 博学多才的作家，以气驭文，不拘一格，经常创建新的文体，这是杂文产生的主观原因。从客观的角度看，每一种文体，都有其最基本的母体，刘勰归之于五经。但文随时改，文体本身又经常处于流变状态。新的文体往往在脱胎换骨中应运而生，并逐渐获得独立，从而得到人们的认可。就其体貌和风格而言，如果具备了独立文体的特征，便可视为新的文体了。刘勰的《杂文》包括对问、七、连珠等三类文体。

第一类，对问。任昉《文章缘起》认为最早的一篇是宋玉的《对楚王问》。刘勰《杂文》曰："宋玉含才，颇亦负俗，始造对问，以申其志，放怀寥廓，气实使文。"② 现实当中遇到坎坷、挫折，通过对问的形式，排遣愤懑，激励自己，并借此获得心态的平和。这种有趣的写作方式，引起人们争相效仿：

---

① 刘勰著，黄霖整理集评《文心雕龙》，上海古籍出版社，2008，第27页。
② 刘勰著，黄霖整理集评《文心雕龙》，上海古籍出版社，2008，第27页。

第五章 刘勰的文体论（下）

自《对问》以后，东方朔效而广之，名为《客难》，托古慰志，疏而有辨。扬雄《解嘲》，杂以谐谑，回环自释，颇亦为工。班固《宾戏》，含懿采之华；崔骃《达旨》，吐典言之裁；张衡《应间》，密而兼雅；崔寔《答讥》，整而微质；蔡邕《释诲》，体奥而文炳；景纯《客傲》，情见而采蔚：虽迭相祖述，然属篇之高者也。至于陈思《客问》，辞高而理疏；庾敳《客咨》，意荣而文悴。斯类甚众，无所取才矣。①

刘勰探讨了"对问"体的起源和流变，指出了宋玉以后迭相祖述的写作历程，并选文定篇，评价东方朔、扬雄、班固、崔骃、张衡、蔡邕、郭璞、曹植等人创作之得失。吴讷《文章辨体序说》云："问对体者，载昔人一时问答之辞，或设客难以著其意者也。《文选》所录宋玉之于楚王，相如之于蜀父老，是所谓问对之辞。至若《答客难》、《解嘲》、《宾戏》等作，则皆设辞以自慰者焉。"② 据此可见，对问体有两种常见的形式，其一，问答。如宋玉《对楚王问》，先是楚王提出问题，然后宋玉回答辩解；其二，设论，借主客问答撰文。萧统《文选》，既注意到历代对问体之间的源流关系，同时也考虑到文体之间的细微差异，把刘勰的对问体分为"对问"、"设论"两类。"对问"与"设论"的不同之处在于，对问，是对君王之问，有明确的回答对象；设问的宾客，带有虚拟的性质，不一定实有其人。《文选》"对问"类，选宋玉《对楚王问》一篇；"设论类"，在文章结构上，与对问相似，首先设宾客之问辞，然后主人即文章的作者，逐一解答辩论。《文选》"设论"类，选录了东方朔的《答客难》、扬雄的《解嘲》、班固的《答宾戏》，皆为刘勰推重的名篇。

第二类，七体。这种文体的体貌和风格，与铺陈写物的汉大赋最为接近，因此有人主张把七体归到赋体。文章辨体经汉到魏晋，再到齐梁，越来越精细。挚虞《文章流别论》单立七体，详细阐释了这种文体的基本内

---

① 刘勰著，黄霖整理集评《文心雕龙》，上海古籍出版社，2008，第27页。
② 吴讷：《文章辨体序说》，人民文学出版社，1962，第49页。

容和结构特征，并把枚乘的《七发》定为这种文体的首创。七体，既不同于有韵之文，又不同于无韵之笔，故归入杂文类。刘勰喜欢七体的工巧雅丽，寓意幽深，如枚乘《七发》"独拔伟丽"、崔骃《七依》"博雅之巧"、张衡《七辩》"结采绵靡"；厌恶七体的"高谈宫馆，壮语畋猎。穷瑰奇之服馔，极蛊媚之声色；甘意摇骨髓，艳词洞魂识，虽始之以淫侈，而终之以居正。然讽一劝百，势不自反"①。

第三类，连珠。严可均《全汉文》卷五十四，辑录扬雄《连珠》残文数句：

> 臣闻明君取士，贵拔众之所遗。忠臣荐善，不废格之所排。是以岩穴无隐，而侧陋章显也。

> 臣闻天下有三乐，有三忧焉。阴阳和调，四时不忒，年丰物遂，无有夭折。灾害不生，兵戎不作，天下之乐也。圣明在上，禄不遗贤，罚不偏罪。君子小人，各处其位。众人之乐也。吏不苛暴，役赋不重，财力不伤，安土乐业，民之乐也。乱则反焉，故有三忧。②

从格式看，应为扬雄写给帝王的文体。从风格看，简洁凝练。从功能看，具有讽谏劝喻，使帝王警戒之意。任昉《文章缘起》云："连珠，扬雄作。"傅玄《连珠序》云："所谓连珠者，兴于汉章帝之世，班固、贾逵、傅毅三子受诏作之，而蔡邕、张华之徒又广焉。其文体，辞丽而言约，不指说事情，必假喻以达其旨，而贤者微悟，合于古诗劝兴之义，欲使历历如贯珠，易观而可悦，故谓之连珠也。班固喻美辞壮，文章弘丽，最得其体。蔡邕似论，言质而辞碎，然其旨笃矣。贾逵儒而不艳，傅毅文而不典。"③傅玄认为连珠兴于章帝时期，是班固、贾逵、傅毅三人奉帝王之命而作的文体。刘勰同意任昉《文章缘起》的看法，认为连珠为扬雄所创："扬雄覃思文阁，业深综述，碎文琐语，肇为《连珠》，其辞虽小而明

---

① 刘勰著，黄霖整理集评《文心雕龙》，上海古籍出版社，2008，第27页。
② 严可均辑《全三国文》，商务印书馆，1999，第545页。
③ 严可均辑《全晋文》，商务印书馆，1999，第474页。

润矣。"① 扬雄把短小精练含有深刻思想的警句编排串连起来，创建了连珠体。

这种易观可阅的文体形式，吸引了众多的追随者，甚至引起了帝王的重视。傅玄所云班固、贾逵、傅毅奉诏而作，说明连珠体在后汉的盛行。但大多数模仿之作并不成功，如杜笃、贾逵、刘珍、潘勖的拟作，刘勰评之为邯郸学步，东施效颦，多贯鱼目。唯有大才陆机的《演连珠》，能够"理新文敏，而裁章置句，广于旧篇"②。无论是思想内容，还是表现手法，都对前人的创作有所超越。

陆机《演连珠》五十首，博采经史诸子精华，"义明而词净，事圆而音泽，磊磊自转，可称珠耳"③。陆机的连珠，倾群言之沥液，漱六艺之芳润，非常合乎刘勰的衡文标准。萧统《文选》，列连珠体，仅选陆机一家，且五十首全部入选。"事出于沉思，义归乎翰藻"，是《文选》选文定篇的基本标准。陆机《演连珠》，用典巧妙，精心锤炼，圆润流美，旨在讽喻，又完全符合萧统的文学观念。

刘勰杂文，除对问、七、连珠三类外，还涉及典、诰、誓、问、览、略、篇、章、曲、操、弄、引、吟、讽、谣、咏等。杂文的种类很多，有些就其体貌和风格而言，虽然有某种程度的变异，但尚不具备独立的文体特征，刘勰分别又把它们归到了母类，使其认祖归宗了。所以刘勰对《杂文》中提到的这些小类没有展开论述。

谐、隐，也是两种介于有韵之文和无韵之笔之间的文体。徐师曾《文体明辨序说》云："按《诗·卫风·淇奥》篇云'善戏谑兮，不为虐兮。'此谓言语之间耳。后人因此演而为诗，故有俳谐体、风人体、诸言体、诸语体、诸意体、字谜体、禽言体。虽含讽喻，实则诙谐，盖皆以文滑稽而不足取也。然以其有此体，故亦采而列之。"④ 诙谐、滑稽、有趣，是谐隐的基本特征。这类文体，虽然具有警戒、讽谏之意，但往往被戏谑、诙谐

---

① 刘勰著，黄霖整理集评《文心雕龙》，上海古籍出版社，2008，第27页。
② 刘勰著，黄霖整理集评《文心雕龙》，上海古籍出版社，2008，第28页。
③ 刘勰著，黄霖整理集评《文心雕龙》，上海古籍出版社，2008，第28页。
④ 徐师曾：《文体明辨序说》，人民文学出版社，1962，第162、163页。

的喜剧效果所淹没，所以古人并不重视这类文体。萧统《文选序》虽然提到了"三言八字"类似于谐隐的文体，但在《文选》中并没有选入这类文体。

谐辞隐语，起源于人们传达喜怒哀乐之情的需要。经历了从口头歌谣，到书面文字的发展过程。"夫心险如山，口壅若川，怨怒之情不一，欢谑之言无方。昔华元弃甲，城者发睅目之讴；臧纥丧师，国人造侏儒之歌；并嗤戏形貌，内怨为俳也。又蚕蟹鄙谚，貍首淫哇，苟可箴戒，载于礼典，故知谐辞隐言，亦无弃矣。"①口头的民谣谚语，是以两种形式出现的。其一为直接嘲讽的歌谣，如华元弃甲、臧纥丧师；其二为委婉含蓄的讽刺歌谣，如蚕蟹鄙谚、貍首淫哇。两种形式的歌谣，因具有讽谏、规劝意义，而受到文士的关注，甚至载入典籍。刘勰专设一篇，讨论谐、隐二体，看重的正是它们的讥刺、警戒作用。

谐，刘勰解释为："谐之言皆也，辞浅会俗，皆悦笑也。"②即：谐，这种形式语言通俗易懂，大家听了都高兴发笑。按其起源和发展，刘勰将这种文体分为两种类型。一是俳赋，二是笑话。俳赋，是由皇帝身边的言语弄臣给帝王说笑话演变而来的文体。司马迁《史记》卷一百二十六有《滑稽列传》，记载了淳于髡、优孟、优旃等人的滑稽故事。刘勰列举了"优旃之讽漆城"、"优孟之谏葬马"两个例子，说明滑稽的讽谏意义。《史记·滑稽列传》载："优旃者，秦倡侏儒也。善为笑言，然合于大道。……始皇尝议欲大苑囿，东至函谷关，西至雍、陈仓。优旃曰：'善。多纵禽兽于其中，寇从东方来，令麋鹿触之足矣。'始皇以故辍止。二世立，又欲漆其城。优旃曰：'善。主上虽无言，臣固将请之。漆城虽于百姓愁费，然佳哉！漆城荡荡，寇来不能上。即欲就之，易为漆耳，顾难为荫室。'于是二世笑之，以其故止。"③"优孟者，故楚之乐人也。长八尺，多辩，常以谈笑讽谏。楚庄王之时，有所爱马，衣以文绣，置之华屋之下，席以露床，啖以枣脯。马病肥死，使群臣丧之，欲以棺椁大夫礼葬之。左右争

---

① 刘勰著，黄霖整理集评《文心雕龙》，上海古籍出版社，2008，第29页。
② 刘勰著，黄霖整理集评《文心雕龙》，上海古籍出版社，2008，第29页。
③ 司马迁：《史记》，中华书局，2000，第2426、2427页。

第五章　刘勰的文体论（下）

之，以为不可。王下令曰：'有敢以马谏者，罪至死。'优孟闻之，入殿门。仰天大哭。王惊而问其故。优孟曰：'马者王之所爱也，以楚国堂堂之大，何求不得，而以大夫礼葬之，薄，请以人君礼葬之。'王曰：'何如？'对曰：'臣请以雕玉为棺，文梓为椁，楩枫豫章为题凑，发甲卒为穿圹，老弱负土，齐、赵陪位于前，韩、魏翼卫其后，庙食太牢，奉以万户之邑。诸侯闻之，皆知大王贱人而贵马也。'王曰：'寡人之过一至此乎！为之奈何？'优孟曰：'请为大王六畜葬之。以垅灶为椁，铜历为棺，赍以姜枣，荐以木兰，祭以粮稻，衣以火光，葬之于人腹肠。'于是王乃使以马属太官，无令天下久闻也。"① 这种言语侍臣，在中国古代文化、古代政治中起到过非常重要的作用。司马迁感慨道："淳于髡仰天大笑，齐威王横行。优孟摇头而歌，负薪者以封。优旃临槛疾呼，陛楯得以半更。岂不亦伟哉！"② 但由于倡优地位底下，言行诙谐，这样的讽谏方式，并不受人尊重。扬雄反思赋作，欲讽反劝，曾以淳于髡、优孟之徒并举。刘勰认识到司马迁为滑稽列传的必要，肯定了滑稽"辞虽倾回，意归义正"的思想意义。但从艺术的方面，指出"本体不雅，其流易弊"③。

宋玉的《登徒子好色赋》，《文选》入"情"类，刘勰归为"谐"类："楚襄宴集，而宋玉赋好色：意在微讽，有足观者。"④ 但汉代的俳赋，并未继承讽谏的传统，只是吸收了赋的表现形式以及俳优的诙谐幽默。刘勰尖锐地批评了东方朔、牧皋："铺糟啜醨，无所匡正，而觝嫚媟弄，故其自称为赋，乃亦俳也；'见视如倡'，亦有悔矣。"⑤ 到了魏晋，潘岳的《丑妇赋》、束晳的《饼赋》，推波助澜，使俳赋这种文体得以兴盛。潘岳的《丑妇赋》没有流传下来，束晳的《饼赋》大体为四言韵文，写饼的制造过程、饼的美味以及观饼者的神态。统观全篇，未见任何讽喻，刘勰对此流露出明显的不满。魏晋南北朝时期，出现了大量的俳文，这类文章虽

---

① 司马迁：《史记》，中华书局，2000，第2425页。
② 司马迁：《史记》，中华书局，2000，第2427页。
③ 刘勰著，黄霖整理集评《文心雕龙》，上海古籍出版社，2008，第29页。
④ 刘勰著，黄霖整理集评《文心雕龙》，上海古籍出版社，2008，第29页。
⑤ 刘勰著，黄霖整理集评《文心雕龙》，上海古籍出版社，2008，第29页。

❖ 汉魏六朝文体理论研究

源于正体，但却以诙谐游戏的笔调成文。李兆洛《骈体文钞》卷三十一，立"杂文"类，选由汉至梁的谐文。其评语与刘勰看法相近并有所发展："战国诙谐，辨谲者流，实肇厥端。其言小，其旨浅，其趣博。往往托思于言表，潜神于旨里，引情于趣外。是故小而能微，浅而能永，博而能检。……后之作者，乃以为游戏，佻侧洸荡。忘其所归。遂成俳优，病犹甚焉。"① 萧子显《南齐书·文学传论》则称滑稽之流，亦可奇玮。

笑话类。刘勰实际上阐释了两种类型，一是带有讥刺类的笑话。刘勰所举《诗经》、《左传》两例，因其讥刺上政、嘲讽败将，载于典籍，所以刘勰以为有可观之处。但对嘲笑人的生理缺陷而产生的喜剧效果，刘勰已有微辞："昔华元弃甲，城者发睅目之讴；臧纥丧师，国人造侏儒之歌；并嗤戏形貌，内怨为俳也。"② 嘲讽生理形貌，虽能引人发笑，但"有亏德音"，必须坚决反对："魏晋滑稽，盛相驱扇，遂乃应场之鼻，方于盗削卵；张华之形，比乎握舂杵。曾是莠言，有亏德音，岂非溺者之妄笑，胥靡之狂歌欤？"③ 这种笑话，是"莠言"，这种玩笑，"有亏德音"。"这难道不是快淹死的人的苦笑，被绳子缚着的犯人的胡唱嘛！"④ 二是用来消遣的笑话。"魏文因俳说以著笑书，薛综凭宴会而发嘲调"，即为此类。"虽抃笑衽席，而无益时用矣。"⑤ 曹丕论文，强调"经国之大业"，"不朽之盛事"，但用嘻笑游戏的方式编著笑书，却"无益时用"，纯粹为了娱乐。薛综"嘲调"，见于《吴志·薛综传》："薛综字敬文，沛郡竹邑人也。……西使张奉于权前列尚书阚泽姓名以嘲泽，泽不能答。综下行酒，因劝酒曰：'蜀者何也？有犬为独，无犬为蜀，横目苟身，虫入其腹。'奉曰：'不当复列君吴邪？'综应声曰：'无口为天，有口为吴，君临万邦，天子之都。'于是众坐喜笑，而奉无以对。其枢机敏捷，皆此类也。"⑥ 裴松之注引《江表传》曰："费祎聘于吴，陛见，公卿侍臣皆在坐。酒酣，祎与诸葛恪相

---

① 李兆洛：《骈体文钞》，上海古籍出版社，2001，第13、14页。
② 刘勰著，黄霖整理集评《文心雕龙》，上海古籍出版社，2008，第29页。
③ 刘勰著，黄霖整理集评《文心雕龙》，上海古籍出版社，2008，第29页。
④ 周振甫：《文心雕龙今译》，中华书局，1986，第134页。
⑤ 刘勰著，黄霖整理集评《文心雕龙》，上海古籍出版社，2008，第29页。
⑥ 陈寿：《三国志》，中华书局，2000，第924页。

对嘲难，言及吴、蜀。祎问曰：'蜀字云何？'恪曰：'有水者浊，无水者蜀。横目苟身，虫入其腹。'祎复问：'吴字云何？'恪曰：'无口者天，有口者吴，下临沧海，天子帝都。'"① 两条材料，所记不同，但皆为酒酣之际，智者之间的调侃。

隐，就是隐语。刘勰云："谲者，隐也。遁辞以隐意，谲譬以指事也。"② 刘勰分为三类：一为口头的隐语；二为谜语；三为赋体。口头的隐语，可以委婉曲折地表达说话人的情志，类似于先秦时期的"赋诗言志"。经常用于诸侯国之间的外交、有时也用来讽谏。"隐语之用，被于纪传。"刘勰所举之例，载于《左传》、《战国策》、《史记》、《烈女传》等史册。隐语大的功效可以"兴治济身"，小的作用可以"弼违晓惑"。汉代有《隐书》十八篇，《汉书·艺文志》录于杂赋之末。黄注引师古曰："刘向《别录》云：'隐书'者，疑其言以相问，对者以虑思之，可以无不喻。""《隐书》当为先秦以来隐语汇编。"③ 谜语，"谜也者，回互其辞，使昏迷也。"④ 按刘勰的解释，这种形式源于"隐"。汉代的言语侍臣东方朔，诙谐幽默，但无益规补。"自魏代以来，颇非俳优，而君子嘲隐，化为谜语。"⑤ 谜语，按其内容略分两类："体目文字"，"图像事物"，即文字谜语和事物谜语。真正成为文体的是荀卿的《蚕赋》。《荀子》二十六有《赋》五篇，包括《礼赋》、《知赋》、《云赋》、《蚕赋》、《箴赋》。赋的正文采用问答的方式，逐渐铺陈一种事物的具体特征，最后点出事物的名称。其《蚕赋》曰：

> 有物于此，儵儵兮其状，屡化如神，功被天下，为万世文。礼乐以成，贵贱以分。养老长幼，待之而后存。名号不美，与暴为邻。功立而身废，事成而家败。弃其耆老，收其后世。人属所利，飞鸟所

---

① 陈寿：《三国志》，中华书局，2000，第 924、925 页。
② 刘勰著，黄霖整理集评《文心雕龙》，上海古籍出版社，2008，第 29 页。
③ 刘勰著，詹锳义证《文心雕龙义证》（上），上海古籍出版社，1989，第 470、471 页。
④ 刘勰著，黄霖整理集评《文心雕龙》，上海古籍出版社，2008，第 29 页。
⑤ 刘勰著，黄霖整理集评《文心雕龙》，上海古籍出版社，2008，第 29 页。

❖ 汉魏六朝文体理论研究

害。臣愚而不识，请占之五泰。五泰占之曰：此夫身女好而头马首者与？屡化而不寿者与？善壮而拙老者与？有父母而无牝牡者与？冬伏而夏游？食桑而吐丝，前乱而后治，夏生而恶暑，喜湿而恶雨。蛹以为母，蛾以为父。三俯三起，事乃大已。夫是之谓蚕理。①

问者首先描述事物的外在形状，大体习性、生存状态。答者通过问句的形式，逐渐补充事物的细节情况，直到引出问题的答案。荀子《蚕赋》等，完成了由口头隐语、简单的谜语到赋体的转化，使隐成为一种独立的文体。"荀卿《蚕赋》，已兆其体。至魏文陈思，约而密之。高贵乡公，博举品物，虽有小巧，用乖远大。"②《蚕赋》而外，尚有曹丕、曹植、曹髦的谜体赋作，但没有流传下来。

第二节 史传、诸子

刘勰在《文心雕龙》中，论述了经、史、子，而萧统的《文选》则排除了经、史、子等历史著作、哲学著作。现行的文学史、文学批评史，论及魏晋南北朝文学观念自觉，往往提到宋文帝和萧统的例子。"所谓文学的自觉有三个标志：第一，文学从广义的学术中分化出来，成为一门独立的学科。……到了南朝，文学有了新的独立于学术的地位，宋文帝立四学，文学与儒学、玄学、史学并立；（宋）范晔《后汉书》列《文苑列传》，与《儒林列传》等并立，都是重要的标志。"③ 文学从哲学、史学分离出来，体现了文学观念的演进。"《文选》不收经、史、子等学术著作（史书中少数的赞论、序述除外），萧统有意识地把文学作品和学术著作区别开来，反映了当时人们对文学作品的特色和范围认识日趋明确。这是一种应该肯定的进步现象。"④

---

① 章诗同：《荀子简注》，上海人民出版社，1974，第288、289页。
② 刘勰著，黄霖整理集评《文心雕龙》，上海古籍出版社，2008，第29页。
③ 袁行霈：《中国文学史》第二卷，高等教育出版社，1999，第4页。
④ 王运熙、顾易生：《中国文学批评史》上册，上海古籍出版社，1985，第137页。

第五章　刘勰的文体论（下）

如果仅仅停留在表层观察，刘勰和萧统的文学观念，的确有本质区别，甚至可以得出刘勰文学观念趋于保守的结论。实际上，刘勰和萧统的文学观念有许多相同之处，甚至可以说基本一致。刘勰论及班固《汉书》云："及班固述汉，因循前业，观司马迁之辞，思实过半。其《十志》该富，赞序弘丽，儒雅彬彬，信有遗味。至于宗经矩圣之典，端绪丰赡之功，遗亲攘美之罪，征贿鬻笔之愆，公理辨之究矣。"① 班固《汉书》，受时代文章华丽风气的影响，在叙述历史人物事件时，注重辞采修饰，尤其是"赞"、"序"部分，弘丽儒雅，文质彬彬，既有充实的内容，又具优美的语言形式，对此刘勰给予了全面肯定。萧统《文选序》所谓"沉思"、"翰藻"，以及《答湘东王求文集及诗苑英华书》所云："夫文典则累野，丽亦伤浮。能丽而不浮，典而不野，文质彬彬，有君子之致。"② 与刘勰评价班固《汉书》"赞序弘丽，儒雅彬彬，信有遗味"，基本一致。刘勰在《诸子》中，辨析了诸子作为哲学著作，与文章中论体的密切联系和根本区别。"博明万事为子，适辨一理为论。"③ 内容广博，阐释探究万事万物道理的，属于子书，而仅仅辨明一种道理的文章，属于论体。"论也者，弥纶群言，而研精一理者也。"④ 概括群言，精心研究一个道理，就是论体文章。萧统《文选》选录了"史论"、"史述赞"、"论"三种文体，与刘勰《史传》、《诸子》、《论说》三篇，不仅在排列顺序上有一致之处，在对文章的本质属性的看法上，同样具有明显的一致性。其主要区别在于：刘勰侧重于源，体现出浓厚的宗经思想，相比之下，萧统侧重在流，体现出兼容通变的文学观念。

史书，属于历史著作。刘勰引《曲礼》之说将史分为两类：其一为记言的史书；其二为记事的史书。"《曲礼》曰：'史载笔。'史者，使也。执笔左右，使之记也。古者左史记事者，右史记言者。言经则《尚书》，

---

① 刘勰著，黄霖整理集评《文心雕龙》，上海古籍出版社，2008，第31页。
② 严可均辑《全梁文》，商务印书馆，1999，第216页。
③ 刘勰著，黄霖整理集评《文心雕龙》，上海古籍出版社，2008，第35页。
④ 刘勰著，黄霖整理集评《文心雕龙》，上海古籍出版社，2008，第36页。

事经则《春秋》也。"① 儒家五经之中的《尚书》是记言的，《春秋》是记事的。史官写史的目的在于"彰善瘅恶，树之风声"。战国时代的《战国策》记录了策士的言行。汉代陆贾，考察刘邦消灭秦国、项羽的史事，取法《春秋》，作《楚汉春秋》。传，刘勰《史传》篇提到两类，其一为经传；其二为纪传。

经传，是传述经书的。刘勰认为，孔子依鲁史修订《春秋》，"举得失以表黜陟，征存亡以标劝戒；褒见一字，贵逾轩冕；贬在片言，诛深斧钺。然睿旨幽隐，经文婉约，丘明同时，实得微言。乃原始要终，创为传体。传者，转也；转受经旨，以授于后，实圣文之羽翮，记籍之冠冕也"②。孔子所修《春秋》，微言大义，语言含蓄，旨意深隐。和孔子同时代的左丘明，深知孔子的用心，于是创作《左传》，转述孔子修订《春秋》的深意。传，就是转的意思，用较为清楚的表达方式转述《春秋》，方便人们对经书的理解。

纪传，始于司马迁的《史记》。由于司马迁以个人的身份，著述复杂的帝王事迹，所以不能把自己的著作称为"经"，于是取法《吕氏春秋》，通号曰纪。"本纪以述皇上，《列传》以总侯伯，八书以铺政体，十表以谱年爵。虽殊古式，而得事序焉。"③ 其中"本纪"、"列传"都是人物传记。本纪，记载帝王事迹；列传叙述卿士事迹。班固《汉书》借鉴了司马迁的经验，同时又有所变化："《汉书》的本纪、志、列传的每篇末了有赞，相当于结论。表的开头有序，又全书的末了有《序传》。"④ 赞、序、序传，是作者对人物、事件、叙述内容的概括和总结，具有比较强的主观色彩，不同于史传正文部分的客观描述，往往体现出作者的主观"沉思"，以及驾驭文辞的"翰藻"，具有文的本质特征。参照刘勰《诸子》篇"博明万事为子，适辨一理为论"的说法，可以得出这样的认识：总述众人之事为史，单记一人之事为纪为传。这样看来，史书不是文体，但史书中的每一

---

① 刘勰著，黄霖整理集评《文心雕龙》，上海古籍出版社，2008，第31页。
② 刘勰著，黄霖整理集评《文心雕龙》，上海古籍出版社，2008，第31页。
③ 刘勰著，黄霖整理集评《文心雕龙》，上海古籍出版社，2008，第31页。
④ 周振甫：《文心雕龙今译》，中华书局，1986，第146页。

第五章 刘勰的文体论（下）

篇单独抽出，才具有文体意义。

史传的写作的要求和思维方式，与文章有着本质的区别："然纪传为式，编年缀事，文非泛论，按实而书。"① 因此，刘勰赞扬了司马迁"实录无隐"的勇气，肯定了司马彪之"详实"、华峤之"准当"。刘勰的"赞"语："史肇轩黄，体备周孔。世历斯编，善恶偕总。腾褒裁贬，万古魂动。辞宗丘明，直归南董。"② 依然突出的是不虚美不隐恶的实录精神。而文章写作，则可"形在江海之上，心存魏阙之下……寂然凝虑，思接千载"③，充分发挥作者的主观想象。刘勰"剖情析采"创作论的《体性》、《情采》、《声律》、《比兴》、《夸饰》等，并不适合史传的写作要求和风格特征。《史传》中具有文体特征的是刘勰提到，但没有展开论述的"赞"、"序"、"序传"。

纪晓岚眉批《史传》篇曰："彦和妙解文理，而史事非其当行。此篇文句特烦，而约略依稀，无甚高论，特敷衍以足数耳。学者欲析源流，有刘子玄之书在。"④ 刘勰史识确实存在问题："及孝惠委机，吕后摄政，班、史立纪，违经失实，何则？庖牺以来，未闻女帝者也。汉运所值，难为后法。牝鸡无晨，武王首誓；妇无与国，齐桓著盟；宣后乱秦，吕氏危汉：岂唯政事难假，亦名号宜慎矣。张衡司史，而惑同迁、固，元、平二后，欲为立纪，谬亦甚矣。寻子弘虽伪，要当孝惠之嗣；孺子诚微，实继平帝之体；二子可纪，何有于二后哉？"⑤ 司马迁、班固为女后立纪，刘勰斥之为牝鸡司晨，违经失实，反映出他史学观的局限性。

诸子之书，刘勰界定为"入道见志之书"。詹锳先生注曰："是子书者，凡发表个人意见者，皆得称之，若《论语》、《孝经》者，必子书类也。后人尊孔过甚，乃妄入经类。"⑥ 子书，是发表个人意见的著作。汉代罢黜百家，独尊儒术，儒家的典籍获得了崇高地位。班固《汉书·艺文

---

① 刘勰著，黄霖整理集评《文心雕龙》，上海古籍出版社，2008，第32页。
② 刘勰著，黄霖整理集评《文心雕龙》，上海古籍出版社，2008，第33页。
③ 刘勰著，黄霖整理集评《文心雕龙》，上海古籍出版社，2008，第53页。
④ 刘勰著，黄霖整理集评《文心雕龙》，上海古籍出版社，2008，第31页。
⑤ 刘勰著，黄霖整理集评《文心雕龙》，上海古籍出版社，2008，第31、32页。
⑥ 刘勰著，詹锳义证《文心雕龙义证》（中），上海古籍出版社，1989，第623页。

志》曰:"今异家者各推所长,穷知究虑,以明其指,虽有蔽短,合其要归,亦《六经》之与流裔。"①《左传》"三不朽"说,曹丕"文章经国之大业,不朽之盛事",对士人来说无疑是巨大鼓舞。刘勰继承了这种精神力量,并推己及人,分析了诸子著书的心理动机:"太上立德,其次立言。百姓之群居,苦纷杂而莫显;君子之处世,疾名德之不章。唯英才特达,则炳曜垂文,腾其姓氏,悬诸日月焉。昔风后、力牧、伊尹,咸其流也。篇述者,盖上古遗语,而战代所记者也。至鬻熊知道,而文王谘询,余文遗事,录为《鬻子》。子目肇始,莫先于兹。"② 子书名称,源于《鬻子》,真正的自作,则为《老子》。虽然"鬻惟文友,李实孔师",但"圣贤并世,而经子异流矣。"③ 圣人之作为经,贤人之作为子。《鬻子》和《老子》,都是贤人的著述。

春秋战国,新旧转型,诸子纷纷著书立说,推销自己的政治主张。司马谈《论六家要指》云:"《易大传》曰:'天下一致而百虑,同归而殊途。'夫阴阳、儒、墨、名、法、道德,此务为治者也,直所从言之异路,有省不省耳。"④ 六家影响很大,成为显学。刘勰寻根,列举先秦、两汉诸子之作,并仔细剖析各家短长。六家之外,尚有农家之野老,纵横家《鬼谷子》,杂家《尸子》、《尉缭子》、《吕氏春秋》、《淮南子》等。

诸子虽众多驳杂,但皆有所本。刘勰以经书为纲,纲举目张,网络各家:"然繁辞虽积,而本体易总,述道言治,枝条五经。其纯粹者入矩,踳驳者出规。"⑤ 就"述道言治"而言,儒家的五经是根本,诸子都是五经的枝条,贯穿了刘勰根深蒂固的宗经观念。以五经为标准,刘勰把诸子分为两类:其一为纯粹类;其二为踳驳类。

纯粹类,指的是本于五经的子书。刘勰举了两个例子:"《礼记·月令》,取乎吕氏之《纪》;三年问丧,写乎《荀子》之书:此纯粹之类

---

① 班固:《汉书》,中华书局,2000,第1378页。
② 刘勰著,黄霖整理集评《文心雕龙》,上海古籍出版社,2008,第34页。
③ 刘勰著,黄霖整理集评《文心雕龙》,上海古籍出版社,2008,第34页。
④ 严可均辑《全汉文》,商务印书馆,1999,第264页。
⑤ 刘勰著,黄霖整理集评《文心雕龙》,上海古籍出版社,2008,第34页。

也。"① 《礼记·月令》，取自《吕氏春秋》的《十二月纪》；《礼记·三年问丧》，出自《荀子》一书。孟子、荀子，为儒家学派的重要传人，他们的著作，在刘勰看来无疑是纯粹的。《礼记·三年问丧》，源于《荀子》，自然属于纯粹之列了。《吕氏春秋》属于杂家，而《礼记·月令》篇又出自《吕氏春秋》，本该属于杂家，归入第二类中，刘勰偏偏把《月令》归到了纯粹类。"《礼记·月令》正义引《郑氏目录》云：'名曰《月令》者，以其记十二月政之所行也。本《吕氏春秋·十二月纪》之首章也，以礼家好事抄合之，后人因题之曰《礼记》，言周公所作，其中官名时事，多不合周法。'"② "言周公所作"，当为刘勰视《月令》为纯粹类之根本。在刘勰的观念中，似乎贯穿着这样的信念，凡是体现儒家思想的，都是纯粹的，否则就是杂家。值得注意的是刘勰对子书的界定："入道见志"。诸子并非志同道合，对"道"的体悟，往往见仁见智。刘勰虽然宗经崇儒，却没有以一家之言否定儒家以外的诸子。

踳驳类，刘勰所举之例，皆为"怪、力、乱、神"之语："若乃汤之问棘，云蚊睫有雷霆之声；惠施对梁王，云蜗角有伏尸之战；《列子》有移山跨海之谈，《淮南》有倾天折地之说，此踳驳之类也。"③ 《列子》、《庄子》、《淮南子》，那种高度的夸张，浪漫的想象，瑰丽的色彩，对文学创作的发展，起到了不可磨灭的积极作用。"蚊睫雷霆"、"云蜗角伏尸"，直接启发了萧统等人"大言诗"、"小言诗"、"大言赋"、"小言赋"的创作，培养了作家的奇诡想象、神奇思维；"移山跨海"、"倾天折地"，几乎超越了故事本身的内涵而上升为一种民族精神。但这些在古代一些人的观念中，常常被视为荒诞不经。刘勰对此作了委婉的解释和有力的辩护："是以世疾诸子，混洞虚诞。按《归藏》之经，大明迂怪，乃称羿毙十日，嫦娥奔月。殷《易》如兹，况诸子乎！"④ "混洞虚诞"，是世人对诸子的评价。"'混洞虚诞'，四字并列，而各名一义。'混'谓其杂，'洞'谓其

---

① 刘勰著，黄霖整理集评《文心雕龙》，上海古籍出版社，2008，第34页。
② 刘勰著，詹锳义证《文心雕龙义证》（中），上海古籍出版社，1989，第638页。
③ 刘勰著，黄霖整理集评《文心雕龙》，上海古籍出版社，2008，第34页。
④ 刘勰著，黄霖整理集评《文心雕龙》，上海古籍出版社，2008，第34页。

空,'虚'谓其不实,'诞',谓其不经,皆就踳驳方面言。"① 与儒家思想相对应,诸子体现的思想及其表现方式无疑是驳杂的。刘勰以反问的口吻说:"商代的《易经》,也讲后羿射日,嫦娥奔月的荒诞故事,经书尚且如此,更何况诸子呢?"可见他对诸子的夸饰并不否定。"洽闻之士,宜撮纲要,览华而食实,弃邪而采正。"② "邪",主要指思想内容而言。"至如商、韩,六虱五蠹,弃孝废仁,辕药之祸,非虚至也。"③ 以儒家的仁孝为基准,评价商鞅、韩非子的著作,并把思想家的悲剧看成是咎由自取,未免片面偏激。

刘勰论驳杂类文体风格,颇为精准。如:《庄子》"述道以翱翔";《列子》"气伟而采奇";《淮南子》"泛采而文丽";《管子》、《晏子》"事核而言练";《邹子》"心奢而辞壮";《墨子》、《随巢子》"意显而语质";《尸子》、《尉缭子》"术通而文钝";《鹖冠子》"绵绵,亟发深言",《鬼谷子》"眇眇,每环奥义";"情辨以泽",是《文子》所长,"辞约而精",是《尹文子》独擅;《慎到子》"析密理之巧";《韩非子》"著博喻之富";《吕氏春秋》"鉴远而体周";《淮南子》"泛采而文丽"。刘勰从"华采"和"辞气"两个方面,总论诸子,而这恰恰是刘勰总论文章的两个方面。

汉代陆贾《新语》、贾谊《新书》、扬雄《法言》、刘向《说苑》、王符《潜夫论》、崔寔《政论》、仲长《昌言》、杜夷《幽求》,"或叙经典,或明政术,虽标论名,归乎诸子。何者?博明万事为子,适辨一理为论,彼皆蔓延杂说,故入诸子之流"④。刘勰以单篇为"论"体,成书为"子",划分了"子"与"论"之间的界限。

第三节 论、说

论、说,都是用来阐明道理,折服别人的文体。所以刘勰把这两种文

---

① 刘勰著,詹锳义证《文心雕龙义证》(中),上海古籍出版社,1989,第642页。
② 刘勰著,黄霖整理集评《文心雕龙》,上海古籍出版社,2008,第35页。
③ 刘勰著,黄霖整理集评《文心雕龙》,上海古籍出版社,2008,第34页。
④ 刘勰著,黄霖整理集评《文心雕龙》,上海古籍出版社,2008,第35页。

体放到一起讨论。二者的区别在于：论，起源于诸子的学术著作，重在说理；说，起源于战国时代策士们的游说之词，常常用动听的说辞，使人心悦诚服地接受意见，说比较重视说话技巧。

刘勰宗经，确信儒家经典为各体之源，故《论说》篇首段即云："圣哲彝训曰经，述经叙理曰论。论者，伦也；伦理无爽，则圣意不坠。昔仲尼微言，门人追记，故抑其经目，称为《论语》。盖群论立名，始于兹矣。自《论语》以前，经无'论'字。《六韬》二论，后人追题乎！"①

承载圣人之言的叫经书，阐述经义，说明道理的文章为论。在刘勰看来，"述经叙理"，才是论体的正宗。需要注意的是，这种论实际上属于"传"，祖保泉先生认为："刘勰把经与论的关系说成是经与传的关系，缩小了'论'的原来涵义。显然，这种说法是受释家经藏中所谓'经论'的影响而来的，混淆了'传者，转也，转受经旨，以授于后'（《史传》）的传统说法。"② 转受经籍的儒生很多，传播的方式也多种多样，如左丘明的《左传》及齐、鲁、韩、毛四家说诗等，皆为转受经意，阐释经籍的文本形式，但与论体的体貌特征和风格特点都相距甚远。

因为孔子以前儒家的经书没有"论"字，而吕尚《六韬》中的《霸典文论》、《文师武论》为后人题加，所以孔子的《论语》乃是论体名称的开始。这样一来，刘勰就把论体的署名与孔子联系在一起了。问题是《论语》以前的经书有没有"论"字？《论语》与论体到底有没有直接关系？

最早对《文心雕龙》进行评点的杨慎指出："《书》云'论道经邦'，已有'论'字矣。"纪晓岚根据杨慎的考证，提出了自己的看法："观此，知《古文尚书》梁时尚不行于世，故不引'论道经邦'之文。然《周礼》却有'论'字。"③ 检索《周礼》，的确有两处有"论"字，原文如下：

国有六职，百工与居一焉。或坐而论道，或作而行之。或审曲面

---

① 刘勰著，黄霖整理集评《文心雕龙》，上海古籍出版社，2008，第36页。
② 刘勰著，祖保泉解说《文心雕龙解说》，安徽教育出版社，2009，第358页。
③ 刘勰著，黄霖整理集评《文心雕龙》，上海古籍出版社，2008，第36页。

势，以饬五材，以辨民器。或通四方之珍异以资之，或饬力以长地财，或治丝麻以成之。坐而论道，谓之王公。作而行之，谓之士大夫。审曲面势，以饬五材，以辨民器，谓之百工。①

刘勰不引"论道经邦"，是因为没有看到《古文尚书》，但《周礼》两处的"坐而论道"，是不该忽视的。刘勰对论的解释，显然是取刘熙的观点而稍加改造来的。祖保泉先生指出："刘氏在援引《释名》的说法后加了一句'圣意不坠'，那是为了引起下文，便于把'论'和《论语》直接联系起来，把《论语》看作是'论'的源头。"② 祖先生认为，刘勰的这种说法是牵强的、不符合实际的。

仔细推敲刘勰"盖群论立名，始于兹矣"，旨在说明"论"体的名称是由《论语》开始的，并没有把《论语》当成"论"的起源。但把论体与《论语》捏合一起，确实存在很大问题，祖先生的评价可谓切中要害。

《论语》为语录体著作，刘熙《释名·释典艺》云："《论语》，记孔子与诸弟子所语之言也。"毕沅注引叶德炯曰："《汉书·艺文志》云：'《论语》者，孔子应答弟子时人，及弟子相与言而接闻于夫子之语也。当时弟子各有所记，夫子即卒，门人相与辑而论纂，故谓之《论语》。'"③孔子有教无类，弟子众多，所记必然繁富无章，驳杂无序，于是门人讨论编纂体例，最后定稿成书。刘熙释"论"云："论，伦也，有伦理也。"毕沅注曰："伦，《说文·亼部》作'侖'云：'侖，理也。'……论如桓宽《盐铁论》、王充④《潜夫论》、桓谭《新论》之论，古人著书，皆有体例，故云有伦理。"⑤ 刘熙所谓"论"指的是著书要有一定的体例，符合一定的道理。孔子去世后，门人追记他的言行，确定体例，编纂成书。可见，《论语》之"论"，实为门人之论，而非孔子之论。此论虽然传承圣意，但

---

① 郑玄注《周礼注疏》卷三十九，《文渊阁四库全书》本。
② 刘勰著，祖保泉解说《文心雕龙解说》，安徽教育出版社，2009，第358页。
③ 刘熙撰，毕沅疏证，王先谦补《释名疏证补》，中华书局，2008，第215页。
④ 按：充，当为"符"。
⑤ 刘熙撰，毕沅疏证，王先谦补《释名疏证补》，中华书局，2008，第217页。

与脱胎于诸子的论体，尚有不小的距离。

关于论体的起源，刘勰在《宗经》篇说得非常明确："故论说辞序，则《易》统其首。"① 在他看来，儒家的《易》是论体的起源，而《论语》则是论体名称的开始。

刘勰《诸子》篇称《鬻子》为"子目肇始，莫先于兹"，又说"伯阳识礼，而仲尼访问，爰序《道德》，以冠百氏"②。按著述的先后来看，鬻熊早于周文王，老子早于孔子，但刘勰以"圣贤并世，而经子异流"为由，排斥了子书与论体起源的密切关系；又以"彼皆蔓延杂说，故入诸子之流"为标准，排除了子书与论体名称缘起的关系。

如果抛开经、子、圣、贤的主观界定，只按刘勰"博明万事为子，适辨一理为论"③的客观标准来看，诸子孕育了论体的起源和名称。刘勰《诸子》篇所说的风后、力牧、伊尹之作，可视为子书的滥觞，鬻熊的《鬻子》则是子书名称的开始；而庄子的《齐物论》，乃是论体名称的开始。

刘勰《诸子》篇云"适辨一理为论"，《论说》篇云"述经叙理曰论"，"论也者，弥纶群言，而研精一理也"④，其核心在于一个"理"字，这与曹丕《典论·论文》的"书论宜理"一脉相承。详细观察论体，其貌如下：

陈政则与议说合契，释经则与传注参体，辨史则与赞评齐行，铨文则与叙引共纪。故议者宜言，说者说语，传者转师，注者主解，赞者明意，评者平理，序者次事，引者胤辞：八名区分，一揆宗论。⑤

刘勰按论体的内容，把论分为：陈政、释经、辨史、铨文四种。这四

---

① 刘勰著，黄霖整理集评《文心雕龙》，上海古籍出版社，2008，第5页。
② 刘勰著，黄霖整理集评《文心雕龙》，上海古籍出版社，2008，第34页。
③ 刘勰著，黄霖整理集评《文心雕龙》，上海古籍出版社，2008，第35页。
④ 刘勰著，黄霖整理集评《文心雕龙》，上海古籍出版社，2008，第36页。
⑤ 刘勰著，黄霖整理集评《文心雕龙》，上海古籍出版社，2008，第36页。

❖ 汉魏六朝文体理论研究

组内容又相对应八种文体。可以视为刘勰的四科八体。陈政之论,与议、说一致;释经之论,与传、注相近;辨史之论,与赞、评同类;铨文之论,与序、引同一。陈政对应的是"议"和"说"两种文体;释经,对应的是"传"和"注"两种文体;辨史,对应的是"赞"和"评"两种文体;铨文,对应的"序"和"引"两种文体。刘勰对四组中的八种小的文类一一作了解释和概括。以此为基础,刘勰又把论归纳为正体、史论、玄论、俳论、注经之论等五类。

所谓正体指的是以儒家经书为基础的"述圣通经"之论。"至石渠论艺,白虎通讲,述圣通经,论家之正体也。"① "石渠论艺",詹锳先生引黄叔琳注云:"《汉书·翟酺传》:'孝宣论《六经》于石渠。'注:'宣帝诏诸儒讲《五经》于殿中,兼评《公羊》《穀梁》同异,上亲临决焉。时更崇《穀梁》,故此言六经也。石渠,阁名。'"又引范文澜注云:"《汉书·宣帝纪》:'甘露三年,诏诸儒讲《五经》同异,太子太傅萧望之等平奏其议,上亲称制临决焉。'"② "白虎通讲",《训故》:"《后汉书》:'章帝建初四年,诏诸王诸儒,会白虎观,讲议《五经》同异。帝亲临称制,如石渠故事,命史臣著为《白虎通德论》。'"又范文澜注:"《后汉书·章帝纪》:'建初四年冬十一月,……下太常、将、大夫、博士、议郎、郎官及诸生、诸儒会白虎观,讲议《五经》同异,使五官中郎将魏应承制问,侍子淳于恭奏,帝亲称制临决,如孝宣石渠故事,作《白虎通议奏》。'《班固传》:'天子会诸儒,讲论《五经》,作《白虎通德论》'《儒林传》:'命史臣著为《通议》。'"③ 宣帝、章帝召集儒生、博士,讲论《五经》,阐发圣人的旨意,贯通五经的道理,刘勰认为这才是论文的正体。

评述历史,褒贬人物之论,刘勰称之为史论。按作者的身份,史论可分为史家之论和文士之论两种形式。史家在叙述历史事件、人物事迹之后,经常进行主观评价。《左传》的"君子曰",《史记》的"太史公曰",《汉书》的"赞曰",《后汉书》的"评曰",《三国志》的"论曰"等,

---

① 刘勰著,黄霖整理集评《文心雕龙》,上海古籍出版社,2008,第36页。
② 刘勰著,詹锳义证《文心雕龙义证》(中),上海古籍出版社,1989,第676页。
③ 刘勰著,詹锳义证《文心雕龙义证》(中),上海古籍出版社,1989,第677页。

都属于史家之论。刘知几《史通·论赞》言之甚详："《春秋左氏传》，每有发论，假君子以称之。二传云公羊子、穀梁子，《史记》云太史公。既而班固曰赞，荀悦曰论，《东观》曰序，谢承曰诠，陈寿曰评，王隐曰议，何法盛曰述，扬雄曰撰，刘昞曰奏，袁宏、裴子野自显姓名，皇甫谧、葛洪列其所号。史官所撰，通称史臣。其名万殊，其义一揆。必取便于时者，则总归论赞焉。"[1] 文士之论，则是直接对历史事件、人物事迹进行主观评价。班彪的《王命论》，严尤的《将论》，刘勰视其为史论名篇。

魏晋玄论，在论体的发展过程中起到了极其重要的作用。汉末动荡不安，儒家大一统的思想面临颠覆，出现了思想多元共振的局面。曹操初成霸业，采用名家、法家的思想治理国家。受时代风气的影响，傅嘏的《才性论》、王粲的《去伐论》，都以名家、法家的理论来立论。魏晋之际，"正始明道，诗杂仙心；何晏之徒，率多浮浅。"[2] 何晏、王弼不仅诗歌如此，论体的写作也充满了玄言气息。"迄至正始，务欲守文，何晏之徒，始盛玄论。于是聃、周当路，与尼父争途矣。"[3] 何晏、王弼的论文，刘勰称之为"玄论"。嵇康的《声无哀乐论》、夏侯玄《本无论》、王弼的《易略论》两篇、何晏的《道德论》，虽非"述圣通经"之论，甚至"与尼父争途"，却给论体带来了新变："并师心独见，锋颖精密，盖论之英也。"[4] 晋代的郭象、宋岱、王衍、裴頠等人，都有享誉一代的玄论，刘勰一方面肯定其成绩，另一方面也指出了他们在"有"、"无"之间各守一端，而失之偏颇的不足。刘勰对东晋玄论的"虽有日新，而多抽前绪"，则表现了不满。

俳论，名为讲道理、发议论的"论"体实际上不过是借这种文体的形式进行嘲笑戏谑的文字游戏。刘勰认为张衡的《讥世》"颇似俳说"，孔融的《孝廉》"但谈嘲戏"。张衡《讥世》和孔融《孝廉》，均已失传。曹丕

---

[1] 刘知几撰，浦起龙通释，吕思勉评，李永圻、张耕华导读整理《史通》，上海古籍出版社，2008，第59页。
[2] 刘勰著，黄霖整理集评《文心雕龙》，上海古籍出版社，2008，第12页。
[3] 刘勰著，黄霖整理集评《文心雕龙》，上海古籍出版社，2008，第36页。
[4] 刘勰著，黄霖整理集评《文心雕龙》，上海古籍出版社，2008，第36页。

❖ 汉魏六朝文体理论研究

《典论·论文》说:"孔融体气高妙,有过人者,然不能持论,理不胜辞,至于杂以嘲戏。"① "杂以嘲戏,恐指《孝廉》等而言。"② 此外,刘勰还批评了曹植的《辨道论》,罗列事实,而体同书抄。

经论,注解儒家经典的文章。刘勰认为,注释经书的文章也属于论文,只是这种论文被论者拆散,分别放到需要注释的经文当中了:

> 若夫注释为词,解散论体,杂文虽异,总会是同;若秦延君之注《尧典》,十余万字;朱普之解《尚书》,三十万言;所以通人恶烦,羞学章句。若毛公之训《诗》,安国之传《书》,郑君之释《礼》,王弼之解《易》,要约明畅,可为式矣。③

经论之中,刘勰批评了秦延君注《尧典》、朱普解《尚书》的冗长繁琐;称赞毛亨训《诗》、孔安国传《书》、郑玄释《礼》、王弼解《易》简明扼要,可以作为经论的法式。纪晓岚眉批曰:"训诂依文敷义,究与论不同科,此段可删。"④ 亦可谓一家之言。

论体形式多样,风格多样,但有共同的文体特征。刘勰《论说》云:

> 原夫论之为体,所以辨正然否,穷于有数,究于无形,钻坚求通,钩深取极;乃百虑之筌蹄,万事之权衡也。故其义贵圆通,辞忌枝碎;必使心与理合,弥缝莫见其隙;辞共心密,敌人不知所乘:斯其要也。是以论如析薪,贵能破理:斤利者,越理而横断;辞辨者,反义而取通;览文虽巧,而检迹知妄。唯君子能通天下之志,安可以曲论哉?⑤

"钻坚求通"、"义贵圆通"、"反义而取通"、"通天下之志",刘勰切

---

① 萧统编,海荣、秦克标校《文选》,上海古籍出版社,1998,第436页。
② 刘勰著,詹锳义证《文心雕龙义证》(中),上海古籍出版社,1989,第695页。
③ 王运熙、周峰撰《文心雕龙译注》,上海古籍出版社,1998,第161页。
④ 刘勰著,黄霖整理集评《文心雕龙》,上海古籍出版社,2008,第37页。
⑤ 刘勰著,黄霖整理集评《文心雕龙》,上海古籍出版社,2008,第36页。

入的角度虽然不同,但都强调了一个"通"字。求通,是说通过钻研难处求得贯通;圆通,是说论述的道理贵在全面通达而不片面;取通,是说即使违反常理也要自圆其说。刘勰特别推崇的是能使自己思想通达于天下的君子之论。

关于论体风格的多样,刘勰《论说》篇没有集中概括。《体性》篇总论文章八种风格,论体也包括其中了。刘勰认为,作家才性气质不同,文体也多种多样,所以文章的风格也呈现出多样性,总体来看有八种风格:

> 一曰典雅,二曰远奥,三曰精约,四曰显附,五曰繁缛,六曰壮丽,七曰新奇,八曰轻靡。典雅者,熔式经诰,方轨儒门者也;远奥者,馥采典文,经理玄宗者也;精约者,核字省句,剖析毫厘者也;显附者,辞直义畅,切理厌心者也;繁缛者,博喻酿采,炜烨枝派者也;壮丽者,高论宏裁,卓烁异采者也;新奇者,摈古竞今,危侧趣诡者也;轻靡者,浮文弱植,缥缈附俗者也。故雅与奇反,奥与显殊,繁与约舛,壮与轻乖,文辞根叶,苑囿其中矣。①

八种风格类型,囊括了有韵之文和无韵之笔。就论体而言,刘勰看中的是"典雅"、"远奥"两种风格。而"典雅者"缘于经诰,出自儒门,述圣通经,为论家之正体;"远奥者",经理玄宗,馥采典文,锋颖精密,为论家之英也。

说,《文章辨体序说》云:"按:说者,释也,述也,解释义理而以己意述之也。说之名,起自吾夫子之《说卦》,厥后汉许慎著《说文》,盖亦祖述其名而为之辞也。魏晋六朝文载《文选》,而无其体。独陆机《文赋》备论作文之义,有曰:'说,炜晔而谲诳',是岂知言者哉!"②《文选》李善注曰:"说以感动为先,故炜晔而谲诳。"《六臣注文选》李周翰曰:"说者,辩词也。辩口之词,明晓前事,诡谲虚诳,务感人心。炜晔,明

---

① 刘勰著,黄霖整理集评《文心雕龙》,上海古籍出版社,2008,第55页。
② 吴讷:《文章辨体序说》,人民文学出版社,1962,第43页。

晓也。"① 可见说这种文体，为了打动人心，语义要清楚明白，同时还要奇诡虚诳，具有很强的诱惑力。刘勰《论说》云："凡说之枢要，必使时利而义贞，进有契于成务，退无阻于荣身，自非谲敌，则唯忠与信。披肝胆以献主，飞文敏以济辞，此说之本也。而陆氏直称'说炜晔以谲诳'，何哉？"范文澜注曰："士衡盖指战国策士而言，彦和谓言资悦怿，正即炜晔之义。惟当以忠信为本，不可流于谲诳。"② 刘勰同意陆机"炜晔"之意，而对"谲诳"之论不满。"自非谲敌"，说体应以忠信为本。辩士之词，只是"说"的一种，用"谲诳"来概括说的总体风格，显然是不全面的。

刘勰释"说"为："说者，悦也；兑为口舌，故言资悦怿。"③ 范文澜注："悦者，弥小也。（小而言之曰喜，大而言之曰乐。）悦，犹说也，拭也，解脱也。若人心有郁结，能解释之也。故于文，心兑为悦。《易》曰：'兑，说也，决也。'心有不快，忽自开决也。"④ 说，就是悦，心中有了郁结，通过说，可以得到排遣释放，心情会因此变得愉快起来。说产生于上古时期，商代的伊尹，周代的吕望，春秋时代的烛之武都是善说者。战国时代，出现了辩士，说异常繁荣起来。苏秦、张仪名动天下。乃至出现了："一人之辨，重于九鼎之宝；三寸之舌，强于百万之师。六印磊落以佩，五都隐赈而封"的奇迹。到了汉代，天下统一，辩士不再受到重视。

刘勰在《论说》篇，把说分成了两类。第一类是"口舌"之说。即通过语言的直接表达，劝说对方愉快地接受自己的主张。前面提到的伊尹、吕望以及战国时代的辩士之辞，都属于这一类。第二类是"刀笔"之说。运用书面语的方式，阐明自己的主张，劝说别人接受采纳自己的意见。刘勰所列"范雎之言疑事"、"李斯之止逐客"、"邹阳之说吴梁"、"敬通之说鲍邓"，都属于文章之说。李斯《上书秦始皇》、邹阳《上吴王书》，入《文选》卷三十九"上书"类。吴讷所云："魏晋六朝文载《文选》，而无其体。"并不确切。

---

① 萧统编，李善等注《六臣注文选》，上海古籍出版社，1993，第377、378页。
② 刘勰著，范文澜注《文心雕龙注》，人民文学出版社，1958，第257、258页。
③ 刘勰著，黄霖整理集评《文心雕龙》，上海古籍出版社，2008，第37页。
④ 刘勰著，范文澜注《文心雕龙注》，人民文学出版社，1958，第350页。

第四节　诏策、章表、奏启、议对

诏、策都是帝王之文。刘勰以《诏策》篇，讨论了两种文体的起源、分类及其发展情况，并对不同时期的诏、策作品进行了评价。总结了诏、策的写作要求和基本特征。

诏、策，唐尧时期，同称为"命"。三代之时，兼有诰、誓两种作用。"誓以训戎，诰以敷政。"誓，帝王用来发布军令；诰，帝王用来宣告政令。秦统一天下，改"命"为"制"。汉初制定法则，把"命"分为四种：一曰策书，二曰制书，三曰诏书，四曰戒敕。（一）策书，"策者，简也。"策，就是简策，其名源于《诗经·小雅·出车》的"畏此简书。"用来封赏王侯。（二）制书，"制者，裁也。"制，就是决断。其名源于《易经》的"君子以制数度。"用来赦免罪行。（三）诏书，"诏者，告也。"诏，就是告诉。其名源于《礼经》的"明神之诏。"用来告示百官。（四）戒敕。"敕者，正也。"敕，就是戒正。其名源于《书经》的"敕天之命。"用来告诫州官。与蔡邕《独断》论帝王四体相比较，每一种文体包含的范围和内容，稍有差异。这种差异，和时代典章制度的变化有关。文随时改，时代的变化必然影响到文体的变化。与萧统《文选》尊帝王，置诏于文之首相比较，刘勰把《诏策》放到《史传》、《诸子》、《论说》之后来讨论，说明刘勰是从文章的角度来考察各种文体的。

两汉诏诰，职在尚书，重在应用，所以文学色彩比较淡薄。和帝、安帝时期，"礼阁鲜才，每为诏敕，假手外请。"① "假手外请"，实际上扩大了诏、策这类官样文章的写作队伍，从而为千篇一律的官阁手笔注入了新鲜活力。于是出现了潘勖的《册魏公九锡文》、卫凯的《为汉帝禅位魏王诏》等"典雅逸群"、"弗可加已"的优秀之作。萧统《文选》，登采极严，而潘勖的《册魏公九锡文》得入其中。

魏晋时期，中书省负责起草诏策，刘放、张华并管斯任。温峤因为文

---

① 刘勰著，黄霖整理集评《文心雕龙》，上海古籍出版社，2008，第38页。

❖ 汉魏六朝文体理论研究

辞清新,被引入中书省,专门负责诏策的起草。他们擅长诗、赋,为"文同训典"的官样文体带来了辞采之美。曹丕下诏,辞义多伟;温峤代草,文笔清新,他们的诏策起到了示范和引领作用。诏策王言,事关军国,意义重大,要根据不同的事件、不同的群体、不同的个人而呈现出不同的风格:

> 故授官选贤,则义炳重离之辉;优文封策,则气含风雨之润;敕戒恒诰,则笔吐星汉之华;治戎燮伐,则声有洊雷之威;眚灾肆赦,则文有春露之滋;明罚敕法,则辞有秋霜之烈:此诏策之大略也。①

刘勰把诏策的名称乃至起源,都归结到儒家的五经,体现了他论文的一贯性。对诏策之体,刘勰虽然没有像其他文体一样,分出正变,但以儒家思想为指导的诏策,依然是他推尊的对象:"观文景以前,诏体浮杂,武帝崇儒,选言弘奥。策封三王,文同训典;劝戒渊雅,垂范后代。"② 东汉光武帝的诏策,"造次喜怒,时或偏滥。"③ 他诏赐邓禹,竟然称司徒邓禹为尧;敕责臣子侯霸,甚至采用了威胁口吻,若斯之类,实乖宪章。

由诏策派生出来的文体,刘勰分为三类。第一类为戒体;第二类为教体;第三类为命体。这三类文体与诏、策有关,但并非仅限于帝王使用,臣子及普通的文士,都可以使用。范文澜注曰:"戒、教、命,虽皆尊长示卑下之辞,然不限于君臣之际,故彦和于篇末附论之。"④

戒,刘勰释为"戒者,慎也,禹称'戒之用休。'"⑤ 休,美好。戒,就是用美好的语言进行规劝,使之有所警戒。汉高祖的《敕太子》、东方朔的《戒子诗》、马援的《戒兄子严、敦书》、班昭的《女诫》七章,都

---

① 刘勰著,黄霖整理集评《文心雕龙》,上海古籍出版社,2008,第39页。
② 刘勰著,黄霖整理集评《文心雕龙》,上海古籍出版社,2008,第38页。
③ 刘勰著,黄霖整理集评《文心雕龙》,上海古籍出版社,2008,第38页。
④ 刘勰著,范文澜注《文心雕龙注》,人民文学出版社,1958,第372页。
⑤ 刘勰著,黄霖整理集评《文心雕龙》,上海古籍出版社,2008,第39页。

属于这一类。①

教,刘勰释为:"教者,效也,出言而民效也。契敷五教,故王侯称教。"② 效,仿效。教,就是仿效。教,就是朝廷说出话来,百姓照着去做。《尚书·舜典》载:舜命契发布五常之教。因此人们把王侯的教诲称为教。徐师曾云:"教,示于人也。秦法,王侯称教;而汉时大臣亦得用之,若京兆尹王尊出教告蜀县是也。"③ 汉代南阳太守郑弘,发布教令,头绪清楚,受到后人称述。北海相孔融的教令,文采华丽,却难以实行;诸葛亮的教令,细致周到,文辞简约;晋庾翼的教令,明确果断。这些人的教令,虽然不是王侯之言,却辞理兼善,堪称优秀之作。

命,这种文类,在历史上曾经起到过重要作用。刘勰引《诗经》"有命自天",说明命这种文类是上告下的,比诏重要;又引《周礼》"师氏诏王",说明诏是下告上的,所以诏比命轻。"自秦以后,诏制皆用之于天子,而重与命同。"④ 到了魏晋南北朝时期,诏越来越显得重要,而命的作用越来越轻,刘勰认为,这就是所谓的古今文体之变。

章表、奏启,议对,都是臣子写给君王的,属于上行文体。刘勰追本溯源,从上古三代说起。尧舜时期,君臣之间的交流,是通过直接对话完成的。所谓"陈辞帝庭,匪假书翰"。《尚书》中记载的君臣对话,既孕育了诏、策一类的下行文体,也促成了章、表、奏、启一类的上行文体。商代太甲时期,大臣伊尹作《尹训》、《太甲》献给君王,用书面文字表达劝谏和颂扬的意见。周代臣子或用口头、或用书面,向君王陈情叙事。这种口语、书面语不分的情况,一直延续到春秋战国时期。"降及战国,未变古式,言事于王,皆称上书。"⑤ 无论是口头还是书面的,只要是对君王陈报事情,都称"上书"。秦代改书为"奏"。

---

① 周振甫认为:"东方朔的《戒子诗》、马援的《戒兄子严、敦书》,那是诗和信,戒不成为一种文体。班昭的《女诫》,才成一种文体。"见《文心雕龙今译》,中华书局,1986,第177页。
② 刘勰著,黄霖整理集评《文心雕龙》,上海古籍出版社,2008,第39页。
③ 徐师曾:《文体明辨序说》,人民文学出版社,1962,第120页。
④ 刘勰著,詹锳义证《文心雕龙义证》(中),上海古籍出版社,1989,第758页。
⑤ 刘勰著,黄霖整理集评《文心雕龙》,上海古籍出版社,2008,第44页。

❖ 汉魏六朝文体理论研究

汉代制定礼仪，把臣子上书分为章、奏、表、驳议等四体。詹锳先生引《校释》曰："敷奏之文，汉分四品，舍人衡论，则约以三类。本篇（《章表》）兼论章、表二品，陈谢之类也。下二篇各论一品，而以启附奏，以对附议，至其联谊，则以奏事之末，或云谨启，故与奏合论，而对策之文，亦曰陈政献说，合审宜之义也。"① 刘勰以汉制四种文体为基础，又结合由汉到南朝文体的演变实际，把臣子写给帝王的文体分为章、表、奏、启、议、对等六体，用《章表》、《奏启》、《议对》三篇进行讨论。

《章表》论述"章"和"表"两类文体。章，刘勰解释为："章者，明也。《诗》云'为章于天'，谓文明也。其在文物，赤白曰章。"② 意谓章要清楚明白，并且要有辞采之美。又云："章以谢恩。"其功用在于向帝王表达感恩之情。

表，刘勰解释为："表者，标也。《礼》有《表记》，谓德见于仪。其在器式，揆景曰表。"③ 意谓人的品德可以通过仪表反映出来，就像测量日影的仪表。又曰："表以陈请。"其功用在于向帝王陈述请求。

章、表，都是面向帝王的，在叙事陈请中，往往表达对帝王的感激之情，所以很难把这两种文体截然分开。刘勰在《章表》"选文以定篇"部分，涉汉魏晋诸家之作，亦是混而论之。如：后汉左雄表议，"台阁为式"；"胡广章奏，天下第一"；"汉末让表，以三为断"；孔融《荐祢衡》，"气扬采飞"；诸葛亮《出师表》，"志尽文畅"；陈琳、阮瑀章表，"有誉当时"；曹植之表，"体赡而律调，辞清而志显"；"晋初笔札，张华为俊"；刘琨《劝进表》、张骏的《自序表》，"文致耿介，并陈事之美表也"。

奏、启，亦为臣属写给君王之文。奏，奏事弹劾之文。启，奏启之文。奏，秦代称上书为"奏"，这就包括了章、表、奏、议等上行文体。蔡邕《独断》臣子四体之奏，是臣子用来上奏帝王的文体。刘勰在《奏启》中讨论的"奏"，实际上包括了两类：其一为奏事类；其二为按劾之奏。奏事类。刘勰在选文定篇上，论及王绾之奏勋德、李斯之奏骊山、贾

---

① 刘勰著，詹锳义证《文心雕龙义证》（中），上海古籍出版社，1989，第808页。
② 刘勰著，黄霖整理集评《文心雕龙》，上海古籍出版社，2008，第44页。
③ 刘勰著，黄霖整理集评《文心雕龙》，上海古籍出版社，2008，第44页。

谊之务农、晁错之兵事、匡衡之定郊、王吉之劝礼，皆为奏事之文。按劾类。刘勰《章表》所云"奏以按劾"，指的是弹劾之文，"名儒"用来揭发检举罪过；"险士"则用来诬陷忠良，危害国家。刘勰《奏启》云："观孔光之奏董贤，则实其奸回；路粹之奏孔融，则诬其衅恶；名儒之与险士，固殊心焉。若夫傅咸劲直，而按辞坚深；刘隗切正，而劾文阔略；各其志也。后之弹事，迭相斟酌，惟新曰用，而旧准弗差。"①

启文，刘勰解释为："启者，开也。高宗云：'启乃心，沃朕心'，取其义也。"② 汉景帝讳启，所以两汉无启文。魏国的书信，开头称"启闻"，末尾称"谨启"。书信的文体格式，影响到奏文，所以魏晋以来，人们也称奏为"启"。这种文体是由奏事派生出来的，同时又具有表的特点："自晋来盛启，用兼表奏。陈政言事，即奏之异条；让爵谢恩，亦表之别干。"③

议对，用于议论朝政、军国大事，或回答帝王提出的问题。议，刘勰解释为："'周爰咨谋'，是谓为议。议之言宜，审事宜也。"④ 上古三代，轩辕有明台之议，帝尧有咨询四岳；春秋战国时期，赵武灵王议胡服骑射，商鞅变法引起的争议。汉代开始建立驳议制度。"驳者，杂也，杂议不纯，故曰驳也。"⑤ 意见纷纭，难以统一，帝王诏命群臣讨论争辩，从而做出取舍。历代善议者不乏其人，"汉世善驳，则应劭为首；晋代能议，则傅咸为宗"。"陆机断议，亦有锋颖。"⑥

对，包括对策、射策。刘勰释曰："对策者，应诏而陈政也；射策者，探事而献说也。言中理准，譬射侯中的；二名虽殊，即议之别体也。"⑦ 刘勰把对分为两类：其一为对策，是臣子应诏而陈述自己的政见；其二为射策，在很多简策上写上题目，应举者随意抽出，然后回答抽到的题目。汉

---

① 刘勰著，黄霖整理集评《文心雕龙》，上海古籍出版社，2008，第46页。
② 刘勰著，黄霖整理集评《文心雕龙》，上海古籍出版社，2008，第47页。
③ 刘勰著，黄霖整理集评《文心雕龙》，上海古籍出版社，2008，第47页。
④ 刘勰著，黄霖整理集评《文心雕龙》，上海古籍出版社，2008，第48页。
⑤ 刘勰著，黄霖整理集评《文心雕龙》，上海古籍出版社，2008，第48页。
⑥ 刘勰著，黄霖整理集评《文心雕龙》，上海古籍出版社，2008，第48页。
⑦ 刘勰著，黄霖整理集评《文心雕龙》，上海古籍出版社，2008，第49页。

代"对策者以第一登庸,射策者以甲科入仕"①。可见对策、射策这两类文体,是汉代选拔贤良的重要方式。汉代晁错、董仲舒、公孙弘、杜钦、鲁丕等五人的对策,"并前代之明范也"②。魏晋以来的对策,刘勰没有论及具体作家作品,在他看来,由于选举失当,这种文体并没有发挥应有的作用。

萧统《文选》把上行文体分为:表、上书、启、弹事、笺、奏记等六类。其排列顺序为:表(第三十七—三十八卷);上书、启(第三十九卷);弹事、笺、奏记(第四十卷)。萧统的"表"类,与刘勰的"表"无异;"上书"与"章"相近;萧统的"启",与刘勰的"启"相近;萧统的"弹事"与刘勰的"奏"相近。可以说,萧统的表、上书、启、弹事,与刘勰的章、表、奏、启四类差别不大,只是在前后排列顺序和侧重点上稍有差异。笺,虽然也属于上行文体,但写给君王、太子乃至诸王的奏书都可称笺。刘勰在《书记》篇,把它视为书信当中的一个小类。奏记,是用来上书三公府的,其文体格式与笺相同。萧统的"对问",与刘勰的"议对",差别很大。刘勰所谓"议对",无论是对策还是射策,都与军国大事密切相关。《文选》卷三十六,有"策文"类,所选篇目皆为策秀才文,也就是"射策"当中的试题部分。说明萧统非常熟悉"射策"的文体形式与功用,但在选文上只选了帝王的策问,没有选秀才们的对策。《文选》卷四十五有"对问"类,选宋玉《对楚王问》一篇。刘勰在《杂文》篇,把它归到了杂文类,称之为"对问"。从《文选》的编排顺序看,"对问"排在了"书"、"移"、"檄"、"难"之后。从内容看为君臣对话,并非议论朝政,不属于刘勰的"议对"文体。结合《文选》"对问"下面的"设论"类所选篇目来看,萧统显然也把"对问"归到了杂文类。

第五节 封禅

刘勰《文心雕龙》在"论文叙笔"的文体论部分,特立封禅体。这种

---

① 刘勰著,黄霖整理集评《文心雕龙》,上海古籍出版社,2008,第49页。
② 刘勰著,黄霖整理集评《文心雕龙》,上海古籍出版社,2008,第49页。

文体与儒家的《书经》、《礼经》有关系，又与纬书有一定牵连，因此呈现出非常驳杂的形态。封禅体宣扬天命符瑞，皇权神授的迷信思想，常常受到人们的贬斥。郭晋稀先生认为："封禅是祭祀天地的典礼，这种典礼，是谶纬家倡导的；封禅文则是文人迎合封建帝王的需要，歌颂这种典礼的文章。……本篇在全书里，实在是糟粕，只是为了全书的完整性，所以也加以注释。"[1]纪晓岚评《封禅》篇云："自唐以前，不知封禅之非，故封禅为大典礼，而封禅文为大著作。"问题是，不只刘勰在《文心雕龙》里将封禅列为独立的文类，萧统在《文选》中也专立了"符命"一体。我们不妨通过沿波讨源的方式，探寻封禅体的源流变化，并结合《程器》篇，推测刘勰立体之用心。

封禅，是帝王祭祀天地的盛典。在泰山上筑土为坛祭天，报天之功，称封；在泰山下梁父山上开场祭地，报地之功，称禅。"封泰山而禅梁父"，对于这种古老的祭祀仪式，司马迁做了比较详细的记载。《史记》有《礼书》、《乐书》、《律书》、《历书》、《天官书》、《封禅书》、《河渠书》、《平准书》等八书，分别叙述每一类典章制度、历史事件的沿革发展及古今之变。虽时有议论、评价，但仍以记录描述史实为主。《太史公自序》论"封禅"云："受命而王，封禅之符罕用，用则万灵罔不禋祀。追本诸神名山大川礼，作《封禅书》第六。"[2] 刘勰《书记》篇释"书"云：" '书用识哉！' 所以记时事也。"[3] 识，记录、记载。"书"是用来记录、记载的一种形式。司马迁的八书，记载朝章国典。后来诸史自《汉书》起，都称志。司马迁所谓的"书"，并非文学之体，乃是史家之"志"，其写作目的在于"追本诸神名山大川礼"，以便后有君子，得以览焉。班固《汉书》将"封禅"列入《郊祀志》，所载封禅事与司马迁相同。

从司马迁《史记》记载来看，帝王的祭祀活动颇为繁富，而封禅只是其中之一。故刘勰《封禅》云："是以史迁八书，明述封禅者，固禋祀之

---

[1] 郭晋稀：《白话文心雕龙》，贵州人民出版社，1997，第214页。
[2] 司马迁：《史记》，中华书局，2000，第2497页。
[3] 刘勰著，黄霖整理集评《文心雕龙》，上海古籍出版社，2008，第50页。

殊礼，铭号之秘祝，祀天之壮观矣。"① 与其他祭祀相比较，封禅堪称祭祀之大典。这种盛典，起源于黄帝："昔黄帝神灵，克膺鸿瑞，勒功乔岳，铸鼎荆山。"②《尚书·舜典》记载了舜帝东巡到过泰山，《乐纬动声仪》有周成王、康王在泰山封禅的传闻。《管子·封禅》言："古者封泰山禅梁父者七十二家，而夷吾所记者十有二焉。"③ 秦始皇统一中国后，聚集齐鲁儒生博士七十人，于泰山下议论封禅大事。因众说纷纭，难以实行而废黜了儒生。两汉时期，汉武帝、光武帝都曾举行过封禅大典。魏晋南北朝时期，社会动荡不安，封禅失去了坚实的政治基础。与之相配合的封禅文，也趋于萎缩衰落。唐代古文运动，提倡骈散结合的写作方式，提高了应用文体的实效性，即使事涉封禅，亦多采用"上书"或"议对"的文体形式了。

司马迁《史记·封禅书》记载了秦始皇的封禅活动："（始皇）遂除车道，上自泰山阳至巅，立石颂秦始皇帝德，明其得封也。从阴道下，禅于梁父。其礼颇采太祝之祀雍上帝所用，而封藏皆秘之，世不得而记也。"④ 通过司马迁的描述，秦始皇封禅涉及两种文体形式，其一为颂德之文，这种文章刻石后立于泰山之顶，昭示天下；其二为太祝之文，这种文章是写给上帝的，对天下人秘而不宣。因此，流传于世与封禅有关的文体只有刻石颂德一种。可以说刻石记功，乔岳颂德，是封禅活动的直接产物。这就决定了封禅文的基调是以颂德为主。

李斯的《泰山刻石》，颂扬了秦始皇的功德业绩，尽管有"法家辞气，体乏弘润"的弊端，但刘勰仍然允之为"疏而能壮，亦彼时之绝采也。"⑤ 从文体的角度考察，刘勰在《铭箴》"原始以表末"部分，就涉及了李斯的刻石："至于始皇勒岳，政暴而文泽，亦有疏通之美焉。"⑥ 又于《颂

---

① 刘勰著，黄霖整理集评《文心雕龙》，上海古籍出版社，2008，第42页。
② 刘勰著，黄霖整理集评《文心雕龙》，上海古籍出版社，2008，第42页。
③ 《管子》卷十六有《封禅》第十五，唐房玄龄注曰："元篇亡。今以司马迁《封禅书》所载管子言以补之。"见《管子》，《文渊阁四库全书》本。
④ 司马迁：《史记》，中华书局，2000，第1169页。
⑤ 刘勰著，黄霖整理集评《文心雕龙》，上海古籍出版社，2008，第42页。
⑥ 刘勰著，黄霖整理集评《文心雕龙》，上海古籍出版社，2008，第21页。

赞》篇云："至于秦政刻文，爰颂其德；汉之惠景，亦有述容；沿世并作，相继于时矣。"① 按汉魏六朝的文体分类，刻在器物或石头上的文章，属于铭文。刘勰以"铭""箴"并列，侧重的是具有警戒规谏意义的铭文，而李斯的《泰山刻石》，全为颂扬而无警戒之义，完全具备颂体的特征。刘勰以文体发展的眼光，充分肯定了李斯刻石对铭文的影响，而在文体属性上，又把刻石归到了颂体。

与这种封禅铭文不同的是司马相如的"封禅"遗文。《史记·司马相如列传》记载："相如既病免，家居茂陵。天子曰：'司马相如病甚，可往后悉取其书；若不然，后失之矣。'使所忠往，而相如已死，家无书。问其妻，对曰：'长卿固未尝有书也。时时著书，人又取去，即空居。长卿未死时，为一卷书，曰有使者来求书，奏之。无他书。'其遗札书言封禅事，奏所忠。忠奏其书，天子异之。"② 从司马迁的叙述来看，司马相如的遗书，应为"上书"，是用来给帝王提出建议的公文。这种文体是臣属专门写给帝王的，所以有相当严格的文体规定。蔡邕《独断》曰："汉承秦法，群臣上书皆言昧死言。王莽盗位，慕古法，去昧死曰稽首。光武因而不改。朝臣曰稽首顿首，非朝臣曰稽首再拜。"③ 扬雄的《剧秦美新》，比较完整地保存了上书体的格式。其文开头云："诸史中散大夫臣雄，稽首再拜上封事皇帝陛下。"《史记》所录司马相如之书，显然删去了文章格式。

司马相如的《封禅文》独具特色，卓尔不群，刘勰给予了高度评价："观相如《封禅》，蔚为唱首。尔其表权舆，序皇王，炳玄符，镜鸿业；驱前古于当今之下，腾休明于列圣之上，歌之以祯瑞，赞之以介丘，绝笔兹文，固维新之作也。"④ 司马相如之文，首先回顾了前代的封禅历程，接着以赋家娴熟的技巧，铺叙出大汉之德，再引出大司马的劝辞以及天子询封禅之事，最后以颂结篇。辞采之华美，内容之丰赡，手法之多样，刘勰推为封禅之"唱首"并不过分。扬雄的《剧秦美新》，是继司马相如的《封

---

① 刘勰著，黄霖整理集评《文心雕龙》，上海古籍出版社，2008，第17页。
② 司马迁：《史记》，中华书局，2000，第2332页。
③ 蔡邕：《独断》，上海古籍出版社，1990，第4页。
④ 刘勰著，黄霖整理集评《文心雕龙》，上海古籍出版社，2008，第42页。

禅文》之后的又一佳作。但因扬雄歌颂王莽，而为世人所讥，德败美新，几成定论。刘勰从文体的角度，肯定了扬雄体因纪禅、影写长卿、骨制靡密、辞贯圆通的特点；批评了诡言遁辞，兼包神怪的荒谬。班固的《典引》，吸取了司马相如的长处，克服了扬雄的弊端，故能雅有懿采，能执厥中。刘勰对后汉张纯《泰山刻石》稍有不满，认为张文"华不足而实有余"，但其"事核理举"，仍不失为封禅文之佳作。刘勰把张纯的封禅刻石与司马相如的《封禅文》并入"岱宗之实迹"或为误记。詹锳先生引范注曰："相如《封禅文》未闻刻石。……彦和或误记。"① 刻石之文，应与封禅同步或稍后于封禅，而司马相如的《封禅文》则是劝说武帝的文章，不是为举行封禅而写的。刘勰明确地把封禅文分成了两类：其一为"岱宗实迹"，即刻石之文；其二为"事非镌石，而体因纪禅"，即非刻石之文，只是文体内容与封禅有关。

李斯、张纯的《泰山刻石》，属于第一类，扬雄的《剧秦美新》"影写长卿"、班固的《典引》"历鉴前作"，属于第二类。扬、班以后，邯郸淳的《受命述》、曹植的《魏德论》，都涉及封禅，但均未能后来居上，超越前人。刘勰《封禅》篇云："至于邯郸《受命》，攀响前声，风末力寡，辑韵成颂，虽文理顺序，而不能奋飞。陈思《魏德》，假论客主，问答迂缓，且已千言，劳深绩寡，飙焰缺焉。"②

综上可知，封禅体的形成起源于李斯的铭文，定型于司马相如的《封禅文》，经扬雄、班固等一代大家而成为一种有影响的文体。魏晋南北朝时期，社会动荡不安，失去了写作封禅文的土壤，即使像曹植那样的通才，也很难超越汉代的前贤了。

封禅，本帝王之事，属于帝王所专有的特权。司马迁《封禅书》云："自古受命帝王，曷尝不封禅？盖有无其应而用事者矣，未有睹符瑞见而不臻乎泰山者也。虽受命而功不至，至梁父矣而德不洽，洽矣而日有不暇给，是以即事用希。"③ 司马迁的议论，说明封禅必须具备两个条件：其一

---

① 刘勰著，詹锳义证《文心雕龙义证》，上海古籍出版社，1989，第808页。
② 刘勰著，黄霖整理集评《文心雕龙》，上海古籍出版社，2008，第42页。
③ 司马迁：《史记》，中华书局，2000，第1161页。

是帝王受命而后封禅；其二是看到符瑞的出现。司马迁引管仲云：

> 古之封禅，鄗上之黍，北里之禾，所以为盛；江淮之间，一茅三脊，所以为藉也。东海致比目之鱼，西海致比翼之鸟，然后物有不召而自至者十有五焉。今凤皇麒麟不来，嘉谷不生，而蓬蒿藜莠茂，鸱枭数至，而欲封禅，毋乃不可乎？①

齐桓公称霸，会诸侯于葵丘，欲效法前代帝王，举行封禅大典。管仲为了阻止桓公，乃谲陈怪物。言外之意是：仅凭霸业，而无吉祥的事物出现，就不能封禅。管仲的说法，为秦代百姓所认同，也为封禅、符命的合二为一，提供了依据。"始皇封禅之后十二岁，秦亡。诸儒生疾秦焚《诗》《书》，诛僇文学，百姓怨其法，天下畔之，皆讹曰：'始皇上泰山，为暴风雨所击，不得封禅。'此岂所谓无其德而用事者邪？"②

刘勰《封禅》篇，首先强调了帝王的尊严，其次突出了帝王的功德。帝王只有"经道纬德"、"至德所披"，才能万物尽化，符瑞纷呈。"戒慎以崇其德，至德以凝其化，七十有二君，所以封禅矣。"③ 司马相如的《封禅文》以夸饰铺陈的笔调，颂扬了大汉之德，其文曰：

> 大汉之德，逢涌原泉，沕潏曼羡，旁魄四塞，云布雾散，上畅九垓，下溯八埏。怀生之类，沾濡浸润，协气横流，武节焱逝，迩狭游原，邈阔泳末，首恶郁没，晻昧昭晰，昆虫闿泽，回首面内。然后囿驺虞之珍群，徼麋鹿之怪兽，导一茎六穗于庖，牺双觡共抵之兽，获周余珍放龟于岐，招翠黄乘龙于沼。鬼神接灵圉，宾于闲馆。奇物谲诡，俶傥穷变。钦哉，符瑞臻兹，犹以为德薄，不敢道封禅。盖周跃鱼陨航，休之以燎。微夫此之为符也，以登介丘，不亦恧乎！进让之

---

① 司马迁：《史记》，中华书局，2000，第1165页。
② 司马迁：《史记》，中华书局，2000，第1172页。
③ 刘勰著，黄霖整理集评《文心雕龙》，上海古籍出版社，2008，第42页。

道，何其爽欤？①

帝王德政，感化万物，于是怪兽嘉禾，无不备至，符瑞之兆，异彩纷呈。《封禅文》的颂辞部分，广符瑞之富，颂帝王之德，为封禅大造声势。扬雄《剧秦美新》，谴责秦代暴政，颂扬新政仁德，力劝王莽封泰山、禅梁父。其文曰：

> 臣伏惟陛下以至圣之德，龙兴登庸，钦明尚古，作民父母，为天下主。执粹清之道，镜照四海，听聆风俗，博览广包，参天贰地，兼并神明，配五帝，冠三王，开辟以来，未之闻也。臣诚乐昭著新德，光之罔极，往时司马相如作《封禅》一篇，以彰汉氏之休。臣常有颠眴病，恐一旦先犬马，填沟壑，所怀不章，长恨黄泉，敢竭肝胆，写腹心，作《剧秦美新》一篇，虽未究万分之一，亦臣之极思也。臣雄稽首再拜以闻。②

《汉书·扬雄传》曰："及莽篡位，谈说之士用符命称功德获封爵者甚众，雄复不侯。"③ 又曰"然京师为之语曰：'惟寂寞，自投阁；爰清静，作符命。'"④ 所谓符命，就是叙述祥瑞征兆，为王莽歌功颂德的文章。《剧秦美新》用很大篇幅，铺叙了大新受命"玄符灵契，黄瑞涌出"，"神卦灵兆，古文毕发"，以至"诡言遁辞，故兼包神怪"⑤。然其结构严谨，辞贯圆通，亦为封禅文之佳作。

班固有感于"相如《封禅》，靡而不典；扬雄《美新》，典而亡实。然皆游扬后世，垂为旧式"，特作《典引》一篇，用来"光扬大汉，轶声前代"⑥。"典引"，即对《尚书·尧典》的引申与发挥。李善注引蔡邕曰：

---

① 萧统编，海荣、秦克标校《文选》，上海古籍出版社，1998，第404、405页。
② 萧统编，海荣、秦克标校《文选》，上海古籍出版社，1998，第406页。
③ 班固：《汉书》，中华书局，2000，第2659页。
④ 班固：《汉书》，中华书局，2000，第2660页。
⑤ 刘勰著，黄霖整理集评《文心雕龙》，上海古籍出版社，2008，第42页。
⑥ 萧统编，海荣、秦克标校《文选》，上海古籍出版社，1998，第408页。

"典引者，篇名也。典者，常也，法也。引者，伸也，长也。《尚书疏》，尧之常法，谓之尧典。汉绍其绪，伸而长之也。"①《典引》序文，说明为文之缘起，正文以《尧典》为本，颂扬汉德，铺写祥瑞。刘勰《封禅》评之曰："《典引》所叙，雅有懿采，历鉴前作，能执厥中，其致义会文，斐然余巧。"②班固借鉴司马相如、扬雄的同类作品，克服了"靡而不典"、"典而不实"的弊端，自觉追求典实并重，又能辞采斐然。司马相如、扬雄、班固，都突出了德政与祥瑞符命的密切联系。唯有帝王的德政，才能鸿润万物，才能出现吉祥征兆，才能举行封禅大典；德不至而封禅，就会像秦始皇那样，归于消亡。这实际上延续了汉大赋"劝百风一"的表现形式。

尽管在文体属性上，刻石可以归到"铭"类，封禅刻石颂德铭功，可以归到"颂"类，而封禅文又完全符合上书的体貌特征。但这些文类都与封禅有关。刘勰站在"兹文为用，盖一代之典章"的高度，把这些与封禅大典有关的文章，统称为封禅，并在文体论中独立一体，作了专门论述。

刘勰《正纬》云："原夫图箓之见，乃昊天休命，事以瑞圣，义非配经。"又云："白鱼赤乌之符，黄金紫玉之瑞，事丰奇伟，辞富膏腴，无益经典而有助文章。是以后来辞人，采摭英华。"③这种理论上的概括，源于汉魏六朝的创作实践。谶纬盛行于东汉，宋齐时期禁而未绝。许多重要作家，如孔融、王粲、何晏、曹丕、曹植、阮籍、嵇康、张华、潘岳、张协、左思、陆机、陆云、颜延之、谢灵运、鲍照、谢朓、王融、沈约、江淹、任昉等人的诗、赋、文、论，无不或多或少地留下一些谶纬的烙印。④沈约《宋书》卷二十七，专门记载古今符瑞，夹杂着大量的奇闻逸事，而萧子显《南齐书》卷十八的"祥瑞志"，完全以谶纬为征验，就连刘勰自己也经常用谶纬表述对文章的看法。封禅体既有遵循儒家典籍的一面，也有杂取纬书，诡言遹辞，兼包神怪的一面。虽然这种文体，不能与《离

---

① 萧统编，李善注《文选》，上海古籍出版社，1986，第2158页。
② 刘勰著，黄霖整理集评《文心雕龙》，上海古籍出版社，2008，第42页。
③ 刘勰著，黄霖整理集评《文心雕龙》，上海古籍出版社，2008，第7页。
④ 牟世金：《文心雕龙研究》，人民文学出版社，1995，第191、192页。

骚》的文学成就相媲美，但其"取熔经意，亦自铸伟辞"的创作方法，确实值得借鉴。封禅体，既体现了对经书的继承，也体现了对纬书的酌取，具有浓郁的通变色彩。刘勰立封禅体，是其《辨骚》篇通变观的进一步发挥。

刘勰《才略》篇评司马相如云："相如好书，师范屈、宋，洞入夸艳，致名辞宗。然核取精意，理不胜辞，故扬子以为'文丽用寡者长卿'，诚哉是言也！"① 文章华美，不切实用，正是赋家靡丽多夸，谏百讽一的弊端。《程器》篇云："安有丈夫学文，而不达于政事哉？彼扬马之徒，有文无质，所以终乎下位也。"② 司马相如、扬雄对赋体的发展，起到了非常重要的推动作用，刘勰在《诠赋》篇从文体发展史的角度，给予了极高评价。但用军国之才，衡量扬马之徒，他们显然还有极大差距。只有《封禅文》这类的文章，才具备文丽而切用的特点。所以，刘勰对司马相如《封禅文》的褒奖，远远超过了他的赋作。《程器》以"文人无行"立论，指出了文士品德上瑕疵："相如窃妻而受金"，"扬雄嗜酒而少算"，"班固谄窦以作威"。刘勰要求文士，不仅能写出一代典章、文丽切用的封禅文，而且能根除品德上的瑕疵，从而成为国家的栋梁之材。

第六节　书、记

《书记》，是《文心雕龙》文体论最后一篇。刘勰在书、记两大类文体中，又分出若干小类。有的小类，按文学的眼光来看，根本不属于文章的范围。刘勰为何把这些细碎的小类，纳入论文叙笔的疆域给予必要的关注呢？刘勰《神思》篇云："是以陶钧文思，贵在虚静，疏瀹五藏，澡雪精神。积学以储宝，酌理以富才，研阅以穷照，驯致以怿辞，然后使元解之宰，寻声律而定墨；独照之匠，窥意象而运斤：此盖驭文之首术，谋篇之大端。"③ 刘勰认为，积累学识，明辨事理，有助于提高作者的想象力，从而丰富文章的表现内容。书、记二体，内容总杂，涉猎极广，功效颇多，

---

① 刘勰著，黄霖整理集评《文心雕龙》，上海古籍出版社，2008，第96页。
② 刘勰著，黄霖整理集评《文心雕龙》，上海古籍出版社，2008，第101页。
③ 刘勰著，黄霖整理集评《文心雕龙》，上海古籍出版社，2008，第53页。

刘勰"赞"曰:"文藻条流,托在笔札。既驰金相,亦运木讷。万古声荐,千里应拔。庶务纷纶,因书乃察。"① 因此,刘勰《书记》篇不仅论述了具有文学特点的书信体,还论及了文学性较弱的谱籍类,甚至论及了毫无文学色彩的药方类。

刘勰首先"释名以章义",解释书记的名称并揭示文体意义:

> 大舜云:"书用识哉!"所以记时事也。盖圣贤言辞,总为之书,书之为体,主言者也。扬雄曰:"言,心声也;书,心画也。声画形,君子小人见矣。"故书者,舒也。舒布其言,陈之简牍,取象于夬,贵在明决而已。②

按刘勰的解释,书是用来记录的。发生的事件,圣人的言辞,都可以用书这种形式记录下来。由刘勰的选文定篇来看,刘勰主要讨论了书、记两大文体。

书,就是书信。这种文体,在先秦时期被广泛地应用于社会生活的各个方面。春秋时期尤为繁盛。如《左传》记载了绕朝的策书、子家的书信、巫臣的咒书、子产的谏书。"详观四书,辞若对面。"③ 刘勰还提到了一种专门用来表达哀悼的吊书。经战国到两汉,书信体更加完备。司马迁的《报仁少卿书》,被任昉《文章缘起》推为书信体的第一篇。东方朔的《谒公孙》,杨恽的《酬会宗》,扬雄的《答刘歆》,"志气槃桓,各含殊采",皆为书信佳作。后汉之崔瑗、孔融,魏之阮瑀、应璩,皆有名篇。嵇康的《与山巨源绝交书》"实志高而文伟矣"。

此外,刘勰还论及了书信偏才:"赵至叙离,乃少年之激切也。至如陈遵占辞,百封各意;弥衡代书,亲疏得宜:斯又尺牍之偏才也。"④ 赵至,字景真,《晋书》有传,《与嵇茂齐书》叙离别之情,入《文选》

---

① 刘勰著,黄霖整理集评《文心雕龙》,上海古籍出版社,2008,第52页。
② 刘勰著,黄霖整理集评《文心雕龙》,上海古籍出版社,2008,第50页。
③ 刘勰著,黄霖整理集评《文心雕龙》,上海古籍出版社,2008,第50页。
④ 刘勰著,黄霖整理集评《文心雕龙》,上海古籍出版社,2008,第50页。

❖ 汉魏六朝文体理论研究

"书"类。陈遵占辞,见《汉书》本传:"略涉传记,赡于文辞。性善书,与人尺牍,主皆藏去以为荣。……王莽素奇遵材,在位多称誉者,繇是起为河南太守。既至官,当遣从史西,召善书吏十人于前,治私书谢京师故人。遵冯几,口占书吏,且省官事,书数百封,亲疏各有意,河南大惊。"① 祢衡代书,见《后汉书》本传:"后复侮慢于表,表耻不能容,以江夏太守黄祖性急,故送衡与之,祖亦善待焉。衡为作书记,轻重疏密,各得体宜。祖持其手曰:'处士,此正得祖意,如祖腹中之所欲言也。'"②

由于尊卑不同,长幼有序,书信除上面提到的主要形式外,还有三种形式。"战国以前,君臣同书。秦汉立仪,始有表奏,王公国内,亦称奏书。张敞奏书于胶后,其义美矣。迄至后汉,稍有名品,公府奏记,而郡将奉笺。"③ 战国时代,书信没有地位的差别,无论写给谁的都称为"书"。秦代开始,改书为"奏",写给君王的书信称为"奏书"、"上书"。到了后汉,对书信体进行了粗略分类,写给三公府的为"奏记",写给郡将的为"笺"。刘勰把书信体分成了三类:其一为奏书,写给帝王的书信,刘勰归入《奏启》篇讨论;其二为奏记,写给三公的书信;其三为笺,写给郡将的书信。

奏记,刘勰解释为:"记之言志,进己志也。"即用奏记,向三公表达自己的志向怀抱。笺记,刘勰解释为:"笺者,表也,表识其情也。"即用笺,向郡将传达自己的情意。对笺记的文体特征,刘勰作了简要辨析:"原笺记之为式,既上窥乎表,亦下睨乎书,使敬而不慑,简而无傲,清美以惠其才,彪蔚以文其响,盖笺记之分也。"④

综上可知,刘勰把书信体分为写给帝王、写给三公、写给郡将、日常应用等四类。前三类有明显的地位差别,属于上行文体;臣子与臣子,或文士与文士之间,平时互相往来的书信,只是用于交流情感。萧统《文选》把书信体分为上书、启、笺、奏记、书等五类。前四类为上行文体,

---

① 班固:《汉书》,中华书局,2000,第2746页。
② 范晔:《后汉书》,中华书局,2000,第1794页。
③ 刘勰著,黄霖整理集评《文心雕龙》,上海古籍出版社,2008,第50页。
④ 刘勰著,黄霖整理集评《文心雕龙》,上海古籍出版社,2008,第50页。

最后一类为普通的应用书信。

记，记录，凡是用文字记录下来的，都可以称为记。这一类包含的内容极其繁富，刘勰《书记》云：

> 夫书记广大，衣被事体，笔札杂名，古今多品。是以总领黎庶，则有谱、籍、簿、录；医历星筮，则有方、术、占、式；申宪述兵，则有律、令、法、制；朝市征信，则有符、契、券、疏；百官询事，则有关、刺、解、牒；万民达志，则有状、列、辞、谚：并述理于心，著言于翰，虽艺文之末品，而政事之先务也。①

按刘勰所述，记体包括六个类别，而每一类中又细分为四个小类。

（一）总领黎庶。包括：谱、籍、簿、录。
（二）医历星筮。包括：方、术、占、式。
（三）申宪述兵。包括：律、令、法、制。
（四）朝市征信。包括：符、契、券、疏。
（五）百官询事。包括：关、刺、解、牒。
（六）万民达志。包括：状、列、辞、谚。

尽管琐碎驳杂，属于艺文之末品，却是"政事之先务"，而且有益博学多闻，写好文章。所以，刘勰对各个小类亦有简单介绍，有的还附有例证。

如，谱："谱者，普也。注序世统，事资周普。"用来排列相承次序。举例：郑玄《诗谱》。方："方者，隅也。医药攻病，各有所主，专精一隅，故药术称方。"方，就是药方。律："律者，中也。黄钟调起，五音以正；法律驭民，八刑克平。以律为名，取中正也。"律，就是乐律，法律。符："符者，孚也。征召防伪，事资中孚。三代玉瑞，汉世金竹，末代从省，易以书翰矣。"符，就是信物。由用玉器表诚信，逐渐演变为用书信。关："关者，闭也。出入由门，关闭当审；庶务在政，通塞应详。"关，就是百官互相质询的公文。状："状者，貌也。体貌本原，取其事实，先贤

---

① 刘勰著，黄霖整理集评《文心雕龙》，上海古籍出版社，2008，第50、51页。

表谥,并有行状,状之大者也。"状,就是用来为死者定谥号的行状。①

刘勰《文心雕龙》论文叙笔二十篇,排列顺序非常严谨,可谓体繁而虑周。先论有韵之文,中间以《杂文》、《谐隐》过渡,最后论无韵之笔。其文体次第如下。

(一) 有韵之文:从《明诗》至《哀吊》,共八篇。

1. 《明诗》。《诗经》为赋、颂、歌、赞等韵文之源,故居首位。

2. 《乐府》。诗的合乐者,故居第二。②

3. 《诠赋》。刘勰云:"诗有六义,其二曰'赋'。"又引班固《两都赋序》曰:"赋者,古诗之流。"故居第三。

4. 《颂赞》。刘勰云"四始之至,颂居其极。"赞用颂体论辞。故二者并列。颂、赞,也源于《诗经》,但不如赋影响重大。故居第四。

5. 《祝盟》。颂本告神,祝盟也是告神的,故居第五。③

6. 《铭箴》。铭勒功德,箴御过失,生人之事,故次于祝盟。居第六。④

7. 《诔碑》。树碑述亡,死人之事,故次于铭箴。居第七。⑤

8. 《哀吊》。哀夭折,吊死亡,次于诔碑。居第八。

(二) 介于有韵之文、无韵之笔之间的文体。"《杂文》、《谐隐》,笔文杂用,故列在文笔二类之间。"⑥

1. 《杂文》。对问、七体、连珠。一人创体,众人拟之,流风所及,声势渐起,遂成一类。

2. 《谐隐》。俳谐幽默,谜语游戏,本不为古人所重,故列于杂文之后。

(三) 无韵之笔。

1. 《史传》。刘勰云:"轩辕之世,史有仓颉,主文之职,其来久矣。"⑦

---

① 刘勰著,黄霖整理集评《文心雕龙》,上海古籍出版社,2008,第51页。
② 周振甫:《周振甫讲文心雕龙》,江苏教育出版社,2005,第24页。
③ 周振甫:《周振甫讲文心雕龙》,江苏教育出版社,2005,第24页。
④ 刘勰著,范文澜注《文心雕龙注》,人民文学出版社,1958,第4页。
⑤ 刘勰著,范文澜注《文心雕龙注》,人民文学出版社,1958,第4页。
⑥ 刘勰著,范文澜注《文心雕龙注》,人民文学出版社,1958,第4页。
⑦ 刘勰著,范文澜注《文心雕龙注》,人民文学出版社,1958,第31页。

又于《宗经》论史传为笔类各体之源。故居笔类第一。

2.《诸子》。诸子为入道见志之书，后于史传，故居第二。

3.《论说》。"述经叙理曰'论'。又博明万事为子，适辨一理为论，故次诸子。"① 居第三。

4.《诏策》。帝王之文，为应用文之首。居第四。

5.《檄移》。事涉军国，次于王言，居第五。

6.《封禅》。祭祀天地，国之盛典，居第六。

7.《章表》。臣属之文，用于谢恩陈请，次于王事，居第七。

8.《奏启》。奏以按劾，启为奏启，次于章表，居第八。

9.《书记》。文类总杂，列于各体之末。

刘勰的文体论，以儒家五经为纲，探讨各种文体的源流正变，确实纲举目张，清晰了然。这种严谨的结构，细致的分类，精审的辨析，为我国古代文体分类、文体理论，奠定了坚实基础。此后，无论是选本的归类，还是对文体源流正变的讨论，大都以刘勰的阐释为参照。当然，文体本身是一个流变发展的过程。每一个时代，都有其标志一代成就的文体形式。各种文体，并非平行发展。有的文体发展了壮大了，有的流变了，甚至消亡了。因此，有必要对各种文体重新整合归类。

萧统的《文选》，在文体分类，选文定篇，乃至主导思想上，明显接受了刘勰文体论的影响，但又体现了选家的独特眼光。其相同点如下。

（一）主导思想相近。

刘勰宗经，推崇孔子。萧统《文学序》尊姬公籍，孔父之书为"孝敬之准式，人伦之师友"，可与日月俱悬，鬼神争奥；刘勰倡"衔华佩实"，萧统主"文质彬彬"；刘勰主通变，萧统也主张文随时改，踵事增华。

（二）文体分类相近。

刘勰分文体为34类，如加上《辨骚》之"骚"体，共35类。萧统《文选》分39类。刘勰《文心雕龙》涉及的文体，萧统绝大多数编入《文选》。

---

① 刘勰著，范文澜注《文心雕龙注》，人民文学出版社，1958，第4页。

(三) 文体编排有相似之处。

刘勰在文体的编排上,按政事的大小、地位的高下、生者与死者等,排列文体顺序。萧统《文选》在类分当中也采取了这种方法。如,赋类当中以帝王京都为核心,按政事的大小、有无来排列赋中的文类;诗类亦复如此,"补亡"居于首,"述德"次之,"劝励"又次之。应用文类,刘勰把帝王之文居于首,臣属之文居于后。萧统也是按帝王政事大小,地位高低排列文类。刘勰把哀悼之文,排在韵文之末。萧统《文选》置于全书之末。

但刘勰的《文心雕龙》与萧统《文选》性质不同。《文心雕龙》为文学理论、文学批评著作,其目的在于总论历代文章,探究为文之用心;《文选》则是文章选本,其目的在于"历观文囿,泛览辞林","心游目想,移晷忘倦"。①刘勰在于批评;萧统重在欣赏。《文选》与《文心雕龙》真正重叠的只是"选文以定篇"部分。因此在作品的取舍、文类的排序上,萧统与刘勰又有很大的不同。

(一) 刘勰有浓郁的复古思想。在选文定篇上,往往推重汉魏,于晋宋齐作家作品讨论不多。萧统则略远详近,乃至同时代的作家作品在文类上占有很大比重。

(二) 在文体的排列顺序上,刘勰严格按有韵之文、无韵之笔分类讨论。萧统《文选》则打破了这种形式。如"颂"、"赞"置于"序"、"符命"之间;箴、铭、诔、哀、碑文等韵文,排在《文选》之末。

(三) 在文类的划分上,《文选》趋于细碎。《文心雕龙》中的小类,在《文选》中被升为独立的文体。如"七"、"连珠"、"对问"三体,刘勰以《杂文》论之,萧统则分体独立;生者悼念死者的文体,刘勰分为诔、碑、哀、吊四体,萧统则分为诔、哀、碑文、墓志、行状、吊文、祭文等八体。

(四) 对经书、子书、史书的认识,同中有异。其相同点在于,刘勰宗经,萧统崇儒。《文选》在"序"类选入了《毛诗序》、《尚书序》、《春秋左氏传序》,体现了萧统对儒家经典的重视;刘勰认为:"博明万事为

---

① 萧统编,海荣、秦克标校《文选》,上海古籍出版社,1998,第2页。

子，适辨一理为论。"《文选》选入了"论"类。

刘勰论及史传，《文选》也选入了"史论"、"史述赞"。这些是刘勰之"文"，与萧统之"文"交叉的部分。但萧统认为经、史、子不属于文学作品。只有"沉思"、"翰藻"的部分，才是文学作品。因此，《文选》排除了经、史、子。

刘勰、萧统之后，文体的分类基本定型。此后，大体沿两个方向发展。其一，分类更为细密。如《艺文类聚》，"分为四十六部，列子目七百二十七。"[1]《文苑英华》上续《文选》，按体分类。"体例与《文选》大致相同，但门目分得更为繁琐。如《文选》只分三十八类，这书就分五十五类；《文选》赋的子目只有十五，这书赋是子目就多到四十一。"[2] 这些书分门别类，以类聚文，"其性质约略相等于现代的百科全书和资料汇编"[3]。其二，删繁就简，同类合并。魏晋南北朝以后，文体的分类更加细碎。宋代姚铉编《唐文粹》一百卷，分古赋、古调、颂、赞、表奏书疏、状、檄、露布、制策、文、论、议、古文、碑、铭、记、箴、戒、铭（物铭）、书、序、传录记事等二十二类，在各类之下又分子目三百十六。[4] 姚鼐的《古文辞类纂》把众多文体合为十三类。

---

[1] 欧阳询：《艺文类聚》，上海古籍出版社，1999，第3页。
[2] 张涤华：《古代诗文总集选介》，上海古籍出版社，1985，第35页。
[3] 欧阳询：《艺文类聚》，上海古籍出版社，1999。
[4] 褚斌杰：《中国古代文体概论》，北京大学出版社，1990，第29页。

第六章
《文选》的文体分类

《文选》文体分三十九类，即：赋、诗、骚、七、诏、册、令、教、策文、表、上书、启、弹事、笺、奏记、书、移、檄、难、对问、设论、辞、序、颂、赞、符命、史论、史述赞、论、连珠、箴、铭、诔、哀、碑文、墓志、行状、吊文、祭文。

第一节　赋类

赋，居《文选》之首。这种文体"踵事增华"，讲究铺叙，而又"综缉辞采"、"错比文华"，非常符合萧统的文学观念。而班固《两都赋序》所云"赋者古诗之流。……或以抒下情而通讽谕，或以宣上德以尽忠孝"[1]，又与萧统重"讽谏"、"忠孝"，异代相通，不谋而合，故列《两都赋》为赋类之首。

赋体的排列顺序依次为：京都、郊祀、耕藉、畋猎、纪行、游览、宫殿、江海、物色、鸟兽、志、哀、论文、音乐、情。京都，事涉军国，列于前，情，耳目之娱，列于后。其中每类，可以视为赋这种文体包含的子类。

（一）京都类。京都，乃帝王所居之地，是一个国家的政治文化中心。出于对帝王的尊重，《文选》把与帝王政治密切相关的京都类，列于赋之

---

[1] 萧统编，海荣、秦克标校《文选》，上海古籍出版社，1998，第1页。

首。选汉代班固《西都赋》、《东都赋》两篇,张衡《西京赋》、《东京赋》、《南都赋》三篇。又选晋代左思《蜀都赋》、《吴都赋》、《魏都赋》三篇。对京都一类的大赋,张溥评价甚低,"两京、三都,读为终卷,触屏欲睡"①。张溥在汉魏六朝"百三名家"中,甚至没有包括本可以成集的左思。"《三都赋》,写了十年才写成,一时竞相传写,洛阳为之纸贵。从今天看来,这篇赋是他后期的作品,并没有很高的价值。然而他努力于写作的态度,仍是值得我们称赞的。"②《文选》重视班固、张衡、左思三家之赋。帝王所居,辞采华美、固然是主要原因,更为重要的还是赋中铺陈写物体现出的讽谏意义,借此传达出臣子对帝王的忠孝之情。

《两都赋》李善注曰:"自光武至和帝都洛阳,西京父老有怨。班固恐帝去洛阳,故上此词以谏。和帝大悦也。"③ 班固《两都赋序》云:

> 臣窃见海内清平,朝廷无事,京师修宫室,浚城隍,起苑囿,以备制度。西土耆老,咸怀怨思,冀上之眷顾,而盛称长安旧制,有陋雒邑之议。故臣作《两都赋》,以极众人之所眩曜,折以今之法度。④

《西都赋》重点铺叙西都长安地理位置的险要,物产的丰饶,宫室的华艳,极力夸饰长安的奢靡,"以极众人之所眩曜"。《东都赋》则以"痛乎风俗之移人"展开话题,铺叙了帝王的仁德礼仪,突出东都洛阳的人文之美。刘勰称:"孟坚《两都》,明绚以雅赡。"⑤概括了《两都赋》文辞绚烂,内容雅正的鲜明特征。张衡《西京赋》、《东京赋》,承续了班固《两都赋》的表现手法和讽谏主题。《后汉书·张衡传》云:"衡少善属文,游于三辅,因入京师,观太学,遂通《五经》,贯六艺。虽才高于世,而无骄尚之情。常从容淡静,不好交接俗人。永元中,举孝廉不行,连辟

---

① 张溥:《汉魏六朝百三家集·魏阮籍集题词》,上海古籍出版社,1994。
② 林庚:《中国文学简史》,北京大学出版社,1995,第139页。
③ 萧统编,李善注《文选》,上海古籍出版社,1986,第1页。
④ 萧统编,李善注《文选》,上海古籍出版社,1986,第3、4页。
⑤ 刘勰著,黄霖整理集评《文心雕龙》,上海古籍出版社,2008,第15页。

公府不就。时天下承平日久，自王侯以下，莫不逾侈。衡乃拟班固《两都》，作《二京赋》，因以讽谏。精思傅会，十年乃成。"① 以张衡之才学，虽为拟作，但积十年之功写成两赋，继承中自然有创新之处，以赋体形式传达讽谏主旨，则与班固相同。左思《三都赋》与班固、张衡之赋颇为相似。《蜀都赋》，借西蜀公子之口，夸耀蜀地的天险博大：

> 夫蜀都者，盖兆基于上世，开国于中古。廓灵关以为门，包玉垒而为宇。带二江之双流，抗峨眉之重阻。水陆所凑，兼六合而交会焉。丰蔚所盛，茂八区而庵蔼焉！……至乎临谷为塞，因山为障。峻岨塍埒长城，豁险吞若巨防。一人守隘，万夫莫向。公孙跃马而称帝，刘宗下辇而自王。由此言之，天下孰尚？故虽兼诸夏之富有，犹未若兹都之无量也。②

《吴都赋》中，东吴王孙讥笑的口吻，否定了西蜀公子的夸耀：

> 土壤不足以摄生，山川不足以周卫。公孙国之而破，诸葛家之而灭。兹乃丧乱之丘墟，颠覆之轨辙。安可以俪王公而著风烈也？玩其碛砾而不窥玉渊者，未知骊龙之所蟠也。习其弊邑而不睹上邦者，未知英雄之所躔也。③

自然地理，不足为帝王之基。接下来他又盛赞吴国的文明以及物产的丰茂：

> 子独未闻大吴之巨丽乎？且有吴之开国也，造自太伯，宣于延陵。盖端委之所彰，高节之所兴。建至德以创洪业，世无得而显称。由克让

---

① 范晔：《后汉书》，中华书局，2000，第1281页。
② 萧统编，李善注《文选》，上海古籍出版社，1986，第175～190页。
③ 萧统编，李善注《文选》，上海古籍出版社，1986，第202、203页。

第六章 《文选》的文体分类

以立风俗,轻脱躁于千乘。若率土而论都,则非列国之所觖望也。①

《魏都赋》以魏国先生的高论,否定了前两者的铺叙,颂扬魏都宏伟壮丽、地大物博的同时,突出了魏国帝王的文治武功,仁德教化,臣子的尽职尽责以及淳厚的风土人情。皇甫谧《三都赋序》,概括了三赋之间的内在关系,揭示出左思"因客主之辞,正之以魏都,折之以王道"的创作动机,赋家创作"非苟尚辞而已,将以纽之王教,本乎劝戒也"②。《三都赋》为一整体,所赋三都,各有侧重,但讽劝之意甚明。

(二)郊祀类。李善注曰:"祭天曰郊,郊者言神交接也。祭地曰祀,祀者敬祭神明也。郊天正于南郊。郭外曰郊。"③《文选》于此类仅选扬雄《甘泉赋》一篇。扬雄论赋,以诗人之赋、辞人之赋划境,但不论诗人之赋还是辞人之赋,都应具备"丽"的特征,所不同的是诗人之赋应该具备讽谏意义。不具备讽谏的辞人之赋,被他视为雕虫小技。"诗人之赋丽以则",体现在他的具体创作之中。扬雄《甘泉赋序》云:"孝成帝时,客有荐雄文似相如者,上方郊祀甘泉泰畤、汾阴后土,以求继嗣,召雄待诏承明之庭。正月,从上甘泉还,奏《甘泉赋》以风。"④《汉书·扬雄传》云:

> 甘泉本因秦离宫,既奢泰,而武帝复增通天、高光、迎风。宫外近则洪厓、旁皇、储胥、弩陛,远则石关、封峦、枝鹊、露寒、棠梨、师得,游观屈奇瑰玮,非木摩而不雕,墙涂而不画,周宣所考,般庚所迁,夏卑宫室,唐、虞棌椽三等之制也。且其为已久矣,非成帝所造,欲谏则非时,欲默则不能已,故遂推而隆之,乃上比于帝室紫宫,若曰此非人力之所为,党鬼神可也。又是时赵昭仪方大幸,每上甘泉,常法从,在属车间豹尾中。故雄聊盛言车骑之众,参丽之驾,非所以感动天地,逆釐三神。又言"屏玉女,却虑妃",以微戒

---

① 萧统编,李善注《文选》,上海古籍出版社,1986,第203页。
② 萧统编,海荣、秦克标校《文选》,上海古籍出版社,1998,第384页。
③ 萧统编,李善注《文选》,上海古籍出版社,1986,第321页。
④ 萧统编,李善注《文选》,上海古籍出版社,1986,第321、322页。

❖ 汉魏六朝文体理论研究

齐肃之事。赋成奏之,天子异焉。①

扬雄此赋,以虚代实,夸张想象,极尽甘泉宫之豪华奇伟,旨在讽谏帝王,此非人力所能,应该归于节俭。赋中巧用桀、纣之典,委婉讽喻帝王,引以为鉴。

(三)耕藉类。帝王于春耕时节,亲自率人耕田,举行庄重仪式,以鼓励农耕。《文选》此类只选晋潘岳《藉田赋》一篇。李善注引臧荣绪《晋书》曰:"泰始四年正月丁亥,世祖初藉于千亩,司空掾潘岳作《藉田颂》也。"②潘岳首先交代了藉田的时间:"伊晋之四年正月丁未,皇帝亲率群后藉于千亩之甸,礼也。"继之铺叙藉田仪式的过程以及邑老田父的评价,并随时加以作者的议论,最后以颂辞结束。写帝王活动,汉大赋往往讲究铺张扬厉,而潘岳的《藉田赋》描写简约,而议论居多。从全篇结构看,名为赋体,实有颂体特点。文之主旨也相当明确,其赋曰:

有邑老田父,或进而称曰:"盖损益随时,理有常然。高以下为基,民以食为天。正其末者端其本,善其后者慎其先。"……古人有言曰:"圣人之德,无以加于孝乎!"夫孝,天地之性,人之所由灵也。昔者明王以孝治天下,其或继之者,鲜哉希矣!逮我皇晋,实光斯道,仪刑孚于万国,爱敬尽于祖考。故躬稼以供粢盛,所以致孝也。劝穑以足百姓,所以固本也。能本而孝,盛德大业至矣哉!此一役也,而二美具焉,不亦远乎,不亦重乎!③

潘岳借邑老田父之口以及古人话语,展开议论,劝谏帝王"固本"、"致孝"。尽管赋体似颂,体例不纯,《文选》仍予选录,且此类独此一篇,足以体现萧统对潘岳《藉田赋》的高度重视。萧统评价陶渊明人格,重要的一点就是"安道苦节,不以躬耕为耻"。至于孝道,更是萧统追求的一种境界。

---

① 班固:《汉书》,中华书局,2000,第2623页。
② 萧统编,李善注《文选》,上海古籍出版社,1986,第337页。
③ 萧统编,李善注《文选》,上海古籍出版社,1986,第341、343、344页。

（四）畋猎类。选司马相如《子虚赋》、《上林赋》两篇；扬雄《羽猎赋》、《长杨赋》两篇；潘岳《射雉赋》一篇。司马相如、扬雄是汉大赋的重要作家，他们讲究赋的铺陈华美，但也重视赋的讽谏功效。司马迁批评司马相如"虚辞滥说"、"靡丽多夸"，而对司马相如赋的讽谏意义，则给予充分肯定。指出《子虚赋》、《大人赋》的指归在于启发帝王"归于无为"，"引之节俭"，从讽谏的角度看，完全可以和《诗经》相提并论。扬雄有四大赋，即《甘泉》、《羽猎》、《长杨》、《河东》。《甘泉赋》为四赋之首，已入《文选》郊祀类，《羽猎赋》、《长杨赋》又入此类。扬雄四赋之序，都具体说明创作的目的在于讽谏。潘岳《射雉赋》与汉大赋的宏伟壮观场面迥异，写的是捕鸟猎鸟的事情。赋家以非常细腻的笔调描写了鸟的神态习性，猎人的精湛技艺以及捕猎时的快乐体验。此赋和他的《闲居赋》一样，带有很强的娱情色彩。但赋之结尾以"乐而无节，端操或亏。此则老氏所戒，君子不为"，道出了讽谏主题。

以上四类为铺陈写物之赋，具有"丽"的基本特征。赋家主旨在于讽谏。从铺写内容看，都与帝王生活密切相关。按政治的大小，由近而及远，依次为京都、郊祀、耕藉、畋猎。所选篇目，除左思《三都赋》，潘岳《藉田赋》、《射雉赋》，皆为汉大赋。由《文选》选文定篇来看，萧统重视辞采华美，更重视赋的思想内容。尊帝王、重讽谏、倡忠孝，是其选赋的思想标准。

（五）纪行赋类。汉代无论是"丽以则"的诗人之赋，还是"丽以淫"的辞人之赋，往往以铺陈描摹事物为主。提到标志汉代文学成就的文体，人们首先想到司马相如、扬雄、班固的体物之赋。陆机《文赋》所云"赋体物而浏亮"，实际上也是对这类赋体貌及风格的概括。就汉赋的创作情况看，还有纪行一类的赋作，刘勰称之为"述行"。如刘歆的《遂出赋》。此赋为哀帝时刘歆从长安初任五原太守时所作。刘歆以一路所见所闻为线索，叙述历史事件，借古讽今，抒发愤慨。东汉出现了班彪的《北征赋》、班昭的《东征赋》、蔡邕的《述行赋》。这类赋源于楚骚，可追溯到屈原《九章》中的《涉江》、《哀郢》等流放作品。"述道路征行，抒怀叙志乃为纪行赋共同的题材结构特点。至此，两汉纪行赋题材内容的基本

195

❖ 汉魏六朝文体理论研究

形式得到确立，而这种题材内容的基本形式与纪行题材的楚骚作品是一脉相承的。"① 汉代以体物大赋为主，纪行赋仅有上面提到的四篇。魏晋南北朝时期，纪行赋逐渐增多，建安七子、曹丕、曹植、陆机、陆云、潘岳、张载、谢灵运、鲍照、沈约、江淹、萧氏父子等都有佳作传世。《文选》仅录班彪的《北征赋》、曹大家（班昭）的《东征赋》以及潘岳的《西征赋》。班彪，字叔皮，东汉史学家，子班固，女班昭。李善注引《流别论》曰："更始时，班彪避难凉州，发长安，至安定，作《北征赋》也。"② 班彪在《北征赋》的开头部分交代了创作背景："余遭世之颠覆兮，罹填塞之厄灾。旧室灭以丘墟兮，曾不得乎少留。遂奋袂以北征兮，超绝迹而远游。"王莽执政后，班彪离开长安，奔赴安定，开始颠沛流离的生活。全赋叙述行旅途中所闻所感，凭吊历史，抒发感慨。无论内容还是表现形式，都与《离骚》同调。班昭的《东征赋》，明显受其父班彪影响，诚如《东征赋》结尾所言："先君行止则有作兮，虽其不敏敢不法兮？"赋的开头说明创作之缘起："惟永初之有七兮，余随子乎东征。时孟春之吉日兮，撰良辰而将行。乃举趾而升舆兮，夕予宿乎偃师。遂去故而就新兮，志怆恨而怀悲！"李善注引《大家集》曰："子穀为陈留长，大家随至官，作东征赋。"又引《流别论》曰："发洛至陈留，述所经历也。"③ 班昭知识渊博，每有所见，往往触目伤怀。历史典故与悲怆情志密切交融，有记叙、有议论、有抒情，的确与体物大赋风格迥然不同。

潘岳《西征赋》，规模宏大，颇具"史诗"特点。《晋书》本传称："杨骏辅政，高选吏佐，引岳为太傅主簿。骏诛，除名。初，谯人公孙宏少孤贫，客田于河阳，善鼓琴，颇能属文。岳之为河阳令，爱其才艺，待之甚厚。至是，宏为楚王玮长史，专杀生之政。时骏纲纪皆当从坐，同署主簿朱振已就戮。岳其夕取急在外，宏言之玮，谓之假吏，故得免。未几，选为长安令，作《西征赋》，述所经人物山水，文清旨诣，辞多不录。"④ 潘岳《西

---

① 于浴贤：《六朝赋述论》，河北大学出版社，1999，第77页。
② 萧统编，李善注《文选》，上海古籍出版社，1986，第425页。
③ 萧统编，李善注《文选》，上海古籍出版社，1986，第432页。
④ 房玄龄等：《晋书》，中华书局，2000，第996页。

征赋》，叙述了杨骏被杀后自己内心的恐惧不安："危素卵之累壳，甚玄燕之巢幕。心战惧以兢悚，如临深而履薄。夕获归于都外，宵未中而难作。匪择木以栖集，鲜林焚而鸟存。"虽然侥幸躲过劫难，自京徂秦，西行上任，但潘岳内心百感交集。所以每到一处，自然浮想联翩，触目伤情。潘岳依空间线索，观古今于须臾，从西周写起历先秦两汉一直到他生活的时代。褒贬历史，描绘物色，夹叙夹议，既体物浏亮又缘情绮靡。

（六）游览类。属于《文选序》所云"纪一事，咏一物"的抒情小赋。于魏、晋、宋三代各选一篇。即王粲的《登楼赋》、孙绰的《游天台山赋》、鲍照的《芜城赋》。王粲《登楼赋》是一篇著名的小赋，曹丕称之"虽张、蔡不过也"。其赋曰：

> 登兹楼以四望兮，聊暇日以销忧。览斯宇之所处兮，实显敞而寡仇。挟清漳之通浦兮，倚曲沮之长洲。背坟衍之广陆兮，临皋隰之沃流。北弥陶牧，西接昭丘。华实蔽野，黍稷盈畴。虽信美而非吾土兮，曾何足以少留？[①]

王粲登楼远望，四周满目美景，本想借此消愁，无奈想起故乡。乱世漂泊，思乡心切，日月飘忽，江山破碎，不禁悲从中来。《登楼赋》多用骚体句式，虽为赋体却无铺叙描摹之痕，而以抒情为主。王粲生于东汉末年，董卓之乱几乎颠覆了大汉王朝。动荡不安的现实，已经失去了创作大赋的土壤。孙绰为东晋著名玄言诗人，刘勰、钟嵘对其诗歌颇为不满。《游天台山赋》把佛道玄理与虚幻仙境融为一体，"于崇尚玄风之外，更增添神仙遐想，成为玄学与游仙文学之结合体。"[②] 孙绰之文，亦充满玄学佛理。《喻道论》张扬"无为"、"自然"的道家学说，并把老、庄至道归结于佛理，甚至将儒家也纳入佛理之中："周孔即佛，佛即周孔，盖外内名之耳。"[③] 梁武帝萧衍尚佛，但其《孝思赋》最动人的地方，还是他对不能

---

① 萧统编，李善注《文选》，上海古籍出版社，1986，第489、490页。
② 徐公持：《魏晋文学史》，人民文学出版社，1999，第514页。
③ 严可均辑《全晋文》，商务印书馆，1999，第643页。

❖ 汉魏六朝文体理论研究

敬养父母的忏悔。为了弥补这种现实缺憾，他沉浸于佛理之中，寄希望于来生来世。这种儒、佛互补的思想，当与孙绰有关。萧统本人也信仰佛教，故《文选》录孙绰《游天台赋》亦非偶然。鲍照的《芜城赋》，为历代传颂的名篇，与王粲的《登楼赋》同属乱世之音。鲍照首先铺叙往时的盛况繁荣，次写眼前的荒芜，最后发古今兴亡之叹。张溥评之曰："鲍文最有名者，《芜城赋》、《河清颂》及《登大雷书》。《南齐·文学传》所谓'发唱惊挺，持调险急，雕藻淫艳，倾炫心魄。'殆是指邪？"①

（七）宫殿类。选汉王延寿的《鲁灵光殿赋》一篇，魏何晏的《景福殿赋》一篇，共两篇。刘勰推王延寿为汉赋十大家之一，并称"延寿《灵光》含飞动之势"②。"飞动之势"指的是赋家对灵光殿远景轮廓泼墨式的大笔勾勒。对宫殿内部，赋家则以画工之笔进行了精雕细琢的刻画。值得注意的是赋序中对"赋"、"颂"的议论，其《序》曰：

> 鲁灵光殿者，盖景帝程姬之子恭王馀之所立也。初，恭王始都下国，好治宫室，遂因鲁僖基兆而营焉。遭汉中微，盗贼奔突，自西京、未央、建章之殿，皆见隳坏，而灵光岿然独存。意者岂非神明依凭支持，以保汉室者也。然其规矩制度，上应星宿，亦所以永安也。予客自南鄙，观艺于鲁，睹斯而眙。曰：嗟乎！诗人之兴，感物而作。故奚斯颂僖，歌其路寝，而功绩存乎辞，德音昭乎声。物以赋显，事以颂宣。匪赋匪颂，将何述焉？③

战乱盗贼，诸殿皆毁，唯此独存，本该触目伤情，赋家却感物而赋，继之以颂。物，借赋体来显示，事，靠颂体来宣扬，这种创作观念，使此赋具有了体物和颂德的双重性。何晏的《景福殿赋》，在表现手法上与前者颇多相似，体物颂德是其主旨，新变之处在于时时加以议论。萧统固然重讽谏，但也没有忽视颂扬。《文选》中有单独的"颂"体，在诗类中，

---

① 张溥：《汉魏六朝百三家集·鲍照集题辞》，上海古籍出版社，1994。
② 刘勰著，黄霖整理集评《文心雕龙》，上海古籍出版社，2008，第15页。
③ 萧统编，李善注《文选》，上海古籍出版社，1986，第508、509页。

又以"述祖德"居于诗体之首,说明萧统对颂德之作的偏爱。

(八)江海类。选晋木华的《海赋》、郭璞的《江赋》各一篇,共两篇。以海为赋之题材,木华之前已有先例。如班彪《览海赋》、王粲《游海赋》、曹丕《沧海赋》等,皆以海名篇。木华传世之作,仅有《海赋》一篇。李善注引傅亮《文章志》曰:"广川木玄虚为《海赋》,文甚俊丽,足继前良。"① 此赋极力铺写海之"广"、"怪"、"大",气势宏伟,辞藻华赡,后来居上。刘勰《文心雕龙·诠赋》论"魏晋之赋首",木华未列其中,说明《海赋》并没引起刘勰的重视。郭璞博学多才,著述丰赡,《晋书》本传载:"璞撰前后筮验六十余事,名为《洞林》。又抄京、费诸家要最,更撰《新林》十篇、《卜韵》一篇。注释《尔雅》,别为《音义》、《图谱》。又注《三苍》、《方言》、《穆天子传》、《山海经》及《楚辞》、《子虚》、《上林赋》数十万言,皆传于世。所作诗赋诔颂亦数万言。"②《江赋》为郭璞名篇,本传说:"其辞甚伟,为世所称。"赋家驰骋才华,铺叙长江由滥觞、奔流到东海的全部流程。绘声绘色,音韵和谐。刘勰《文心雕龙·诠赋》评之为:"景纯绮巧,缛理有余。"《江赋》起首两句,点明主旨:"咨五才之并用,实水德之灵长。"李善注曰:"《左氏传》,宋子罕曰:'天生五材,人并用之,废一不可。'杜预曰:'金、木、水、火、土也。'《淮南子》曰:'夫水者,大不可极,深不可测,无公无私,水之德也。'"③《海赋》、《江赋》虽然各有侧重,但颂扬"水德"的主旨一致。

(九)物色类。选先秦宋玉的《风赋》、晋潘岳的《秋兴赋》、宋谢惠连的《雪赋》、宋谢庄的《月赋》,共四篇。宋玉的《风赋》,以对楚王问的形式,铺叙大王之"雄风"与庶人之"雌风"的不同。"物色"李善注:"四时所观之物色而为之赋。"④ 问题是宋玉的"雄风"、"雌风",表面看都没有色彩,所以李善又云:"有物有文曰色。风虽无正色,然亦有声。《诗注》云:'风行水上曰漪。'《易》曰:'风行水上,涣。'涣然即

---

① 萧统编,李善注《文选》,上海古籍出版社,1986,第543页。
② 房玄龄等:《晋书》,中华书局,2000,第1269页。
③ 萧统编,李善注《文选》,上海古籍出版社,1986,第557页。
④ 萧统编,李善注《文选》,上海古籍出版社,1986,第581页。

❖ 汉魏六朝文体理论研究

有文章也。"① 这样一来，就把风与物色联系起来了。宋玉《风赋》，讽谏意义极为薄弱。司马迁《史记》说，宋玉、唐勒、景差之徒，皆祖屈原之从容辞令，终莫敢直谏。《文心雕龙》有《物色》篇，但不是文体论，讨论的是文章写作与自然景物之间的关系。《物色》篇云："春秋代序，阴阳惨舒，物色之动，心亦摇焉。……是以诗人感物，联类不穷。流连万象之际，沉吟视听之区。写气图貌，既随物以宛转；属采附声，亦与心而徘徊。"② 刘勰之前，陆机《文赋》也论及文学创作与物色之间的关系。《文赋》曰："伫中区以玄览，颐情志于典坟。遵四时以叹逝，瞻万物而思纷。悲落叶于劲秋，喜柔条于芳春。"③ 刘勰之后，钟嵘《诗品序》开头就提到诗歌与物色的关系："气之动物，物之感人，故摇荡性情，形诸舞咏。"④ 萧统立"物色"类，具有一定的文论价值。《秋兴赋》，为潘岳感秋而作。《秋兴赋序》云："晋十有四年，余春秋三十有二，始见二毛。……摄官承乏，猥厕朝列，夙兴晏寝，匪遑底宁。譬犹池鱼笼鸟，有江湖山薮之思。于是染翰操纸，慨然而赋。于时秋也，故以秋兴命篇。"⑤ 潘岳《西征赋》云："古往今来，邈矣悠哉！寥廓恍惚，化一气而甄三才。此三才者，天地人道。唯生与位，谓之大宝。"⑥ 寿命，禄位，潘岳最为珍惜。刚过而立之年，竟然生出白发，是其不寿早衰之兆，身在朝列，犹如池鱼笼鸟，表明他确有归隐之心。"逍遥乎山川之阿，放旷乎人间之世"，亦非造作之言。谢惠连的《雪赋》假托梁王与邹阳、枚乘、司马相如一起赏雪而作赋。司马相如赋雪，邹阳继之为歌，枚乘最后为乱。用典绵密，描写传神，多为四六。写景中可见明显的抒情成分。谢庄《月赋》，假曹植、王粲立局，与《雪赋》结构相仿，表现手法也以用典见长。区别之处在于《雪赋》借物色抒发旷达之情，而《月赋》抒发的是孤寂幽怨之情。萧统所选四赋，宋玉的《风赋》，继承了《诗经》的美刺比兴传统，具有讽谏

---

① 萧统编，李善注《文选》，上海古籍出版社，1986，第581页。
② 刘勰著，黄霖整理集评《文心雕龙》，上海古籍出版社，2008，第94页。
③ 萧统编，李善注《文选》，上海古籍出版社，1986，第762页。
④ 钟嵘著，周振甫译注《诗品译注》，中华书局，1998，第15页。
⑤ 萧统编，李善注《文选》，上海古籍出版社，1986，第585、586页。
⑥ 萧统编，李善注《文选》，上海古籍出版社，1986，第440页。

意义。"作者描写雌雄二风的不同情状，实际上是写出了楚王与庶民之间的贫富悬殊，借以讽喻统治者，使其有所警悟。"① 潘岳、谢惠连、谢庄之赋，皆为写景抒怀之作。裴子野对这类题材狭小，讽谏薄弱的抒情之赋，提出过尖锐批评。其《雕虫论》曰："宋初迄于元嘉，多为经史。大明之代，实好斯文，高才逸韵，颇谢前哲，波流相尚，滋有笃焉。自是闾阎年少，贵游总角，罔不摈落六艺，吟咏情性。学者以博依为急务，谓章句为专鲁，淫文破典，斐尔为功。无被于管弦，非止乎礼义，深心主卉木，远致极风云，其兴浮，其志弱，巧而不要，隐而不深。"② 萧统则用发展的眼光审视文学从功用到审美的转换。《文选序》云："众制锋起，源流间出。譬陶匏异器，并为入耳之娱；黼黻不同，俱为悦目之玩。作者之致，盖云备矣！余监抚余闲，居多暇日，历观文囿，泛览辞林，未尝不心游目想，移晷忘倦。"③ 随着社会职能分工的精细，以及对文笔认识的深入，文学的讽谏功能逐渐被属于笔类的应用文体所取代。议政、弹劾等军国大事，往往由专门的职能部门或专人负责，不必非用赋、诗一类的文体承担。文学的娱情功能逐渐强化，并得到萧统、萧纲等皇室重要成员的认可。物色以后的赋体小类，或为"入耳之娱"，或为"悦目之玩"，体现了萧统兼容通变的选文观念。

（十）鸟兽类。选汉贾谊的《鵩鸟赋》、祢衡的《鹦鹉赋》、晋张华的《鹪鹩赋》、宋颜延之的《赭白马赋》、鲍照的《舞鹤赋》，共五篇。贾谊之赋，采用骚体，借与鵩鸟的对话，伤悼自己的坎坷不幸，探讨人生哲理。祢衡、张华、鲍照沿用了贾谊《鵩鸟赋》的主题，借对鸟的细致刻画来隐喻自身的命运或表达自己的情志。颜延之的《赭白马赋》，是奉宋文帝刘义隆之诏而作，虽有自身情志，但讽谏主旨甚明。解释这类赋，人们往往把鸟兽当作"意象"，由此而论及人生社会，从而挖掘出深刻的主题，严峻的思考。子曰："《诗》可以兴，可以观，可以群，可以怨。迩之事父，

---

① 朱碧莲：《宋玉辞赋译解》，中国社会科学出版社，1987，第69页。
② 严可均辑《全梁文》，商务印书馆，1999，第576页。
③ 萧统编，李善注《文选》，上海古籍出版社，1986，第2页。

远之事君。多识于鸟兽草木之名。"① 诗，除了政治功能、社会功能、伦理功能外，还有"多识于鸟兽草木之名"的认知作用、审美娱情功能。这当为萧统《文选》鸟兽类所本。

（十一）志类。选班固的《幽通赋》、张衡的《思玄赋》和《归田赋》、潘岳的《闲居赋》，共四篇。班固《幽通赋》采用骚体的形式，抒发志向怀抱。班固模仿《离骚》，先叙谱系，再叙幽思，最后以"乱"显志。张衡的《思玄赋》比《幽通赋》更为接近《离骚》的结构和辞采。李善注曰："顺、和二帝之时，国政稍微，专恣内竖，平子欲言政事，又为奄竖所谗蔽，意不得志；欲游六合之外，势既不能，义又不可。但思其玄远之道而赋之，以申其志耳。"② 张衡现实苦闷，运用骚体抒发远游绝尘之志。《归田赋》是《文选》赋类最短的一篇，单纯明快，抒发了高蹈出尘、归隐田园的怀抱。潘岳的《闲居赋》被元好问视为人品、文品不统一的例证。细读全赋，结合史传，可知潘岳一直徘徊在功名与归隐之间。虽然洞察古今成败之理，但于凶险四伏的官场过分执着使他的闲居之志成了无法实现的梦想。《文选》的志类，列于鸟兽类之后，说明萧统对抒发一己之志的辞赋不太重视。

（十二）哀伤类。选司马相如的《长门赋》、向秀的《思旧赋》、陆机的《叹逝赋》、潘岳的《怀旧赋》和《寡妇赋》、江淹《恨赋》和《别赋》，共七篇。跟物色相比较，反映的是社会政治及个人遭遇，给人情感带来的哀伤。述宫怨、思友人、叹离别、悼亲朋、抒饮恨，是其总体特征。潘岳擅写悲情，江淹《恨》、《别》二赋，概括了古今离愁别恨，《文选》各选两篇。

（十三）论文类。仅选陆机的《文赋》一篇。以赋体的形式，探索"意不称物，文不逮意"的文章写作理论。涉及写作准备、构思想象、谋篇布局、修改提炼、警策应感等诸多问题。以赋论文，精巧别致，《文选》聊备一体，不为细碎。

（十四）音乐类。选汉王褒的《洞箫赋》、傅毅的《舞赋》、马融的

---

① 刘宝楠：《论语正义》，中华书局，1954，第374页。
② 萧统编，李善注《文选》，上海古籍出版社，1986，第651页。

《长笛赋》；魏嵇康的《琴赋》；晋潘岳的《笙赋》、成公绥的《啸赋》，共六篇。这类赋的作者都精通音乐，赋的结构也有大体相同的写作模式。先写乐器材料的产地，次写制作过程及其形状，再写演奏者以及乐声，最后概括音乐的教化功能或审美娱情功能。傅毅的《舞赋》入音乐类，反映了古代诗乐舞三位一体的情况。成公子安的《啸赋》，用比喻、夸饰等铺写啸歌"动唇有曲，发口成音"的精妙幽深。《左传·襄公二十九年》记载，季札观乐，出现了音乐与政相通的观念。荀子论乐，一方面强调音乐可以用来抒发人的情感，另一方面又揭示出不同的音乐可以感染人心，使听者产生"心悲"、"心伤"、"心淫"、"心庄"等不同感受。《毛诗序》则比较集中地阐释了诗乐与社会政治的密切关系。这些观念，在音乐赋中或多或少，都有所反映。此类"并为入耳之娱"。

（十五）情类。选宋玉的《高唐赋》、《神女赋》、《登徒子好色赋》三篇，曹植的《洛神赋》一篇，共四篇。宋玉之赋是否具备讽谏，古今评说不一。李善认为《高唐赋》主旨讽谏，其注曰："此赋盖假设其事，风谏淫惑也。"[1] 黄侃说："《高唐》、《神女》实为一篇，犹《子虚》、《上林》也。"[2]《登徒子好色赋》李善注曰："此赋假以为辞，讽于淫也。"[3] 刘勰将此篇归之于"谐"体，虽有微讽之意，宜归滑稽诙谐之流。《洛神赋》为曹植名篇，其《序》曰："黄初三年，余朝京师，还济洛川。古人有言，斯水之神，名曰宓妃。感宋玉对楚王神女之事，遂作斯赋。"[4] 曹植通过想象夸饰，细致生动地再现了神女的美丽以及彼此之间的倾慕。这类抒写男女之情的赋，如果排在"哀伤"之后，就会显得更为紧凑，《文选》排在赋类最末，说明萧统对"情"赋评价不高。萧统重视赋的"丽"与"讽"，他在评价陶渊明时特别指出："白璧微瑕，惟在《闲情》一赋，扬雄所谓劝百而讽一者，卒无讽谏，何足摇其笔端？惜哉！亡是可也。"[5] 曹

---

[1] 萧统编，李善注《文选》，上海古籍出版社，1986，第 875 页。
[2] 黄侃：《文选平点》，中华书局，2006，第 177 页。
[3] 萧统编，李善注《文选》，上海古籍出版社，1986，第 892 页。
[4] 萧统编，李善注《文选》，上海古籍出版社，1986，第 896 页。
[5] 严可均辑《全梁文》，商务印书馆，1999，第 221 页。

植的《洛神赋》也终无讽谏，属于有"瑕"之作，理应排在赋类之末。

综上可知《文选》选赋有三个显著特点：一是尊帝王；二是重讽谏；三是兼娱情。尊帝王体现在以帝王活动的空间范围和政治事件的大小，依次排列赋的顺序。重讽谏，体现在"丽以则"，写给帝王主旨讽谏的赋优先排列。兼娱情，体现在微讽或终无讽谏的娱情遣怀之赋，居于后列，供耳目之娱。

第二节 诗类

《文选》诗类有补亡、述德、劝励、献诗、公宴、祖饯、咏史、百一、游仙、招隐、反招隐、游览、咏怀、哀伤、赠答、行旅、军戎、郊庙、乐府、挽歌、杂歌、杂诗、杂拟等二十三种。另外，欧阳建的《临终诗》居于"咏怀"、"哀伤"之间，应另分一类。《文选》的诗类，当为二十四类。

（一）补亡类。《文选》首选束晳《补亡诗六首》。四言。李善注引束晳《补亡诗序》曰："晳与司业畴人肄修乡饮之礼，然所咏之诗，或有义无辞，音乐取节，阙而不备，于是遥想既往，存思在昔，补著其文，以缀旧制。"① 所谓"阙而不备"即《诗经·小雅》中有义无辞的六首笙诗，依次为《南陔》、《白华》、《华黍》、《由庚》、《崇丘》、《由仪》。束晳依其义补其辞，故称"补亡诗"。

《南陔》，"孝子相戒以养也"。李善注引子夏《序》曰："南陔废则孝友缺矣。"② 这是一首教人如何敬养父母的诗，强调养、敬并重，不可偏颇。诗曰："有獭有獭，在河之汻。凌波赴汨，噬鲂捕鲤。嗷嗷林鸟，受哺于子。养隆敬薄，惟禽之似。勖增而虔，以介丕祉。"诗人以水獭凌波，乌鸦反哺为喻，旨在说明只养不敬如同禽类。

《白华》，"孝子之洁白也"。李善注："言孝子养父母，常自洁，如白华无点污也。子夏《序》曰：'白华废则廉耻缺矣。'"③ 此诗与前首旨趣

---

① 萧统编，李善注《文选》，上海古籍出版社，1986，第905页。
② 萧统编，李善注《文选》，上海古籍出版社，1986，第905页。
③ 萧统编，李善注《文选》，上海古籍出版社，1986，第906页。

相类，言孝子要"终晨三省"、"竭诚尽智"、"无营无欲"侍奉双亲。

两首诗以形象的比喻，通俗的语言，张扬了我国传统文化的精华，确实有"成孝敬，厚人伦，美教化，移风俗"的感染力量。

《华黍》，"时和岁丰，宜黍稷也"。李善注引子夏《序》曰："《华黍》废则畜积缺矣。"① 此诗先言风调雨顺，适合农耕，但要因地制宜，才能"黍华陵巅，麦秀丘中"。次言气候适宜，黍麦繁茂。后言丰收在望，仓廪食足。"芒芒其稼，参参其穑。稹我王委，充我民实。"寄托了诗人对农业丰收的强烈渴望。与其《劝农赋》、《广田农议》的情感基调一脉相通。

《由庚》，"万物得由其道也"。此诗旨在说明万物各有其生存消亡的形式规律，帝王应顺道而治，才能达到天人的和谐。

《崇丘》，"万物得极其高大也"。此诗祈祷高丘赐福自然人间，可谓德者之言。

《由仪》，"万物之生，各得其仪也"。此诗劝谏帝王应"仁以为政"，"文化内辑，武功外悠"。何焯评萧统《文选》选诗："首之以《补亡诗》编集，欲以继三百篇之绪，非苟然而已也。"② "补亡诗"比较集中地反映了束皙的伦理观念、民本思想、仁政理想，完全符合萧统的政治观念。从艺术形式上看，束皙虽用四言，但其写诗的目的重在"补亡"而不在摹拟，与同时只重辞藻形似的拟诗相比，显得清新雅丽，卓尔不群，所以萧统推之为诗类之首。

（二）述德类。选谢灵运《述祖德诗二首》。五言。李善注引《陈郡谢录》曰："玄字幼度，领徐州牧。苻坚倾国大出，玄为前锋，射伤苻坚，临阵杀苻融，封康乐公。"又引灵运《述祖德诗序》曰："太元中，王父龛定淮南，负荷世业，尊主隆人。逮贤相徂谢，君子道消，拂衣蕃岳，考卜东山，事同乐生之时，志期范蠡之举。"③ 陆机《文赋》云："咏世德之骏烈，颂先人之清芳。"陆机祖逊、父亢，均为吴名臣，陆机用《祖德赋》、《述先赋》铺叙世德。谢灵运承续了陆机赋颂家人的传统，用诗的形式颂

---

① 萧统编，李善注《文选》，上海古籍出版社，1986，第907页。
② 何焯：《义门读书记》卷四十六，《文渊阁四库全书》本。
③ 萧统编，李善注《文选》，上海古籍出版社，1986，第912页。

扬祖父谢玄的功德。

《文选》以"补亡"、"述德"居于诗类的重要位置,肯定了这类诗致孝、固本、颂德等教化功能。从形式看,首选四言,与《诗经》相联,具有"原始以表末"的作用。挚虞、刘勰以"四言为正",钟嵘则称"五言"最具"滋味"。萧统既推尊四言正体,又注意到五言流变。

(三)劝励类。这类诗由"讽谏"和"励志"两部分组成。选汉韦孟《讽谏诗》一首、晋张华《励志诗》一首,共两首。均为四言。韦孟《讽谏诗序》云:"孟为元王傅,傅子夷王及孙王戊。戊荒淫不遵道,作诗讽谏。"[1] 诗中正和平,深得儒家温柔敦厚之旨。《励志诗》,李善注曰:"《广雅》曰:'励,劝也。'此诗茂先自劝勤学。"[2] 诗中所云"大仪斡运,天回地游"、"逝者如斯,曾无日夜",感叹宇宙无穷,生命短促,所以要追求仁道,进德修业,达到"复礼终朝,天下归仁"的境界。充满了儒家的说教,是自励,也是在劝人。赋体"志"类,抒发的是个人之志,以此对照,可知一己之志,需要用儒家的仁、礼等道德规范砥砺磨炼,从而得到人格的提升。

以上三类诗,内容上都与儒家思想有着密切关系。体现了萧统《文选》对儒家思想的偏重。四言诗占绝大多数,萧统不录《诗经》中的篇目,重要的原因是"诗三百"已经被尊为"经",而经书不能随意删减。这些诗类的作用,略同于《文心雕龙》的总论部分,强调诗歌创作、诗歌欣赏应以经书为本。

(四)献诗类。选曹植《责躬诗》、《应诏诗》以及潘岳《关中诗》,共三首。都是臣子写给帝王的,所以采用了庄肃雅丽的四言体。对这类诗的解读,后人往往强调诗句以外的讥刺不平,但献诗的目的并不在讥刺而在于赞美颂扬。不论是抒写情志,还是陈说事情,其主旨都是为了颂扬帝王的功德,以促进君臣之间思想感情的交流。

(五)公宴类。选曹植、王粲、刘桢的《公宴诗》各一首、应场的

---

[1] 萧统编,李善注《文选》,上海古籍出版社,1986,第916页。
[2] 萧统编,李善注《文选》,上海古籍出版社,1986,第921页。

《侍五官中郎将建章台集诗》、陆机的《皇太子宴玄圃宣猷堂有令赋诗》、陆云的《大将军宴会被命作诗》、应贞的《晋武帝华林园集诗》、谢瞻的《九日从宋公戏马台送孔令诗》、范晔的《乐游应诏诗》、谢灵运的《九日从宋公戏马台集送孔令诗》、颜延之的《应诏宴曲水作诗》和《皇太子释奠会作诗》、丘迟的《侍宴乐游苑送张徐州应诏诗》、沈约的《应诏乐游苑饯吕僧珍诗》，共十四首。吕延济曰："公宴者，臣下在公家侍宴也。"[1] 可知这类诗是臣子下属在公家宴会上的侍宴之作。

曹植《公宴诗》居此类之首。李善注曰："赠答杂诗，子建在仲宣之后，而此在前，疑误。"[2] 李善根据王粲诗中的"愿我贤主人，与天享巍巍。克符周公业，奕世不可追"，推断"此诗侍曹操宴"，所以应该排在曹植《公宴诗》之前。《文选》所选的建安"公宴诗"，反映了邺下文人集团的活动。曹丕《与吴质书》云："昔日游处，行则连舆，止则接席，何曾须臾相失！每至觞酌流行，丝竹并奏，酒酣耳热，仰而赋诗。"[3]《文心雕龙》云："暨建安之初，五言腾踊。文帝、陈思，纵辔以骋节；王、徐、应、刘，望路而争驱；并怜风月，狎池苑，述恩荣，叙酣宴；慷慨以任气，磊落以使才；造怀指事，不求纤密之巧；驱辞逐貌，唯取昭晰之能：此其所同也。"[4] 刘勰概括了建安时期，围绕曹丕所形成的邺下文人集团活动的盛况。他们在游赏宴饮时，各言情志，慷慨悲歌，把自己的一己之情与动荡不安的现实紧密结合，铸就了为历代所推崇的建安风骨。《文选》所选的公宴诗，大都侧重在"怜风月，狎池苑，述恩荣，叙酣宴"的一面，慷慨任气的骨力有些不足。

晋代的公宴诗，从形式看都是四言体，可以体味出他们对《诗经》的刻意模仿。但无论二陆、还是应贞，都以歌功颂德为主。颜延之入选两首，一为应诏，一为太子，均为四言，使事用典，错彩镂金，体现出颜诗的一贯风格。范晔、沈约，都是史学家。在诗歌创作上讲究声韵和谐。宋

---

[1] 萧统编，李善等注《六臣注文选》，上海古籍出版社，1993，第452页。
[2] 萧统编，李善注《文选》，上海古籍出版社，1986，第943页。
[3] 严可均辑《全三国文》，商务印书馆，1999，第66页。
[4] 刘勰著，黄霖整理集评《文心雕龙》，上海古籍出版社，2008，第11、12页。

谢瞻、谢灵运同题而作的公宴诗,运用景语衬托送别之情,巧丽灵动,堪称公宴诗的佳作。丘迟的侍宴应诏诗,以大量的景语写欢快的心情,避开了直接奉承的模式,钟嵘置其诗于中品,评之曰:"丘诗点缀映媚,似落花依草。"相传曾得江淹五色笔。

(六)祖饯诗。亲朋远游,临别赠诗,祈祷平安,是这类诗歌的总体特征。《文选》选录七家,共八首,数量多于"献诗",而少于"公宴"。以曹植《送应氏诗二首》,居类之首。沈约《别范安成诗》为诗古诗向律诗转变的代表作。祖饯诗题,常以"送"、"别"、"集作"、"集别"为名。

以上三类,实际上都是赠诗。献给帝王的排列于前,宴饮之作次之,亲朋赠别又次之。"献诗"、"公宴"多为应景之作,鲜有佳作传世,但这样的形式,却能增进君臣之间、文士与皇室成员之间的情感交流,对诗歌创作有积极影响。赠别诗,往往情感充沛,辞采华美,传之久远。

魏晋南北朝时期,以诗歌交流情感、促进友谊是一种普遍的文化现象。《文选》还选录大量的"赠答诗",可以视为以上三类的延续。钟嵘《诗品序》用"诗可以群"概括了这类诗歌的功用。虽然属于诗体,但在写作方式上,又带有公文写作的功利特点。

(七)咏史。咏史诗,是借历史人物事件,抒发感叹的诗作。王粲的《咏史诗》居于类首。曹植的《三良诗》次之。数量上,左思最多,选录八首,其次颜延之的《五君咏》五首、《秋胡诗》一首(九首,咏一事,按一首计),共六首。

值得注意的是王粲、曹植虽诗题不同,吟咏的内容一样,都是"三良"的往事。王粲的《咏史诗》云:

> 自古无殉死,达人共所知。秦穆杀三良,惜哉空尔为。结发事明君,受恩良不訾。临殁要之死,焉得不相随?妻子当门泣,兄弟哭路垂。临穴呼苍天,涕下如绠縻。人生各有志,终不为此移。同知埋身剧,心亦有所施。生为百夫雄,死为壮士规。黄鸟作悲诗,至今声不亏。①

---

① 萧统编,李善注《文选》,上海古籍出版社,1986,第985、986页。

第六章 《文选》的文体分类

三良被迫为秦穆公殉葬，是著名的历史悲剧。王粲经三良墓，浮想联翩，以同情的笔调，再现了当时生离死别的悲壮场景。但诗人以三良的口吻，写出了君臣之间生死与共的誓言。悲壮苍凉，"发愀怆之词"。但"结发事明君"，"死为壮士规"，仍是全篇主调。曹植的《三良诗》，叙述成分很少，全篇重在抒情，其诗云：

功名不可为，忠义我所安。秦穆先下世，三臣皆自残。生时等荣乐，既没同忧患。谁言捐躯易？杀身诚独难。揽涕登君墓，临穴仰天叹。长夜何冥冥？一往不复还。黄鸟为悲鸣，哀哉伤肺肝。①

曹植凭吊古人，感时伤怀。全篇笼罩一层凄凉悲苦的情感。生命的可贵，君命的难违，构成了难以两全的抉择。捐躯、杀身，成就了三良的"忠义"，诗人在钦佩赞扬的同时，更加重了内心的悲伤。

王粲、曹植的诗，没有评价秦穆公的行为，但对于三良的殉葬，都给予了充分肯定，认为是忠义事君，杀身成仁的壮举。这种价值观念，带有鲜明的儒家色彩。从思想性来说，完全符合萧统的标准。从选文定篇来看，"咏史"前的诗类，属于"可以群"的范围，从"咏史"开始，属于诗人的自作，不同于"献诗"、"公宴"、"祖饯"那些写给别人的诗作，可以归入"诗可以怨"的范围。诗人用诗歌的形式，自由地、不带任何功利目的地抒发自己的情怀。而这类诗，《文选》以王粲、曹植的诗歌居于前列，除诗歌本身具有风力辞采外，作品的思想意义也起了重要作用。类分之中，体现出编选者的文学思想、价值取向。

左思《咏史》，常常流露出过人的自负。《咏史》诗第一首，展示了他的志向怀抱。其诗云："弱冠弄柔翰，卓荦观群书。著论准过秦，作赋拟子虚。边城苦鸣镝，羽檄飞京都。虽非甲胄士，畴昔览穰苴。长啸激清风，志若无东吴。铅刀贵一割，梦想骋良图。左眄澄江湘，右盼定羌胡。

---

① 萧统编，李善注《文选》，上海古籍出版社，1986，第986页。

❖ 汉魏六朝文体理论研究

功成不受爵，长揖归田庐。"① 其三云："吾希段干木，偃息藩魏君。吾慕鲁仲连，谈笑却秦军。"其四又云："言论准宣尼，辞赋拟相如。"这种以诗言志，并非无端地自我夸饰。左思的才华，的确受到古人的认可。刘勰《文心雕龙·才略》篇称之为"奇才"，评其创作为"业深覃思，尽锐于《三都》，拔萃于《咏史》。"②钟嵘置其诗于上品，评之曰："其源出于公幹。文典以怨，颇为精切，得讽谕之致。虽野于陆机，而深于潘岳。谢康乐尝言：'左太冲诗，潘安仁诗，古今难比。'"③《咏怀》八首，用典绵密，精练确切，又得讽喻意趣，完全符合萧统典丽结合，不废讽谏的衡文标准。

颜延之善于用典，钟嵘《诗品》置其诗于中品，评之曰："其源出于陆机。尚巧似。……又喜用古事，弥见拘束，虽乖秀逸，是经纶文雅才。雅才减若人，则蹈于困踬矣。汤惠休曰：'谢诗如芙蓉出水，颜诗如错采镂金。'颜终身病之。"④ 钟嵘提倡"直寻"，倡导自然，不满用典过密。《五君咏》取阮籍、嵇康、刘伶、阮咸、向秀五人，各为一诗。内容涉及人格、作品的评价。可以视为比较早的诗体文论。用典不多，仍有颜诗"错采镂金"的特点，故为《文选》所重。《秋胡诗》，李善注引《烈女传》曰：

> 鲁秋胡洁妇者，鲁秋胡子之妻。秋胡子既纳之，五日，去而官于陈，五年乃归。未至其家，见路傍有美妇人方采桑，秋胡子悦之，下车谓曰：今吾有金，愿以与夫人。妇人曰：嘻！夫采桑奉二亲，吾不愿人之金。秋胡子遂去。归至家，奉金遗其母。其母使人呼其妇，妇至，乃向采桑者也。秋胡子见之而惭。妇曰：束发修身，辞亲往仕，五年乃得还，当见亲戚。今也乃悦路旁妇人，而下子之装，以金与之，是忘母，不孝也。妾不忍见不孝之人。遂去而走，自投河而死。⑤

---

① 萧统编，李善注《文选》，上海古籍出版社，1986，第987、988页。
② 刘勰著，黄霖整理集评《文心雕龙》，上海古籍出版社，2008，第97页。
③ 钟嵘著，周振甫译注《诗品译注》，中华书局，1998，第48页。
④ 钟嵘著，周振甫译注《诗品译注》，中华书局，1998，第67页。
⑤ 萧统编，李善注《文选》，上海古籍出版社，1986，第1002、1003页。

第六章 《文选》的文体分类 ❖

妻子对丈夫的行为，哀怨不满，但《烈女传》没有停留在男女之情的评价上，突出的是孝的主题。"忘母，不孝也。妾不忍见不孝之人。""不孝"，是妻子投河的主要原因。《西京杂记》则淡化了孝的内容，突出了女性的节烈。《乐府解题》曰："后人哀而赋之，为《秋胡行》。若魏文帝辞曰：'尧任禹舜，当复何为。'亦题曰《秋胡行》。《广题》曰：'曹植《秋胡行》，但歌魏德，而不取秋胡事，与文帝之辞同也。'"① 傅玄取《烈女传》故事，作《秋胡行》二首。其诗云："彼夫既不淑，此妇亦太刚"，对男女的做法都有微辞。陆机、嵇康都有《秋胡行》，只是借题发挥，通篇都是对吉凶祸福、富贵忠信等人生哲理的议论。颜延之《秋胡诗》八首，与傅玄比较接近，叙事为主，时有议论。在表现手法上，清丽自然，不以雕琢见长。始终反复吟咏女性的节义，殊可注意："峻节贯秋霜，明艳侔朝日。"（其一）"义心多苦调，密比金石声。"（其六）"君子失明义，谁与偕没齿。"（其九）。钟嵘评颜诗"动无虚散，一字一句，皆致意焉"，"体裁绮密，情喻渊深"，《秋胡诗》虽为咏史，应有深意。《文选》全部选录，亦非偶然。

《秋胡行》，郭茂倩《乐府诗集》卷三十六收入《相和歌辞·清调曲》类。今存三十四首。包括颜延之的九首。《文选》卷二十七有"乐府"类，收入的都是文人创作的乐府诗，按类来分，颜延之的《秋胡诗》当为《秋胡行》，编入"乐府"类。《文选》的编选者，认为颜延之的《秋胡行》，符合"纪一事，咏一物"的要求，又具有"情喻渊深"的深刻思想，所以改《秋胡行》为《秋胡诗》，选入咏史类。

（八）百一。此类仅选应璩《百一诗》一首。关于"百一"的名称，李善注曰："张方贤《楚国先贤传》曰：'汝南应休琏作《百一篇诗》，讥切时事，遍以示在事者，咸皆怪愕，或以为应焚弃之，何晏独无怪也。'然方贤之意，以有百一篇，故曰百一。李充《翰林论》曰：'应休琏五言诗百数十篇，以风规治道，盖有诗人之旨焉。'又孙盛《晋阳秋》曰：'应璩作五言诗百三十篇，言时事颇有补益，世多传之。'据此二文，不得以

---

① 郭茂倩编撰，聂世美、仓阳卿校点《乐府诗集》，上海古籍出版社，1998，第415、416页。

一百一篇而称百一也。《今书七志》曰：'《应璩集》谓之新诗，以百言为一篇，或谓之百一诗。'然以字名诗，义无所取。据《百一诗序》云：'时谓曹爽曰：公今闻周公巍巍之称，安知百虑有一失乎？'百一之名，盖兴于此也。"①

"百一"篇、"百字为一篇"的说法，李善认为都不可取。百一诗，取名于百虑一失。应璩作诗的目的在于针刺时弊，讽归治道，故刘勰《文心雕龙·明诗》云："若乃应璩《百一》，独立不惧，辞谲义贞，亦魏之遗直也。"② 钟嵘《诗品》置应璩诗于中品，评之曰："祖袭魏文，善为古语，指事殷勤，雅意深笃，得诗人激刺之旨。至于'济济今日所'，华靡可讽味焉。"③ 钟嵘所引诗句，体现了应璩诗歌华美的一面，今亡佚。钟嵘的评价，重点在《百一诗》古直笃厚，得诗人讥刺之旨的一面。

以上三类，都是文人自觉的创作，不同于公宴、祖饯之类的应酬诗作。这三类诗风格不同，或华美，或古直，但现实性强，讽谏意义明确，体现出浓郁的儒家思想。这是《文选》的主流思想。

（九）游仙；（十）招隐；（十一）反招隐；（十二）游览。

这四类诗关系密切。如果说前面的"咏史"、"百一"关注人生的话，那么这几类则意在山林，吟咏列仙隐逸之趣。就其思想基础而言，源于道家思想。从文体的角度看，"咏史"跟"史传"关系密切；这类诗则和"诸子"的老、庄相近，有玄言诗的特点。《文选》选何劭《游仙诗》一首，郭璞《游仙诗》七首。李善注引臧荣绪《晋书》曰："何劭，字敬宗，陈国人也。"④《六臣注文选》："善曰：'臧荣绪《晋书》曰：何劭，字敬祖，陈国人也。'"⑤《文选》卷二十四"赠答二"，录何敬祖《赠张华》一首，又录张华《答何劭二首》。《文选》卷二十九"杂诗"类，录何敬祖一首。《文选》"赠答三"，录傅咸《赠何劭王济》一首，其序曰：

---

① 萧统编，李善注《文选》，上海古籍出版社，1986，第1015页。
② 刘勰著，黄霖整理集评《文心雕龙》，上海古籍出版社，2008，第12页。
③ 钟嵘著，周振甫译注《诗品译注》，中华书局，1998，第59、60页。
④ 萧统编，李善注《文选》，上海古籍出版社，1986，第1017页。
⑤ 萧统编，李善等注《六臣注文选》，上海古籍出版社，1993，第490页。

"朗陵公何敬祖，咸之从内兄；国子祭酒王武子，咸从姑之外孙也。并以明德见重于世。咸亲之重之，情犹同生，义则师友。何公既登侍中，武子俄而亦作，二贤相得甚欢，咸亦庆之。""朗陵公何敬祖"，李善注引臧荣绪《晋书》曰："何劭袭封朗陵郡公。""何公既登侍中"，李善注引臧荣绪《晋书》曰："何劭为散骑常侍，迁侍中。"① 臧荣绪《晋书》，今不传，汤求辑本卷五"何劭，字敬祖"，来自《六臣注文选》。房玄龄《晋书·何曾传》云："何曾字颖考，陈国夏阳人也。……二子：遵、劭。劭嗣。劭字敬祖。……迁侍中尚书。"② 综上可知，何劭，字敬祖，通行的李善注本"字敬宗"误。何劭《游仙诗》云：

青青陵上松，亭亭高山柏。光色冬夏茂，根柢无凋落。吉士怀贞心，悟物思远托。扬志玄云际，流目瞩岩石。羡昔王子乔，友道发伊洛。迢递陵峻岳，连翩御飞鹤。抗迹遗万里，岂恋生民乐？长怀慕仙类，眩然心绵邈。③

松、柏，挺拔常青，岁寒不凋，象征诗人品德。王子乔、白鹤，隐喻诗人高蹈出尘的志向。写列仙之趣，而不荒诞，足见诗人之胸襟怀抱。赋叙松、柏而意不浮；比兴乔、鹤而义明，确为游仙诗之佳作。体悟自然，寄情云岩，倾慕神仙，生命长久，体现了身处乱世，诗人的一种精神寄托。这是游仙诗的正体。

钟嵘置其诗于中品，并与陆云、石崇、曹摅比较，认为"朗陵为最"。陈子昂倡"兴寄"、"风骨"，批评南朝诗风："文章道弊五百年矣。汉魏风骨，晋宋莫传。……齐、梁间诗，彩丽竞繁，而兴寄都绝，每以永叹。""张茂先、何敬祖，东方生与其比肩。仆亦以为知言也。"④ 可见陈子昂对何劭诗歌的肯定。郭璞的《游仙诗》，用俊上之才，改变永嘉时期玄言诗

---

① 萧统编，李善注《文选》，上海古籍出版社，1986，第1161页。
② 房玄龄等：《晋书》，中华书局，2000，第647、650页。
③ 萧统编，李善注《文选》，上海古籍出版社，1986，第1017、1018页。
④ 徐鹏校点《陈子昂集》，中华书局，1960，第15页。

的平淡寡味，故称中兴第一。《文选》所录七首，反映出郭璞游仙诗的创变。其一云：

> 京华游侠窟，山林隐遁栖。朱门何足荣？未若托蓬莱。临源挹清波，陵岗掇丹荑。灵溪可潜盘，安事登云梯。漆园有傲吏，莱氏有逸妻。进则保龙见，退为触藩羝。高蹈风尘外，长揖谢夷齐。

诗人引经据典，否定了尘世的豪华利禄，张扬了游侠遁隐的自由精神。这种情结，时时被郭璞推向极致，《游仙诗》其三云：

> 翡翠戏兰苕，容色更相鲜。绿萝结高林，蒙笼盖一山。中有冥寂士，静啸抚清弦。放情陵霄外，嚼蕊挹飞泉。赤松临上游，驾鸿乘紫烟。左挹浮丘袖，右拍洪崖肩。借问蜉蝣辈，宁知龟鹤年？①

诗人以翠鸟、高林、飞泉等自然物色与赤松子、浮丘、洪崖等仙人行踪相结合，构成一幅色彩鲜明、仙气缭绕的精美图画。诗人追慕隐士，置身其中，长啸纵情，流连忘返。郭璞虽然深得游仙之趣，但对尘世难以忘怀。世俗与遁隐，始终处于矛盾之中，这种心态，在张华、潘岳的诗文中也有反映。他们向往自由，但又位居官职，不得不在宦海中浮沉漂游。郭璞的游仙，实际上并未消释他对现实的恐慌惊惧。"愧无鲁阳德，回日向三舍。临川哀年迈，抚心独悲吒。"（其四）"潜颖怨青阳，陵苕哀素秋。悲来恻丹心，零泪缘缨流。"（其五）这就是钟嵘所说的"乃是坎壈咏怀，非列仙之趣也"②。题为游仙，写出的却是内心的悲伤、苦闷，这是对游仙正体的新变。

招隐、反招隐，表面上看情志正好相反。这两种文类，均与《楚辞》中的《招隐士》有关。《文选》把淮南王刘安的《招隐士》归入"骚"

---

① 萧统编，李善注《文选》，上海古籍出版社，1986，第 1019~1021 页。
② 钟嵘著，周振甫译注《诗品译注》，中华书局，1998，第 63 页。

第六章 《文选》的文体分类

体,表明在萧统的文学观念中,诗与骚是不同的文类。刘安的《招隐士》,旨在招出隐士,使其返回仕途,所以把山林铺叙得异常恐怖,最后呼唤:"王孙兮归来,山中兮不可以久留。"左思的《招隐诗》二首,与刘安主旨不同。其一曰:"杖策招隐士,荒涂横古今。岩穴无结构,丘中有鸣琴。白雪停阴冈,丹葩曜阳林。石泉漱琼瑶,纤鳞亦浮沉。非必丝与竹,山水有清音。何事待啸歌,灌木自悲吟。秋菊兼糇粮,幽兰间重襟。踌躇足力烦,聊欲投吾簪。"左思厌倦仕途,欲寻隐士足迹,隐居山林。因此,诗人描写了自然山水之美景。陆机的《招隐诗》徘徊于名利与隐士之间,"富贵苟难图,税驾从所欲"。但诗重点描绘了山水景物之美。

反招隐,《文选》仅选王康琚《反招隐诗》一首。这首诗在主题上,与左思、陆机的《招隐诗》相近,而与《楚辞》中刘安的《招隐士》相对。全诗以"放神青云外,绝迹穷山里"为主调,倾心于自然之趣。

游览类,《文选》选录二十三首。其中谢惠连一首,谢灵运九首,颜延之三首,鲍照一首。刘宋诗人的作品超过大半。《文选》卷二十六有"行旅类",选谢灵运诗十首。刘勰《明诗》所云"庄老告退,而山水方滋",指的就是这类诗歌。游览、行旅,多为山水诗,但情感基调不同,游览欢乐,行旅忧伤。

(十三)咏怀类。选阮籍《咏怀诗》十七首,谢惠连《秋怀诗》一首。阮籍的诗,于平凡的意象中融入了复杂而深刻的社会内容,抒发了自己对自然、对人生世事的真切体验。刘勰《明诗》称"阮旨遥深",指出了阮籍《咏怀诗》情志深隐的风格特征。钟嵘《诗品》将阮籍《咏怀满》置于上品,前已论。谢惠连《秋怀诗》,伤春悼秋,与阮籍《咏怀诗》风格相近。

(十四)临终诗。李善注《文选》、六臣注《文选》,都把欧阳建的《临终诗》归到了卷第二十三的"咏怀"类,其位置在阮籍、谢惠连之后。胡克家《文选考异》曰:"案:此不得在谢惠连之下,当是临终自为一类。尤、袁、茶陵各本皆不分,盖传写有误。又案:俗行汲古阁本反不误,乃毛自改之耳,非别有本也。"[①] 在此基础上傅刚老师找到了版本依据:"一

---

① 萧统编,李善注《文选》,上海古籍出版社,1986,第1081页。

215

是日本古抄白文二十一卷本，一是南宋绍兴三十一年（1161）陈八郎刻五臣注本。这两个本子既证实了'临终'是诗中的小类，与'咏怀'相同，也证实了'移'确为独立的文体，与'书'、'檄'相同。"① 《临终诗》的排列顺序，在"咏怀"与"哀伤"之间，而这三类诗，从情感基调来看，又有相似之处。如果把它归到"咏怀"类，则欧阳建不能排在谢惠连之后。按李善注、六臣注现有的排序，显然不符合《文选》"类分之中，各以时代相次"的编选体例。有没有把《临终诗》归到"哀伤"类的可能呢？如果归到"哀伤"类，欧阳建则排在了嵇康的前面，这样的排列同样违背《文选》的编选体例。"临终诗"既不能归到"咏怀"类，又不属于"哀伤"类，确实应该为独立的一类。

欧阳建世为冀方右族，雅有理想，才藻美赡，擅名北州。时人称之曰："渤海赫赫，欧阳坚石。"《临终诗》是欧阳建被杀前的绝笔之作。《晋书》本传称："临命作诗，文甚哀楚。"其诗末云："上负慈母恩，痛酷摧心肝。下顾所怜女，恻恻心中酸。二子弃若遗，念此遘凶残。不惜一身死，惟此如循环。执纸五情塞，挥笔涕汍澜。"反映了晋代士人玄言背后的真实情感以及晋代动荡现实中士人的悲剧命运。

钟嵘《诗品》置欧阳建的诗歌于下品，谓其诗"平典不失古体"。许文雨《钟嵘诗品讲疏》曰："此评七君诗为'古体'，盖对张华、陆机等之新体而言。大抵在晋初，二派诗之势力，足以抗衡；及江左则张陆派占优势矣。"② 欧阳建传世之作，仅有两首，皆以平正质朴见长，而不以辞采华美取胜。《文选》选《临终诗》一首，作为诗体的一类。

（十五）哀伤类。首选嵇康《幽愤诗》一首，四言体。嵇康性格刚直，形成了高亢峻切，直白爽朗的诗风。全诗于叙事中夹有大量议论，表达了他对人生世事的幽愤不平，倾诉了内心深处的悲伤情怀。嵇康以下，为哀伤、凭吊、悼亡的主题。其中以"七"作为诗名的选三人五首，包括曹植《七哀诗》一首，王粲、张载《七哀诗》各两首。"七哀"，《文选》六臣

---

① 傅刚：《昭明文选研究》，中国社会科学出版社，2000，第187页。
② 许文雨：《钟嵘诗品讲疏》，成都古籍书店，1983，第114页。

注向曰："七哀，谓痛而哀、义而哀、感而哀、怨而哀、耳闻目见而哀、口叹而哀、鼻酸而哀也。子建为汉末征役别离妇人哀叹，故赋此诗。"[1] 丁晏《曹集铨评》曰："《乐府》四十一作《怨诗行》。《宋书·乐志》作《明月诗》。"[2] 考《乐府诗集》卷四十一，曹植的诗，收录古辞《怨诗行》之后，二首七解，为晋乐所奏。前后未见以"七"名篇的乐府。《文选》选录的是曹植本辞。吕向的解释，比较牵强。七哀诗当与乐府有关。曹植写的是闺怨，王粲哀伤战乱，张载感伤于汉墓被盗。潘岳《悼亡诗》三首，是悼念亡妻之作，体现了诗人善于述哀的特点。

（十六）赠答。《文选》卷二十三至二十六，皆为赠答诗。这是《文选》中选入数量最多的一类。内容丰富，涉及面广。多以"赠"、"答"、"与"、"酬"、"呈"、"和"等为题。这类诗与"献诗"、"公宴"、"祖饯"等文类的关系相当密切。反映了自建安三曹、七子到南朝时期，文事活动的频繁。大大小小的文事活动，促进了诗人彼此间的感情交流，而赠答诗又进一步推动了友情的发展。"嘉会寄诗以亲"，亲朋之间的赠答诗，也占有一定的比重。所以钟嵘《诗品序》把这种诗歌创作现象，概括为"诗可以群"。建安时期的赠答诗，王粲、刘桢、曹植的诗作较多，其中曹植六首。太康时期，陆机、陆云、潘尼较多，陆云、潘尼各三首，陆机十首（同题二首，按一首计）。刘琨二首，卢谌三首。元嘉时期，谢灵运三首，颜延之四首。齐永明诗人谢朓入选四首。

（十七）行旅。潘岳四首、潘尼一首、陆机五首、陶渊明二首、谢灵运十首、颜延之三首、鲍照一首、谢朓五首、江淹一首、丘迟一首、沈约二首。行旅，李周翰注曰："旅舍也，言行客多忧，故作诗自慰，次于赠答也。"[3] 这类诗多写羁宦之忧，潘岳善于述哀，故居于此类之首。行旅诗人常用"望"字，达到情悲景远的艺术效果。如，谢朓《晚登三山还望京邑》、江淹《望荆山》，以"望"为诗题；以"望"为诗句的，如，潘岳"登城望洪河"，"引领望京室"，"登城望郊甸"、陆机"南望泣玄渚"，

---

[1] 萧统编，李善等注《六臣注文选》，上海古籍出版社，1993，第527页。
[2] 丁晏：《曹集铨评》，文学古籍刊行社，1957，第56页。
[3] 萧统编，李善等注《六臣注文选》，上海古籍出版社，1993，第605页。

"伫立望故乡"、陶渊明"望云惭高鸟"、颜延之"日夕望三川"。谢朓《休沐重还道中》甚至连用两次"望"字："试与征徒望,乡泪尽沾衣。赖此盈樽酌,含景望芳菲。"

行旅诗、游览诗,都是旅途所见所感,但两者的情感基调不同。游览,是诗人主动亲近自然物色,在体悟自然中得到娱乐,而行旅则前途未卜,忧心忡忡。谢灵运的游览诗,名章迥句,处处间起,丽典新声,络绎奔会;行旅诗,则使事用典,寓目辄书,颇以繁富为累,甚至拖着玄言的尾巴。

(十八)军戎。军事战争题材的诗歌。《文选》只选王粲《从军诗》五首。王粲叙述了从军经历和内心感受。叙事、写景、抒情融为一体,平易中亦不乏文采。

(十九)郊庙。选颜延之《宋郊祀歌》二首,四言。

(二十)乐府。首选《古乐府》三首。以下选汉魏南朝文人乐府。其中陆机《乐府》十七首。陆机乐府诗,讲究铺叙辞才,句式偶俪,有很多新变。元嘉诗人鲍照擅长乐府,流传下来的诗歌多为乐府和拟乐府。钟嵘《诗品·中》评鲍照云:"其源出于二张。善制形状写物之词,得景阳之俶诡,含茂先之靡嫚。骨节强于谢混,驱迈疾于颜延。总四家而擅美,跨两代而孤出。嗟其才秀人微,故取湮当代。然贵尚巧似,不避危仄,颇伤清雅之调。故言险俗者,多以附照。"[①]《文选》选鲍照乐府八首。

(二十一)挽歌。选缪袭《挽歌诗》一首、陆机《挽歌诗》三首、陶渊明《挽歌诗》一首。这类诗,是生者哀悼死者的文体。陶渊明则以虚拟的口吻,给自己写挽歌。

(二十二)杂歌。荆轲《歌》一首,七言;刘邦《歌》一首,七言;刘琨《扶风歌》一首,五言;陆韩卿《中山王孺子歌》一首,五言。

以上各类,笼统而言,都属于乐府诗。但文人的乐府诗,多为拟乐府,不一定都配乐。诗歌和音乐的关系,越来越远。郭茂倩《乐府诗集》,设十二大类,共一百卷。《文选》仅选四类。汉魏作者居多。但所占篇目数量,陆机各类总计达二十篇,说明《文选》对辞藻华美的重视。总体上

[①] 钟嵘著,周振甫译注《诗品译注》,中华书局,1998,第63页。

看,这类诗的排序,已经非常靠后,表明《文选》对乐府诗不甚重视。

(二十三)杂诗。作者难详,以"杂"名篇,吟咏赏玩的娱乐之作,《文选》将其并入杂类。

《古诗十九首》居杂诗之首。作者问题,在齐梁时期已经变得模糊不清了。刘勰《文心雕龙·明诗》云:"古诗佳丽,或称枚叔,其《孤竹》一篇,则傅毅之词。比采而推,两汉之作乎?观其结体散文,直而不野,婉转附物,怊怅切情,实五言之冠冕也。"① 钟嵘《诗品序》云:"古诗眇邈,人事难详,推其文体,固是炎汉之制,非衰周之倡也。"② 又于《诗品·上》评《古诗》云:"其体源出于《国风》。……文温以丽,意悲而远,惊心动魄,可谓几乎一字千金!其外'去者日以疏'四十五首,虽多哀怨,颇为总杂。旧疑是建安中曹、王所制。'客从远方来'、'橘柚垂华实',亦为惊绝矣!人代冥灭,而清音独远,悲夫!"③ 李善注曰:"并云古诗,盖不知作者,或云枚乘,疑不能明也。诗云:'驱马上东门。'又云:'游戏宛与洛。'此则辞兼东都,非尽是乘明矣。昭明以失其姓氏,故编在李陵之上。"④ 李善的解释当有所本。萧统《文选》采取的是存疑态度,把《古诗十九首》归于杂类。

苏李诗也存在作者的真伪问题。钟嵘确信五言诗始于汉代李陵,其《诗品序》云:"昔《南风》之词,《卿云》之颂,厥义敻矣。夏歌曰'郁陶乎予心',楚谣曰'名余曰正则',虽诗体未全,然是五言之滥觞也。逮汉李陵,始著五言之目矣。"⑤ 刘勰《明诗》则持怀疑态度:"汉初四言,韦孟首唱,匡谏之义,继轨周人。孝武爱文,柏梁列韵;严马之徒,属辞无方。至成帝品录,三百余篇,朝章国采,亦云周备。而辞人遗翰,莫见五言,所以李陵、班婕妤,见疑于后代也。"⑥ 逯钦立《先秦汉魏晋南北朝诗》之《汉诗》卷十二"古诗"中,辑存《李陵录别诗二十一首》,并加

---

① 刘勰著,黄霖整理集评《文心雕龙》,上海古籍出版社,2008,第11页。
② 钟嵘著,周振甫译注《诗品译注》,中华书局,1998,第16页。
③ 钟嵘著,周振甫译注《诗品译注》,中华书局,1998,第32页。
④ 萧统编,李善注《文选》,上海古籍出版社,1986,第1343页。
⑤ 钟嵘著,周振甫译注《诗品译注》,中华书局,1998,第16页。
⑥ 刘勰著,黄霖整理集评《文心雕龙》,上海古籍出版社,2008,第11页。

按语考辨:"此二十一首种类虽杂,然无一切合李陵身世者。说明既非李陵所自作,亦非后人所拟咏。前贤如苏轼、顾炎武等皆疑之固是。然亦未能释此疑难也。钦立曩写《汉诗别录》一文,曾就此组诗之题旨内容用语修辞等,证明其为后汉末年文士之作。"①

钟嵘《诗品》上品依次为:古诗、李陵、班姬。《文选》的排列也是先古诗、后李陵。但班姬的诗归到了"乐府"类。按《文选》的体类,李陵的《与苏武诗三首》、苏武的《诗四首》,明显属于赠诗、别诗,应归入《文选》卷二十三的"赠答"类,或卷二十的"祖饯"类。苏李诗一并归入"杂诗"类,说明《文选》的编选者,已经注意到了诗歌的作者问题,和选录《古诗十九首》一样,采取了存疑的态度,并非误收伪作。

杂诗,还有文体的考虑。诗体驳杂不纯,既非源于《诗经》,又不同于《楚辞》,似诗而骚,如张衡的《四愁诗四首》。诗前有"序",说明创作缘起,正文首句用有"兮"字,如果仅从体貌来看,酷肖骚体,句式铺陈又似赋体。鲍照的《数诗》,以从"一"到"十"的十个数字构成全篇的骨架,带有诙谐游戏色彩,故归于杂诗。

从内容上看,表现男女之情的诗歌,大都归如此类。如曹植的《情诗》、张华的《情诗二首》、谢惠连的《七月七日夜咏牛女》等。对这类诗的解读,从来就是见仁见智。作者没用明确是喻君臣大义,还是抒怀春之情。仅凭诗句本身,无法对主题做出准确判断,《文选》干脆归到"杂"类。

(二十四)杂拟。这是《文选》中比较特殊的一类,颇似绘画的临摹。论者大都以像与不像作为评判的尺度。实际上,这类诗的文体意义,在于创作本身,而不在于模仿是否逼真。

综上可知,《文选》对诗的分类,与赋体一样有着鲜明的指导思想。尊帝王,宣上德,尽忠孝,重讽谏,厚人伦,是《文选》选文定篇的思想基础。艺术上,重风骨,重辞采,体现了对诗歌本质特征认识的深入。可谓兼有功用和审美两家之长。"杂诗"类的编选,丰富了诗歌的内容和风格,体现了编选者兼容并蓄的宽广胸怀。

---

① 逯钦立:《先秦汉魏晋南北朝诗》,中华书局,1983,第336、337页。

第三节　骚、七、符命

《文选》中的"骚",排在赋、诗之后,独立一体。萧统《文选序》云:

> 又楚人屈原,含忠履洁,君匪从流,臣进逆耳,深思远虑,遂放湘南。耿介之意既伤,壹郁之怀靡诉。临渊有怀沙之志,吟泽有憔悴之容。骚人之文,自兹而作。①

萧统的这段话,可分为两方面的内容:其一,是对屈原人格的评价;其二,是对屈原作品的评价。对屈原的人格,贾谊、刘安、司马迁、王逸都给予极高的评价。班固则评价较低,与诸家差异较大。萧统对屈原的人格评价,大体上采用了王逸的观点,突出了屈原对君王的"忠"与"洁"。但对屈原被流放后的遭遇,萧统并没有像王逸那样,强调屈原的"危言以存国,杀身以成仁"。对屈原的作品,刘安、司马迁、王逸的评价很高。班固对屈原作品"弘博雅丽"的一面,也给予了肯定。刘勰以《辨骚》讨论《离骚》的继承与创新,以此来确立写作的原则。钟嵘从诗歌源流的角度,讨论《楚辞》对五言诗歌的影响。这些都为《文选》提供了坚实的文化背景。

值得注意的是,萧统的太子身份和他所受的教育,必然影响到对屈原人格和作品的深度思考,在选文定篇上采取颇为慎重的态度。"临渊有怀沙之志,吟泽有憔悴之容",萧统在《文选序》中,明明提到了屈原《怀沙》之作,但在《文选》中并没有选录《怀沙》,而"憔悴之容"的《渔父》得以入选。司马迁《史记·屈原贾生列传》云:"屈原至于江滨,被发行吟于泽畔。乃作《怀沙》之赋。……于是怀石遂自投汨罗以死。"② 对

---

① 萧统编,海荣、秦克标校《文选》,上海古籍出版社,1998,第1页。
② 司马迁:《史记》,中华书局,2000,第1936、1937、1939页。

❖ 汉魏六朝文体理论研究

于屈原之死，班固、王逸的评价不同。班固认为屈原"露才扬己"，不知明哲保身，反而"责数怀王，怨恶椒、兰"，这种看法，对萧统当有很大影响。《文选》开篇即为班固之《两都赋》，其序之"抒下情而通讽谕"，"宣上德而尽忠孝"，最为符合萧统的太子身份、文学思想。萧统的成长，几乎与梁代同步。梁武帝为之付出大量心血。前朝遗老，后起之秀，萧衍常配置东宫。鉴于前代皇室操戈，骨肉相残，萧衍特别注重儒家人伦孝道。其《孝思赋》曰："想缘情生，情缘想起，物类相感，故其然也。每读《孝子传》，未尝不终轴辍书悲恨，拊心呜咽。"[1] 萧衍反思己过，倡言孝道，颇为感人。《梁书·昭明太子传》载："太子生而聪睿，三岁受《孝经》、《论语》，五岁遍读《五经》，悉能讽诵。……八年九月，于寿安殿讲《孝经》，尽通大义。……贵嫔有疾，太子还永福省，朝夕侍疾，衣不解带。及薨，步从丧还宫，至殡，水浆不入口，每哭辄恸绝。"[2] 事君事父，合二为一的萧统，实际上更多地采用了班固对屈原的意见，认为屈原与君王的决绝行为"非法度之政"，不宜提倡。

萧统肯定屈原的人品，同情他的遭遇，于"吊文"类，选贾谊《吊屈原文》、"祭文"类又选颜延之《祭屈原文》。因此，骚类首选屈原《离骚》，并依王逸旧例称之为《离骚经》。又选《九歌》六首、《九章》一首以及《卜居》、《渔父》两篇。屈原之后，选录宋玉《九辩》五首、刘安《招隐士》一篇。在文体上，明确了骚体与赋体的不同；骚类选刘安的《招隐士》，《文选》卷二十二另立"招隐诗"，说明骚和诗又是不同的文体，即赋、骚、诗，都是独立的文体。刘勰《文心雕龙》以《离骚》为文章写作的典范，并用《明诗》、《诠赋》、《乐府》等三篇，论述了《离骚》的重要作用。钟嵘《诗品》视《离骚》为五言诗源头。他们把《离骚》当成诗歌，而不是独立的文体。萧统立"骚"类，视其为独立的文体。

《七发》入《文选》七体之首，又选曹植《七启》一篇、张载《七命》一篇，于汉、魏、晋三代，共选三篇。七体的名称，源于枚乘《七

---

[1] 严可均辑《全梁文》，商务印书馆，1999，第1页。
[2] 姚思廉：《梁书》，中华书局，2000，第111、112页。

第六章 《文选》的文体分类

发》。《文选》李善注曰："七发者，说七事以起发太子也。犹《楚词》、《七谏》之流。"① 刘勰《文心雕龙·杂文》云："及枚乘摛艳，首制《七发》，腴辞云构，夸丽风骇。盖七窍所发，发乎嗜欲，始邪末正，所以戒膏梁之子也。"② 《七发》结构非常完整。先序作文之缘起，然后依次铺叙音乐、饮食、车马、游览、畋猎、观涛、妙道等七事。前六事，刘勰谓之"始邪"，是赋家否定的事物。最后一事，刘勰称之"末正"，是作者肯定的事物。

《七发》以后，有些文人开始模仿《七发》的文章结构，并用"七"名篇，出现了许多有影响的作品，于是形成一种文体。傅玄《七谟序》比较详细地讨论了这种文体的产生和发展情况：

> 昔枚乘作《七发》，而属文之士若傅毅、刘广世、崔骃、李尤、桓麟、崔琦、刘梁、桓彬之徒，承其流而作之者纷焉：《七激》、《七兴》、《七依》、《七款》、《七说》、《七蠲》、《七举》、《七设》之篇。于是通儒大才马季长、张平子亦引其源而广之，马作《七厉》，张造《七辨》，或以恢大道而导幽滞，或以黜瑰姱而托讽咏，扬辉播烈，垂于后世者，凡十有余篇。自大魏英贤迭作，有陈王《七启》，王氏《七释》，杨氏《七训》，刘氏《七华》，从父侍中《七诲》，并陵前而逸后，扬清风于儒林，亦数篇焉。世之贤明，多称《七激》工，余以为未必善也，《七辨》似也。非张氏至思，比之《七激》，未为劣也。《七释》佥曰"妙哉"，吾无间矣。若《七依》之卓轹一致，《七辨》之缠绵精巧，《七启》之奔逸壮丽，《七释》之精密闲理，亦近代之所希也。③

傅玄《七谟》指出了"七"体兴盛的原因，首先是枚乘创体的成功，吸引了一批文士的注意，他们有意模仿，并互相影响，又经过一代大家的

---

① 萧统编，李善注《文选》，上海古籍出版社，1986，第1559页。
② 刘勰著，黄霖整理集评《文心雕龙》，上海古籍出版社，2008，第27页。
③ 严可均辑《全晋文》，商务印书馆，1999，第473页。

努力,最终成为一种颇具规模的文体。挚虞的《文章流别论》、任昉的《文章缘起》都对这种文化现象给予了充分关注。

刘勰《文心雕龙·杂文》赞论,从作家创作心理方面,揭示了杂文的产生并盛行的原因:"伟矣前修,学坚才饱。负文余力,飞靡弄巧。枝辞攒映,嚖若参昴。慕颦之心,于焉只搅。"[1] 一旦大才创建一种新的文体,当时或后代的才子"慕颦之心,于焉只搅"。这种新的文体,诱惑着作家,引起追慕效仿的冲动,并试图通过自己的努力而有所突破。

继枚乘《七发》以后,《文选》选录了曹植《七启八首》。曹植《七启序》中交代了作文缘起:"昔枚乘作《七发》,傅毅作《七激》,张衡作《七辩》,崔骃作《七依》,辞各美丽。余有慕之焉,遂作《七启》。并命王粲作焉。"[2] 枚乘《七发》,说七事启发太子,具有讽谏意义,曹植作《七启》,只是因为前人的"辞各美丽",而引起了自己学习模仿的冲动。前人所作已各具其美,曹植依然选择这种带有模式化的文体形式,一方面这些作品的确有可慕之处,另一方面也体现了曹植勇于创新的勇气。曹植、王粲的七体之作,都比较成功,刘勰称曹植的《七启》,"取美于宏壮",王粲的《七释》"致辨于事理",在通的基础上,都有一定的新变。

张协《七命》后出,故于铺叙次序和侧重点上有所变化,避前人所详,详前人所略,为自己的创作拓展了空间。《晋书》本传曰:"于时天下已乱,所在寇盗,协遂弃人事,屏居草泽,守道不竞,以属咏自娱,拟诸文士作《七命》。"[3]

七体,虽然作者众多,不乏佳作。但因"规仿太切,了无新意",而受到后人批评。吴讷《文章辨体序说》、徐师曾《文体明辨序说》,都表达过对七体的不满。章士钊《柳文指要》云:"《七》,骚之余也。自枚乘继屈原、宋玉、景差、贾谊之徒为之,而独扬一帜,赓而和者百家,至千余年不息。昭明太子辑《文选》,至揭与曹植、张协并列。而未加可否。洎夫最近,有友人为言:'七体唯枚生之作为有政治意义,其余大抵唱《招

---

[1] 刘勰著,黄霖整理集评《文心雕龙》,上海古籍出版社,2008,第28页。
[2] 萧统编,李善注《文选》,上海古籍出版社,1986,第1576页。
[3] 房玄龄等:《晋书》,中华书局,2000,第1005页。

第六章 《文选》的文体分类

隐》词，适得屈、宋、景、枚之反，而索然寡味。'其识绝伟。"①

枚乘《七发》以下，摹拟者的确没有注重七体的讽谏意义。即便是《文选》当中的《七启》、《七命》，也属于在结构、辞采上下功夫的作品。这种摹拟，颇似于《文选》中的"杂拟"类。写作的目的在于模仿、娱情。

七体在《文选》中位于"骚"体之后。如果与赋体关系密切，可以列赋体之后诗体之前。七体之后，为诏体。萧统于笔类，肯定把帝王之文居于文类之首。七体不应排在诏体之前。位于骚后，置于诏前，不伦不类。萧统于众作之中，仅选三篇，且编排在这个位置，说明萧统对七体不甚重视。相当于赋、诗、骚之后的附录。这与刘勰对七体总体评价相仿。

萧统《文选》卷四十八，立"符命"类。选录了司马相如的《封禅文》、扬雄的《剧秦美新》、班固的《典引》。可见萧统的"符命"，就是刘勰封禅体，在文体分类中，属于同体异名。"封禅"和"符命"，是怎样联系在一起的呢？董仲舒《春秋繁露·符瑞》云：

> 有非力之所能致而自至者，西狩获麟，受命之符是也，然后托乎《春秋》正不正之间，而明改制之义。一统乎天子，而加忧于天下之忧也，务除天下所患，而欲以上通五帝，下极三王，以通百王之道，而随天之终始，博得失之效，而考命象之为，极理以尽情性之宜，则天容遂矣。百官同望异路，一之者在主，率之者在相。②

《春秋》止于"西狩获麟"，儒者探究"微言大义"，认为天以麟命孔子，孔子不王之圣也。董仲舒直接判断为"西狩获麟，受命之符是也"。张扬的是人权天授的思想。萧统尊重孔子，《文选序》云："若夫姬公之籍，孔父之书，与日月俱悬，鬼神争奥，孝敬之准式，人伦之师友，岂可重以芟夷，加之剪截？"③更为重要的是，在他看来萧衍的称帝，也是受命

---

① 刘勰著，詹锳义证《文心雕龙义证》（上），上海古籍出版社，1989，第 512 页。
② 董仲舒撰，袁长江等注《董仲舒集》，学苑出版社，2003，第 137 页。
③ 萧统编，海荣、秦克标校《文选》，上海古籍出版社，1998，第 2 页。

之符也。而赋家描绘的嘉禾惠谷，珍禽异兽，封泰山、禅梁父，寄托了萧统梦寐以求的理想。

从文体的排序看，"符命"之后为史论、史述赞。萧统《文选序》云："至于记事之史，系年之书，所以褒贬是非，纪别异同，方之篇翰，亦已不同。若其赞论之综缉辞采，序述之错比文华，事出于沉思，义归乎翰藻，故与夫篇什，杂而集之。"[①]《文选》不录史书，而符命、史论、史述赞三体皆与史书有关。因具备"沉思"、"翰藻"的特点而入《文选》。

第四节 君臣之体类

君王常用的文体，《文选》分为诏、册、令、教、文等五类；臣属之文分为表、上书、启、弹事、笺、奏记等六类。这几种文体，属于应用性、实效性很强的文体，都与军国大事密切相关。

诏，帝王之言，故置于无韵之笔的首位。《文选》仅录汉武帝《诏》、《贤良诏》，共两篇。汉武帝"罢黜百家，独尊儒术"，确立了儒家思想的主流地位。选拔人才，汉武帝不拘一格，任人唯贤。非常符合萧统的政治需求，也与他的文学思想合拍。汉武帝《诏》曰：

> 盖有非常之功，必待非常之人。故马或奔踶而致千里；士或有负俗之累而立功名。夫泛驾之马，跅弛之士，亦在御之而已。其令州县察吏民有茂才异等，可为将相及使绝国者。

汉武帝之《诏》，清楚明白，不乏生动。用的散体。"六朝而下，文尚偶俪，而诏亦用之。"[②]汉代文章之士，在赋体创作上，追求藻丽，但能以"丽以则"为约束，尚未形成偶俪风气。六朝以下，无论有韵之文，还是无韵之笔，都非常讲究骈偶。

---

① 萧统编，海荣、秦克标校《文选》，上海古籍出版社，1998，第2页。
② 徐师曾：《文体明辨序说》，人民文学出版社，1962，第112页。

《贤良诏》，在句式上，稍显整齐，四字句较多，与诏告的对象为贤良有关。《贤良诏》曰：

> 今朕获奉宗庙，夙兴以求，夜寐以思，若涉渊水，未知所济。猗欤伟欤！何行而可以彰先帝之洪业休德？上参尧舜，下配三王，朕之不敏，不能远德，此子大夫之所睹闻也。贤良明于古今王事之体，受策察问，咸以书对。著之于篇，朕亲览焉。①

下诏的目的在于探究尧、舜、禹、商汤、周武王等一脉相承的儒家之道，以便更好地为现实的政治服务。

《文选》所录汉武帝的两诏，均为散体。而汉以后诏文，未选一篇。表明萧统是以质朴散行的汉诏为正宗的。在创作上，萧统强调"沉思""翰藻"，在实效性很强的文体上，萧统还是看重辞达而已。

册，亦为帝王之文，以命诸侯王公。《文选》仅录潘勖《册魏公九锡文》一篇。李善注引《说文》曰："册，符命也。诸侯进受于王，象其礼，一长一短，中有二编也。"又引《文章志》曰："潘勖，字元茂，献帝时为尚书郎，迁东海相，未发，拜尚书左丞，病卒。魏锡，勖所作。"② 这是潘勖替汉献帝起草的册文。汉末，曹操"挟天子以令诸侯"，但并没有废除汉帝，汉帝以"九锡"嘉奖曹操。此诏很长，由于出自尚书郎潘勖之手，所以叙事清楚，结构严谨，文辞雅丽。以帝王之身份，为臣子歌功颂德，且长篇大论，这样的册文，不同于简明扼要的实用性强的册文，属于非正常的册文。《文选》选录此文的目的在于欣赏观摩，而不在于功用。

令，即命令。徐师曾《文体明辨序说》云："七国之时并称曰令；秦法，皇后太子称令。至汉王有《赦天下令》，淮南王有《谢群公令》，则诸侯王皆得称令矣。意其文与制诏无大异，特避天子而别其名耳。然考《文选》有梁任昉《宣德皇后令》一首，而其词华靡，不可法式。其余集亦不

---

① 萧统编，李善注《文选》，上海古籍出版社，1986，第1622页。
② 萧统编，李善注《文选》，上海古籍出版社，1986，第1623页。

多见。今取载于史者。"①《文选》于"令",仅选任昉《宣德皇后令》一篇。萧统选录这篇,有双重意义。首先是思想内容,这是任昉以皇后口吻,写给萧衍的命令。萧衍在齐末皇室的争斗中,发挥过重要作用。有功当赏、有德受封,但萧衍却屡屡推让,皇后此令力劝他接受封赏。全篇盛赞萧衍"文擅雕龙"、"推毂樊邓"的文功武略,歌功颂德丝毫不比《册魏公九锡文》逊色。其次是辞采华美。因为此令出自任昉之手,叙述事迹,精炼质实,颂扬功德,雍容雅丽,文辞华靡而不流于谄媚失实,"沈诗任笔",不为虚谈。

教,李善注引蔡邕《独断》曰:"诸侯言曰教。"②刘勰《文心雕龙》归入"诏策"类:"教者,效也,出言而民效也。契敷五教,故王侯称教。"③《文选》选录傅亮《为宋公修张良庙教》一篇、《为宋公修楚元王墓教》一篇,共两篇。皆为傅亮代宋公刘裕所写的教文。前者为汉名将张良修庙,后者为宋公刘裕为其先祖楚元王刘交修墓。两篇教文体貌风格一致。先言庙主、墓主之功德,次叙庙、墓之荒墟,再言修复之过程。旨在抒怀古之情,存不刊之烈,张扬德、仁等正统的儒家思想。

文,策文,出题策问的一种应用文体。《文选》的"策文",实际就是刘勰《文心雕龙·议对》所说的"对策"。帝王在简策上提出问题,让应举考试的人回答,再评定甲乙,甲等的可以做官。

《文选》选录策文三篇,王融两篇,任昉一篇,都是代帝王提问的试题。王融《永明九年策秀才文》五首,由五个问题构成,涉及品德、农业、法律、财政、历数等多种问题。《永明十一年策秀才文》五首,题目数量不变,还是五道大题,但题目内容更为具体细致,跟现实的关系也更为贴近。

《天监三年策秀才文》三首,是任昉为梁武帝策问秀才出的三道考题。第一题是关于赋税的。第二题是关于兴儒的。第三题是关于进谏的。但任昉策文,先言梁武功德主张,而后让秀才献计献策。既体现了帝王的尊

---

① 徐师曾:《文体明辨序说》,人民文学出版社,1962,第120页。
② 萧统编,李善注《文选》,上海古籍出版社,1986,第1640页。
③ 刘勰著,黄霖整理集评《文心雕龙》,上海古籍出版社,2008,第39页。

严，又选拔了治国的人才，确实发挥了考试应有的作用。

以上为与帝王、皇室关系最为密切的应用文体。五类文体，《文选》所选篇目并不多。有的文体侧重使实用，如"诏"；有的文体侧重欣赏，如"册"；有的兼而有之，如"令"、"策文"。其中任昉的"令"、"策文"，都与梁武帝萧衍有关。以下诸体，则是大臣、文士写给帝王或上属的文体。

表，是臣子写给帝王，用来陈情请示的文体。都以"荐"、"让"、"谢"、"为……"等为题。《文选》选录达十九篇，入选的作者十三人。无论篇目数量，还是入选人数，在下行、上行应用文体中都是最多的。历代传颂的佳作，如孔融的《荐祢衡表》、诸葛亮的《出师表》、曹植的《求自试表》、李密的《陈情表》、陆机的《谢平原内史表》、刘琨的《劝进表》等，都出自这一类。文章写作，踵事增华。因此《文选》在这类文体中，选录最多的是任昉的文章。任昉一人于此类文体中独占五篇。

上书，献言于皇帝、君王，皆称上书。徐师曾解释为："古人敷奏谏说（音税）之辞，见于《尚书》、《春秋内外传》者详矣。然皆矢口陈言，不立篇目，故《伊训》、《无逸》等篇，随意命名，莫协于一；然亦出自史臣之手。刘勰所谓'言笔未分'，此其时也。降及七国，未变古式，言事于王者，皆称上书。秦汉而下，虽代有更新革，而古制犹存，故往往见于诸集之中。萧统《文选》，欲其别于臣下之书也，故自为一类，而以'上书'称之。今从其例，历采前代诸臣上告天子之书以为式，而列国之臣上其君者亦以类次杂于其中。其他章表奏疏之属，则别以类列云。"[①] 上书的内容，非常驳杂繁富，在文体的归类上，并没有统一的标准。仅以《文选》选录的几篇来看，在分类上存在不小的差距。

《文选》上书类，共选作品七篇，包括李斯《上书秦始皇》一篇、邹阳《上吴王书》和《狱中上书自明》共二篇、司马相如《上书谏猎》一篇、枚乘《上书谏吴王》和《上书重谏吴王》共二篇、江淹《诣建平王上书》一篇。上书，从体貌和风格看，具有劝说别人接受自己意见的性

---

① 徐师曾：《文体明辨序说》，人民文学出版社，1962，第121页。

质，所以刘勰把李斯的《上书秦始皇》（又称《谏逐客书》）、邹阳的《上吴王书》归到了"论说"类，属于"说"体。《文心雕龙·论说》云："李斯之止逐客，并顺情入机，动言中务，虽批逆鳞，而功成计合，此上书之善说也。至于邹阳之说吴梁，喻巧而理至，故虽危而无咎矣。"① 李兆洛《骈体文钞》又把李斯、邹阳之文，列入"奏事类"。李兆洛评李斯《上书秦始皇》曰："此文若去中间一节，则了无生趣矣。然语既泛滥，意杂诙嘲。虽曰羁旅之臣，要岂陈言之体？玩其华焉可也。"② 此书，虽非标准的骈体，但已具骈体雏形，且其华可赏。司马相如《上书谏猎》亦"朴而能华"。③

《文选》此类，绝大多数为秦汉作品，魏晋南北朝几代唯录江淹一篇。秦汉之作，皆涉政治，具有讽谏意义，又朴而能华，文质彬彬，故《文选》推崇备至，视为"上书"楷模。江淹《诣建平王》，虽为陈冤诉情之作，然用典绵密贴切，句式偶俪铺陈，为后出转精之佳作。

启，兼有表、奏文体特征。陈政言事，近于奏；让爵谢恩，同于表。《文选》启类，只选任昉三篇作品。《奉答敕示七夕诗启》，是任昉对梁武帝所赠《七夕诗》五韵的答书。任昉和萧衍，同属"竟陵八友"，萧衍称帝，毕竟有了君臣之别。朋友之间，就可以说《答萧衍书》或《答萧衍示七夕诗书》）。君臣之间，便有了尊卑地位的差别，反映到文体上，就有了专门用于帝王的文体名称。《为卞彬谢修卞忠贞墓启》是任昉代卞彬写给梁武帝萧衍的启文，属于谢恩之启，具有"表"的特点。

弹事，为奏文的一种，用于弹劾罪恶和错误，由御史中丞负责起草。《文选》选任昉《奏弹曹景宗》、《奏弹刘整》，共两篇，沈约《奏弹王源》一篇。这种文体，有固定的格式。以"稽首"开头，引经据典，提出赏罚；"顿首顿首，死罪死罪"以后，叙述弹劾的原因和被弹劾的对象；"臣谨案"以下，列举被弹劾者的罪恶或错误；"臣等参议"以下，提出处理意见。

---

① 刘勰著，黄霖整理集评《文心雕龙》，上海古籍出版社，2008，第37页。
② 李兆洛：《骈体文钞》卷十一，上海古籍出版社，2001，第144页。
③ 李兆洛：《骈体文钞》卷十一，上海古籍出版社，2001，第150页。

第六章 《文选》的文体分类 ❖

这种文体的功用很强,并非以"沉思"、"翰藻"见长,所以萧统做了必要的删节。其中《奏弹刘整》,萧统删改太多,已非任昉弹文的原貌。

笺,介于书、表之间的一种文体。徐师曾云"古者君臣同书,至东汉始用笺记,公府奏记,郡将奏笺。若班固之说东平,黄香之奏江夏,所谓郡将奏笺者也。是时太子诸王大臣皆得称笺,后世专以上皇后太子。于是天子称表,皇后太子称笺,而其他不得用矣。"① 《文选》选录杨修《答临淄侯笺》一篇、繁钦《与魏文帝笺》一篇、陈琳《答东阿王笺》一篇、吴质《答魏太子笺》一篇和《在元城与魏太子笺》一篇、阮籍《为郑冲劝晋王笺》一篇、谢朓《拜中军记室辞随王笺》一篇、任昉《到大司马记室笺》一篇和《百辟劝进今上笺》一篇,共九篇。其中魏占五篇,而且都是写给曹丕、曹植的。反映出当时文人与皇室文化的密切关系。这正是昭明太子所追慕、所企盼的盛事。

《为郑冲劝晋王笺》是阮籍代郑冲写的劝晋公司马昭接受九锡之礼的笺文。《百辟劝进今上笺》是任昉代表百官劝说萧衍接受封诏的笺文。劝进的结果是取代前朝,实现"禅让"。从思想意义上看,萧统的编选,旨在为萧梁王朝找到政权的合法性。从文章的艺术性看,所选篇目,皆为句式大体整齐的偶俪之作。从应用的方面说,萧统文人集团,经常诗文往来,笺体庄重雅丽,是非常合适的一种交流工具。

奏记,是上书三公府的文体。《文选》于此类只选阮籍《诣蒋公》一篇。蒋公,即蒋济,时为太尉,属三公之一。李善注引臧荣绪《晋书》曰:"太尉蒋济,闻籍有才俊而辟之。籍诣都亭奏记。初,济恐籍不至,得记欣然,遣卒迎之,而籍已去,济大怒。于是乡亲共喻之,籍乃就吏。"② 奏记先颂蒋公之德,以示尊重谢意,次叙辞官理由,具有敬而不惧,简而无傲的文体风格。

就其体貌而言,与"笺"体的区别不大,开头、结尾,都有"死罪死罪"的套话。这些格式化的语言,是一定时期政治、文化的产物。随着门

---

① 徐师曾:《文体明辨序说》,人民文学出版社,1962,第123页。
② 萧统编,李善注《文选》,上海古籍出版社,1986,第1845页。

阀士族制度的削弱和对人才的重视，到了梁代，皇室成员与文士的关系比较融洽。皇室成员之间，也常常以书信的形式进行交流。"书"成了最为常用的文体。《文选》卷四十一，于"笺"、"奏记"之后，又立"书"体，而且选由汉到梁的"书"高达二十二篇，甚至超过了"表"的数量，说明编选者非常注意应用文体的现实性和实用性。

第五节　移、檄、难

萧统《文选》体类有三十七体、三十八、三十九体诸说，分歧的焦点就在于移、檄、难三体的排序问题。穆克宏先生主张三十七体，他认为近世研究者多谓分三十八体，可以商榷，他提出了四点看法："第一，胡克家《文选考异》云：'移'字一行，'各本皆脱'。既然各本皆无，是否脱掉，颇引起人们的怀疑。因为唐宋以来，《文选》的传本不只是一种，怎么会'各本皆脱'？因此，'移字一行'是脱掉，还是原来所无，有待进一步查考和研究。第二，李善注《文选》和六臣注《文选》的各种版本，'移'文皆列于'书'体之中。这样分类并没有错，因为'移'文本是'书'体的一种……第三，《文选序》论述各种文体，虽未遍及《文选》所列全部文体，而基本具在，亦未见'移'文一体。第四，萧统以前，移文作品很少，刘勰《文心雕龙·檄移》篇，曾举出三篇，司马相如《难蜀父老》，文在移檄之间；陆机《移百官》，早已散失；只有刘歆《移书让太常博士》是一篇典型的政治性移文。因此，萧统将移文归入'书'体，似亦无可非议。我以为在未找到版本依据之前，根据现有可以见到的版本，断为三十七体较为妥善。"[1] 骆鸿凯承陈景云、胡克家、黄侃之说，认为："《文选》次文之体凡三十有八"。在通行本的基础上，增补脱去的"移"体。[2]

萧统《文选序》谈到编排体例说："凡次文体，各以汇聚。诗赋体既不一，又以类分，类分之中，各以时代相次。"[3] 傅刚老师据此认为："《文

---

[1] 穆克宏：《昭明文选研究》，人民文学出版社，1998，第105~106页。
[2] 骆鸿凯：《文选学》，中华书局，2015，第24页。
[3] 萧统编，海荣、秦克标校《文选》，上海古籍出版社，1998，第2页。

第六章 《文选》的文体分类

选》编排体例是每一类中文章各以时代先后为顺序排列，而据现存各版本，如尤刻本（中华书局1974年影印）、四部丛刊本（中华书局1987年影印），刘子骏《移书让太常博士》一文居然排列在刘孝标《重答刘秣陵沼书》之后。刘歆（子骏）是西汉人，刘孝标是梁人，时代相差这么远，编者不可能不知道，可见此处的确是脱了一个标明类目的'移'字。"①

"但是，问题并没有结束。因为依据同样的理由，《文选》卷四十四'檄'类中司马长卿（相如）《难蜀父老》一文，无论如何不应排列在钟士季（会）的《檄蜀文》之后。司马相如是西汉人，而钟会却是曹魏时人，这两人都是名人，照理是不应出错的。因此，《难蜀父老》一文也应单独标类，即'难'与'移'一样，都是《文选》中单独的文体。这样，《文选》实际文体类目就应该是三十九类了。"②

李善通行本目录如下：

第四十三卷

书

与山巨源绝交书……………嵇叔夜
为石仲容与孙皓书…………孙子荆
与嵇茂齐书…………………赵景真
与陈伯书……………………丘希范
重答刘秣陵沼书……………刘孝标
移书让太常博士 并序………刘子骏
北山移文……………………孔德璋

第四十四卷

檄

喻巴蜀檄……………………司马长卿
为袁绍檄豫州………………陈孔璋

---

① 傅刚：《昭明文选研究》，中国社会科学出版社，2000，第186页。
② 傅刚：《昭明文选研究》，中国社会科学出版社，2000，第187页。

檄吴将校部曲文…………………陈孔璋

　　檄蜀文……………………………钟士季

　　难蜀父老…………………………司马长卿

以时代相次，萧统把《北山移文》，排在《移书让太常博士》后，显然视之为移体而不是书体。再看四十四卷的檄体，司马相如的两篇移文，被合并到檄类，且一前一后。这样的排列在《文选》中仅此一例。以司马相如的《喻巴蜀檄》列为檄文之首，尚可理解，因为司马相如之文，本来就以檄为题。这和"颂"体中，选入了刘伶的《酒德颂》一样，可视为同类中两种不同的形式。但《难蜀父老》则无论从题目还是从内容上看，都无法把它归到檄类。的确应该在钟士季《檄蜀文》下，加上标明文类的"难"字。依傅刚老师的考据结论，《文选》的目录应重编如下：

　　　　第四十三卷
　　　　　书
　　与山巨源绝交书…………………嵇叔夜
　　为石仲容与孙皓书………………孙子荆
　　与嵇茂齐书………………………赵景真
　　与陈伯书…………………………丘希范
　　重答刘秣陵沼书…………………刘孝标
　　　　　移
　　移书让太常博士 并序……………刘子骏
　　北山移文…………………………孔德璋
　　　　第四十四卷
　　　　　檄
　　喻巴蜀檄…………………………司马长卿
　　为袁绍檄豫州……………………陈孔璋
　　檄吴将校部曲文…………………陈孔璋
　　檄蜀文……………………………钟士季

第六章 《文选》的文体分类

难

难蜀父老························司马长卿

移文，萧统《文选》选录了刘歆《移书让太常博士》和孔稚珪《北山移文》。刘歆的移文，前有小序，交代了为文缘起，其序曰："歆亲近，欲建立《左氏春秋》及《毛诗》、《逸礼》、《古文尚书》，皆列于学官。哀帝令歆与《五经》博士讲论其议，诸儒博士或不肯置对，歆因移书太常博士责让之。"[1] 刘歆想把《左氏春秋》等列于学官，而诸位经学博士既不响应，又不肯与他讨论，所以刘歆写了这篇移文。目的是让经学博士改变态度，接受自己的主张，采纳自己的建议。

孔稚珪《北山移文》，通过"钟山之英，草堂之灵"与"世有周子，隽俗之士"的对比，揭示了假隐士的种种丑态，旨在劝谏纠正当时盛行的假隐风气。

檄文，《文选》选司马相如《喻巴蜀檄》、陈琳《为袁绍檄豫州》、《檄吴将校部曲文》及钟会《檄蜀文》。

司马相如《喻巴蜀檄》首云"告巴蜀太守"，是向太守通告情况，让他明白事情的真相。文末又云："陛下患使者有司之若彼，悼不肖愚民之如此，故遣信使，晓谕百姓以发卒之事，因数之以不忠死亡之罪，让三老孝悌以不教诲之过。方今田时，重烦百姓，已亲见近县，恐远所溪谷山泽之民不遍闻，檄到，亟下县道，使咸喻陛下之意，无忽。"虽有谴责巴蜀之民"不忠"、"不教"之过，但檄文的最终目的，在于"晓谕百姓以发卒之事"，使巴蜀官吏百姓"咸喻陛下之意"。此文属于告谕之檄。

难，仅选司马相如《难巴蜀父老》一篇。李善注引《汉书》曰："武帝时，相如使蜀。长老多言通西南夷之不为国用，大臣亦以为然。相如业已建之，不敢谏，乃著书假蜀父老为辞，而己以语难之，以讽天子，因宣其使指，令百姓知天子意焉。"（《文选》卷四十四）

此文先设巴蜀父老之辞，然后逐步铺叙辩驳，最后父老折服，改变看

---

[1] 萧统编，海荣、秦克标校《文选》，上海古籍出版社，1998，第358页。

法。所以刘勰把它归到了"移"类。《司马相如集校注》中，此文题为《与蜀父老诘难》。[①] 此题与《史记》、《汉书》所载"而已诘难之"（《史记》卷一百一十七）、"而已以语难之"相符，盖为萧统《文选》另立"难"体所本。

第六节　辞、序、书、论

《文选》的"辞"类，仅选汉武帝《秋风辞》和陶渊明《归去来》。汉武帝《秋风辞序》云："上行幸河东，祠后土，顾视帝京欣然，中流与群臣饮燕，上欢甚，乃自作秋风辞。"武帝与群臣宴饮，心情欢愉，于是吟咏了这首《秋风辞》。

辞与音乐的关系颇为密切。鲁迅先生《汉文学史纲要》论及汉宫之楚声："故在文章，则楚汉之际，诗教已熄，民间多乐楚声，刘邦以一亭长登帝位，其风遂衣被宫掖。……高祖既定天下，因征黥布过沛，置酒沛宫，召故人父老子弟佐酒，自击筑歌曰：'大风起兮云飞扬。威加海内兮归故乡。安得猛士兮守四方！'亦楚声也。且发沛中儿百二十人教之歌，群儿皆和习之。""又以沛宫为原庙，令歌儿吹习高帝《大风》之歌，遂用百二十人为常员。文景相嗣，礼官肄之。楚声之在汉宫，其见重如此，故后来帝王仓卒言志，概用其声，而武帝词华，实为独绝。当其行幸河东，祠后土，顾视帝京，忻然中流，与群臣宴饮，自作《秋风辞》，缠绵流丽，虽词人不能过也。"[②]

陶渊明《归去来序》曰："余家贫，又心惮远役，彭泽县去家百里，故便求之。及少日，眷然有归与之情，自免去职。因事顺心，命篇曰《归去来》。"陶渊明的《归去来》，王瑶本《陶渊明集》、逯钦立本《陶渊明集》并作《归去来兮辞》。王瑶以诗、文两大类编辑陶渊明集，把《归去来兮辞》归入文类；逯钦立诗、辞赋、记传赞述、疏祭文等四类，把《归

---

① 朱一清、孙以昭：《司马相如集校注》，人民文学出版社，1996，第124页。
② 鲁迅：《汉文学史纲要》，人民文学出版社，1973，第32、33页。

《去来兮辞》归入辞赋类。

《文选》把《归去来兮辞》归到辞类，并以《归去来》名篇，说明陶渊明的《归去来兮辞》与汉武帝的《秋风辞》在文类上虽然相同，但已不是音乐之辞。陶渊明只是用辞这样的文体形式，抒发自己顺心适志的情怀。

序，序文。吴讷《文章辨体序说》曰："《尔雅》云：'序，绪也。'序之体，始于《诗》之《大序》，首言六义，次言《风》《雅》之变，又次言《二南》王化之自。其言次第有序，故谓之序也。"[①]

《文选》选汉至梁序文九篇。《毛诗序》居此类之首。体现了编选者对儒家思想的重视。《文选》的序文，大体包括了如下小类：

（一）儒家经籍序。包括子夏《毛诗序》、孔安国《尚书序》、杜预《春秋左氏传序》。萧统《文选序》对"姬公之籍"、"孔父之书"推崇备至。而对老、庄之作，管、孟之流则稍显轻视，在序文中均未选录。

（二）赋序。选皇甫谧《三都赋序》。此序是皇甫谧为左思《三都赋》所作序文。序文盛称强本、固用、致孝等儒家思想。陆机《豪士赋序》也属于赋序类。与皇序不同的是，陆机是为自己的《豪士赋》所写的序文。

（三）歌辞序。选石崇《思归引序》。石崇于序文中首言去官，次言放逸河阳别业，又次言所作之缘起。其肥遁林薮，体任逍遥之趣，深得萧统首肯。

（四）诗序。选颜延之《三月三日曲水诗序》、王融《三月三日曲水诗序》。颜延之《诗序》云："（帝）并命在位，展诗发志。则夫诵美有章，陈信无愧者欤！"李善注引裴子野《宋略》曰："文帝元嘉十一年三月丙申，禊饮于乐游苑，且祖道江夏王义恭、衡阳王义季，有诏会者咸作诗，诏太子中庶子颜延年作序。"（《文选》卷四十六）王融《诗序》云："有诏曰：'今日嘉会，咸可赋诗。'凡四十有五人，其辞云尔。"农历三月三日，帝王宴饮群臣，并诏令赋诗。颜延之、王融的诗序，反映了当时的盛况。

[①] 吴讷：《文章辨体序说》，人民文学出版社，1962，第42页。

（五）集序。为个人文集所作的序文。选任昉《王文宪集序》。此序是任昉为王俭文集写的序文。首序王俭姓名、籍贯，次序王俭生平、事迹、品德、才能，文末表达自己对王俭的怀念感激之情以及王俭的著述整理。

书，实用性书类，选的是书信一体。刘勰《文心雕龙·书记》依写作对象不同，把书信分为"奏书"、"奏记"、"奏笺"、"书"等四类。萧统《文选》也选录了这些文类。上书，是写给帝王的，所以排在前面，笺、奏记，是写给三公郡将的，所以次之。普通的书信，又次之，排在了笺和奏记之后。

书信，是人类沟通情感，传递信息的重要工具。在应用文体中，使用最为频繁。从《文选》的排列顺序看，书排在了移、檄、难等文体之前，反映了《文选》对书类文体的重视。

此类按时代次第，分上、中、下三个部分。所选作者篇目如下：

李陵《答苏武书》，司马迁《报任少卿书》，杨恽《报孙会宗书》，孔融《论盛孝章书》，朱叔元《为幽州牧与彭宠书》，陈琳《为曹洪与魏文帝书》，阮瑀《为曹公作书与孙权》，曹丕《与朝歌令吴质书》、《与吴质书》、《与钟大理书》共三篇，曹植《与杨德祖书》、《与吴季重书》共两篇，吴质《与东阿王书》，应璩《与满公琰书》、《与侍郎曹长思书》、《与广长岑文瑜书》、《与从弟君苗君胄书》共四篇，嵇康《与山巨源绝交书》，孙楚《为石仲容与孙皓书》，赵景真《与嵇茂齐书》，丘迟《与陈伯之书》，刘孝标《重答刘秣陵沼书》。

《文选》书类涉及如下几个问题。

（一）真伪。李陵《答苏武书》，为书类之首。任昉《文章缘起》认为，司马迁《报任少卿书》是最早的书信。《文选》把《答苏武书》排在司马迁之前，显然认为此书就是李陵所作。刘知几《史通·杂说下》、苏轼《答刘沔书》、何焯《义门读书记》、黄侃《文选平点》，都认为非李陵所作，是后人的拟作。

（二）代书。代替他人写的书信。如陈琳《为曹洪与魏文帝书》，是代曹洪写给曹丕的书信。阮瑀《为曹公作书与孙权》，是代曹操写给孙权的书信。孙楚《为石仲容与孙皓书》，是代石苞写给孙皓的书信。赵景真《与嵇茂齐书》，实际上也是代言体，其书信开头的"安白"，即"吕安告白"。

（三）"书"与"上书"的归类问题。陈琳《为曹洪与魏文帝书》，属于代书。按书类的编排，无论代谁写信，都属于作者文章。陈琳的这篇文章，实际上是代曹洪写给帝王的，应归到"上书"类。

（四）归类、排序错误。刘歆《移书让太常博士》，属于"移文"，不是书信。刘勰《文心雕龙·檄移》云："及刘歆之《移太常》，辞刚而义辨，文移之首也。"[1] 即使《文选》误把"移书"当成书体，汉之刘歆也不应该排在梁丘迟、刘孝标之后。可见，在"书"、"檄"两类之间，确实应有"移"这个文类。

史论、史述赞，都出自史书。史家在客观描述历史、人物、事件之后，往往在每篇文末加以评论，进行褒贬。由于史书强调实录，贵在真实，不同于诗文的抒情写意。所以《文选》不录史书。但史书之中的论、赞，具有"综缉辞采"、"错比文华"、"事出于沉思"、"义归乎翰藻"的特征，符合萧统《文选》的选文要求。

史论，《文选》选录了班固、干宝、范晔、沈约等四家，共九篇作品。其中包括班固的《公孙弘传赞》一篇，干宝《论晋武帝革命》、《晋纪总论》两篇，范晔《后汉书皇后纪论》、《后汉书二十八将传论》、《宦者传论》、《逸民传论》四篇，沈约《谢灵运传论》、《恩幸传论》两篇。

史论，是史家于传末所发的议论。《文选》选录的四家，都具有史家、文学家合二为一的特点。在叙述历史时，史家尽量克制自己的主观情感，而使自己的描述趋于实录。在传末的议论部分，体现的是史家对历史人物或事件的主观看法。他们往往驰骋才华，夹叙夹议，彰显文学家的本色。

史述赞，这种文体源于班固《后汉书》当中的《叙传》。《汉书》卷一百，班固作《叙传》上、下两篇。《叙传》上篇，班固介绍了自己的谱系、思想、著述等情况。《叙传》下篇，班固阐释了《汉书》的体例和结构。这种形式，显然借鉴了司马迁的《史记·太史公自序》。

萧统《文选》选录了班固的《述高纪》、《述成纪》和《述韩英彭卢

---

[1] 刘勰著，黄霖整理集评《文心雕龙》，上海古籍出版社，2008，第41页。

吴传》。前两篇是对帝王的赞美。后一篇《汉书》作《述韩彭英卢吴传》，班固概括了韩信等五人的鲜明特征及其超凡业绩。

范晔《后汉书·光武帝纪》之末，有论有赞。《文选》选录了赞文部分，并立篇名为《后汉书光武纪赞》。

实际上，班固《汉书》的"述"，并非都是赞辞。如："上嫚下暴，惟盗是伐，胜、广熛起，梁、籍扇烈。赫赫炎炎，遂焚咸阳，宰割诸夏，命立侯王，诛婴放怀，诈虐以亡。述《陈胜相籍传》第一。"① "淮南僭狂，二子受殃。安辩而邪，赐顽以荒，敢行称乱，窘世荐亡。述《淮南衡山济北传》第十四。"② 这里的"述"，有记述、陈述之意。

萧统只选录了《汉书》"述"中褒德显容，赞美成功的部分，并与传赞合在一起，立为"史述赞"类。

论，萧统《文选》于"史论"外，另立"论"体，表明二者的不同。刘勰《论说》篇，排在《诸子》篇下，表明论说与诸子关系密切。因此王符的《潜夫论》、崔寔的《政论》，虽标"论名"，归乎诸子。《论说》篇又云："论也者，弥纶群言，而研精一理者也。"③ 刘勰在文体论上，明确划分了子书与论文的界限。但在选文定篇上又举庄子的《齐物论》、吕不韦的《吕氏春秋》的例子。

萧统《文选序》云："老、庄之作，管、孟之流，盖以立意为宗，不以能文为本，今之所撰，又以略诸。"④ 因此，《文选》排除了子书。但《文选》却选了贾谊的《过秦论》、曹丕的《典论·论文》。贾谊《新书》，刘勰归入诸子，而《过秦论》是其中的一篇；《典论》五卷，《隋书·经籍志》归入子部儒家类，《论文》是其中的一篇。既然不录子书，为何选入其中的一篇？

贾谊《新书》虽为子书，但书是由刘向整理编辑而成的。《过秦论》载于《史记·秦始皇本纪》，司马迁引用时没加篇名。刘勰但称《过秦》

---

① 班固：《汉书》，中华书局，2000，第3114页。
② 班固：《汉书》，中华书局，2000，第3118页。
③ 刘勰著，黄霖整理集评《文心雕龙》，上海古籍出版社，2008，第36页。
④ 萧统编，海荣、秦克标校《文选》，上海古籍出版社，1998，第2页。

而无"论"字。《过秦论》，李善注曰："《汉书》，应劭曰：'《贾谊书》第一篇名也，言秦之过。'"① 可知《过秦论》是《贾谊书》的第一篇。当为萧统《文选》所本。典，李善注引蔡邕曰："《典引》者，篇名也。典者，常也。"② 可见《典论》是讨论各种事物法则的著作。卞兰《赞述太子表》曰："窃见所作《典论》及诸赋颂，逸句烂然，沉思泉涌，华藻云浮，听之忘味。"③ 眼见耳听，说明曹丕在撰写《典论》的过程中与卞兰有过交流，并非成书以后公布于世。《典论》属于"博明万事"的子书，而《论文》为"研精一理"的单篇，可以视为论。

第七节 "哀祭"类

萧统《文选》分哀祭为：诔、哀、碑文、墓志、行状、吊文、祭文等七种，都属于生者哀悼逝者的文体。这类文体，作者往往把对死者的真情实感和优美润泽的语言形式结合起来，呈现出既有质实的内容，又有藻丽修饰的文体特征。与下行、上行乃至平行的应用文相比较，文学色彩更为浓郁。

诔，《文选》首选曹植《王仲宣诔》。曹植在诔文小序中说明了写作动机，其序云：

> 建安二十二年正月二十四日戊申，魏故侍中关内侯王君卒。呜呼哀哉！皇穹神察，哲人是恃。如何灵祇，歼我吉士？谁谓不庸？早世即冥。谁谓不伤？华繁中零。存亡分流，天遂同期。朝闻夕没，先民所思。何用诔德？表之素旗。何以赠终？哀以送之。遂作诔。④

"诔德"、"送哀"，是曹植诔文的基本内容。诔德部分，曹植叙述了王

---

① 萧统编，李善注《文选》，上海古籍出版社，1986，第2233页。
② 萧统编，李善注《文选》，上海古籍出版社，1986，第2158页。
③ 欧阳询：《艺文类聚》卷十六，《文渊阁四库全书》本。
④ 萧统编，海荣、秦克标校《文选》，上海古籍出版社，1998，第469页。

粲的远祖、世系、文才、武略、官职；送哀部分，写自己与王粲的交往、言谈、友情，诉说生离死别的哀情。

入选最多的是潘岳诔文。《文选》选录诔文八篇，潘岳占四篇。《晋书》本传称其"尤善为哀诔之文"。这和潘岳善于述哀的才性气质有关。潘岳诔文，序文部分包括去世时间、生平事迹，颇似史家人物传记，正文部分具有浓郁的主观抒情色彩。颜延之诔文入选两篇，其中《陶征士诔》是哀悼好友陶渊明的诔文。颜延之的诔文，序文部分，议论、叙事结合紧密，以"宜谥曰靖节征士"，确立陶渊明去世后的名称。正文部分，运用对比手法，突出陶渊明的品格，叙述陶渊明生存状态的文字尤为感人。

哀，哀辞，本是哀悼夭折的文体，后汉崔瑗哀辞，始变前式，用来哀悼汝阳公主。刘勰《哀吊》考辨颇详。徐师曾云："哀辞者，哀死之文也，故或称文。夫哀之为言依也，悲依于心，故曰哀；以辞遣哀，故谓之哀辞也。昔汉班固初作《梁氏哀辞》，后人因之，代有撰者。或以有才而伤其不用，或以有德而痛其不寿。幼未成德，则止于察惠；弱不胜务，则悼加乎肤色。此哀辞之大略也。"① 潘岳《金鹿哀辞》和《泽兰哀辞》两篇，均是悼念儿童夭折的。《文选》选潘岳《哀永世文》一篇，置于此类之首。本篇主要叙述了出殡、祭祖、起灵、入葬的几个过程以及亲人悲恸伤心的场景。颜延之的《宋文皇帝元皇后哀策文》、谢朓的《齐敬皇后哀策文》，都是奉帝王之命哀悼皇后的文章。体貌大体一致，先叙死亡时间，再写起灵、祭奠，由于是皇后，中间加入了颂德内容，最后写入葬。哀辞，作者身临其境，有很强的现实感，叙事写情，充满一种悲伤气氛。

碑文，刘勰分为山岳、庙堂、墓碑三类。根据石碑停放的位置，还可分为山川之碑、城池之碑、宫室之碑、桥道之碑、坛井之碑、神庙之碑、家庙之碑、古迹之碑、风土之碑、灾祥之碑、功德之碑、墓道之碑、寺观之碑、托物之碑等。《文选》选录了其中的两类。一是墓碑文。选蔡邕两篇、王俭、沈约各一篇；二是寺庙碑文。选王中《头陀寺碑文》一篇。蔡邕为汉代碑文大家。刘勰《诔碑》称："才锋所断，莫高蔡邕"，"陈郭二

---

① 徐师曾：《文体明辨序说》，人民文学出版社，1962，第153页。

文，词无择言。"《文选》选录的正是《郭有道碑文》和《陈太丘碑文》。

碑文大体由"序文"和"铭文"两部分构成。序文实写碑主的生平事迹，要求真实客观，近似传记；铭文用韵语，颂扬碑主的美好品德，表达生者对死者的悲伤思慕之情。铭文，刻于石碑，要讲究文采，以便吸引读者，从而使碑主的美德传之久远，达到不朽。蔡邕的碑文，影响很大。《文选》中王俭的《褚渊碑文》、沈约的《齐故安陆昭王碑文》，取法蔡邕，以"序"写碑主功德事迹，"铭文"为四言韵语。

王巾《头陀寺碑文》，为寺庙之碑文。"序文"部分，写头陀寺建立、繁荣、衰落、复兴的全过程，"铭文"也是四言韵语。格式与墓碑之文无异，只是内容有写人记物的不同。

墓志是表明墓主身份的一种文体。徐师曾云："至汉，杜子夏始勒文埋于墓侧，遂有墓志，后人因之。盖于葬时述其人世系、名字、爵里、行治、寿年、卒葬年月、与其子孙之大略，勒石加盖，埋于圹前三尺之地，以为异时陵谷变迁之防，而谓之志铭。"① 墓志的本意是表明墓主身份，以备将来因自然的或人为的因素，改迁墓地。这类文体，实用性强，如果过于质实，就缺少了文的色彩；如果夸饰太过，逸辞过美，又容易失去墓志的本来用意。写好墓志，并非容易的事情。

《文选》仅选任昉《刘先生夫人墓志》一篇。由于刘瓛为当时大儒，又先于夫人去世，而刘瓛夫人名位不显，死后与丈夫合葬。所以，任昉用典用比，虚写其德；写远及近，述其谱系。既有文采，又能大体反映墓主的身份，确实体现出任昉文章的功力。

行状，是叙述、记载死者一生事迹的文体。多出自门生故吏亲旧之手。这类文体的作用："或牒考功太常使议谥，或牒史馆请编录，或上作者乞墓志碑表之类。"② "行状"在《文心雕龙·书记》中，属于"书记"的一个小类。

《文选》仅选任昉《齐竟陵文宣王行状》一篇。任昉曾为萧子良幕僚，

---

① 徐师曾：《文体明辨序说》，人民文学出版社，1962，第148页。
② 徐师曾：《文体明辨序说》，人民文学出版社，1962，第148页。

两人交往颇深。任昉在行状中,叙述了萧子良的世系、名字、寿命、功德等。全文风格类似史传,讲究客观公允。但作者与死者关系密切,情感笃厚,叙述评价中,往往流露出强烈的主观倾向。"辞多矫诞,识者病之",多数论者对这类文体,持批评怀疑态度。

吊文,哀伤凭吊之文。《文选》于吊文类,首选的就是贾谊《吊屈原文》。这篇吊文,在《楚辞》中为《吊屈原赋》,说明吊文与辞赋有关。任昉、刘勰、萧统把赋视为吊文,反映了魏晋南北朝对文体辨析的精细以及文学观念的演进。《文选》选录的另一篇是陆机的《吊魏武帝文》。

贾谊《吊屈原文》前有小序,说明文章之缘起:"谊为长沙王太傅,既以谪去,意不自得,及渡湘水,为赋以吊屈原。屈原,楚贤臣也,被谗放逐,作《离骚赋》,其终篇曰:'已矣哉!国无人兮,莫我知也。'遂自投汨罗而死。谊追伤之,因以自喻。"① 陆机《吊魏武帝文序》亦云:"元康八年,机始以台郎出补著作,游乎秘阁,而见魏武帝遗令,忾然叹息,伤怀者久之。"② 睹物思人,感时伤怀,是两篇吊文写作的心理动机。情感充沛,以情御文,古今相通,为两篇吊文的共同特征。

祭文,祭祀之文,是生者与逝者亡灵的交流。《文选》选录谢惠连、颜延之、王僧达三人祭文各一篇。祭文包括祭祀的时间、参加人员、祭祀方式以及生者对亡灵所说的话语。话语为主要部分。

谢惠连《祭古冢文》,李善注引沈约《宋书》曰:"元嘉七年,惠连为司徒彭城王义康法曹参军。义康修东府城,城堑中得古冢,为之改葬,使惠连为祭文,留信待成也。"③ 颜延之《祭屈原文》,是敬祭故楚三闾大夫屈原之灵的。王僧达《祭颜光禄文》,是敬祭颜延之亡灵的。这类文体,是生者与死者的精神对话,表达的是敬仰怀念之情,虽为常见应用文体,但其本身没有太多的功利目的。萧统《文选》,把这两篇排在一起,作为《文选》的压轴篇章,令人回味深思,同时也令人感受到一种震撼力量。

以上几类文体,构成了古代丧葬文化的一个缩影。表彰逝者的美德,

---

① 萧统编,海荣、秦克标校《文选》,上海古籍出版社,1998,第 501 页。
② 萧统编,海荣、秦克标校《文选》,上海古籍出版社,1998,第 502 页。
③ 萧统编,李善注《文选》,上海古籍出版社,1986,第 2603 页。

倾诉生者的哀伤怀念，折射出先哲厚人伦、美教化、移风俗的良好愿望。生离死别，以情御文，文质彬彬，又是这类文章在艺术上的鲜明特点。《文选》中的这些篇目，一方面在于树立为文的标准，另一方面也有陶冶性情，垂范后世的作用。写好这类文体并不容易。主观色彩过于浓郁，常使文章美言过实，事近虚诞。这也是《文选》这类文体少有入选的主要原因。

余 论

中国古代文体论，似乎潜在一套完整的理论体系。这个体系大体包括几个方面的内容，按文章写作的整个过程排序为：识才、辨体、摹拟、创新。

孟子首次把自然之气引入主体，称自己善养"浩然之气"。孟子浩然之气，就是按儒家道、义等标准严格要求，自觉约束所达到的一种精神状态。这种气是后天培养出来的。王充认为人禀元气于天，但后天的努力可以部分改变。曹丕引气论文，称作家主体之气，与生俱来，虽在父兄不能以移子弟。文气，从作家主体来看，是作家的才性气质，而这种才性气质反映到文学作品中，就形成了作品的风格。在文气与文体的关系中，文气起决定的作用。他以"七子"为例，说明文气不同，所擅文体各异，导致了作品风格的多样化。曹丕鼓励作家，根据自己的先天素质，选择合适的文体形式，才能扬长避短，最大限度地发挥作家的特长，写出具有独特风格的作品。

曹丕以后，文体批评、文体理论特别重视对作家才性气质的考查。刘勰《文心雕龙》论才性气质与作品风格之间的关系，随处可见。《明诗》云："晋世群才，稍入轻绮。"《乐府》云："至于魏之三祖，气爽才丽，宰割辞调，音靡节平。"《杂文》云："宋玉含才，颇亦负俗，始造对问，以申其志，放怀寥廓，气实使之。"《才略》篇专论作家才性气质："贾谊才颖，陵轶飞兔"；"杜笃贾逵，亦有声于文，迹其为才，崔、傅之末流也。李尤赋铭，志慕鸿裁，而才力沉膇，垂翼不飞"；"潘勖凭经以骋才，故绝群于锡命";其论曹植、曹丕、七子之才,殊可注意:"魏文之才,洋洋清绮。旧谈抑之,谓去植千里,然子建思捷而才俊,诗丽而表逸;子桓虑详而力缓,故不竞于先鸣;而乐府清越,《典论》辩要,迭用短长,亦无懵焉。但俗情抑扬,雷同一响,遂令文帝以位尊减才,思王以势窘益价,未为笃论也。仲宣溢才,捷而能密,文多兼善,辞少瑕累,摘其诗赋,则七子之冠冕乎!琳瑀以符檄擅声;徐幹以赋论标美,刘桢情高以会采,应场学优以得文。"曹丕才力充沛,文采清丽,思维缜密,但思力迟钝,因其扬长避短,写出了《典论》佳作。曹植文思敏捷,才华卓越,诗表这样的文体,就能写得很好。曹植才性,不宜作论,《辨道》一篇,体同书抄。所作诔文,体实繁缓。及其所善,刘勰评价极高,《章表》篇云:"陈思之表,独冠群才。"评价七子得失,既重视先天素质,又关注后天的学习。这种思想,在《体性》、《总术》篇也有体现。《体性》云:"若夫八体屡迁,功以学成,才力居中,肇自血气;气以实志,志以定言,吐纳英华,莫非情性。"才、气固然重要,学、习也必不可少。

钟嵘《诗品》,亦以才论诗。《诗品》上评李陵:"陵,名家子,有殊才。"评陆机:"才高辞赡,举体华美。"评潘岳:"陆才如海,潘才如江。"评谢灵运:"嵘谓若人兴多才高,寓目辄书,内无乏思,外无遗物,其繁富,宜哉!"《诗品》中评嵇康:"过于峻切。讦直露才,伤渊雅之致。"评刘琨、卢谌:"琨既体良才,又罹厄运,故善叙丧乱,多感恨之词。"评颜延之:"虽乖秀逸,是经纶文雅之才。"评谢瞻、谢混、袁淑、王微、王僧达云:"才力苦弱,故务其清浅,殊得风流媚趣。"评谢惠连:"小谢才思富捷。恨其兰玉夙凋,故长辔未骋。"评鲍照:"嗟其才秀人微,故取湮当代。"评谢朓:"此意锐而才弱也。"评江淹:"尔后为诗,不复成语,故世传江淹才尽。"《诗品》下评班固、郦炎、赵壹:"孟坚才流,而老于掌故。观其《咏史》,感叹之词。"评何长瑜、羊曜璠、范晔:"才难,信矣!以康乐与羊、何若此,而二人之辞,殆不足奇。乃不称其才,亦为鲜举矣。"评王融、刘绘:"元长、士章,并有盛才。词美英净。"上、中、下三品当中,没有提到才华者,钟嵘于《诗品序》特作说明:"嵘今所录,止乎五言。虽然,网罗古今,词文殆集。轻欲辨彰清浊,掎摭利病,凡百

❖ 汉魏六朝文体理论研究

二十人。预此宗流者,便称才子。"

萧统《文选序》简要回顾文体产生发展的历程,概括选文定篇的思想标准和艺术标准,同时也强调了文章才子对文体的重要作用。正是这些人的创作,丰富了文学宝库,为时人和后人提供了精神的享受和创作上的样本。萧统《文选序》表达了对文章才子的敬意和选文的难度:"余监抚余闲,居多暇日。历观文囿,泛览辞林,未尝不心游目想,移晷忘倦。自姬、汉以来,眇焉悠邈,时更七代,数逾千祀。词人才子,则名溢于缥囊。飞文染翰,则卷盈乎缃帙。自非略其芜秽,集其清英,盖欲兼功太半,难矣!"① 才子之多,文章之富,要想遍览所有的文章,并精选出各种文体,实在太有难度了。

以才论文,实际上已经接触到了文章之士的思维特点。有人逻辑思维发达,故长于书、论、奏、议一类的文体;有人形象思维发达,能够写诗、赋一类的佳作。严羽《沧浪诗话·诗辨》云:"夫诗有别材(才),非关书也;诗有别趣,非关理也。而古人未尝不读书、不穷理。所谓不涉理路、不落言筌,上也。诗者,吟咏情性也。"也是就才性与诗体来立论的。诗人需要特别的才华、特别的旨趣,不是学问越大,越能写出好诗。他以孟浩然和韩愈为例子,说明先天的才气,决定了诗歌的高下。孟浩然的学力,比不上韩愈,"而其诗独出退之之上者,一味妙悟故也"②。孟浩然对诗歌"妙悟"的天分,起了重要作用。

辨体,是文章写作不可缺少的基本功。摹体,是文章写作必经的途径。辨体、摹体促进文体的多样和文学的繁荣。辨别各种文体的体貌特征、风格特征是写作过程中极为重要的一环。"文辞以体制为先。"③ "文章莫先于辨体,体立而经以周密之意,贯以充和之气,饰以雅健之辞,实以渊博之学,济以宏通之识,然后其文彬彬,各得其所。中国文家,辨体者众矣。"④ 辨体与写作关系非常密切,诗有诗体,赋有赋体,文体驳杂,体

---

① 萧统编,海荣、秦克标校《文选》,上海古籍出版社,1998,第2页。
② 严羽著,郭绍虞校释《沧浪诗话·诗辨》,人民文学出版社,1983,第12页。
③ 吴讷:《文章辨体序说》,人民文学出版社,1962,第9页。
④ 来裕恂:《汉文典》,南开大学出版社,1993,第292页。

例不纯，古人认为是文章之大忌。所以，文体论中，辨体构成了一项主要内容。对文体的辨析，经历了由粗疏到精细，由简单到繁富的发展过程。

蔡邕《独断》开文体论先河，涉及与帝王政治有关的八体应用文体，对每一种文体进行了简要概括。刘熙《释名》解释了五经中的各类文体，虽三言两语，颇为粗略，实导宗经之先路。曹丕《典论·论文》辨文体本同与末异，不仅简要概括了奏、议、书、论等应用文体的风格，而且还概括了铭、诔、诗、赋等韵文的风格。陆机文体论继承发展了曹丕的文体分类法，采用分体论述，并且把诗、赋提到首位，突出了它们抒情感物的文体特征。刘勰宗经思想浓郁，以为五经为各种文体之源，并用二十篇论文叙笔。每篇又分"原始以表末，释名以章义，选文以定篇，敷理以举统"四个步骤展开讨论。从诗、赋、乐府、史传、诸子等大的文体，到谱、方、契、谚等小的文类，刘勰全部纳入视野，考辨归类，不遗余力。

文学总集的出现，为文章辨体提供了直接的、感观性极强的文本形式。挚虞的《文章流别集》已失传。通过《文章流别论》残存的颂、诗、七、赋、箴、铭、诔、文、哀辞、图谶、碑等文体来看，《文章流别集》应当是一个文类比较全面的选本。李充的《翰林》仅凭《翰林论》残存的几条材料，已经无法推测它的全貌，所能知道的只是《翰林》这个选本对文采的重视。任昉《文章缘起》，探究文章各体缘谁而起，也具有辨体意义。选本辨体，影响最大的当推萧统《文选》。

《文选序》辨析了文学作品和经、史、子的不同，明确了文学的相对独立性。经书为圣人之作，乃"孝敬之准式，人伦之师友"，是萧统《文选》总的指导思想，但其著述性质与子书无异。老、庄、管、孟，以"立意为宗，不以能文为本"，旨在张扬哲学思想。史书，记事编年，目的在于褒贬是非，重质实而不以文采取胜。所以《文选》没有选录。受颜延之影响，萧统《文选》甚至排除了与"论"体相近的"说"体：

若贤人之美辞，忠臣之抗直，谋夫之话，辨士之端，冰释泉涌，金相玉振。所谓坐狙丘，议稷下，仲连之却秦军，食其之下齐国，留侯之发八难，曲逆之吐六奇，盖乃事美一时，语流千载，概见坟籍，旁出子史，若斯之流，又亦繁博；虽传之简牍，而事异篇章，今之所集，亦所不取。①

说，内容驳杂，出于、经、史、子，所以不取。只有史书当中的赞论、序述，是史家对人物、事件叙述后的主观概括或评论，融入了作者的深刻思考，并且运用了优美的语言形式，具备了"沉思"、"翰藻"的特点，所以入选。这对辨别文学之体与非文学之体，具有极大的启发性。

《文选》以后，文学总集和别集的编选，大都以《文选》为参照，对文章的体类或合并，或细分。合并者，如姚鼐《古文辞类纂》，其序曰："于是以所闻习者，编次论说为《古文辞类纂》。其类十三，曰：论辨类、序跋类、奏议类、书说类、赠序类、诏令类、传状类、碑志类、杂记类、箴铭类、颂赞类、辞赋类、哀祭类。一类内而为用不同者，别之为上下编。"② 细分者，如《文苑英华》，体例与《文选》相仿，对文体的分类更加细致。《文选》分三十九类，这部书分为五十五类。"《文选》赋的子目只有十五，这书赋的子目就多到四十一。"③ 吴讷的《文章辨体》分为五十九类、徐师曾的《文体明辨》分为一百二十七类。对文体分类的繁碎与整合，论者意见纷纭，但辨体的目的相通，都是为了文章的欣赏和写作。

摹拟，就是观摩学习前人或时人的佳作，从中吸收有益于自己创作的技巧和方法。古代文体论对摹拟非常重视，认为是作家创作必备的基础条件。陆机《文赋》论作家文章写作准备阶段，要具备两个条件：一个是感于物，另一个就是本于学。陆机所云："咏世德之骏烈，诵先人之清芬。游文章之林府，嘉丽藻之彬彬"，就是指观摩学习前人的优秀作品，从中吸收优美的语言和培养高尚的道德情操。《文选》卷三十"杂拟"类，选入陆机《拟古诗十二首》。"古诗"，即《古诗十九首》，陆机摹拟对象就是这类古诗。刘勰《文心雕龙》对摹拟也给予了足够重视。《辨骚》篇引王逸《楚辞章句序》云："《离骚》之文，依经立义：驷虬乘鹥，则时乘

---

① 萧统编，海荣、秦克标校《文选》，上海古籍出版社，1998，第2页。
② 姚鼐：《古文辞类纂》，西苑出版社，2003，第1页。
③ 张涤华：《古代诗文总集选介》，上海古籍出版社，1985，第35页。

六龙；昆仑流沙，则《禹贡》敷土。名儒辞赋，莫不拟其仪表，所谓'金相玉质，百世无匹者也。'"① 对屈原作品的摹拟，始于宋玉、唐勒、景差，其中宋玉影响最大。汉代赋家，"高其节行，妙其丽雅"，开始大规模地摹拟屈原的作品，甚至达到以假乱真的程度。

刘勰《杂文》集中讨论了摹拟问题。宋玉的《对楚王问》，枚乘的《七发》、扬雄的《连珠》，都是单篇的文章，属于正宗文章的支流，写作目的也只是为了休闲娱乐。始料未及的是，这样的写作方式受到了时人和后人的普遍欢迎，于是群而效之，最终形成了一种独立的文体。刘勰比较详细地记录了"对问"、"七"、"连珠"三体的演变过程。《杂文》论"对问"云：

> 自《对问》以后，东方朔效而广之，名为《客难》，托古慰志，疏而有辨。扬雄《解嘲》，杂以谐谑，回环自释，颇亦为工。班固《宾戏》，含懿采之华；崔骃《达旨》，吐典言之裁；张衡《应间》，密而兼雅；崔寔《答讥》，整而微质；蔡邕《释诲》，体奥而文炳；景纯《客傲》，情见而采蔚：虽迭相祖述，然属篇之高者也。至于陈思《客问》，辞高而理疏；庾敳《客咨》，意荣而文悴。斯类甚众，无所取才矣。原夫兹文之设，乃发愤以表志。身挫凭乎道胜，时屯寄于情泰，莫不渊岳其心，麟凤其采，此立体之大要也。②

摹拟的本身，实际上是学习推研的过程。由于作家才能高下的不同，有的模仿非常成功，甚至青出于蓝而胜于蓝，如"对问"中东方朔的《答客难》、扬雄的《解嘲》、班固的《答宾戏》，皆入《文选》卷四十五的"设问"类；"七"中曹植的《七启》入《文选》卷三十四的"七"类；"连珠"中，陆机的《演连珠》五十首，入《文选》卷五十五的"连珠"类。有的模仿非常失败，就像邯郸学步，东施效颦，鱼目混珠。值得充分

---

① 刘勰著，黄霖整理集评《文心雕龙》，上海古籍出版社，2008，第9页。
② 刘勰著，黄霖整理集评《文心雕龙》，上海古籍出版社，2008，第27页。

❖ 汉魏六朝文体理论研究

肯定的是,历代作家那种驰骋才华,摹拟创新的精神,称得上纯粹意义上的文学自觉。

钟嵘《诗品》,以致流别、掎摭利病、显优劣等三个方面展开诗歌批评。致流别,就是建立诗歌谱系,探寻诗人之间的承袭延续关系。钟嵘认为五言诗有三个源头,即《国风》、《小雅》、《楚辞》,并把每位诗人都归入其中的一个流派。钟嵘在上、中、下的评语中,常用"源出于某"、"祖袭某"、"颇似某",把前、后代诗人联系起来,从而揭示后人对前人诗歌文化的承袭。

萧统《文选》卷三十、三十一,列"杂拟"类。选陆机《拟古诗》十二首、张载《拟四愁诗》、陶渊明《拟古诗》、谢灵运《拟魏太子邺中集诗》八首、袁淑《效白马篇》和《效古》、刘铄《拟古》二首、王僧达《和琅邪王依古》、鲍照《拟古》三首、《学刘公幹》、《代君子有所思》、范彦龙《效古》、江淹《杂体诗》三十首。大体反映了晋、宋、齐、梁等四代摹拟诗的发展情况。其中陆机、谢灵运、鲍照入选数量较多,江淹最多。

谢灵运《拟魏太子邺中集诗》八首,有总序,每题之下又有分序,颇能体现谢灵运拟诗的用心。其《总序》云:"建安末,余时在邺宫,朝游夕宴,究欢愉之极。天下良辰美景,赏心乐事,四者难并。今昆弟友朋,二三诸彦,共尽之矣。古来此娱,书籍未见,何者?楚襄王时有宋玉、唐景,梁孝王时有邹、枚、严、马,游者美矣,而其主不文;汉武帝徐乐诸才,备应对之能,而雄猜多忌,岂获晤言之适?不诬方将,庶必贤于今日尔。岁月如流,零落将尽,撰文怀人,感往增怆。"① 谢灵运推测曹丕写诗的目的和动机,并熟知曹丕的风格,所拟之诗,接近曹丕。拟《王粲》云:"家本秦川,贵公子孙,遭乱流寓,自伤多情。"② 几乎是对王粲诗歌的评价。拟《陈琳》云:"袁本初书记之士,故述丧乱事多。"③ 陈琳为袁绍书记,所以长于叙事,谢灵运的拟诗亦述汉末之乱、曹氏之德以及宴饮之事。谢灵运的拟诗,不仅仅是简单撷取诗人的几个常用的词语和意象,

---

① 萧统编,海荣、秦克标校《文选》,上海古籍出版社,1998,第242页。
② 萧统编,海荣、秦克标校《文选》,上海古籍出版社,1998,第243页。
③ 萧统编,海荣、秦克标校《文选》,上海古籍出版社,1998,第243页。

作机械的排列组合，达到貌似的效果，而是一个情感再体验的过程。

江淹以摹拟见长，钟嵘《诗品·中》评之曰："文通诗体总杂，善于摹拟，筋力于王微，成就于谢朓。"江淹《杂体诗》三十首，模仿了从汉《古诗》到晋、宋三十家的诗歌。其摹拟陶渊明的这首诗，被误收入陶集："种苗在东皋，苗生满阡陌。虽有荷锄倦，浊酒聊自适。日暮巾柴车，路暗光已夕。归人望烟火，稚子候檐隙。问君亦何为？百年会有役。但原桑麻成，蚕月得纺绩。素心正如此，开径望三益。"①严羽评江淹拟作云："拟古惟江文通最长，拟陶渊明似陶渊明，拟康乐似康乐，拟左思似左思，拟郭璞似郭璞；独拟李都尉一首，不似西汉耳"②郭绍虞先生案曰："实则昔人拟古，乃古人用功之法，是入门途径，而非最后归宿，与后人学古优孟衣冠者不同。"③似与不似并不重要，重要的是通过摹拟诸家之长，提高了自己诗歌的"筋力"。

黄庭坚"点铁成金"、"夺胎换骨"，被江西诗派当作不宣之秘。取古人的文词加以点化，取古人的文意加以形容，与魏晋南北朝的摹拟说非常相似。这样的方法，实际操作起来，明白易行。摹拟，是入门的途径，是提高写作技能不可缺少的过程，但不是目的。

陆机在《文赋》中早就谈到过创新问题。其论构思创新："收百世之阙文，采千载之遗韵。谢朝华于已披，启夕秀于未振。"其论文章之创新："或藻思绮合，清丽千眠。炳若缛绣，凄若繁弦。必所拟之不殊，乃暗合乎曩篇。虽杼轴于予怀，怵佗人之我先。苟伤廉而愆义，亦虽爱而必捐。"④文辞优美、文意清丽，虽然是自己的独创，但与前人的篇章不谋而合，即使再喜爱，也要把它舍弃，否则就有掠人之美的嫌疑，关系人品问题了。刘勰主张既要"参古定法"，又要"望今制奇。"萧子显《南齐书·文学传论》："若无新变，不能代雄"，概括了一个时代通变求新的强烈意识。

---

① 萧统编，海荣、秦克标校《文选》，上海古籍出版社，1998，第253页。
② 郭绍虞：《沧浪诗话校释》，人民文学出版社，1961，第190、191页。
③ 郭绍虞：《沧浪诗话校释》，人民文学出版社，1961，第191页。
④ 萧统编，海荣、秦克标校《文选》，上海古籍出版社，1998，第119页。

参考文献

[1] 丁晏：《曹集铨评》，文学古籍刊行社，1957。

[2] 朱东润：《中国文学批评史大纲》，古籍文学出版社，1957。

[3] 范文澜：《文心雕龙注》，人民文学出版社，1958。

[4] 皮锡瑞：《经学历史》，中华书局，1959。

[5] 刘师培：《中国中古文学史》，人民文学出版社，1959。

[6] 陈延杰注《诗品注》，人民文学出版社，1961。

[7] 班固：《汉书》，中华书局，2000。

[8] 萧子显：《南齐书》，中华书局，2000。

[9] 姚思廉：《梁书》，中华书局，2000。

[10] 房玄龄等：《晋书》，中华书局，2000。

[11] 沈约：《宋书》，中华书局，2000。

[12] 李延寿：《南史》，中华书局，2000。

[13] 刘熙载：《艺概》，上海古籍出版社，1978。

[14] 郭绍虞主编《中国历代文论选》，上海古籍出版社，1979。

[15] 郭绍虞：《中国文学批评史》，上海古籍出版社，1979。

[16] 郭茂倩：《乐府诗集》，中华书局，1979。

[17] 刘义庆：《世说新语笺疏》，中华书局，1983。

[18] 王利器：《文镜秘府论校注》，中国社会科学出版社，1983。

[19] 郭绍虞校释《沧浪诗话校释》，人民文学出版社，1983。

［20］唐弢：《文章修养》，生活·读书·新知三联书店，1983。

［21］洪兴祖：《楚辞补注》，中华书局，1983。

［22］殷孟伦注《汉魏六朝百三家集题辞注》，人民文学出版社，1984。

［23］陆侃如：《中古文学系年》，人民文学出版社，1985。

［24］王运熙、顾易生：《中国文学批评史》，上海古籍出版社，1985。

［25］李善注《文选》，上海古籍出版社，1986。

［26］周振甫：《文心雕龙今译》，中华书局，1986。

［27］徐复观：《中古文学论集》，（台）学生书局，1986。

［28］方孝岳：《中古文学批评》，生活·读书·新知三联书店，1986。

［29］汪荣宝撰，陈仲夫点校《法言义疏》，中华书局，1987。

［30］杜维沫校点《诗源辨体》，人民文学出版社，1987。

［31］陈宏天、赵福海、陈复兴：《昭明文选译注》，吉林文史出版社，1988。

［32］骆鸿凯：《文选学》，中华书局，2015。

［33］詹锳：《文心雕龙义证》，上海古籍出版社，1989。

［34］葛晓音：《八代诗史》，陕西人民出版社，1989。

［35］高步瀛选注《魏晋文举要》，中华书局，1989。

［36］葛晓音：《汉唐文学的嬗变》，北京大学出版社，1990。

［37］王利器集释《颜氏家训集释》，上海古籍出版社，1990。

［38］褚斌杰：《中国古代文体概论》（增订本），北京大学出版社，1990。

［39］曹道衡：《南北朝文学史》，人民文学出版社，1991。

［40］龙必锟：《文心雕龙全译》，贵州人民出版社，1992。

［41］王元化：《文心雕龙讲疏》，上海古籍出版社，1992。

［42］陈庆元：《中古文学论稿》，天津人民出版社，1992。

［43］《六臣注文选》，上海古籍出版社，1993。

［44］张溥：《汉魏六朝百三家集》，上海古籍出版社，1994。

［45］蒋凡、郁沅：《中国古代文论教程》，中国书籍出版社，1994。

［46］曹旭：《诗品集注》，上海古籍出版社，1994。

［47］章学诚：《文史通义校注》，中华书局，1994。

［48］牟世金：《文心雕龙研究》，人民文学出版社，1995。

- [49] 李维：《诗史》，东方出版社，1996。
- [50] 周振甫：《文心雕龙辞典》，中华书局，1996。
- [51] 罗宗强：《魏晋南北朝文学思想史》，中华书局，1996。
- [52] 穆克宏：《魏晋南北朝文学史料述略》，中华书局，1997。
- [53] 周建江：《北朝文学史》，中国社会科学出版社，1997。
- [54] 吴先宁：《北朝文化特质与文学进程》，东方出版社，1997。
- [55] 詹福瑞：《中古文学理论范畴》，河北大学出版社，1997。
- [56] 章太炎：《国学概论》，上海古籍出版社，1997。
- [57] 刘师培：《中古文学论集》，中国社会科学出版社，1997。
- [58] 刘跃进：《中古文学文献学》，江苏古籍出版社，1997。
- [59] 萧统编，海荣、秦克标校《文选》，上海古籍出版社，1998。
- [60] 穆克宏：《昭明文选研究》，人民文学出版社，1998。
- [61] 周振甫：《诗品译注》，中华书局，1998。
- [62] 刘大杰：《魏晋思想论》，上海古籍出版社，1998。
- [63] 严可均：《全上古三代秦汉三国六朝文》，商务印书馆，1999。
- [64] 张少康：《中国文学理论批评史教程》，北京大学出版社，1999。
- [65] 汪涌豪：《中国古代文学理论体系：范畴论》，复旦大学出版社，1999。
- [66] 徐公持：《魏晋文学史》，人民文学出版社，1999。
- [67] 曹道衡：《南朝文学与北朝文学研究》，江苏古籍出版社，1999。
- [68] 周勋初：《魏晋南北朝文学论丛》，江苏古籍出版社，1999。
- [69] 胡适：《中国中古思想史长编》，安徽教育出版社，1999。
- [70] 曹道衡、刘跃进：《南北朝文学编年史》，人民文学出版社，2000。
- [71] 胡大雷：《文选诗研究》，广西师范大学出版社，2000。
- [72] 张伯伟：《中国诗学研究》，辽海出版社，2000。
- [73] 刘明今：《中国古代文学理论体系：方法论》，复旦大学出版社，2000。
- [74] 王运熙、黄霖等：《中国古代文学理论体系：原人论》，复旦大学出版社，2000。
- [75] 李铎：《中国古代文论教程》，北京大学出版社，2000。
- [76] 孙立：《中国文学批评文献学》，广东人民出版社，2000。

[77] 傅刚：《〈昭明文选〉研究》，中国社会科学出版社，2000。
[78] 吴承学：《中国古代文体形态研究》，中山大学出版社，2002。
[79] 黄叔琳、李详补、杨明照：《增订文心雕龙校注》，中华书局，2000。
[80] 詹福瑞：《汉魏六朝文学论集》，河北大学出版社，2001。
[81] 吴云：《魏晋南北朝文学研究》，北京出版社，2001。
[82] 童庆炳：《中国古代文论的现实意义》，北京师范大学出版社，2001。
[83] 马积高：《历代辞赋研究史料概述》，中华书局，2001。
[84] 吴建民：《中国古代诗学原理》，人民文学出版社，2001。
[85] 吉川幸次郎：《中国诗史》，复旦大学出版社，2001。
[86] 张少康、汪春泓、陈允锋、陶礼天：《文心雕龙研究史》，北京大学出版社，2001。
[87] 童庆炳：《中国古代文论的现代意义》，北京师范大学出版社，2001。
[88] 王运熙：《汉魏六朝唐代文学论丛》，复旦大学出版社，2002。
[89] 张少康：《文赋集释》，人民文学出版社，2002。
[90] 冈存繁：《文选之研究》，上海古籍出版社，2002。
[91] 罗根泽：《中国文学批评史》，上海书店出版社，2003。
[92] 曹道衡：《中古文史丛稿》，河北大学出版社，2003。
[93] 袁长江等校注《董仲舒集》，学苑出版社，2003。
[94] 姜剑云：《太康文学研究》，中华书局，2003。
[95] 朱自清：《中国文学批评研究讲义》，天津古籍出版社，2004。
[96] 陈洪、张峰屹、卢盛江：《中国古代文学理论读本》，南开大学出版社，2004。
[97] 吴方点校《文心雕龙札记》，中国人民大学出版社，2004。
[98] 王运熙：《中古文论十讲》，复旦大学出版社，2004。
[99] 李士彪：《魏晋南北朝文体学》，上海古籍出版社，2004。
[100] 郭英德：《中国古代文体学论稿》，北京大学出版社，2005。
[101] 曹道衡、刘跃进：《先秦两汉文学史料学》，中华书局，2005。
[102] 游国恩：《中国文学史讲义》，天津古籍出版社，2005年
[103] 贾奋然：《六朝文体批评研究》，北京大学出版社，2005。

［104］ 黄侃:《文选平点》,中华书局,2006。
［105］ 韩经太:《中国文学批评史研究》,福建人民出版社,2006。
［106］ 周勋初:《中国文学批评小史》,复旦大学出版社,2007。
［107］ 何新文、路成文校证《历代赋话校证》,上海古籍出版社,2007。

后　记

余由现当代文学转向古代文学，跟随恩师詹福瑞先生学习。詹师令我专攻魏晋南北朝之文体理论，毕业论文定题《汉魏六朝文体理论研究》。先生用心良苦，然学生却愚钝无知，且为在职学习，虽兢兢业业，竟终无所悟。毕业之后，气力锐减，多年来竟一直未能按照答辩委员的要求进行修订，以致学业难成。每每思之，辄感惭愧。寒来暑往，如今距出师已十有三年，方全力修改一过。

文论一途，三代肇造，而蕃昌于魏晋南北朝之时。曹丕的《典论·论文》、刘勰的《文心雕龙》、钟嵘的《诗品》、陆机的《文赋》，或畅言文章之道，或专论文体之别，或发明理论范畴，或深究创作心理，或臧否作家才调，或剖析诗文情采。考察源流，辨正体用，抒情言志，明德求真。在激荡中交融，在甄讹中荟萃。而其本身，亦多为骈体之制，斯文闲雅，思理朗畅，才华警绝，彬彬文质，泽被后世矣。

故历代学者，皆深入其间，注本无算，论文更夥。詹锳先生《文心雕龙义证》三卷，阐发义理，借之诗文，无往不利，成就非凡。詹师笃志博学，根基深厚，思辨高妙，锋颖精密，所著《南朝诗歌思潮》、《中古文学理论范畴》，一经出版，享誉学界。聆听恩师谆谆教诲，实余今生之大幸矣。

回首往事，历历在目。衷心感激参加我论文答辩的陈洪先生、张国星先生、葛景春先生、王长华先生、李昌集先生、刘崇德先生、姜剑云先生！诸位先生的批评指教，使我受益良多，理当铭记于心！顾之京先生、刘玉凯先生、王占福先生，多年来一直关心我的学业；好友孙微、刘少坤帮我修改格式、纠正错字，并记于此，以致谢意焉。

恒遗恨以终篇，岂怀盈而自足。余才疏学浅，谬陋之处，恳请方家指正。

是为记。

庚子年冬月十五

图书在版编目(CIP)数据

汉魏六朝文体理论研究/田小军著. -- 北京：社会科学文献出版社,2022.4
ISBN 978-7-5201-9934-6

Ⅰ.①汉… Ⅱ.①田… Ⅲ.①中国文学-古典文学-文体论-研究-中国-汉代-魏晋南北朝时代 Ⅳ.①I206.2

中国版本图书馆CIP数据核字(2022)第053624号

汉魏六朝文体理论研究

著　　者／田小军

出 版 人／王利民
责任编辑／杜文婕
责任印制／王京美

出　　版／社会科学文献出版社·人文分社(010)59367215
　　　　　地址：北京市北三环中路甲29号院华龙大厦　邮编：100029
　　　　　网址：www.ssap.com.cn
发　　行／社会科学文献出版社(010)59367028
印　　装／三河市龙林印务有限公司

规　　格／开　本：787mm×1092mm　1/16
　　　　　印　张：16.5　字　数：255千字
版　　次／2022年4月第1版　2022年4月第1次印刷
书　　号／ISBN 978-7-5201-9934-6
定　　价／98.00元

读者服务电话：4008918866

版权所有 翻印必究